SOB ÁGUAS ESCURAS

ROBERT BRYNDZA

SOB ÁGUAS ESCURAS

TRADUÇÃO DE **Marcelo Hauck**

5ª REIMPRESSÃO

Copyright © 2016 Robert Bryndza

Título original: *Dark Water*

Todos os direitos reservados pela Editora Gutenberg. Nenhuma parte desta publicação poderá ser reproduzida, seja por meios mecânicos, eletrônicos, seja via cópia xerográfica, sem a autorização prévia da Editora.

EDITORA
Silvia Tocci Masini

EDITORAS ASSISTENTES
Carol Christo
Nilce Xavier

ASSISTENTE EDITORIAL
Andresa Vidal Vilchenski

PREPARAÇÃO
Nilce Xavier
Silvia Tocci Masini

REVISÃO
Sabrina Inserra

CAPA
Diogo Droschi
(sobre imagens de Henry Steadman)

DIAGRAMAÇÃO
Larissa Carvalho Mazzoni

Dados Internacionais de Catalogação na Publicação (CIP)
(Câmara Brasileira do Livro, SP, Brasil)

Bryndza, Robert

Sob águas escuras / Robert Bryndza ; tradução Marcelo Hauck. -- 1.ed.; 5. reimp. -- Belo Horizonte : Editora Gutenberg, 2023.

Título original: Dark water.
ISBN 978-85-8235-502-2

1. Ficção 2. Ficção inglesa I. Título.

18-12616   CDD-823

Índices para catálogo sistemático:
1. Ficção : Literatura inglesa 823

A **GUTENBERG** É UMA EDITORA DO **GRUPO AUTÊNTICA**

São Paulo
Av. Paulista, 2.073,
Horsa I Sala 309 . Bela Vista
01311-940 . São Paulo . SP
Tel.: (55 11) 3034-4468

Belo Horizonte
Rua Carlos Turner, 420
Silveira . 31140-520
Belo Horizonte . MG
Tel.: (55 31) 3465 4500

www.editoragutenberg.com.br
SAC: atendimentoleitor@grupoautentica.com.br

Para Marta

*A morte, qual geada, pousou nela,
Na flor mais linda que os campos já viram.*

William Shakespeare, *Romeu e Julieta*

PRÓLOGO

OUTONO DE 1990

Era uma noite fria no final do outono quando desovaram o corpo na pedreira desativada. Eles sabiam que o local era isolado, e a água, muito profunda. O que não sabiam é que estavam sendo observados.

Chegaram protegidos pelo manto da noite, logo depois das três da manhã – passaram de carro diante das casas no limite da vila, percorreram o terreno deserto coberto de cascalho onde as pessoas que faziam caminhada estacionavam os carros e entraram no enorme parque. Com o farol apagado, o carro seguia aos solavancos pelo terreno irregular, que se transformou em uma trilha e não demorou para ser envolto de ambos os lados por uma mata densa. A escuridão era espessa e abafada e a única luz ali se infiltrava pela copa das árvores.

O motor do carro, nada discreto durante o percurso, parecia rugir e a suspensão rangia ao sacolejar de um lado para o outro. Eles diminuíram a velocidade e pararam quando as árvores se dividiram e a pedreira cheia de água tornou-se visível.

O que eles não sabiam era que um idoso solitário vivia perto da pedreira em um chalé abandonado que quase havia sido engolido pelo matagal. Ele estava do lado de fora olhando para o céu e maravilhando-se com sua beleza quando o carro se aproximou da beirada e parou. Desconfiado, o velho se escondeu atrás dos arbustos e ficou observando. Com frequência, a garotada da região, viciados e casais em busca de emoção apareciam ali à noite e ele sempre conseguia afugentá-los.

A lua irrompeu brevemente em meio às nuvens quando as duas figuras desceram do carro, pegaram algo grande no porta-malas e carregaram na direção do barco a remo na beirada da água. A primeira pessoa entrou no barco e, quando a segunda lhe passou o grande pacote, algo na maneira como ele arqueou e desabou fez o idoso se dar conta, com horror, de que era um corpo.

Ouvia-se o suave som dos remos deslizando na água. Ele colocou a mão na boca. Sabia que podia desviar o olhar, mas não conseguia. O barulho dos remos na água cessou quando o barco chegou ao centro do lago. Uma lasca da lua apareceu novamente através de uma fresta nas nuvens e iluminou as ondulações que se afastavam do barco.

O idoso prendeu a respiração, observando as duas figuras conversarem e ouvindo os murmúrios rítmicos de suas vozes. Então houve silêncio. O barco deu uma guinada e um deles quase caiu sobre a borda. Quando estabilizaram, levantaram o pacote e o jogaram na água com um sonoro "tchibum" e o ruído de correntes. A lua saiu de trás das nuvens, e o brilho forte do luar tornou visível o barco e o local onde o pacote havia sido jogado, iluminando a água violentamente agitada ao redor da embarcação.

Nesse momento, o velho conseguiu enxergar as duas pessoas no barco e teve uma visão clara de seus rostos.

Ele soltou o ar. Não aguentava mais prender a respiração. Suas mãos tremiam. Não queria problemas, tinha passado a vida inteira evitando-os, mas parecia que a encrenca sempre dava um jeito de encontrá-lo. Uma brisa fria agitou algumas folhas secas aos seus pés, e ele sentiu uma coceira forte nas narinas. Antes que pudesse impedir, deu um espirro que ecoou pela pedreira. No barco, as cabeças se levantaram depressa, virando e procurando nas margens. Então o viram. O velho se virou e saiu correndo, mas tropeçou na raiz de uma árvore e caiu no chão, perdendo o fôlego.

No fundo das águas da pedreira desativada estava tranquilo, frio e muito escuro. Puxado pelo peso das correntes, o corpo afundou rapidamente, afundou e afundou até pousar com um baque surdo na congelante lama macia.

Ela descansaria quieta e serena ali durante muitos anos, quase em paz. Mas em cima, na terra seca, o pesadelo estava apenas começando.

CAPÍTULO 1

Sexta-feira, 28 de outubro de 2016

A Detetive Inspetora Chefe Erika Foster cruzou os braços por cima do volumoso colete salva-vidas para se proteger do vento gelado, desejando estar com um casaco mais grosso. O pequeno bote inflável da Unidade Naval da Polícia Metropolitana sacodia pela água da pedreira Hayes, arrastando atrás de si um *transponder*, um aparelho que examinava as profundezas. A pedreira desativada ficava no centro do Parque Hayes, uma área de 225 acres de mata e pântano, ao lado da vila de Hayes, nos arredores de South London.

— A profundidade da água é de 23,7 metros – informou a Sargenta Lorna Crozier, supervisora de mergulho. Ela estava encurvada diante de uma tela preta na parte da frente do bote, onde os resultados do sonar eram exibidos em escuros tons roxos que floresciam ao longo da tela como um hematoma.

— Então vai ser difícil recuperar o que estamos procurando? – perguntou Erika, notando o tom desanimador da colega.

— Trabalhar em qualquer lugar com profundidade maior que 30 metros é difícil – confirmou Lorna. – Meus mergulhadores só podem ficar períodos curtos lá embaixo. Um lago ou canal geralmente tem uns dois metros de profundidade. Mesmo com a maré alta, o Tâmisa tem 10 ou 12 metros.

— Pode existir qualquer coisa lá embaixo – disse o Detetive Sargento John McGorry, que estava espremido no pequeno assento de plástico ao lado de Erika. Ela acompanhou o olhar do jovem que fitava a superfície tremulante da água. A visibilidade devia ser de no máximo uns 60 centímetros antes de se transformar em um redemoinho de sombras.

— Você está tentando sentar no meu colo? – repreendeu Erika quando ele se inclinou na direção dela para dar uma olhada pela beirada.

— Desculpe, chefe – ele riu, ajeitando-se no banco. – Assisti a um programa no Discovery Channel. Sabia que só 5% do solo do mar é mapeado? O oceano ocupa 70% da superfície da Terra, isso quer dizer que 65% do planeta, excluindo a terra firme, são *inexplorados*...

Na beira da água, a 20 metros dali, aglomerados de juncos mortos balançavam ao sabor da brisa. Um grande caminhão de apoio estava estacionado na margem gramada e, ao lado dele, uma pequena equipe de apoio preparava o equipamento de mergulho. Os coletes salva-vidas alaranjados eram os únicos pontos coloridos naquela desbotada tarde de outono. Atrás deles, arbustos ressecados e espinhentos estiravam-se em uma mistura de diferentes tonalidades de cinza e marrom e, um pouco mais afastado, havia um conjunto de árvores sem folhas. O bote chegou ao limite da pedreira e diminuiu a velocidade.

– Dando meia-volta – avisou o Agente Barker, um jovem policial sentado ao leme do motor de popa. Ele fez uma curva fechada, de modo que virassem e atravessassem o lago pela sexta vez.

– Você acha que alguns dos peixes ou das enguias lá embaixo podem ter crescido e chegado a... tipo, superproporções? – perguntou John, virando-se para Lorna, com os olhos ainda brilhando de entusiasmo.

– Já vi uns lagostins de água doce bem grandes quando mergulhava. Só que essa pedreira não é afluente, então o que quer que exista aqui foi colocado – respondeu Lorna, sem tirar os olhos da tela do sonar.

– Fui criado aqui na região, em St. Mary Cray, e lá perto de casa havia um petshop que, pelo que diziam, vendia filhotes de crocodilo... – John foi baixando o tom de voz e olhou de novo para Erika, com os olhos um pouco arregalados.

Ele era sempre otimista e gostava de uma conversa, e Erika até que conseguia lidar com isso. Mas mesmo assim, ainda tinha pavor de trabalhar com John no turno da manhã.

– Não estamos procurando crocodilos, John. Estamos procurando dez quilos de heroína em um contêiner à prova d'água.

– Desculpe, chefe – disse John, olhando de volta para ela e balançando a cabeça.

Erika conferiu o relógio. Eram quase 3h30.

– Quanto vale isso por aí, dez quilos? – perguntou o Agente Barker de seu lugar ao lado do leme.

– Quatro milhões de libras – respondeu Erika, passando mais uma vez os olhos pelas informações na tela do sonar.

Barker assobiou:

– Podemos supor que o contêiner foi mesmo jogado deliberadamente?
Erika fez que sim e explicou:

– Jason Tyler, o cara sob custódia, estava esperando as coisas se acalmarem antes voltar para pegar...

Ela não acrescentou que só podiam mantê-lo sob custódia até meia-noite.

– Sério mesmo que ele achava que ia conseguir recuperá-lo? Somos uma equipe de mergulho experiente e estamos com dificuldade de resgatar esse negócio – disse Lorna.

– Com quatro milhões no esquema? Acho, sim, que ele ia voltar para tentar resgatar – retrucou Erika. – Estamos com esperança de encontrar as digitais dele nas camadas do plástico usado para embalar o conteúdo do interior.

– Como vocês descobriram que ele jogou aqui? – perguntou mais uma vez o Agente Barker.

– A esposa dele – John respondeu.

O Agente Barker o olhou de um jeito que somente outro homem poderia entender, e assobiou de novo.

– Espera aí! Acho que tem alguma coisa aqui, desligue o motor – Lorna pediu, inclinando-se para se aproximar ainda mais da tela minúscula.

Uma figura negra brilhou no meio das tonalidades roxas. O Agente Barker desligou o motor de popa e o silêncio que tomou conta foi interrompido apenas pelo barulho da água que ainda estava agitada ao redor do bote. Ele se levantou e juntou-se a ela.

– Estamos examinando uma área de quatro metros em cada lateral do bote – disse Lorna, movendo a pequena mão sobre a mancha na tela.

– Então a escala está correta – concordou Barker.

– Você acha que é o contêiner? – perguntou Erika, com a esperança crescendo no peito.

– Pode ser – Lorna respondeu. – Ou pode ser uma geladeira velha. Não vamos ter certeza até chegarmos lá embaixo.

– Você vai mergulhar hoje? – Erika perguntou, tentando manter o otimismo.

– Vou ficar em terra firme hoje. Mergulhei ontem e temos que ter períodos de descanso.

– Onde vocês estavam ontem? – perguntou John.

– Rotherhithe. Tivemos que resgatar um suicida no lago da reserva natural.

– Uau! Encontrar um corpo no fundo da água deve ser um negócio muito mais bizarro.

Lorna fez que sim com um gesto de cabeça e disse:

– Fui eu que o encontrei. A três metros de profundidade. Estava fazendo a busca com visibilidade zero, de repente encostei as mãos em dois calcanhares, fui tateando para cima e cheguei às pernas. Ele estava em pé lá no fundo.

– Cruz credo. Em pé, debaixo d'água? – John estava horrorizado.

– Isso acontece... tem a ver com a composição do gás no corpo e o progresso da decomposição.

– Deve ser fascinante. Só estou na força policial há alguns anos. Esta é a minha primeira vez com uma equipe de mergulho – comentou John.

– Encontramos toneladas de coisas horríveis. O pior é quando você acha um saco de filhotinhos – acrescentou o Agente Barker.

– Filhos da mãe. Sou policial há 25 anos e todo dia fico sabendo de uma coisa nova que mostra o quanto as pessoas podem ser doentes. – Erika percebeu que todos se viraram para ela por um instante, e notou que todos tentavam, mentalmente, descobrir sua idade. – E esse troço aí? Com que rapidez conseguem trazer isso para cá? – ela perguntou, direcionando a atenção deles de volta para a tela do sonar.

– Acho que vamos marcar o local com uma boia e dar mais uma examinada no lago – respondeu Lorna, movendo-se para a lateral do bote e preparando uma pequena boia alaranjada com um peso amarrado a uma linha. Ela jogou o peso, que rapidamente desapareceu dentro da água profunda e escura, restando apenas a cordinha fina pendurada na beirada. Deixaram a boia flutuando, o Agente Barker ligou o motor de popa e eles recomeçaram a se movimentar pela água.

Pouco mais de uma hora depois, eles já haviam feito a cobertura de toda a superfície da pedreira e identificado três possíveis *anomalias*. Erika e John tinham desembarcado para se aquecer. Estava começando a escurecer naquele dia do final de outubro e eles reuniram-se ao lado do caminhão da equipe de mergulho, servindo-se de copos de isopor cheios de chá enquanto observavam a equipe trabalhar.

Lorna estava na margem, segurando uma das extremidades de uma pesada corda chamada vergueiro. A corda entrava na água, percorria o fundo da pedreira, voltava à superfície e estendia-se seis metros depois da margem. O barco encontrava-se ancorado ao lado da primeira boia indicadora e o Agente Barker estava a bordo, cuidando para que a outra ponta do vergueiro permanecesse esticada. Tinham se passado 10 minutos desde que dois mergulhadores entraram na água. Eles começaram nas pontas opostas do vergueiro e seguiram fazendo a busca no fundo da pedreira até se encontrarem no meio. Ao lado de Lorna, outro membro da equipe de mergulho estava agachado próximo a uma unidade de comunicação do tamanho de uma maleta. Erika ouvia as vozes dos mergulhadores que se comunicavam pelos rádios em suas máscaras de mergulho.

– Visibilidade zero, nada ainda... Devemos estar quase nos encontrando no meio... – foi o que informou uma vozinha pelo rádio.

Erika deu um trago nervoso no cigarro eletrônico e a luz vermelha na ponta brilhou. Ela soltou uma baforada de vapor branco.

Já fazia três meses que ela tinha sido transferida para a delegacia de Bromley, mas ainda tentava encontrar seu lugar e se encaixar na nova equipe. Ficava a apenas alguns quilômetros de Lewisham, a antiga região onde havia trabalhado, em South London, porém ainda estava se acostumando com a enorme diferença que alguns quilômetros podem fazer entre os arredores de Londres e a fronteira com o condado de Kent. Ele tinha uma atmosfera de cidadezinha do interior.

Erika levantou o rosto e olhou para John, que estava a 20 metros, falando ao telefone, e sorrindo enquanto conversava. Sempre que tinha a oportunidade, ligava para a namorada. Um momento depois, ele finalizou a ligação e se aproximou.

– Os mergulhadores ainda estão procurando?

Erika fez que sim antes de dizer:

– Nenhuma **notícia** é melhor do que notícia ruim... Mas se eu tiver que soltar aquele merdinha...

O merdinha em questão era Jason Tyler, um traficante sem muita importância que tinha ascendido rapidamente e agora controlava a rede do tráfico que cobria a região de fronteira entre South London e Kent.

– Mantenha a corda esticada, está ficando frouxa... – ressoou a voz do mergulhador pelo rádio.

– Chefe? – John chamou, meio sem jeito.

– Oi?

– Era a minha namorada, Monica, no telefone... Ela... nós, queríamos convidar você para jantar.

Erika o encarou, mantendo um olho em Lorna, que puxou o vergueiro para esticá-lo um pouco mais.

– O quê? – perguntou ela.

– Falei muito de você para a Monica... Só coisa boa, é claro. Desde que começamos a trabalhar juntos, aprendi uma porrada de coisa; você fez o trabalho ficar muito mais interessante. Me fez querer ser um detetive melhor... Enfim, Monica ia adorar fazer a lasanha dela para você. É muito boa. E não estou falando isso só por que ela é minha namorada. É boa mesmo... – a voz dele minguou.

Erika estava olhando fixamente para o espaço de 20 metros entre Lorna, na margem, e o barco na água. Escurecia rapidamente. Ela acreditava que os mergulhadores deviam estar prestes a se encontrar no meio e isso, caso acontecesse, significaria que não encontraram nada.

– Então, o que me diz, chefe?

– John, estamos bem no meio de um caso grande – ela o repreendeu.

– Não precisa ser hoje à noite. Algum dia. A Monica ia adorar te conhecer. E se você quiser convidar alguma outra pessoa, tudo bem. Existe um Sr. Foster?

Erika se virou para ele. A detetive sabia que vinham fazendo fofoca sobre ela na força policial nos últimos anos, então ficou surpresa por John não saber. Ela já ia responder, mas foi interrompida por um grito emitido pela equipe de apoio na beira da água. Eles se apressaram na direção de Lorna e do policial que estava agachado ao lado da unidade de comunicação. Ouviram um dos mergulhadores dizer:

– Tem alguma coisa embrulhada debaixo da lama... Preciso de ajuda se tiver que tirá-la daqui... Como estou de tempo? – perguntou a vozinha antes de ser cortada pelo ar frio, e houve uma interferência, que Erika percebeu ser causada pelas bolhas que saíram do respirador quando o policial respondeu ao mergulhador que estava a nove metros de profundidade.

Lorna virou-se para Erika:

– Acho que encontramos.

CAPÍTULO 2

A temperatura despencava à medida que escurecia. Erika e John andavam de um lado para o outro dentro do foco de luz emitido pelos veículos de apoio, e as árvores atrás deles tinham desaparecido misturadas à escuridão, o que deixava a atmosfera ainda mais opressora.

Um dos mergulhadores, com o traje de mergulho molhado e escorregadio, finalmente emergiu na íngreme margem da pedreira carregando o que parecia ser uma grande mala de plástico toda suja de lama. Erika e John se juntaram à equipe de mergulho que o ajudava a subir à terra firme. Colocaram a mala no gramado, sobre um pedaço quadrado de plástico. Todos se afastaram quando John se aproximou e fez várias fotos da caixa intacta.

– Okay, chefe – disse ele. – Estou filmando.

Erika tinha colocado luvas de látex e estava segurando um corta-vergalhão. Ela se ajoelhou diante da caixa e começou a inspecioná-la.

– Há duas travas, uma de cada lado da alça, e uma válvula de equalização de pressão – ela explicou, apontando para um botão debaixo da alça. Abriu as duas travas com o corta-vergalhão e John continuava filmando. A equipe de mergulho observava um pouquinho mais detrás, iluminada pela luz da filmadora.

Erika girou delicadamente a válvula de pressão, o que foi seguido por um chiado. Soltou as duas travas e levantou a tampa. A luz da filmadora digital iluminou o interior e ricocheteou nos pacotinhos organizados, todos cheios com o pó cinza rosado.

O coração de Erika disparou ao ver aquilo.

– Heroína, que por aí vale quatro milhões de libras!

– É horrível, mas não consigo tirar os meus olhos disso – murmurou John, inclinando-se para dar uma olhada mais de perto no interior.

– Obrigada a todos vocês – Erika agradeceu, virando-se para os rostos silenciosos da equipe de mergulho, que estava de pé em um pequeno semicírculo. Seus rostos cansados devolveram largos sorrisos.

Uma interferência barulhenta ressoou da unidade de comunicação, vinda de um dos mergulhadores que ainda estava na água. Lorna foi até o equipamento e começou a falar ao rádio.

Erika fechou cuidadosamente a tampa da mala.

– Okay, John, entre em contato com a central. Temos que levar isso em segurança para a delegacia. E diga ao Superintendente Yale que precisamos de uma equipe para procurar impressões digitais para escarafunchar isso aqui no momento em que chegarmos lá. Não vamos tirar os olhos dessa mala até que esteja trancada em segurança, entendido?

– Entendido, chefe.

– E pega no carro um daqueles sacos grandes de evidências para mim.

John saiu quando Erika se levantou, mantendo os olhos na mala.

– Te peguei, Jason Tyler – murmurou. – Eu te peguei, e você vai ficar muito tempo engaiolado.

– Detetive Inspetora Chefe Foster – chamou Lorna, afastando-se da unidade de comunicação e aproximando-se de Erika. – Um dos nossos mergulhadores estava fazendo uma varredura na área... Ele achou outra coisa.

Quinze minutos depois, Erika havia empacotado a mala de heroína, e John estava de volta com a filmadora digital, registrando outro mergulhador sair da água. Ele tinha algo escuro e disforme nos braços. Carregou-o até um novo pedaço quadrado de plástico que havia sido estendido na grama. Era um pacote de plástico cheio de lama e preso com finas correntes enferrujadas das quais pendiam o que pareciam ser halteres. Não tinha mais do que um metro e meio de comprimento e dobrava-se sobre si mesmo. O plástico estava velho, quebradiço e esbranquiçado.

– Foi encontrado a pouco mais de um metro da mala, parcialmente submerso no lodo no fundo da pedreira – informou Lorna.

– Não é pesado. Há algo pequeno dentro, dá para sentir o conteúdo se deslocando – comentou o mergulhador.

Ele o colocou no quadrado de plástico e um silêncio se abateu sobre a equipe, quebrado apenas pelos galhos das árvores tremulando ao vento.

Erika sentiu um pavor gelado lhe revirar o estômago. Deu um passo adiante, quebrando o silêncio.

– Pega o corta-vergalhão para mim de novo, por favor?

Ela o enfiou debaixo do braço, pôs uma luva de látex nova, deu um passo à frente e começou a cortar com cuidado as correntes enferrujadas, que eram finas, mas davam muitas voltas no pacote. O plástico estava tão quebradiço que tinha ficado rígido e crepitou quando ela soltou as correntes e água começou a escorrer na grama.

Apesar do frio, Erika se deu conta de que estava suando. O plástico havia sido enrolado várias vezes e, enquanto desembrulhava as camadas, ela pensava que o que quer que houvesse ali dentro era pequeno. Tinha somente o cheiro da água do lago: insípido e um pouco desagradável, o que disparou o alarme em sua cabeça.

Quando chegou à última dobra do plástico, viu que a equipe ao redor estava completamente em silêncio. Ela tinha se esquecido de respirar. Deu um longo suspiro e desdobrou a última volta do plástico quebradiço.

A luz da filmadora iluminou o conteúdo. Era um pequeno esqueleto: um emaranhado de peças em meio a uma camada de lama. Não havia sobrado quase nada da roupa, apenas alguns fragmentos de um material marrom agarrado a uma parte da caixa torácica. Um pequeno cinto fino com a fivela enferrujada ao redor da coluna vertebral, ainda preso à pélvis. O crânio estava solto e aninhado em uma pilha curvada de costelas. Algumas mechas escuras de cabelo continuavam presas ao topo do crânio.

– Meu Deus do Céu – disse Lorna.

– É muito pequeno... Parece um esqueleto de criança – disse Erika suavemente.

Eles foram engolidos pela escuridão quando John saiu correndo com a filmadora na direção da margem da pedreira, onde se ajoelhou e vomitou descontroladamente na água.

CAPÍTULO 3

Chovia forte quando Erika se sentou no banco do motorista de seu carro. Os pingos martelavam o teto do veículo e o limpador de para-brisas trabalhava furiosamente respingando a água que refletia a luz azul das viaturas ao redor e do caminhão da equipe de mergulho.

A van do patologista foi a primeira a ir embora da pedreira. O saco preto com os restos do corpo tinha uma aparência muito pequena quando foi carregado para o interior da parte de trás do veículo. Apesar de seus anos na força policial, Erika estava abalada. Toda vez que fechava os olhos, via o minúsculo esqueleto com tufos de cabelo e órbitas oculares vazias. As perguntas continuavam martelando em sua cabeça. *Quem desovaria uma criança na pedreira? Era algo relacionado a gangues? Mas Hayes era uma área abastada com taxa de criminalidade baixa.*

Ela passou as mãos pelo cabelo e se virou para John.

— Você está bem?

— Desculpe, chefe. Não sei por que eu... já vi um monte de cadáveres... Não tinha nem sangue.

— Tudo bem, John.

Erika ligou o carro quando os dois veículos de apoio e o que levava a mala de heroína arrancaram. Ela engatou a marcha e também arrancou. Eles seguiram em silêncio enquanto as luzes sombrias do comboio iluminavam a mata densa que ia ficando para trás em ambos os lados da estradinha de cascalho. A detetive sentiu uma pontada de arrependimento por não estar mais trabalhando em seu antigo departamento com a Equipe de Investigação de Assassinatos na Lewisham Row. Tinha sido transferida para a Equipe de Projetos, que combatia o crime organizado. Seria trabalho de outro policial descobrir como o pequeno esqueleto acabou a nove metros no fundo da escuridão gelada.

— Achamos a mala. Estava onde a esposa do Jason Tyler disse — comentou John, tentando soar otimista.

– Precisamos que as impressões digitais dele estejam lá, sem isso não temos nada – disse Erika.

Eles saíram do parque e atravessaram Hayes. As luzes dos faróis brilhavam nas vitrines do supermercado, da lanchonete e da revistaria, que exibia um varal de máscaras de Halloween frouxamente pendurado, todas com olhos ocos e grotescos narizes curvos.

Erika não conseguia se sentir triunfante por terem encontrado a mala de heroína. Só era capaz de pensar no pequenino esqueleto. Em seu trabalho na força policial, passou vários anos comandando esquadrões antidrogas. Os nomes mudavam – Unidade Central de Drogas, Prevenção às Drogas e ao Crime Organizado, Equipe de Projetos –, mas a guerra contra as drogas era uma luta que jamais venceriam. No momento em que um fornecedor era preso, outro aguardava pronto para assumir o lugar, ocupando o vácuo com ainda mais destreza e perspicácia. Jason Tyler havia ocupado um vácuo e, em um curto espaço de tempo, outro assumiria o dele. Lave, enxágue, repita a operação.

Assassinos, no entanto, eram diferentes... Eles podiam ser capturados e presos.

As viaturas à frente pararam diante de um semáforo perto da estação de trem Hayes. Pedestres com guarda-chuvas atravessaram a rua aos montes.

A chuva batia forte no teto do carro. Erika fechou os olhos por um momento. O pequeno esqueleto deitado na margem da pedreira lhe veio à mente. Um carro atrás buzinou, ela deu um pulo e abriu os olhos.

– Está verde, chefe – disse John em voz baixa.

Eles arrastaram-se para a frente lentamente, a rotatória ainda estava abarrotada. Erika olhou para as pessoas passando apressadas e ficou analisando seus rostos.

Quem foi? Quem faria aquilo? pensou ela. *Eu quero te encontrar. Eu vou te encontrar. Quero te prender e jogar a chave fora...*

O carro atrás buzinou duas vezes. Erika viu que o trânsito estava liberado e deu a volta na rotatória.

– Você me perguntou mais cedo se sou casada – comentou Erika.

– Só queria saber se ia querer levar alguém ao jantar...

– O meu marido era policial. Ele morreu durante uma batida em busca de drogas há dois anos e meio.

– Puta merda. Eu não sabia. Não teria falado nada... Me desculpe.

– Tudo bem. Achei que todo mundo soubesse.

– Não sou muito de fofoca. E o convite para jantar ainda está de pé. Estou falando sério. A lasanha da Monica é muito boa mesmo.

Erika sorriu e disse:

– Obrigada. Talvez quando isso acabar.

John concordou com um gesto de cabeça e perguntou com delicadeza:

– O esqueleto... É de criança, não é?

Erika respondeu que sim com um movimento de cabeça. Quando chegaram à rotatória, a van do patologista se desgarrou e virou à direita. Eles a observaram desaparecer em meio às casas. As viaturas que transportavam a mala de heroína viraram à esquerda e, relutante, Erika as seguiu.

A delegacia Bromley era um prédio de tijolos de três andares no final da Bromley High Street em frente à estação de trem. Passava pouco das 7h da noite e os pedestres caminhavam depressa debaixo do toldo da estação de trem Bromley South, e a chuva torrencial bem como o fim de semana que se aproximava os deixavam ainda mais apressados. Os primeiros grupos de pessoas que saíam para beber na sexta-feira à noite movimentavam-se na outra direção. Garotas jovens seguravam jaquetas minúsculas sobre as cabeças, tentando não molhar seus vestidos ainda mais minúsculos, e rapazes elegantes de camisa e calça social usavam edições gratuitas do *Evening Standard*.

Erika passou de carro em frente à estação e entrou na rua que serpenteava até o estacionamento subterrâneo da delegacia, seguindo as duas viaturas que continuavam com as sirenes acesas e ladeavam o carro que carregava a mala de heroína.

No térreo da delegacia Bromley ficava a repartição dos policiais, e o corredor estava cheio de oficiais que chegavam para seus turnos pensativos e rabugentos diante de uma noite em que provavelmente teriam de lidar com menores de idade consumindo bebida alcoólica. O chefe dela, o Superintendente Yale, encontrou Erika, John e os seis policiais uniformizados que acompanhavam o caso, na escada principal, que levava ao Departamento de Investigação Criminal. Juntou-se a eles quando estavam subindo. Ele estava sempre com o rosto avermelhado, a cabeleira ruiva despenteada e invariavelmente com um aspecto de que tinha sido enfiado à força no uniforme: a farda era um número menor do que o adequado para seu corpo robusto.

– Bom trabalho, Erika! – elogiou, olhando radiante para a mala enfiada no saco de evidências criminais. – Os técnicos que vão verificar as impressões digitais estão esperando lá em cima.

– Senhor, além da mala que encontramos... – começou Erika.

Yale franziu a testa e a interrompeu:

– Restos mortais, eu sei. Vamos evitar falar sobre isso agora.

– Senhor! O esqueleto estava enrolado em um plástico. Era uma criança...

– Erika, estamos em um estágio crucial aqui, não perca o foco.

Eles chegaram à porta de uma sala onde um policial à paisana aguardava. Os olhos dele brilharam quando viu o oficial carregando a mala de plástico no saco de evidências.

– Aí está ela, vamos ver se conseguimos umas impressões digitais para acabar com Jason Tyler! – disse o Superintendente Yale. Ele puxou a manga para conferir o relógio enterrado no pulso peludo e acrescentou:

– A gente tem até 8h30 da manhã. Vai ser apertado, então mãos à obra.

CAPÍTULO 4

À uma da madrugada de sábado o alívio e o entusiasmo tomaram conta de todos quando as impressões de Jason Tyler apareceram em um dos pacotes de heroína bem embalados dentro da mala. Eles deram resultado positivo.

A equipe de Erika trabalhou o fim de semana inteiro até a audiência de Tyler na manhã de segunda-feira, quando ele foi acusado e lhe negaram direito à fiança.

Na segunda-feira à tarde, Erika bateu na porta da sala de Yale. Ele estava pegando seu casaco e se preparando para ir embora.

– Vamos tomar uma, Erika? Você merece. A primeira rodada é por minha conta – ele propôs, abrindo um sorriso.

– Acabei de ler o depoimento sobre Tyler à imprensa – disse ela. – O senhor omitiu a descoberta dos restos mortais.

– Não quero que isso ofusque o nosso caso contra Tyler e, com base no que você encontrou, esse outro caso é histórico. Não tem nada a ver com o traficante. E o melhor de tudo é que aquilo não é problema seu. Foi passado para as Equipes de Investigação de Assassinatos.

Yale vestiu o casaco e foi até um arquivo ao lado da porta, onde havia um espelhinho de mão preso com fita adesiva, e passou um pente na rebelde cabeleira ruiva.

Erika sabia que ele não estava sendo hostil, e sim realista.

– Vamos tomar uma, então? – perguntou, virando-se para ela.

– Não, obrigada. Estou exausta. Acho que vou para casa.

– Tá legal. Bom trabalho – disse ele, dando uns tapinhas no ombro dela ao sair.

Erika foi para seu apartamento em Forest Hill e tomou um banho. Quando saiu do banheiro enrolada em uma toalha, a tarde estava cinza e melancólica e, através das janelas que davam para o pátio, viu a neblina baixa no seu pequeno quintal. Fechou as cortinas, ligou a TV e se acomodou no sofá.

Ao longo das horas seguintes, o pequeno esqueleto assombrou seus sonhos, que repetiam o momento em que ela desembrulhou a última camada de plástico e viu o crânio com os tufos compridos de cabelo... O cinto fino ao redor da coluna vertebral...

Ela foi acordada pelo toque do telefone.

– Erika, oi. É o Isaac – cumprimentou uma suave voz masculina. – Você está ocupada?

Desde que tinha se mudado para Londres dois anos e meio atrás, o patologista forense Isaac Strong tinha se tornado um amigo e colega de confiança.

– Não. Estou vendo um filme – respondeu Erika, esfregando os olhos para focar a imagem na tela. – Sarah Jessica Parker e Bette Midler estão voando em vassouras e outra bruxa vem atrás num aspirador de pó.

– Ah, *Abracadabra*. Não acredito que já é Halloween de novo.

– Este é o meu primeiro Halloween em Forest Hill. Acho que estar no térreo vai me deixar em desvantagem em relação à molecada dos doces ou travessuras – disse Erika, tirando a toalha da cabeça com a mão livre e notando que seu cabelo estava quase seco.

Isaac fez um breve silêncio antes de dizer:

– Esta ligação não é social. É sobre os restos mortais que você achou na sexta-feira, na pedreira Hayes.

Ela ficou paralisada com a toalha na mão.

– O que foi?

– Me chamaram para fazer uma autópsia urgente no sábado de manhã e, quando terminei, vi os restos mortais e que o seu nome estava na documentação, então dei uma olhada.

– Achei que alguém das Equipes de Investigação de Assassinatos estava responsável pelo caso agora.

– É isso mesmo, e estou trabalhando com eles, mas agora ninguém está atendendo as minhas ligações. Imaginei que você ia atender e que se interessaria pelo que descobri.

– Tem toda razão. O que você me conta?

– Estou no necrotério em Penge. Em quanto tempo você consegue chegar aqui?

– Já estou a caminho – disse ela, soltando a toalha e se vestindo apressada.

CAPÍTULO 5

Os passos de Erika ecoavam no chão de pedra do necrotério conforme ela percorria o interminável corredor que levava à sala de autópsia. Chegou a uma porta no final, e uma câmera de vídeo no alto da parede zuniu ao se virar, parecia até que estava lhe cumprimentando. A grossa porta de metal rangeu e se abriu depois de um estalo.

A sala era fria e desprovida de luz natural. Em uma parede estavam alinhadas unidades de refrigeração de aço inoxidável e, no centro, quatro mesas de autópsia cintilavam sob a luz fluorescente. A mais próxima da porta estava coberta por um lençol azul sobre o qual encontrava-se montado o esqueleto, intacto, com seus ossos de tonalidade marrom escura.

O Dr. Strong estava de costas para Erika e, quando a ouviu entrar, endireitou o tronco e se virou. Ele era alto, magro e estava usando um traje cirúrgico azul, máscara branca e uma touca também azul bem justa na cabeça. Sua assistente, uma jovem garota chinesa, trabalhava silenciosa e respeitosamente, movimentando-se ao longo de uma série de amostras embaladas sobre uma bancada atrás da mesa de autópsia.

– Oi, Erika – cumprimentou Isaac.

– Obrigada por me ligar – disse ela, olhando para o esqueleto atrás dele.

O cheiro era desagradável: água podre, decomposição, e um odor forte de medula óssea. Ela olhou de volta para o rosto pálido e cansado de Isaac, que puxou a máscara branca para baixo, arqueou as sobrancelhas impecavelmente modeladas e sorriu, abrindo caminho em meio às formalidades. Ela deu um sorriso breve. Não o via fazia várias semanas. A amizade era forte, porém, diante da morte e naquele ambiente formal, eram profissionais. Eles gesticularam a cabeça, assumindo seus papéis de Patologista Forense e Detetive Inspetora Chefe.

– De acordo com o protocolo, tenho que ligar para o policial no comando da Equipe de Investigação de Assassinatos e para a Equipe de

Investigação de Casos Especializados da Scotland Yard, mas achei que você ia gostar de tomar conhecimento do que descobri.

– Você entrou em contato com a Equipe de Investigação de Casos Especializados? Isso significa que identificou quem ele é? – perguntou Erika.

O Dr. Strong levantou a mão e disse:

– Deixe-me começar pelo início – os dois aproximaram-se mais da mesa de autópsia, em que a sujeira nos ossos contrastava com o impecável lençol esterilizado sobre o qual estavam dispostos com perfeição. – Esta é a Lan, minha nova assistente – ele apresentou, apontando para a elegante jovem. Ela se virou e, somente com os olhos à mostra acima da máscara, cumprimentou com um gesto de cabeça.

– Okay. Você pode ver que o crânio está intacto, não tem nenhuma fratura nem desgaste – disse Isaac, suspendendo delicadamente um emaranhado de cabelo castanho grosso e afastando-o, expondo o osso liso do crânio. – Está faltando um dos dentes, o incisivo central superior esquerdo – informou, movendo a mão com luva até o conjunto de dentes superiores amarelos e amarronzados. – E três costelas na lateral superior esquerda, perto do coração, estão quebradas.

Ele apontou o local em que os pedaços das três costelas estavam dispostos e continuou:

– O corpo foi muito bem embalado no plástico, o que manteve boa parte do esqueleto intacto. Normalmente, em cursos d'água, lagos ou pedreiras, há peixes, lagostins de água doce, enguia e todo tipo de bactérias e micróbios que devoram e decompõem um cadáver. O plástico protegeu o esqueleto de tudo, a não ser dos micróbios que consumiram o corpo.

Isaac puxou uma mesinha com roda. Nela, em envelopes de evidências, havia objetos pessoais removidos do esqueleto.

– Encontramos vários fragmentos de roupa, uma fileira de botões que pode indicar que a pessoa estava de cardigã – disse Isaac, pegando um dos envelopes para mostrar onde alguns fragmentos marrons puídos tinham sido reagrupados num formato indistinto.

Ele o devolveu à mesinha e pegou outro envelope.

– Também temos um cinto feito de uma mistura de plásticos sintéticos, dá para ver que não tem mais cor, mas a fivela está fechada.

Erika viu como devia ter sido pequenina a cintura que ele envolvia.

– Além disso, um pedaço de um objeto pequeno de náilon ainda estava fechado e preso no cabelo, acho que era um laço... – disse ele com a voz desvanecendo quando pegou o envelope menor, que continha o emaranhado de cabelo castanho grosso preso com uma tira fina e suja.

Erika ficou um momento em silêncio e passou os olhos naquilo tudo. O esqueleto, pequeno e vulnerável, a encarava com as órbitas oculares vazias.

– Eu tinha um cinto igualzinho a esse quando tinha oito anos. Esses pertences são de uma garotinha? – indagou Erika, apontando para o envelope.

– São – confirmou Isaac delicadamente.

– Tem alguma ideia da idade? – Erika levantou o olhar para ele, esperando que Isaac fosse direto e disparasse sua resposta habitual: que era muito cedo para se ter certeza.

– Acredito que é o esqueleto de uma menina de 7 anos chamada Jessica Collins.

Erika ficou olhando para Isaac e Lan, momentaneamente atordoada.

– O quê? Como vocês sabem?

– Pode ser muito difícil determinar o sexo de restos esqueletais, particularmente se a morte aconteceu antes da puberdade. Mas a pequena quantidade de roupas encorajou o policial no comando da Equipe de Investigação de Assassinatos a correr atrás de mais dados, e ele solicitou arquivos de garotas desaparecidas nos últimos 25 anos, com idade entre 6 e 10 anos. Focamos nos casos de crianças desaparecidas na região de fronteira entre South London e Kent. É óbvio que prestam queixa de desaparecimento de crianças todos os dias, mas felizmente a maioria é encontrada. Quando os nomes chegaram, solicitamos os registros das arcadas dentárias, que foram analisados por um dentista forense. Os dentes eram compatíveis com os registros de uma menina desaparecida em agosto de 1990. O nome dela era Jessica Collins.

Lan foi até a bancada e retornou com uma pasta. Isaac a pegou, retirou dela uma radiografia e a segurou contra a luz.

– Isso chegou junto com o relatório do dentista forense. Não tenho mais negatoscópio para ver as chapas, o antigo estragou e ainda estou esperando as lâmpadas novas – lamentou ele. – Um dos riscos do raio X se tornar digital... Esta arcada dentária é de um registro de 1989. Jessica Collins estava jogando bola no quintal e foi atingida no maxilar. Ela tinha 6 anos. Se você olhar aqui, não havia nada quebrado, mas o raio X mostra que o dente da frente é serrilhado e torto, e os de baixo também estão tortos. São idênticos aos do esqueleto.

Eles olharam novamente para o esqueleto, o dente superior marrom e torto e o osso maxilar disposto cuidadosamente ao lado dele entregavam o segredo sobre sua identidade.

– Durante a autópsia, consegui extrair uma pequena quantidade de medula óssea, vou encaminhá-la para o laboratório logo, mas estou seguindo todos os procedimentos. Tenho certeza de que esta é Jessica Collins.

Houve um momento de silêncio. Erika passou a mão pelo cabelo e perguntou:

– Tem alguma ideia de qual foi a causa da morte?

– Temos três costelas quebradas no lado esquerdo da caixa torácica, fraturas simples, o que pode indicar lesão no coração ou nos pulmões. Não há marcas nem ranhuras no osso, o que teria me informado se uma faca ou objeto afiado foi usado. Além disso, falta o incisivo frontal esquerdo, mas ele não foi quebrado. O dente saiu por inteiro, mas não consigo afirmar como ele desapareceu. É normal uma criança de 7 anos perder dentes de leite...

– Você está querendo dizer que a resposta é "não"?

– Correto. Mas levando em consideração o fato de que o corpo foi embalado em plástico e que prenderam pesos a ele, temos que considerar a possibilidade de crime.

– É claro.

– Quando você veio para o Reino Unido? Em que ano? – Isaac perguntou.

– Setembro de 1990 – respondeu ela.

– Você se lembra do caso da Jessica Collins?

Erika ficou um momento em silêncio e remexeu nas memórias de quando se mudou da Eslováquia para o Reino Unido, aos 18 anos, para trabalhar em Manchester como *au pair* para uma família com dois filhos pequenos.

– Não sei. Eu não falava muito bem inglês e aquilo tudo era um choque cultural para mim. Nos primeiros meses, trabalhei na casa deles e ficava no meu quarto. Não tinha TV... – Ela parou de uma hora para a outra e viu que a assistente de Isaac a observava atenciosamente. – Não, não me lembro desse caso.

– Jessica Collins desapareceu na tarde do dia 17 de agosto de 1990. A menina saiu da casa dos pais para ir à festa de aniversário de uma amiga na mesma rua. Ela não chegou à festa. Nunca a encontraram. Foi como se tivesse desaparecido no ar. O caso teve muita repercussão na mídia.

Ele pegou outro papel na pasta. Era a foto de uma garotinha loira com um sorriso largo. Ela estava com um vestido de festa cor-de-rosa, cinto fino combinando, cardigã azul e uma sandália com estampa de flores de várias cores. Na foto ela fazia pose diante de uma porta de madeira escura em um local que parecia a sala de uma casa.

Havia algo no sorriso de dentes inferiores tortos na foto que ela conseguia identificar no osso do maxilar disposto na mesa de autópsia, o que fez Erika perder o fôlego.

– Ah, lembrei – ela disse com a voz baixa, finalmente reconhecendo a foto. Ela havia sido usada nas matérias de todos os jornais.

– E, neste exato momento, nós somos as únicas três pessoas no mundo que sabem o que aconteceu com ela – comentou Lan, falando pela primeira vez.

CAPÍTULO 6

Escureceu enquanto Erika voltava de carro do necrotério em Penge para seu apartamento. Havia pouco trânsito. À medida que a luz do dia desvanecia, a neblina baixa ficava mais densa, formando uma cortina de névoa entre as casas e as lojas enfileiradas de ambos os lados da rua. A tristeza em seu coração se intensificou. Ao longo de sua carreira, já tinha lidado com muitos casos, mas sempre havia alguns que lhe afetavam particularmente. Jessica tinha 7 anos quando morreu.

Erika tinha ficado grávida, por acidente, no final de 2008. Ela brigou com o marido, Mark, que desejava ter o bebê, mas ela não queria e interrompeu a gravidez. Mark não aprovou, mas disse que a apoiaria independentemente do que ela quisesse fazer. Erika interrompeu a gestação bem no início, mas tinha certeza de que era menina. Se tivesse mantido a criança, ela agora teria 7 anos.

As ruas iam ficando para trás, sombrias e cinzentas, e as lágrimas escorriam pelo rosto de Erika. Foi um ano difícil o que ela passou depois da decisão que havia tomado, tinha oscilado bruscamente entre alívio e repulsa. Culpava-se e culpava Mark por não ter insistido ainda mais com ela. Um bebê teria mudado tantas coisas na vida dela. Mark tinha se oferecido para ser pai em tempo integral e ficar em casa tomando conta do filho. Se tivesse desistido do serviço para ser pai, não estaria no trabalho no fatídico dia em que foi baleado.

Ela engolia em seco, soluçava e tirou uma mão do volante para limpar as lágrimas, quando uma mulher com uma criança pequena saiu de supetão de trás de uma fileira de carros estacionados ao longo do meio-fio para atravessar a rua. Erika enfiou o pé no freio em cima da hora e derrapou ruidosamente antes de parar.

A mulher era jovem e estava com uma volumosa jaqueta bomber cor-de-rosa. Ela gesticulou pedindo desculpa e puxou a criancinha – que vestia uma fantasia de esqueleto para o Halloween – pelo braço. O pequeno esqueleto virou a cabeça e o craniozinho olhou os faróis acessos. Erika fechou os olhos com força e quando os reabriu eles tinham desaparecido.

Quando chegou em casa, ela ligou o aquecedor central e não tirou o casaco enquanto preparava uma boa dose de café, depois ajeitou-se no sofá com seu notebook. Entrou direto no Google e digitou "Jessica Collins Garota Desaparecida". Uma página inteira de resultados apareceu na tela, e ela clicou no primeiro deles: Wikipédia.

Jessica Marie Collins (11 de abril de 1983) desapareceu na tarde do dia 7 de agosto de 1990, pouco depois de sair da casa dos pais na Avondale Road, Hayes, Kent, para ir à festa de aniversário de uma amiga da escola.

Na tarde do dia 7 de agosto, às 13h45, Jessica saiu do número 7 da Avondale Road, sozinha, para fazer a curta caminhada até uma casa da vizinhança, o número 27 também na Avondale Road, onde era o aniversário da amiga. Mas ela nunca chegou. Foi somente às 16h30, quando os pais, Martin e Marianne Collins, chegaram para pegá-la, que as pessoas ficaram sabendo.

O desaparecimento atraiu uma ampla cobertura da mídia britânica.

No dia 25 de agosto de 1990, Trevor Marksman, de 33 anos, foi preso e interrogado, mas o soltaram quatro dias depois, sem acusação. A polícia deu prosseguimento ao caso em 1991 e 1992. As investigações envolvendo pessoas desaparecidas foram reduzidas no final de 1993.

Não houve mais prisões e o caso permanece aberto. O corpo de Jessica Collins jamais foi encontrado, e o caso permanece sem solução.

Erika checou a localização da pedreira Hayes no Google Earth. Ficava a aproximadamente três quilômetros da Avondale Road, onde Jessica tinha desaparecido.

– Com certeza devem ter feito buscas lá quando Jessica desapareceu, né? – Erika questionou a si mesma. Ela acessou resultados do Google Images, e achou uma imagem do apelo da Polícia Metropolitana feito em agosto de 1990. Os pais de Jessica estavam sentados atrás da mesa na coletiva de imprensa, pálidos e esgotados, entre dois policiais.

– Vinte e seis anos – murmurou Erika. Ela fechou os olhos e foi invadida por uma imagem. Um crânio e órbitas oculares, arreganhando o maxilar e os dentes.

Ela se levantou para fazer mais café quando o telefone tocou. Era o Superintendente Yale.

– Desculpe incomodar sua noite de folga, Erika, mas acabei de ter uma conversa interessante com o advogado do Jason Tyler. Tyler está querendo entregar quatro comparsas e fornecer e-mails e registros de transferências bancárias.

– Do jeito que o senhor está falando, parece que ele está querendo comprar uma casa da gente!

– Você sabe como as coisas funcionam, Erika. Podemos passar isso para a Promotoria Pública sabendo que vamos conseguir um resultado e uma provável condenação. É um resultado do qual você devia se orgulhar.

– Obrigada, senhor. Mas a possibilidade de Taylor pegar uma sentença reduzida não faz com que eu me sinta orgulhosa.

– Mas ele vai ser condenado.

– E o que ele vai fazer quando for solto? Abrir uma fabriqueta de vela? Ele vai voltar a traficar.

– Erika, por que você está assim? Este é o resultado que a gente queria. Ele está fora de ação, vamos chegar aos comparsas dele, cortar o fornecimento aos traficantes.

– E o que acontece com a mulher e os filhos dele?

– Eles vão testemunhar, provavelmente por videoconferência, e vão receber uma identidade nova.

– A esposa dele tem uma mãe idosa e duas tias.

– E isso é muito triste, Erika, mas ela devia saber como as coisas funcionam quando decidiu juntar os trapinhos com Jason Tyler. Ou ela acha que todo o dinheiro que entrava na casa chique deles era de uma fabriqueta de vela?

– O senhor está certo. Me desculpe.

– Tudo bem.

Erika ficou um momento em silêncio e voltou ao início do artigo da Wikipédia que tinha lido.

– Sobre o esqueleto que achamos na pedreira Hayes. Ele foi identificado. É de uma menina de 7 anos chamada Jessica Collins. Desaparecida em agosto de 1990.

Yale assobiou na outra ponta do telefone.

– Jesus Cristo, foi ela que você achou?

– Foi. Conheço o patologista forense, ele está me mantendo por dentro.

– Quem é o pobre coitado que foi designado para o caso?

– Não sei. Mas eu gostaria de me candidatar para chefiar esse caso.

Houve silêncio. Aquilo tinha saído da boca de Erika antes que ela pudesse refletir a respeito.

– Erika, do que é que você está falando? – questionou Yale. – Você foi designada a mim para integrar a Equipe de Projetos, como membro da divisão de Crime Organizado e Financeiro.

– Mas, senhor, eu descobri os restos mortais. Está na nossa área. O caso referente ao desaparecimento foi originalmente conduzido pelo nosso distrito...

– E muita coisa mudou desde os anos 1990, Erika. Não trabalhamos com sequestro nem assassinato comuns. Você sabe disso. Trabalhamos com matadores de aluguel na ativa, grandes fornecedores de drogas, facções criminosas multidimensionais, incluindo gangues raciais e tráfico de armas de fogo em grande escala...

– E, quando eu me juntei à sua equipe, o senhor disse que fui empurrada para você como a tia que ninguém quer receber no Natal!

– Não foi bem assim que eu falei, Erika, mas você agora é uma parte *valiosa* da equipe.

– Eu consigo solucionar esse caso. O senhor conhece o meu histórico de resolução de casos difíceis. Tenho habilidades singulares que beneficiariam uma investigação de crime histórico...

– E mesmo assim, depois de todos esses anos, você ainda é detetive inspetora chefe. Você, em algum momento, já se perguntou por quê?

Erika ficou em silêncio do outro lado da linha.

– Eu me expressei mal. Desculpe – ele disse. – Mas a resposta ainda é não.

CAPÍTULO 7

Pouco antes das nove da noite, Erika estacionou o carro e atravessou a rua até a casa do Comandante Marsh. Era perto de onde Erika morava, mas em uma área elegante e cara de South London. Perto de Hilly Fields Park. A casa dele tinha vista para a linha do horizonte de Londres, que cintilava na escuridão. Pequenos grupos de crianças vestindo fantasias de Halloween circulavam para cima e para baixo na rua com os pais, e suas conversas e risadas flutuavam até Erika, que tinha aberto o portão da casa de Marsh e estava batendo na porta com a pesada aldrava de ferro. Até dois meses atrás, Paul Marsh tinha sido o chefe de Erika na delegacia Lewisham Row, de onde ela saiu desacreditada. Estava tentando pensar no que diria a ele quando sua esposa, Marcie, apareceu ao portão com as duas gêmeas, Rebecca e Sophia. Elas estavam idênticas vestidas de princesa-fada e cada uma delas carregava uma aboborazinha de plástico cheia de doces. Marcie usava uma legging preta de *lycra*, jaqueta preta justa, orelhas pontudas e o rosto pintado de gato. Erika não conseguiu evitar a irritação com aquela fantasia.

— Erika, o que você está fazendo aqui? – perguntou Marcie. As duas garotinhas de cabelo escuro levantaram o olhar para ela. Elas tinham cinco ou seis anos? Erika não conseguia se lembrar.

— Desculpe, Marcie. Sei que você odeia que eu apareça assim na sua casa, mas é um assunto muito importante. Preciso falar com o Paul... Ele não está atendendo o telefone.

— Você procurou na delegacia? – Marcie perguntou, tentando chegar à porta. Erika deu um passo para trás.

— Ele não está atendendo lá também.

— Bom, ele não está aqui.

— Doces ou travessuras! – gritou uma das garotas suspendendo a abóbora.

– Doces ou travessuras! A gente pode ficar acordada até tarde hoje! – gritou a outra, batendo sua abóbora na da irmã para tirá-la do caminho. Marcie abriu a porta e olhou para as meninas.

– Oh, queridas, não tenho nenhum doce – disse Erika, enfiando a mão nos bolsos. – Mas tomem isto aqui para vocês comprarem mais! – Ela tirou duas notas de cinco libras e colocou uma em cada abóbora. As meninas olharam para Erika e Marcie, sem saber se aquilo era permitido.

– Uau, que legal a Erika, hein? Agradeçam a ela, meninas! – disse Marcie. O rosto dela não era compatível com o sentimento.

– Obrigada, Erika! – esganiçaram as duas. Elas eram pura fofura e Erika sorriu para elas também.

– Lembrem-se de escovar os dentes depois de todo esse doce.

As meninas concordaram com um gesto de cabeça solene. Erika voltou sua atenção para Marcie.

– Sinto muito. Mas eu realmente preciso falar com o Paul. Você sabe onde ele está?

– Espere aí...

Marcie colocou as duas princesinhas para dentro, dizendo-lhes que fossem se aprontar para dormir. Elas deram tchau para Erika e desapareceram quando Marcie fechou a porta.

– Ele não te contou?

– Contou o quê? – perguntou Erika, surpresa.

– A gente se separou. Ele se mudou três semanas atrás.

Marcie cruzou os braços e Erika percebeu o comprido rabo preto na parte de trás da legging. Ele balançava com o vento.

– Não. Sinto muito. Não sabia mesmo... Não trabalho mais com ele.

– Onde você está agora?

– Bromley.

– Ele nunca me conta nada.

– E onde Paul está?

– Ele está ficando no apartamento da Foxberry Road, até a gente resolver as coisas...

As duas ficaram um momento em silêncio se entreolhando. Erika estava com uma certa dificuldade de levar Marcie a sério, vestida de gata. De repente, uma rajada de vento frio soprou da lateral da casa. As meninas deram gritinhos lá em cima.

– Tenho que ir, Erika.

– Sinto muito, Marcie.

– Sente mesmo? – ela questionou ela enfaticamente.

– Por que não sentiria?

– A gente se vê por aí – despediu-se Marcie. Ela entrou com a cauda balançando, depois fechou a porta.

Erika caminhou de volta ao carro, olhando para a bela casa atrás de si. Acenderam as luzes no andar de cima.

– Paul, seu burro idiota, o que foi que você fez? – disse para si mesma enquanto entrava no carro.

CAPÍTULO 8

O imóvel número 85 na Foxberry Road agigantava-se diante de Erika à medida que ela se aproximava para estacionar o carro. Ele ficava no final de uma longa fileira de casas geminadas de três andares que se estendiam a partir da estação de trem Brockley.

Ela deu uma olhada para a janela do alto. Dois anos antes, Erika tinha alugado o apartamento de Marsh, que ficava no último andar, e morou nele durante um longo e frio inverno. Além do choque de estar em uma cidade nova e da solidão de um apartamento parcamente mobiliado, um mascarado o invadiu e quase a matou.

– Você sabe que podia ter se poupado de muito aborrecimento se tivesse atendido o telefone – disse Erika quando Marsh abriu a porta. Ele estava com uma calça xadrez de pijama e camiseta desbotada do Homer Simpson. Aparentava estar exausto, e o cabelo claro parecia mais ralo no alto da cabeça.

– Oi pra você também – disse ele. – Isso tem a ver com o trabalho ou você trouxe uma garrafa?

– Sim e não.

Ele revirou os olhos e disse:

– Melhor você entrar.

O pequeno apartamento não tinha mudado muito nos 18 meses desde sua mudança. Ele tinha uma frieza elegante com a mobília genérica da loja IKEA. Erika evitou olhar para a porta aberta do banheiro ao atravessar o hall na direção da sala. Foi ali que o invasor mascarado havia escalado a parede de trás do prédio, arrancado o exaustor e aberto a janela. Naquela noite, Erika chegou muito perto da morte quando ele estava com as mãos ao redor de seu pescoço. Foi salva por sua colega, a Detetive Inspetora Moss. Ela pensou em Moss, sentiu saudade de trabalhar com ela e seus outros colegas da Equipe de Investigação de Assassinatos na delegacia Lewisham Row.

Isso aguçou a determinação de Erika. Marsh gesticulou para que ela se sentasse no pequeno sofá. Pegou o telefone e o ligou, em seguida foi até a pia para lavar duas xícaras de chá que estavam sujas e empilhadas.

– Tarde da noite na sexta-feira, eu resgatei quatro milhões de libras em heroína do fundo de uma pedreira. Nós o ligamos a...

– Jason Tyler. Sim, eu vi, e poucos meses depois de entrar para a nova equipe. Bom trabalho.

– Obrigada. A Unidade Naval também achou restos mortais meio enterrados no lodo no fundo da pedreira. Eles não têm relação com o caso do Tyler...

Erika contou rapidamente o que sabia até então.

– Jesus Cristo. Você encontrou a Jessica Collins? – espantou-se ele.

Erika fez que sim.

– Estou sentindo que você vai direto ao ponto – Marsh acrescentou, abrindo a minúscula geladeira e pegando o leite.

– Isso mesmo. Preciso da sua ajuda. Quero ser a comandante do caso da Jessica Collins.

Marsh ficou parado segurando o leite, em seguida abriu a garrafa e começou a servir as duas canecas.

– Já falou com o seu superintendente?

– Já.

– Ele negou. Não negou?

Erika fez que sim com um gesto de cabeça e prosseguiu:

– Paul, você precisava ter visto a menina, o esqueleto. Tão pequeno e vulnerável... Estava com três costelas quebradas. Ela foi enrolada em plástico e jogada na água. Não sabemos se ainda estava viva quando a puseram lá. O assassino ainda está solto por aí.

Marsh pôs água quente em um bule pequeno.

– Sei que já designaram alguém das Equipes de Investigação de Assassinatos para o caso, mas ainda não começaram a trabalhar de verdade. É no meu distrito.

– Mas com os cortes, o seu superintendente provavelmente está com o orçamento apertadíssimo.

– Todos os departamentos da Polícia Metropolitana estão com o orçamento apertadíssimo, mas esse caso tem que chegar a algum lugar. Temos a mão de obra e os recursos em Bromley. Eu sou a oficial superior que encontrou o corpo. Não estou forçando a barra de jeito nenhum. Você agora é comandante. Consegue esquematizar isso para mim.

Marsh recolocou o leite na geladeira.

– Você sabe que o Comissário Assistente Oakley acabou de antecipar a aposentadoria? Ainda não tenho o mesmo entrosamento com o substituto dele.

– Quem é o substituto dele? – perguntou Erika.

– Só vão anunciar oficialmente amanhã de manhã.

– Qual é, me conta. Até parece que eu vou lá bater na porta da casa dele...

Marsh arqueou uma sobrancelha.

– Juro que não vou lá bater na porta da casa dele – garantiu Erika.

– Dela. A nova Comissária Assistente é Camilla Brace-Cosworthy – disse Marsh, mexendo o chá no bule antes de servir. – Erika, a sua cara diz tudo.

– Vou adivinhar. Ela estudou em Oxford.

– Cambridge. Entrou na força policial pelo programa de promoção acelerada.

– Então ela mal pegou no pesado?

– Não é disso que se trata hoje em dia.

– O que você está querendo dizer? Tem policiais lá fora todo dia pegando no pesado, resolvendo as merdas e os problemas. E de novo eles promovem a um posto alto alguém que não sabe nada sobre a vida além da reduzida esfera da escola particular cara e das férias nas casas de campo luxuosas dos condados nos arredores de Londres.

– Isso não é justo. Você não a conhece – ele comentou entregando-lhe uma caneca de chá. – Deixa de ser rabugenta.

– E?

– E eu estou gostando dessa raiva toda. É muito divertido quando não é direcionada a mim – disse ele abrindo um sorrisão.

– Olha, Paul. Estou ciente de que posso ser uma idiota. Se não fosse tão idiota às vezes, sei que já poderia ser superintendente. Que nada! Já podia ser superintendente-chefe...

– Calma aí.

– Eu aprendi uma lição. Por favor, dá para você mexer uns pauzinhos e me ajudar a comandar o caso da Jessica Collins? Sei que consigo pegar o filho da mãe que fez aquilo. Ele, ou ela, está solto por aí e acha que, depois de todos esses anos, se safou. Mas eu vou pegar quem fez isso.

Marsh sentou-se no sofá ao lado de Erika e tomou um golinho de chá.

– Você sabe o que aconteceu com a agente que trabalhou nesse caso quando ele ainda era de pessoa desaparecida? A Detetive Inspetora Chefe Amanda Baker? Ela foi tirada do caso.

– Já me tiraram de três casos grandes, depois lutei para voltar e solucioná-los.

– A Amanda não era como você. Quer dizer, era sim, ela era uma policial brilhante, mas não era forte aqui em cima – disse ele dando um tapinha na testa. – Ela foi uma das primeiras Detetives Inspetoras Chefe da Polícia Metropolitana e a primeira a ser designada para um caso famoso. Os colegas pegaram muito pesado com ela, e também o pessoal do alto escalão e a imprensa. Eles ficaram muito desconfiados sobre como deram a uma mulher o comando de uma operação.

– Como foi que deram a ela o cargo?

– Foi para estancar o desgaste do alto escalão da Polícia Metropolitana. Foram tantos os erros que cometeram nos primeiros dias após o desaparecimento da Jessica, a polícia estava enfrentando muitas questões. Dar o comando a uma mulher foi uma boa estratégia para tirar a atenção disso e limpar a barra da polícia.

– Mas o alto escalão acreditava que ela dava conta?

– Sim, mas o alto escalão não estava ciente de que nos meses anteriores à sua designação como comandante do caso, Amanda estava fazendo terapia.

– Por quê?

– Naquela época, no final dos anos 1980, era fato: se você fosse mulher na polícia, ficaria com os casos de estupro. A Amanda colhia provas na cena e dava apoio a essas mulheres ao longo do terrível processo. O único problema era que ela não sabia como se afastar daquilo, como separar a vida pessoal do trabalho. Ela permanecia em contato com as vítimas durante semanas, meses, até anos depois do acontecido. Ela salvou muitas mulheres do abismo. Só que isso teve um custo emocional e ninguém tomou conta dela. Amanda estava prestes a tirar licença por motivo de doença quando recebeu a ligação dizendo que seria a comandante do caso de Jessica Collins. Como as pistas e os indícios não levavam a nada, o caso foi ganhando proporções cada vez maiores. Era como se Jessica Collins tivesse evaporado. Por fim, Amanda pirou sob tanta pressão. É um cálice envenenado, Erika. É melhor você ficar fora disso, acredite em mim.

– Você me conhece. Não vou pirar sob pressão de ninguém – argumentou Erika em voz baixa. – Vou pirar, entretanto, se tiver que passar os próximos anos no carrossel de tirar traficante de droga da rua só para vir outro e tomar o lugar dele.

Eles ficaram um momento sentados tomando chá.

– Paul, por favor. É uma menina de 7 anos que foi raptada na rua. Só Deus sabe o que aconteceu com ela, o que fizeram. E depois ela ficou largada no fundo de uma pedreira durante 26 anos. Imagina se alguém fizesse isso com a Sophia ou a Rebecca...

– Não! Erika, *não* coloque as minhas filhas nisso! – alertou Marsh.

– A Jessica era filha de alguém... Você consegue esquematizar isso para mim.

Marsh esfregou os olhos, levantou-se e foi até a janela.

– Vou mexer uns pauzinhos, mas é só isso. Não posso prometer nada.

– Obrigada – disse Erika. – Mas, para o Superintendente Yale, nunca estive aqui, nunca falei com você.

– Não vai me perguntar sobre a Marcie? – disse ele depois de um silêncio.

– Não. Acho que se quisesse falar sobre isso, você falaria.

Ele se apoiou na parede e deu a impressão de estar sofrendo.

– Obrigado – disse ele. – A gente está tentando consertar as coisas. Estamos dando um tempo.

Erika olhou desconfiada para Marsh.

– Palavras dela, não minhas. Ela quer "dar um tempo" enquanto descobre... – a voz dele falhou e emudeceu. – Marcie conheceu outra pessoa.

– Foi ela que traiu? – perguntou Erika, surpresa.

– Foi. Com um camarada de um dos cursos de arte dela. O sujeito tem 29 anos, vai à academia. Como eu posso...?

– Paul! A Marcie te ama. Não desanime, não deixe que ela se esqueça de que você a ama.

– Você achou que tinha sido eu? – questionou ele de repente. – Você achou que quem tinha um caso era eu?

– Achei.

Ele deu a impressão de ter ficado magoado.

– Qual é, Paul. Você sabe o que estou querendo dizer. Você ocupa uma posição de poder. Existe um monte de menininhas prontas para casar na delegacia trabalhando como pessoal de apoio, e uma posição como a sua é um grande afrodisíaco.

– É? – perguntou ele, olhando para ela.

– O poder é... Para algumas mulheres, é afrodisíaco. Você sabe disso.

Ele concordou e ofereceu:

– Você quer mais um chá, ou alguma coisa mais forte?

– Não. É melhor eu ir.

– Se quiser, você pode ficar – ele ofereceu gentilmente.

– O quê? Eu moro logo ali...

– Só estou falando que está tarde e...

– Não, Paul. Não vou ficar – disse Erika, levantando-se e pegando o casaco no encosto do sofá.

– Você podia ser mais educada!

– Você tem duas filhas pequenas. E não é só porque a Marcie decidiu que quer sair por aí experimentando outras coisas que você tem que fazer o mesmo.

O rosto dele ficou vermelho de raiva.

– Não foi isso que eu quis dizer! Perguntei se você não queria dormir no sofá.

– Eu *sei* muito bem o que você quis dizer. Esse sofá mal tem 1,20 m e este apartamento é de um quarto...

– Cacete! – Marsh começou a gritar. – Foi uma proposta gentil a uma amiga...

– Não sou burra, Paul.

– É, sim. Você é burra pra cacete! Como alguém pode ser tão inteligente no trabalho e tão burra na vida?

Erika se virou e saiu do apartamento pisando duro. Desceu a escada como um trovão, passou pela porta do prédio e a bateu. Ao chegar ao carro, tateou no bolso em busca das chaves, que estavam agarradas na costura do forro.

– Merda! – xingou, dando um puxão nelas. – Merda, merda, merda!

Arrancou as chaves do bolso, rasgando o forro, depois destrancou o carro e entrou. Deu um murro no volante e deitou a cabeça no apoio do banco.

– Podia ter lidado muito melhor com aquilo. Eu devo ser burra mesmo – murmurou Erika.

CAPÍTULO 9

Quando Erika chegou cedo à delegacia Bromley na manhã de terça-feira, trombou com o superintendente Yale no térreo, saindo do banheiro masculino com um *The Observer* debaixo do braço.

– Erika, vamos conversar?

Erika concordou com um gesto de cabeça e o acompanhou até a sala dele. Yale fechou a porta e deu a volta na mesa, enfiando para dentro da calça a camisa sobre sua barriga em expansão. Ele acenou para que ela sentasse. Tamborilou na mesa com os dedos e ajeitou a foto emoldurada da esposa e dos dois filhos. Sua esposa era loira e delicada, mas os dois filhos haviam herdado o rebelde cabelo ruivo do pai, que ambos usavam no estilo *Annie, a Pequena Órfã*.[1]

– Acabei de receber uma ligação da nova Comissária Assistente – ele começou depois de um breve silêncio.

– Camilla Brace-Cosworthy? – perguntou Erika, tentando não demonstrar seu entusiasmo.

– Isso. Achei que ela estava ligando para se apresentar, mas não...

– Por que ela ligou?

– Ela quer se encontrar com você.

– Comigo? Sério? – Erika não sabia que cara fazer. Será que devia parecer chocada? Não era conhecida por manifestar um enorme espectro de emoções. Acabou optando pelos olhos arregalados de surpresa.

– É. Sério. Eu ainda não tive contato com a Comissária Assistente. Ela só está no cargo há um dia e mesmo assim quer conversar com você sobre o caso da Jessica Collins... Sabe de alguma coisa que eu não sei? Você não vai ganhar um Oscar pela sua reação.

---

[1] Annie, uma garotinha ruiva de cabelos rebeldes e encaracolados é a personagem-título da tira de jornal *Little Orphan Annie*, publicada nos EUA a partir de 1924. (N.T.)

– Não, senhor – ela respondeu, dando-se conta de que isso era parcialmente verdade.

– Sou o seu superior, Erika, e nós tínhamos discutido isso! Falei para você que não temos recurso nem tempo para lidar com um caso histórico grande como esse. Obviamente, não era a resposta que você queria e agora estou recebendo ligações-surpresa da Comissária Assistente.

Yale estava furioso, com o rosto mais vermelho do que o habitual.

– Eu não a procurei.

– Quem você procurou?

– Ninguém.

Yale recostou-se na cadeira.

– Parece que você tem sete vidas, Erika. Considerando o quanto o Comandante Marsh implorou para que eu arranjasse um lugar para você na minha equipe, suponho que vocês tenham uma *ligação* especial.

Erika recostou-se e tentou permanecer calma.

– Nós fizemos o treinamento policial juntos, senhor. Fomos para a rua na mesma época; ele era muito amigo do meu falecido marido. E é casado.

– Bom, o Comandante Marsh também participará dessa reunião. Você sabia disso?

– Não, não sabia, senhor. E espero que saiba que sou muito grata pela oportunidade que me deu.

Yale aceitou o agradecimento com um gesto de cabeça pouco convincente.

– Eles estão te esperando às 11 horas. Você tem que se apresentar na sala dela na New Scotland Yard.

Ele não esperou a resposta de Erika, que percebeu que a reunião estava encerrada, pois Yale se virou e começou a trabalhar no computador.

– Obrigada, senhor.

– E preciso do seu relatório final sobre Jason Tyler na minha mesa hoje até o fim do expediente.

– Sim, senhor. Obrigada.

– Erika, até as vidas dos gatos acabam. Use as que te restam com sabedoria – orientou, levantando o olhar para ela por um momento antes de retomar o trabalho.

CAPÍTULO 10

A Comissária Assistente, Camilla Brace-Cosworthy, sentou-se à mesa, ereta e pronta para o trabalho. Era uma mulher elegante na faixa dos 50 anos e no seu auge. Vestia a farda da Polícia Metropolitana, uma blusa branca com um lenço quadriculado no pescoço. O cabelo loiro na altura do ombro estava penteado de maneira impecável e seu rosto, maquiado para as câmeras.

— Entre, Erika. Sente-se — disse ela, com seu sotaque elegante enfatizando os imperativos. — É claro que você conhece o Comandante — acrescentou, gesticulando os dedos de unhas vermelhas na direção dele, que se encontrava ao lado dela.

— Conheço, sim. Olá, senhor — cumprimentou Erika, pegando a cadeira em frente à mesa. — Parabéns pela promoção, senhora.

Camilla fez um gesto com a mão dispensando o elogio e pôs os óculos de grife com armação preta.

— O tempo vai dizer se não passo de propaganda enganosa — ela respondeu com um olhar levemente desafiador. — Então, o caso de Jessica Collins. Você recolheu os restos mortais dela na sexta-feira, e eles foram identificados oficialmente?

— Sim, senhora.

Erika notou que Camilla folheava o conteúdo de uma pasta que estava sobre a mesa.

— Você trabalhou em várias Equipes de Investigação de Assassinatos, tanto em Londres quanto em Manchester?

— Sim, senhora.

Camilla fechou a pasta, tirou os óculos e mordiscou uma das hastes por um momento.

— É óbvio que a sua transferência para Bromley foi um rebaixamento. Por quê?

– Erika achou que não estava sendo valorizada – respondeu Marsh.

– Havia uma oportunidade de promoção para superintendente, e fui desconsiderada – corrigiu Erika. – Pelo predecessor da senhora. Isso foi na época em que fui bem-sucedida na captura da *Sombra*, que...

– Isso mesmo! Foi um alvoroço *e tanto*! – exclamou Camilla. Erika não sabia dizer se era uma exclamação de horror ou de admiração.

– Quando soube que fui desconsiderada para a promoção, questionei o Comandante Marsh, que era o meu superior direto na época, e ameacei sair. Ele me deu carta branca para fazer isso.

Erika olhou para Marsh, que estava de cara fechada. E se deu conta de que aquilo não estava lhe ajudando em nada.

– Mas é justamente o Comandante Marsh que está sendo bem insistente para que você seja designada à Inspetora Chefe do caso de Jessica Collins – argumentou Camilla.

– Ainda acho que a Erika tem muito a oferecer... – Marsh começou a explicar.

Camilla recolocou os óculos e consultou a pasta.

– Sua carreira é cheia de altos e baixos, Erika. Além da *Sombra*, você conseguiu pegar Barry Paton, que cometeu múltiplos assassinatos...

– O Estrangulador de York, senhora.

– Tenho tudo aqui. O Estrangulador de York matou oito garotas, e você teve uma sacada e tanto ao identificá-lo na filmagem feita por uma câmera de segurança, em que o reflexo dele aparecia na vitrine de uma loja em frente a um caixa automático.

– Isso mesmo, e ele ainda me agradece por isso todo Natal e aniversário.

Marsh abriu um sorriso, Camilla, não.

– Você não teve tanta sorte com outros casos, no entanto. Foi suspensa há dois anos para aguardar o resultado de uma investigação.

– Fui absolvida, senhora...

– Se você me deixar terminar. Foi suspensa para aguardar o resultado de uma investigação. Você comandou uma ação na casa de um traficante na Grande Manchester, o que resultou na morte de cinco policiais, um dos quais era seu marido.

Erika balançou a cabeça, concordando pesarosamente.

– Como você conseguiu retornar depois disso? – perguntou Camilla, olhando para ela atenciosamente.

– Recebi orientação psicológica. Quase perdi a noção de quem eu era, e me questionaram se eu queria permanecer na força policial. Mas voltei, e os resultados estão na pasta diante da senhora.

– Preciso de alguém com pulso firme para conduzir a reabertura dessa investigação. Por que você acha que é a pessoa certa para o caso?

– Não sou uma policial de carreira. Me dedico totalmente aos meus casos. Uma garota vulnerável de 7 anos desapareceu e alguém a jogou como um saco de lixo naquela pedreira. Quero encontrar quem fez isso. Quero justiça para Jessica. Quero que a família dela possa seguir em frente e vivenciar o luto.

Erika recostou-se, suando.

– Justiça para Jessica, a gente pode usar isso – sugeriu Marsh.

– Não – disse Camilla disparando um olhar contundente na direção dele. – Erika você se importaria de aguardar lá fora? Obrigada.

Erika voltou para a sala de espera e sentou-se. Tantas vezes ela pensou que sua carreira tivesse acabado, e ali encontrava-se novamente, no início de algo empolgante. *Ela estava à beira de um degrau para o alto ou de um precipício?* Depois de alguns minutos, o telefone da secretária atrás da mesa tocou, e ela pediu que Erika entrasse novamente na sala.

Camilla estava vestindo o blazer do uniforme e ajeitando o cabelo. Marsh aguardava pacientemente ao lado da mesa.

– Erika, fico satisfeita em informá-la que designarei você como Inspetora Chefe do caso de Jessica Collins – Camilla informou.

– Obrigada, senhora. Não vai se arrepender dessa decisão.

Camilla colocou cuidadosamente o quepe adornado.

– Espero que não – disse, dando a volta na mesa para apertar a mão de Erika. – Nossa, como você é alta. Tem dificuldade para achar calças do seu tamanho?

Por um momento, Erika ficou sem saber o que dizer.

– Hum, eu tinha, mas comprar pela internet facilitou as coisas...

– Facilitou, não facilitou? – ela comentou, usando as duas mãos para segurar a de Erika de modo cordial. – Certo. Bom, preciso correr, tenho uma reunião com o Comissário. O Comandante Marsh vai te passar todos os detalhes.

– Por favor, mande os meus cumprimentos a Sir Brian – disse Marsh.

Camilla assentiu e os acompanhou até a porta.

Erika e Marsh desceram no elevador em silêncio.

– Isso me pareceu fácil demais – Erika por fim comentou.

– Ninguém está querendo muito esse caso – respondeu Marsh. – A Equipe de Investigação de Assassinatos ficou feliz de passá-lo adiante. Você vai coordenar a operação de uma sala em Bromley, eu vou supervisionar e você vai se reportar a mim.

– E o Superintendente Yale?

– Ele já não está cheio de tarefas para resolver?

– Yale acha que agi pelas costas dele.

– Você *agiu* pelas costas dele.

– Mas não foi pessoal.

– Com você, parece que tudo é pessoal, Erika.

– O que você quer dizer?

Marsh bufou e reclamou:

– Eu nunca sei o que você está pensando. Você é direta a ponto de ser brutal. Você não confia em muita gente.

– E?

– E é difícil trabalhar com isso.

– Se eu fosse *um* Detetive Inspetor Chefe, se eu fosse homem, a gente estaria tendo esta conversa no elevador? Você estaria se perguntando o que é que eu estou pensando?

Marsh fechou a cara e desviou o olhar.

– O que está acontecendo? Isso tem a ver com ontem à noite?

Marsh olhou um momento para o chão, depois para ela novamente.

– Você tem que fazer o seu trabalho, Erika, e tem que fazê-lo bem.

– Sim, senhor.

– Vou providenciar para que todos os arquivos e materiais relativos às duas investigações anteriores sejam enviados à delegacia Bromley – disse Marsh, agora com um tom profissional. – Você precisa colocar a sua sala de investigação para funcionar, e vou me reunir com a sua equipe para passar os detalhes amanhã às 15h00.

– Mas é você que está no comando ou eu?

– *Você*, mas vai se reportar a mim e eu vou me reportar à Comissária Assistente. Você também terá que trabalhar de perto com o Superintendente Yale, já que usará os recursos dele.

– Posso escolher a minha equipe?

– Dentro do razoável.

– Ótimo. Quero a Detetive Inspetora Moss e o Detetive Inspetor Peterson. Os dois são bons policiais.

Marsh concordou assim que o elevador chegou ao térreo e as portas se abriram. Eles saíram para a grande área da recepção.

– Erika, as merdas da investigação anterior foram enormes. Um dos suspeitos processou a Polícia Metropolitana, ganhou a causa e recebeu uma indenização de quase 300 mil... Foi por pouco que conseguimos evitar uma sindicância oficial.

– *Agora* que você me conta isso.

– Trabalhe direito, Erika, é só o que te peço. Descubra o que aconteceu com Jessica Collins. Qual é a primeira atitude que pretende tomar como Inspetora Chefe do caso?

– Tenho que contar à família Collins que a gente encontrou Jessica – respondeu Erika, sentindo um aperto no coração.

CAPÍTULO 11

Marianne Collins destrancou a porta da frente e entrou com passos pesados, levando sacolas de compras do supermercado e uma pequena capa protetora de lavanderia. Ela deixou as sacolas no tapete vermelho escuro ao lado da escada de madeira e parou por um momento para recuperar o fôlego. Era uma tarde escura e sombria. Ela havia deixado todas as luzes acesas, porém o corredor não ficou com uma atmosfera mais acolhedora. Estava silencioso, salvo pelo tique-taque do relógio na sala, e a casa grande parecia emanar frio e tristeza.

Ela dependurou a capa protetora no cabideiro ao lado da porta e abriu o zíper da frente delicadamente. O plástico fez barulho ao ser manuseado e o cheiro de produto de limpeza se espalhou. Tomando muito cuidado, retirou um pequeno casaco vermelho de um cabide acolchoado branco. Ele já havia sido carmesim escuro, mas depois de lavado várias vezes ao longo dos anos estava desbotado.

Marianne levantou o olhar para uma foto emoldurada na parede entre o cabideiro e um espelho de corpo inteiro. Ela tinha sido tirada no dia 11 de abril de 1990. Jessica estava sentada em um balanço no parque perto de casa, seu cabelo loiro refletia o sol, e ela usava uma calça jeans e o casaquinho vermelho sobre um suéter dos Ursinhos Carinhosos. Marianne pendurou o casaco delicadamente e passou os dedos pelos botões, que tinham conservado o brilho carmesim, em seguida ela o puxou e enterrou o rosto no tecido. Havia sido o presente do aniversário de 7 anos de Jessica: o último que puderam comemorar.

Era uma luta árdua manter vivas as memórias de sua filha depois de 26 anos. No andar de cima, na gaveta da cômoda, ela mantinha uma das camisas de malha de Jessica em um saco plástico fechado a vácuo, porém, com o passar dos anos, ela perdeu o cheiro e adquiriu o aroma do creme de mão da própria Marianne. O tempo parecia decidido a apagar tudo, com exceção de suas memórias.

Ela se afastou do casaco quando as lágrimas vieram. Limpou os olhos e tirou os elegantes sapatos pretos que sempre usava para ir ao supermercado. Olhou-se no espelho. Os cabelos grisalhos até a altura do ombro estavam repartidos ao meio, amarrados para trás na altura da nuca e pareciam puxar seu rosto de rugas profundas para baixo em ambos os lados. Ela tirou o casaco e o pendurou ao lado do casaquinho vermelho. Atrás dela e refletida no espelho havia uma grande pintura da Virgem Maria. Marianne enfiou a mão no bolso da saia, sentiu o rosário e enrolou as contas nos dedos nodosos, palavras de orações vieram-lhe aos lábios, mas ela se lembrou de que precisava colocar o sorvete que tinha comprado no freezer.

Fez o sinal da cruz e levou as sacolas de compras para a cozinha. Encheu a chaleira elétrica e colocou um saquinho de chá em sua caneca branca favorita. Nos últimos 26 anos, a cozinha não tinha recebido muito mais do que uma mão de tinta e o estranho e novo eletrodoméstico. A geladeira, no entanto, era a terceira. Preso à porta, havia um grande quadrado de papel branco coberto de mãozinhas "carimbadas", uma pintura que Jessica havia feito no maternal quando tinha 4 anos.

Marianne abriu a geladeira e guardou o bacon, o queijo e o sorvete. Fechou a porta e parou para olhar a pintura: pequenas impressões de mão em amarelo, vermelho e verde. As marcas das linhas das mãos eram brancas e finas, impressões invertidas das digitais em que a tinta não penetrou em cada uma das pequeninas palmas. O original estava guardado em segurança no fundo de uma gaveta, embalado com papel de seda. Depois de vários anos exposto, e para horror e consternação de Marianne, a tinta havia começado a desbotar, então ela o escaneou. Mesmo a cópia teve de ser reimpressa várias vezes. Marianne passou o dedo sobre ela e percebeu que as bordas estravam começando a se enrolar.

Sua tristeza era arraigada, profunda, tinha se tornado parte dela. As lágrimas ainda lhe vinham, mas ela tinha aprendido a viver com a dor, uma espécie de companhia constante. Olhar para o casaquinho, a pintura, vislumbrar as fotos de Jessica quando passava pelo quarto dela – isso tudo era parte de sua rotina, assim como a dor.

A chaleira desligou e ela encheu a caneca, afundando o saquinho de chá antes de pescá-lo com uma colher e deixá-la no escorredor. Estava prestes a servir o leite quando a campainha ressoou pela casa. Olhou para o relógio e viu que eram quatro e pouco.

Não estava esperando ninguém, e as pessoas raramente apareciam sem avisar.

CAPÍTULO 12

Erika estava nervosa diante da robusta porta de madeira no número 7 da Avondale Road, ao lado de John e da já aposentada Detetive Nancy Greene, uma mulher baixa e cheia de energia, de cabelos grisalhos curtos que usava arrepiados. Eles estacionaram na rua e foram caminhando pela comprida e inclinada entrada da garagem, que ia se abrindo até se transformar em um pequeno pátio com vários vasos grandes de terracota. Em cada um deles havia hortênsias, agora murchas e secas, farfalhando ao vento. Uma fileira de arbustos na parte da frente do jardim separava a casa da rua, e eles viram a luz de um poste penetrar através dos galhos nus.

– As noites já estão ficando mais longas – comentou Nancy, quebrando o silêncio. – Tem gente em casa, dá para ver a luz pela janela da frente.

Ela apertou a campainha novamente, bem na hora em que a porta foi aberta.

– Oi, Marianne – cumprimentou Nancy com um sorriso tímido.

Erika nunca tinha visto uma mulher tão pálida e abatida. Marianne tinha uma pele sem cor e envelhecida. Seus olhos eram cinza e sob eles havia profundas olheiras escuras. Seu cabelo cinzento escorria abaixo da cintura e, repartido e penteado para trás, cobria suas orelhas. Ela usava uma blusa de manga comprida e gola rolê, um cardigã de lã preto e uma saia evasê também preta. Um crucifixo grande de madeira pendia de uma corrente no pescoço. Seus olhos passaram por Nancy, Erika e John.

– Marianne, estes são a Detetive Inspetora Chefe Erika Foster e o Detetive John McGorry – apresentou Nancy.

John e Erika levantaram seus distintivos. Marianne mal olhou para eles.

– Nancy? Por que você está aqui? Aconteceu alguma coisa com a Laura ou o Toby... estão todos bem? – a voz dela tinha uma dureza e uma pitada de sotaque irlandês.

– Todo mundo está bem – acalmou Nancy. – Entretanto...

– Por favor, será que podemos entrar, Sra. Collins? – pediu Erika. – É muito importante que falemos com a senhora em particular. A Detetive Greene, Nancy, fez a gentileza de nos acompanhar, porque foi a responsável pela intermediação entre a polícia e a família quando a filha da senhora desapareceu...

– O que é isso? Me conta – exigiu Marianne, estendendo a mão para Nancy.

– Marianne, por favor, podemos entrar? – pediu Nancy, ao segurar a mão que lhe foi oferecida.

Ela concordou com um movimento de cabeça e ficou de lado para deixá-los entrar. Então conduziu-os a uma sala grande, elegante, porém fria, com mobília de madeira escura, papel de parede vermelho-escuro e grossas cortinas verde-escuras que combinavam com os móveis.

– Por favor, sentem-se. Alguém quer um chá? Acabei de fazer uma xícara – ofereceu Marianne, forçando-se a soar animada e feliz.

– Não, obrigada – agradeceu Nancy.

Eles sentaram-se no comprido sofá debaixo da janela. Erika viu um grande quadro da Virgem Maria sobre a lareira de madeira entalhada e, com uma passada de olhos pela sala, contou quatro crucifixos de tamanhos variados nas paredes. Havia fotos de Jessica em molduras douradas em todas as superfícies: nas mesinhas espalhadas pelo cômodo, ao longo do peitoril das janelas, e uma grande concentração em um enorme piano em um dos cantos. Apesar disso, não havia sinal de que a sala era usada. Não havia revistas, nem televisão, nem livros. Marianne permaneceu de pé, remexendo as contas de seu rosário com os dedos.

– Tentamos ligar para a sua família, mas não conseguimos entrar em contato com eles – informou Nancy.

– Estão todos na Espanha. Toby e Laura foram visitar o pai e a nova... bom, ela não é esposa dele.

– Vamos precisar falar com eles... – insistiu Nancy.

Marianne começou a remexer os dedos mais rápido, as contas do rosário se agitavam, a pequena cruz tremia freneticamente contra a saia. Seu lábio inferior começou a tremer e lágrimas empoçaram nos olhos.

– Vou fazer um chá, todo mundo vai querer?

– Marianne, por favor, sente-se – pediu Nancy.

– Porra! Eu faço o que eu quiser na merda da minha casa! – ela berrou de repente.

– Okay. Por favor, Marianne, por favor se acalme. Preciso que ouça o que tenho a lhe dizer – disse Nancy, levantando-se e segurando as mãos de Marianne.

– Não! Não! NÃO!

– A Detetive Inspetora Chefe Foster me ligou hoje mais cedo porque eu estava aqui com você quando...

– Não!

– Quando Jessica...

– Não. Não fale o nome dela. Você não tem o direito!

Erika olhou para John. Ele engoliu em seco e estava muito pálido. Nancy prosseguiu delicadamente:

– Quando Jessica desapareceu.

– Não. Não...

Nancy olhou para trás e, com um movimento de cabeça, autorizou Erika a prosseguir.

– Sra. Collins, na sexta-feira à noite, eu e o Detetive McGorry estávamos conduzindo uma busca de rotina na pedreira Hayes e encontramos alguns restos mortais. Um esqueleto.

Marianne agora estava em silêncio, os olhos arregalados e vidrados. Ela balançou a cabeça descrente e começou a andar para trás até encostar as costas na parede. Nancy permaneceu com ela.

– O esqueleto pertence... Era Jessica – revelou Erika suavemente.

Marianne balançou a cabeça com mais convicção, lágrimas escorriam pelas suas bochechas.

– Não. Vocês cometeram um erro! Ela vai voltar, alguém vai encontrá-la. Ela está em algum lugar. Provavelmente não consegue lembrar quem é a família dela de verdade. Acabei de pegar o casaco dela na lavanderia...

Erika e John permaneceram sentados.

– Sinto muito, Marianne. Eles encontraram Jessica – disse Nancy, que também tinha lágrimas nos olhos. – Eles a identificaram pelos registros de arcadas dentárias.

Marianne continuava a balançar a cabeça e as lágrimas escorriam silenciosamente por seu rosto.

– Sra. Collins – chamou Erika com delicadeza. – Precisamos informar o seu marido, sua filha, Laura, e seu filho, Toby. Estão todos na Espanha, certo? A senhora tem um número para o qual possamos ligar? Gostaríamos que a família fosse informada antes que fizéssemos a declaração à imprensa.

– Sim – Marianne disse baixinho, com olhos arregalados e descrentes.

– O que posso fazer, Marianne? – perguntou Nancy.

Marianne virou a cabeça para Nancy e, de repente, puxou as mãos das dela e deu-lhe um soco no rosto. Nancy cambaleou para trás com sangue escorrendo do nariz e desabou sobre a mesinha de centro.

– Saiam da minha casa! Todos vocês! – gritou Marianne. – Saiam! SAIAM DAQUI!

John e Erika levantaram-se de um pulo e foram socorrer Nancy, que estava com o rosto todo ensanguentado. Marianne estava gritando e deslizou junto à parede.

Pela janela da frente entrou o som dos carros que chegavam e flashes de luz começaram a piscar. A imprensa tinha descoberto a notícia e estava baixando na casa de Marianne mais uma vez.

CAPÍTULO 13

A 15 quilômetros de distância, em uma pequena casa numa sossegada rua residencial em Balham, no sudeste de Londres, uma televisão chiava e exibia uma imagem cheia de chuviscos no canto de uma sala bagunçada. A noite caía por trás de nuvens cinzentas que pairavam baixas no céu, e a aposentada Detetive Inspetora Chefe Amanda Baker, largada em uma velha poltrona, dormia com a cabeça caída para a frente. As luzes estavam apagadas, somente a luminosidade da tela da TV lançava-se sobre a papada de seu rosto flácido, e a explosão de gargalhadas de uma plateia não foi suficiente para acordá-la. Em uma pequena mesa perto do cotovelo dela, havia um cinzeiro transbordando e uma taça de vinho branco pela metade. Era a sobra da segunda garrafa que tinha aberto. Ela havia sacado a rolha da primeira às 9h30 da manhã, quando os pratos do café da manhã foram empilhados na pia, e a tremedeira e os suores ficaram fortes demais.

A casa dela já havia sido elegante. Era decorada em um estilo sóbrio e refinado muito similar à aparência de sua dona, agora, porém, também como a dona, estava surrada. A luz de um fogo artificial serpenteava em tons de vermelho e laranja na lareira, e uma caminha de cachorro ao lado dela estava coberta por uma grossa camada de poeira.

O telefone começou a tocar no corredor, mais alto que o som da TV, até entrar a secretária eletrônica. Foi então que Amanda acordou.

– O que foi isso? – perguntou meio inconsciente.

Ouviu um latido, esfregou a mão no rosto, impulsionou o corpo para se levantar da poltrona e saiu cambaleando para a cozinha, com o cérebro nebuloso e os olhos embaçados. Passou alguns minutos inspecionando o armário cheio de enlatados e de repente recobrou a lembrança. Seu cachorro, Sandy, tinha morrido alguns meses atrás. Ela parou e apoiou os braços na bancada. Lágrimas caíram e se espatifaram na superfície coberta de migalhas. Amanda limpou o rosto com a manga e sentiu um vestígio de seu bafo azedo.

O telefone tocou novamente no corredor, ela caminhou até ele com passos arrastados e atendeu, segurando no corrimão para se apoiar.

– É a ex-Detetive Inspetora Chefe Amanda Baker? – perguntou uma petulante voz feminina.

– Quem é?

– Estou ligando porque quero uma declaração sobre Jessica Collins, agora que a polícia recuperou o corpo.

Amanda desequilibrou-se para trás apoiando-se nos calcanhares por um momento, incapaz de falar.

– Alô? – chamou a voz com impaciência. – Você era a oficial encarregada até ser despedida do caso...

– Antecipei minha aposentadoria...

– Na sexta-feira, o esqueleto de Jessica Collins foi encontrado na pedreira Hayes...

– Fizemos uma busca naquela pedreira algumas semanas depois do desaparecimento. Ela não estava lá – disse Amanda, mais para si mesma do que para a mulher ao telefone.

Do local em que estava curvada no corredor, apoiada no corrimão, Amanda conseguia ver a tela da TV na sala: **NOTÍCIA DE ÚLTIMA HORA** estava atravessando a tela. Em uma legenda abaixo dela estava escrito: **DESCOBERTOS OS RESTOS MORTAIS DE JESSICA COLLINS**. Não conseguia ouvir o som, mas viu a imagem que apareceu em seguida: Marianne e Martin Collins na coletiva de imprensa da polícia em 1990, falando em um microfone segurado por uma versão bem mais nova dela mesma, e atrás deles encontrava-se o antigo logo branco da Polícia Metropolitana.

– Então, você tem algum comentário a fazer? – perguntou a voz mostrando interesse. Ela conseguia sentir o cheiro do sangue. Na TV, uma policial loira alta estava lendo uma declaração. O nome dela brilhou na parte inferior da tela: "**DETETIVE INSPETORA CHEFE ERIKA FOSTER**".

– VOCÊ TEM ALGUM COMENTÁRIO A FAZER? – repetiu a garota, em voz alta, claramente irritada pelo silêncio. – Eles acharam fotos de Jessica na casa de um criminoso sexual da região, você prendeu o sujeito, mas o soltou, não soltou?

– Eu não tive escolha! Não havia provas suficientes.

– Ele ainda é um homem livre. Você acha que ele matou Jessica Collins? Suas ações nos meses seguintes mostraram que o considerava culpado. Você acha que tem sangue nas mãos?

– Me deixe em paz! – berrou Amanda antes de bater o telefone com força.

Assim que ele atingiu o gancho, começou a tocar novamente. Amanda ajoelhou-se no chão, empurrou para o lado pilhas de jornais, revistas e correspondências velhas. Agarrou o fio e o arrancou da parede. O telefone silenciou. Foi depressa para a sala e aumentou o volume da televisão.

– *Gostaríamos de expressar os nossos pêsames à família Collins. O caso foi reaberto e estamos perseguindo com afinco várias pistas novas. Obrigada.*

A câmera abriu o plano quando Erika Foster estava voltando para a delegacia Bromley, acompanhada por dois policiais. A imagem na tela voltou para o estúdio da BBC News e passaram para a notícia seguinte. Amanda sentou-se de lado e, com o corpo inteiro tremendo, respirou fundo várias vezes.

– Não, não, não... isto não pode estar acontecendo – gemeu.

Ela viu um coelhinho branco de borracha espiando de dentro da pilha de lixo velho. Tinha pertencido a Sandy. Ela estendeu o braço, pegou o brinquedo e o segurou junto ao peito. Começou a chorar, por Jessica, pelo amado Sandy e pela vida que devia ter tido.

Quando finalmente parou, limpou o rosto com a manga, foi à cozinha e abriu a terceira garrafa de vinho.

CAPÍTULO 14

Estava escuro e chovendo quando Erika embicou na entrada principal da Emergência do Lewisham Hospital. Tinha sido um dia longo e estressante, e ela estava com a sensação de que não havia parado nem um minuto.

Através dos limpadores de para-brisa sibilantes, ela viu a Detetive Nancy Greene aguardando debaixo da cobertura. Uma ambulância encostou e logo em seguida empurraram pelas portas automáticas uma maca carregando uma senhora idosa, cujo braço atrofiado aparecia por debaixo do cobertor vermelho, erguido de dor.

Erika estacionou e abriu a janela do passageiro.

— Temos que ser rápidas, há outra ambulância vindo aí atrás.

Nancy estava com um volumoso curativo quadrado no nariz, salpicado de sangue. Ela abriu a porta e entrou, segurando com força um saquinho de papel branco.

— Quebrado, em dois lugares. E me deram seis pontos — relatou, encostando com cuidado no volumoso curativo branco e ajeitando-se no banco do passageiro.

Ele fazia o nariz dela lembrar um bico e, em conjunto com seus grandes olhos castanhos, Erika a achou parecida com uma coruja. Foster ajudou Nancy a prender o cinto de segurança, depois engatou a marcha e arrancou.

— Obrigada por vir. Com todo esse caos, você era a última pessoa que eu esperava — agradeceu Nancy.

— Queria ver se você estava bem. Foi ideia minha te levar à Marianne, o tiro saiu um pouquinho pela culatra...

Nancy se remexeu no banco e inclinou a cabeça para trás.

— Você acha? — disse, dando uma risada sombria. — Vi sua declaração na TV na sala de espera. De onde você é? Percebi um vestígio de sotaque do norte, mas você parece um pouquinho, não sei, polonesa?

– Sou eslovaca – disse Erika, tentando esconder sua irritação por ter sido confundida. – Aprendi inglês em Manchester...

– Eu não conseguiria morar no norte. Nasci e cresci em Londres. Até consigo tolerar uma meia hora de *Coronation Street*,[2] mas é sempre um alívio quando os créditos começam a subir.

Erika mordeu o lábio e pôs o limpador de para-brisa no máximo para enxergar, porque a chuva estava muito forte.

– Marianne está bem? – perguntou Nancy.

– O Detetive McGorry chamou um médico, que prescreveu um calmante para ela conseguir dormir. A família vai pegar um avião para Londres hoje à noite. Tivemos que contar a eles por telefone, o que eu não queria ter feito, mas a imprensa já tinha descoberto.

Elas chegaram à saída e pararam atrás de um carro que aguardava para arrancar.

– Para onde a gente vai, Nancy?

– Moro do outro lado de Dulwich. Forest Hill fica no caminho.

O carro da frente arrancou, e elas viram que a rua estava movimentada devido ao trânsito da hora do rush. Uma van diminuiu a velocidade e deixou Erika entrar, ela gesticulou em agradecimento. A chuva ficou ainda mais forte e espancava o teto dos carros na fileira de veículos que se estendia diante delas.

– Eu também achei que você podia me dar uma mão em troca da carona – revelou Erika.

– Então a sua carona tem segundas intenções? – disse Nancy. Ela tentou virar a cabeça, mas estremeceu.

– Estou tentando pôr em dia o que sei sobre esse caso. Você foi a responsável por mediar o contato entre a polícia e a família o tempo todo desde que Jessica desapareceu?

– Isso mesmo. E, para ser honesta, foi tempo demais. Está tudo nos registros, mas posso te colocar a par dos assuntos... Meu Deus, como isso está doendo – reclamou, fazendo careta. Ela abriu o saco de papel, tirou um comprimido de uma cartela e o engoliu mesmo sem ter nada para beber.

---

[2] Programa de TV muito popular no Reino Unido, no ar desde 1960. Ele se passa em uma localidade fictícia chamada Weatherfield, baseada em Salford, cidade pertencente à Grande Manchester, principal centro industrial e econômico do norte do país. (N.T.)

– Tenho que perguntar se você vai dar queixa – questionou Erika, conseguindo avançar alguns centímetros no trânsito.

– Contra a Marianne? Meus Deus, não. Aquela pobre mulher já sofreu demais – Nancy respondeu, recostando-se no apoio de cabeça. – Mas quero, sim, fazer uma reclamação contra aquelas porcarias de médicos. Eles me deram uma quantidade mesquinha de analgésicos...

– Ela te deu um soco e estava com um rosário enrolado no punho.

– Um soco-inglês católico – riu Nancy. – Marianne nunca foi violenta, em todos esses anos, durante toda a aflição. Às vezes, nesse trabalho de fazer a mediação entre a família e a polícia, a gente se sente meio que uma peça sobressalente. Queremos estar lá fora pegando no pesado, no meio da ação, mas fica mesmo é fazendo chá e atendendo o telefone.

– É um trabalho muito importante.

– Eu sei disso, e estou estranhamente satisfeita por estar lá hoje para levar o soco. Eles nunca registram nos relatórios a quantidade de xícaras de chá que a gente faz nem os conselhos que damos. Mas isso vai ficar documentado. E serve como um fechamento.

– Quanto tempo você ficou lá com a família depois que Jessica desapareceu?

– Fiquei os primeiros meses, de agosto de 1990 em diante, praticamente morando com eles. Marianne e Martin ainda estavam juntos.

– Quando eles se divorciaram?

– Eles não são divorciados. Você viu o rosário no punho de Marianne. Divórcio não existe no mundo dela. Eles se separaram em 1997. Duraram mais do que eu imaginava. Quando um casal perde uma criança, a tensão quase sempre os despedaça. Mas havia Toby, que só tinha quatro anos quando Jessica desapareceu, e durante um tempo ele foi a cola que os manteve grudados. Laura é bem mais velha e já tinha terminado o primeiro ano de faculdade. Ela postergou a volta para o segundo ano, mas na verdade, não devia ter feito isso. Ela enlouquecia Marianne e vice-versa. E Marianne acabou se desligando de tudo e concentrou toda a sua energia na tentativa de encontrar Jessica. Toby era pequenininho, e Laura acabou tendo que tomar conta dele.

– Quantos anos Toby tem agora?

– Vinte e nove. Ele é gay. Não é de se surpreender que Marianne nunca aceitou isso de verdade.

– Toby mora por aqui?

– Não. Edimburgo. Laura é casada, tem dois filhos e mora em North London. Martin está na Espanha. Ele deixou Marianne ficar com a casa. Ele é milionário, acho que providencia tudo para que tomem conta dela... Ela fica zanzando naquele casarão o dia inteiro como se fosse a Sra. Havisham.[3] Aflita. Embora, diferentemente da Sra. Havisham, Marianne sempre passa o aspirador de pó em tudo. Você viu. O lugar é impecável.

– O que Martin faz na Espanha?

– Ele constrói casas de veraneio para expatriados ricos. Ganha uma fortuna. Mora em Málaga com a namorada, que é uma mulher bem mais jovem, e os dois filhos pequenos.

Erika estava satisfeita com o trânsito que se movimentava apenas alguns centímetros de cada vez. Nancy era uma mina de ouro de informações.

– Você sabe como Martin e Marianne se conheceram?

– Na Irlanda. Ele é irlandês, Marianne é britânica, mas cresceu em Galway. Ela não tinha nem 20 anos quando conheceu Martin, em um grupo de jovens católico. Ela ficou grávida aos 17, e eles tiveram que se casar... Percebi que eu estava realmente me aproximando dela quando Marianne me contou essa história. Foi na Irlanda no final dos anos 1970. O início dos dois foi difícil. Mas Martin foi crescendo nos canteiros de obras, depois se mudaram para Londres em 1987, logo após o nascimento da Jessica. Eles fizeram isso na hora certa, ganharam uma fortuna durante o *boom* imobiliário. Laura tinha 14 anos quando se mudaram, e acho que foi difícil para ela. Teve que deixar para trás os amigos e o país, a Irlanda.

– Foi aí que os problemas começaram?

Nancy confirmou com a cabeça e estremeceu, novamente lembrando-se de que estava com o curativo. O trânsito movia-se mais rápido agora, elas avançaram alguns centímetros e passaram um semáforo.

– Acho que a Laura teve dificuldade para se adaptar quando se mudaram para cá. Na infância dela, os pais eram paupérrimos. Só no final da adolescência da Laura é que eles começaram a ganhar dinheiro. Ficaram ricos o bastante para mimar Jessica e Toby, que tiveram a oportunidade de fazer um monte de atividades depois da escola. Jessica fazia balé... Nossa, a Jessica era uma coisinha linda.

---

[3] A Sra. Havisham, uma mulher muito rica que vivia reclusa em seu casarão, é uma personagem do romance *Grandes esperanças*, de Charles Dickens. (N.T.)

O trânsito seguia avançando centímetro a centímetro e estavam passando diante das lojas na Catford High Street. Apenas um supermercado caribenho estava aberto e, ao lado dele, uma casa de apostas. Através da vitrine embaçada e bem iluminada dava para elas verem um grupo de homens idosos de pé, atentos a uma tela no alto da parede.

— Você acha mesmo que vai solucionar esse caso, depois de todos esses anos? — perguntou Nancy.

Se Erika tinha alguma dúvida, não a compartilharia.

— Eu sempre soluciono meus casos — foi o que respondeu.

— Okay, boa sorte para você... Só tome cuidado. Ela ficou doida... a policial que assumiu o caso antes... Amanda Baker.

— Como assim ficou doida?

— Anos no Departamento de Investigação Criminal lidando com vítimas de estupro. Aquilo mexeu com ela. E depois o caso da Jessica. Não havia testemunha. Jessica saiu de casa naquela tarde para ir à festa de aniversário da amiguinha que morava na mesma rua e foi como se tivesse desaparecido da face da Terra. Ela não chegou lá, ninguém viu nada. O único suspeito era Trevor Marksman, um criminoso sexual da região. Acharam fotos e um vídeo que ele tinha feito da Jessica algumas semanas antes, quando ela estava no parque com Marianne e Laura.

— E ele foi preso?

— Foi, mas tinha álibi. Irrefutável. Ele tinha acabado de sair da cadeia e estava morando numa casa de reinserção social. No dia sete de agosto ele ficou lá o dia inteiro. Várias testemunhas asseguraram que ele não saiu, inclusive dois agentes de condicional. Mas ele era a pessoa que tinha motivação para raptá-la. Tinha sido condenado anteriormente por raptar uma menina num parque. Ela também era loira e se parecia com a Jessica. No final, a Amanda não teve outra opção a não ser libertá-lo. Continuaram vigiando o sujeito e, à medida que o tempo passava, ela ficou frustrada e começou a persegui-lo. Só que, em troca, ele gostava de ficar irritando Amanda, perturbando por ela não ter conseguido solucionar o caso. No final, ela foi longe demais e deu a dica a um grupo de mulheres justiceiras. No meio da noite, elas enfiaram uma garrafa cheia de gasolina na caixa de correspondência na porta da casa dele. Trevor sobreviveu, mas ficou com queimaduras horrendas.

— E sobrou para a Amanda?

Nancy fez que sim e explicou:

– Trevor Marksman arranjou um advogado caro e processou a Polícia Metropolitana. Ganhou 300 mil. O filho da mãe imundo se mudou para o Vietnã. Amanda antecipou a aposentadoria, para falar a verdade, mais do que merecida, mas acabou ficando com fama de policial corrupta. A última notícia que tive foi a de que ela está praticamente morta por causa de uma cirrose no fígado... Aqui, pega a próxima à esquerda.

Erika ficou desapontada por estarem chegando. Ela saiu da rua principal onde o trânsito enfim estava se movendo normalmente. Passaram por um pub grande e algumas *kebaberias* antes de chegarem à área residencial da rua.

– É ali, nos apartamentos – informou Nancy.

Havia uma lacuna entre a fileira de casas geminadas ocupada por um prédio enfadonho e atarracado. Erika parou ao lado do meio-fio.

– Obrigada pela carona. Vou tomar mais um fortão desses aqui com um golinho de alguma coisa – disse ela, soltando o cinto de segurança. Ainda chovia forte. Nancy estremeceu ao colocar o capuz, que roçou na ponta do curativo.

– Quem você acha que fez aquilo? Quem você acha que matou Jessica? – perguntou Erika, inclinando-se para olhar lá fora pela porta do passageiro.

– Só Deus sabe... talvez a única motivação tenha sido Jessica estar no lugar errado na hora errada... – opinou Nancy, abaixando a cabeça – Você achou o corpo da Jessica, talvez só uma pessoa tenha desaparecido no ar... a pessoa que a raptou.

CAPÍTULO 15

Estava tarde quando Erika chegou novamente à delegacia Bromley. Tinham cedido uma das salas grandes de plano aberto no último andar para ser usada como sala de investigação. As palavras de Nancy não lhe saíam da cabeça, "você achou o corpo da Jessica, talvez só uma pessoa tenha desaparecido no ar... a pessoa que a raptou".

Quando chegou à sala de investigação, as mesas estavam sendo arrumadas e um técnico conectava as estações de trabalho ao sistema de computador Holmes, puxando os cabos que passavam por baixo do assoalho. Vários policiais aos quais ela ainda não havia sido apresentada estavam ao telefone. Um homem e uma mulher organizavam as provas do caso recolhidas até então nos quadros-brancos que cobriam toda a parede ao fundo da sala.

Um mapa enorme das fronteiras entre South London e Kent dominava um canto, e uma policial magra de cabelo escuro curto colava fotos ao lado dele, as quais incluíam a pedreira Hayes e o imóvel na Avondale Road, número 7. Um policial acima do peso, de cabelos claros e dentes de coelho estava selecionando fotos em uma série de imagens na mesa ao lado dela. Eram de Jessica Collins vestida com roupa de festa e uma delas, do esqueleto disposto no necrotério. Outra foto era dos fragmentos marrons esfarrapados das roupas depois de anos debaixo d'água.

– Olá, sou a Detetive Inspetora Chefe Foster – cumprimentou Erika.

– Sou a Detetive Knight – apresentou-se a mulher, dando-lhe um aperto de mão. – E este é o Detetive Crawford.

– Posso falar por mim mesmo? – retrucou ele, inclinando-se e apertando a mão de Erika. A dele estava fria e viscosa.

Knight o ignorou e continuou:

– Estamos organizando uma cronologia: os movimentos de Jessica nos dias anteriores até a data de 7 de agosto, quando saiu da casa na

Avondale Road, número 7. Estou trabalhando com base no relatório de pessoa desaparecida e em todas as declarações, mas as anotações sobre o caso no sistema Holmes são limitadas.

O sistema de computador Holmes era usado pelas forças policiais do país para catalogar e classificar os arquivos dos casos. Ele tinha sido implantado em 1985, e foram necessários vários anos para que algumas forças policiais o adotassem inteiramente. Knight prosseguiu:

– O Detetive McGorry solicitou uma cópia física dos arquivos. Ele deve estar chegando por aí. Acho que foi buscar alguma coisa para comer.

– Quem é este? – perguntou Erika, apontando para uma foto amarelada. Era o retrato tirado pela polícia de um homem de 35 anos, que tinha olhos azuis frios, cabelo loiro oleoso e rosto rechonchudo.

– Esse é Trevor Marksman – respondeu Crawford, inclinando-se entre elas para pegá-lo. – Tem um olhar nojento de papa-anjo, não tem? Mas essa é a aparência dele agora – ele remexeu nas fotos e pegou a imagem de um homem com queimaduras horrendas no rosto e pescoço. Com a pele brilhante e vermelha, ele olhava direto para a câmera. A única similaridade com a primeira foto eram os frios olhos azuis olhando de dentro da máscara de enxertos de pele. Não tinha cabelo, sobrancelhas nem cílios.

– Ele mora no Vietnã – disse Erika, pegando a foto, segurando-a pelas beiradas para não encostar no rosto dele.

– Sim, a gente tem um endereço em Durban, mas não sei se está atualizado – informou Knight. – Estou trabalhando em mais coisas.

– Estou trabalhando nisso também, estamos trabalhando juntos – comentou Crawford. Havia algo infantil na maneira como ele disse aquilo, como se quisesse que Erika soubesse que ele estava trabalhando tão pesado quanto Knight.

Ela devolveu a foto para ele.

– Não fale "papa-anjo". É piada com uma coisa tenebrosa. Use criminoso sexual ou pedófilo, okay? – Crawford pegou a foto da mão dela, suas bochechas coraram e ele assentiu com um gesto de cabeça. – Vocês acham que isso vai estar pronto amanhã de manhã?

– Sim, senhora – respondeu Knight.

– Me chame de chefe, por favor.

– Sim, chefe.

John passou pela porta com uma caixinha de comida e uma Coca e se aproximou de Erika, enfiando algumas batatas na boca.

– John, me disseram que estamos com as cópias físicas dos arquivos do caso da Jessica Collins.

John abanou a mão diante da boca.

– Ai, desculpe, está quente – ele disse, com a boca cheia. Ele as engoliu com uma golada de Coca. – Desculpe, chefe. Não comi o dia todo. É isso mesmo. Também estamos com o relatório oficial da autópsia feito pelo Dr. Strong. Coloquei na sua mesa.

– Onde fica a minha mesa?

– Na sua sala.

– Eu tenho sala?

– Lá no fundo – disse ele, apontando com uma batata.

Erika se virou e viu a grande caixa de vidro nos fundos da sala de investigação. Estava abarrotada de caixas brancas de documentos até a altura do peito. Ela foi até a porta e John a seguiu. No meio das caixas, ela distinguiu uma mesa.

– Foi ideia de quem colocar todas elas aqui? Como é que eu vou passar pela porta?! – repreendeu.

– Eu não sabia que eram tantas assim. Só falei para colocarem na sua sala...

– E isso é tudo? – Erika perguntou.

– É. A Equipe de Investigação de Casos Especializados enviou tudo que tinha no depósito. Algumas caixas estão em ordem cronológica, de 1991 a 1995, outras estão com o nome dos locais e algumas não estão com etiqueta nenhuma, enfiaram os arquivos nelas sem...

O telefone tocou dentro da sala de Erika. John a ajudou a afastar uma pilha de caixas para que pudesse passar pelo espaço apertado e atender. Era Marsh.

– O que você tem dos arquivos do caso histórico? – ele perguntou sem preâmbulo.

– Literalmente, tenho os arquivos, senhor.

– Você está providenciando uma lista de suspeitos? Gostaria de vê-la o mais rápido possível.

– Tive uma conversa com a Detetive Greene, que foi a responsável pela intermediação entre a polícia e a família durante o caso. Ela me deu uma boa dica, mas preciso de mais mão de obra para analisar tudo – Erika respondeu, olhando desanimada para aquele monte de caixas.

– Okay, vou ver o que posso fazer. Você viu os jornais?

Enquanto Marsh estava falando, John entregou a Erika um *Evening Standard* levemente respingado de chuva, e ela viu que a descoberta de Jessica Collins tinha sido primeira página da edição da noite.

– Vi, tenho um jornal aqui.

– É, por algum motivo, eles se esqueceram de incluir o número da sala de investigação. Mas a Colleen Scanlan e a Equipe de Assessoria de Comunicação estão trabalhando nisso e devem inseri-lo na edição on-line a qualquer minuto. Martin Collins vai pegar um voo para o Reino Unido hoje à noite com o restante da família. Ele solicitou uma reunião com o chefe da investigação e a assessora de imprensa amanhã bem cedo.

– Tenho uma reunião com a equipe amanhã de manhã, senhor – Erika respondeu, indignada. – Minha programação era me encontrar com a família depois.

– Bom, Martin Collins quer a garantia de que este caso será conduzido adequadamente depois do último fiasco. Erika, precisamos de resultados dessa vez.

– Estou desemaranhando uma teia aqui, senhor. O pedido de mais mão de obra é sério. Precisamos trabalhar nesses arquivos bem rápido. Aí sim vou poder começar a te dar uma lista de suspeitos.

– Okay, deixa isso comigo – disse Marsh. E desligou.

Erika inclinou-se por cima de algumas caixas e colocou o telefone no gancho. John mordia o lábio com apreensão, vendo como Erika estava irritada.

– O Superintendente Yale ligou. Ele ainda está esperando o relatório sobre Jason Tyler... disse que a senhora prometeu entregá-lo ontem.

– Droga!

– Tem certeza de que não quer uma batata? – ofereceu John, levando o saquinho na direção de Erika. Ela pegou uma e a jogou na boca, depois pegou a caixa etiquetada com "7 de agosto de 1990".

– Vamos começar do início – disse, sentindo-se desalentada.

CAPÍTULO 16

Erika estava com os olhos vermelhos e cansados quando chegou à Bromley na manhã seguinte. Tinha ficado até tarde dando início à análise dos arquivos do caso de Jessica Collins e terminando o relatório sobre Jason Tyler, por isso só dormiu algumas horas.

Quando saiu do carro no estacionamento do subsolo, ouviu um assobio e viu dois rostos conhecidos vindo em sua direção.

– Chefe! Cacete! Que bom te ver! – gritou a Detetive Inspetora Moss. Ela era uma mulher baixa e robusta, tinha cabelo curto ruivo que estava enfiado atrás das orelhas, e seu rosto claro era repleto de sardas. Ela se apressou e deu um abraço de urso em Erika.

– Ela está muito entusiasmada em te ver – disse um policial negro alto que se juntou a elas pouco depois. Era o Detetive Inspetor Peterson, um sujeito descolado e bonito em um elegante terno preto.

– Okay. Não consigo respirar – disse Erika, rindo. Moss a libertou e deu um passo para atrás.

– Achei que tinha se esquecido da gente.

– Tem sido uma loucura. Fui transferida para cá como peça sobressalente e de repente eles me dão uma pilha enorme de casos – justificou Erika, sentindo-se culpada por não ter mantido contato com seus antigos colegas.

– Vai lá, Peterson, dá um abraço na chefe também – brincou Moss. Ele revirou os olhos.

– Bom te ver, chefe – ele disse, abrindo um sorriso, inclinando-se para a frente e dando um tapinha no ombro de Erika.

Ela devolveu o sorriso e houve um silêncio constrangedor.

– Vocês precisam de autorização para o estacionamento? – perguntou Erika.

– Só uma, a gente veio no meu carro, o Peterson está esperando providenciarem um novo para ele – disse Moss.

– A bateria arriou na rotatória do pub Sun In The Sands na semana passada – ele explicou. – Foi um pesadelo, bem na hora do rush. Os carros ficaram buzinando que nem loucos e tive que fazer uma chupeta às pressas para conseguir pelo menos tirar o carro dali.

– Você tinha que ver a chupeta dele, chefe, o moço aqui ficou uma *fofura* de chupeta. Mas eu falei que era melhor deixá-la em casa hoje.

– Sai fora, Moss – retrucou Peterson.

– Ele está com vergonha, chefe. Mas você precisa ver que gracinha! Ele fica parecendo uma versão baby do Idris Elba.

Erika deu uma gargalhada e disse:

– Desculpe, Peterson.

– De boa – riu ele.

Erika tinha esquecido o quanto gostava de trabalhar com Moss e Peterson, e o quanto tinha sentido falta deles. Os três chegaram ao elevador no fundo do estacionamento e ela apertou o botão.

– É bom ter vocês dois aqui, obrigada. Só que eu não acho que vamos rir muito mais hoje. Esse caso vai ser muito difícil.

Eles chegaram ao último andar e a sala de investigação já estava cheia. Erika apresentou Moss e Peterson aos demais e ficou satisfeita ao ver que tinham alocado mais seis policiais do Departamento de Investigações Criminais para trabalhar nos arquivos do caso.

Erika olhou para os rostos que aguardavam com expectativa.

– Bom dia a todos. Muito obrigada por se colocarem à disposição tão rapidamente... – ela prosseguiu fornecendo-lhes um breve resumo do caso de Jessica Collins e dos avanços até o momento. – Com este caso, estamos abrindo uma caixa de Pandora, ou, melhor dizendo, muitas caixas – acrescentou, fazendo alusão às caixas dos arquivos que agora estavam empilhadas ao longo da parede dos fundos. – O que temos que fazer é nos concentrar nos fatos relacionados ao desaparecimento de Jessica. Ignorem a ficção. Não temos como adivinhar de que maneira a descoberta dos restos mortais será veiculada pela mídia, mas devemos estar sempre à frente. E, diferentemente dos anos 1990, o desafio deve ser ainda maior. Hoje temos noticiários 24 horas, redes sociais, blogs, fóruns on-line, e todos eles vão desenterrar os fatos e regurgitá-los dia e noite ininterruptamente. Portanto, esses arquivos ao longo da parede precisam ser revistos, de cabo a rabo, e rápido. Preciso que os depoimentos de todas as testemunhas sejam revistos e conferidos cuidadosamente. Quero saber tudo sobre a pedreira Hayes. Tem sido usada para que ao longo dos anos? Por que o corpo de Jessica não foi encontrado antes? Daqui, estou indo direto me encontrar com a família Collins que, sem dúvida, terá um monte de perguntas para mim. Preciso que trabalhem com gás total desde já.

A Detetive Knight levantou-se para explicar a cronologia dos acontecimentos que antecederam o desaparecimento de Jessica Collins.

– O quanto quer que eu detalhe as informações sobre a localização, chefe? – perguntou.

– Imagine que não sabemos de nada. Não moramos perto de Hayes. Nunca ouvimos falar de Jessica Collins. Estamos todos ouvindo falar do caso pela primeira vez... E, lembrem-se – acrescentou Erika, agora para todos –, não existe pergunta idiota. Se não entendeu alguma coisa, dê um grito. Ela se apoiou em uma mesa, e Knight se aproximou de um gigantesco mapa de quatro metros afixado na parede dos fundos.

– Este mapa cobre uma área de 32 quilômetros de cima até embaixo. No meio está Central London, na parte de baixo do mapa, bem ao sul, ficam as fronteiras de Kent, e aqui estamos nós, em Bromley – ela explicou, apontando para um grande X vermelho no mapa. – Estamos a 4,2 quilômetros da vila de Hayes. É uma conhecida cidade-dormitório, muitas pessoas que moram lá trabalham em Londres. Leva 30 minutos para se chegar ao centro de Londres de trem, e há uma população de aposentados maior do que a média. O preço dos imóveis é alto, e trata-se de uma área demográfica predominantemente branca.

Em seguida, Knight gesticulou para Crawford, que foi até um notebook aberto em uma mesa e ativou o projetor. A imagem de um mapa em escala maior brilhou em uma parte vazia do quadro-branco. Knight posicionou-se ao lado dele e prosseguiu:

– Este é um mapa em escala maior do parque Hayes e da vila. Vocês podem ver aqui a rua comercial e a estação de trem. Esta ampla área verde é o parque Hayes. É uma área de bosque e matagal cortada por estradinhas de terra, trilhas e muitas ruas. É uma das maiores áreas públicas da grande Londres, com 225 acres.

– Há vários acessos ao parque: Prestons Road, West Common Road, Five Elms Road, Croydon Road, Baston Road, Baston Manor Road, e Commonside. A pedreira Hayes, onde os restos mortais de Jessica foram encontrados, está situada aqui.

Ela moveu a mão para a área sudeste do parque, onde a Croydon Road, a Baston Road e a Commonside atravessavam o verde, formando um grande triângulo de cabeça para baixo.

– A pedreira foi criada entre 1906 e 1914, quando escavavam areia e granito. Ao longo dos anos, foi ativada e desativada duas vezes, e durante a Segunda Guerra Mundial instalaram uma base militar com canhões antiaéreos no parque Hayes. Em 1980, a pedreira foi esvaziada pela segunda vez por arqueólogos como parte de uma grande escavação em busca de relíquias da Era do Bronze. Depois disso, encheram-na de água. A câmara municipal de Bromley fez duas solicitações para que a pedreira fosse usada para pesca comercial, mas, em ambas as ocasiões, o pedido foi negado, tendo em vista que o parque é uma área protegida de preservação ambiental.

Ela fez uma pausa e ao caminhar para o outro lado do mapa, a projeção das estradas estenderam-se como artérias por seu rosto cansado.

– Agora vou falar da cronologia dos acontecimentos que antecederam o desaparecimento de Jessica Collins. Ela morava aqui com a família, na Avondale Road, número 7, que fica a menos de um quilômetro e meio da pedreira Hayes, a entrada mais próxima fica aqui na Baston Road. Como podem ver, todas as casas da Avondale Road têm jardim e quintal e são construídas em grandes terrenos individuais. É uma área abastada. No sábado, dia 7 de agosto de 1990, às 13h45, Jessica saiu de casa para ir ao aniversário da amiguinha de escola, Kelly Morrison, que morava no número 27 da Avondale Road. Era uma curta caminhada de uns quinze metros, mas ela não chegou. As pessoas só se deram conta do desaparecimento às 16h30, quando os pais de Jessica foram buscá-la.

Ela gesticulou a cabeça para Crawford, que pegou o mouse e deu um clique. A página do blogueiro Perez Hilton apareceu com uma foto da *socialite* Kim Kardashian saindo de uma Starbucks.

– Oops! – ele deu uma risadinha. – Falha minha. Mas aposto que não sou o único aqui a acompanhar as Kardashian!

O silêncio que se seguiu foi mortal. Alguns policiais espalhados pela sala de investigação trocaram sorrisos desdenhosos. Moss deu uma olhada para Erika e arqueou uma sobrancelha.

– Vamos lá – disse ele, com o rosto corado. A projeção da *socialite* foi substituída pela do Google Street View, Knight o fuzilou com o olhar e seguiu em frente.

– É aqui que a Baston Road sai do parque e se transforma na Avondale Road.

Crawford ia manipulando o Google Street View movendo a imagem adiante, que surgia em baixa resolução, mas já mostrava as casas da Avondale Road.

– Como podem ver, as casas são grandes e têm dois ou três andares. São todas afastadas da rua e muitas possuem cercas-vivas altas que as deixam escondidas... Aqui estamos: Avondale Road, número 7, casa dos Collins... e vamos seguir em frente até a Avondale Road, número 27. Estou tentando conseguir imagens da rua de 26 anos atrás.

O Google Street View movia-se adiante aos poucos e passava por casas mais luxuosas. Um carteiro estava congelado no meio de um passo, com o rosto borrado e a mão enfiada no fundo da sacola de correspondências. Um pouco mais adiante, uma mulher saía de uma das casas com um cachorrinho. Vista por trás, ela tinha cabelo loiro curto.

– Aí está o número 27, casa da amiga de Jessica, Kelly Morrison. Como podem ver, a Avondale Road faz uma curva fechada para a esquerda, onde se transforma na Marsden Road.

O Google Street View avançou borrado e, quando a imagem ganhou foco, deu visibilidade a um solar amarelo-manteiga que tinha uma entrada com pilares grandiosos.

– Este lugar agora é a Casa de Repouso Swann, mas há 26 anos funcionava aí uma casa de reinserção social para criminosos sexuais condenados. A existência dela não era de conhecimento público e só veio à tona pouco depois do desaparecimento de Jessica. Um de seus residentes, Trevor Marksman, foi o principal suspeito da investigação anterior. Fotos e vídeos caseiros de Jessica foram encontrados no quarto dele no último andar. Um vizinho também informou que o viu perto da casa dos Collins na tarde do dia 5 de agosto, no dia 6 mais ou menos no mesmo horário, e na manhã do dia 7. Ele foi preso duas semanas depois e mantido em custódia para interrogatório, porém não encontraram nenhuma prova que o ligasse ao desaparecimento, com exceção das fotos e dos vídeos que tinha feito de Jessica.

– Mas se essa casa de reinserção era *cheia* de criminosos sexuais condenados, devem ter suspeitado de outras pessoas além de Trevor Marksman, não? – perguntou Moss.

– Sim, mas a segurança no centro de reabilitação era rigorosa, e às 13h30 do dia 7 de agosto houve a reunião semanal com os residentes e os agentes de condicional. Uma chamada foi feita às 13h30. Todos os residentes estavam presentes. A reunião durou duas horas, até as 15h30. Ninguém saiu. Logo depois disso, eles começaram a procurar.

– Mas agora temos um corpo – disse Moss.

– Temos os restos mortais de Jessica, mas não há praticamente nenhuma evidência forense depois de 26 anos debaixo d'água – esclareceu Erika.

Knight prosseguiu:

– Todos os membros da família de Jessica têm um álibi. Marianne e Martin estavam em casa com Toby. Uma vizinha idosa e seu marido deram uma passada lá às 13h40, a senhora e o senhor O'Shea, já falecidos. Eles estavam lá quando Jessica saiu e permaneceram lá até se darem conta de que a garota havia desaparecido. A filha mais velha, Laura, estava a 390 quilômetros acampando com o namorado, Oscar Browne, na península de Gower, no País de Gales. Eles viajaram cedo no dia anterior.

Ela olhou para a sala.

– O porta a porta não deu em nada, a maioria dos vizinhos estava fora, e aqueles em casa tinham álibis sólidos. Como viram no Google Street View, a maioria das casas não dá vista para a Avondale Road, temos um período de duas horas em que qualquer coisa pode ter acontecido. Sábado à tarde, quase não há entregadores e o correio não funciona. Em 1990, uma parte muito pequena da área era coberta por câmeras de segurança. Nenhum ônibus passa pela Avondale Road.

O silêncio se apoderou da sala por um momento antes de Crawford acender a luz. Erika foi à frente da sala e se posicionou ao lado do mapa, agora com a imagem fraca sob as lâmpadas fluorescentes.

– Obrigada. E quem sabe, Crawford, você não passa a usar seu notebook para propósitos de trabalho.

– Sim, sinto muito mesmo. Não vai acontecer de novo – ele gaguejou.

Erika prosseguiu:

– Preciso que todos estejam focados, e se algum de vocês achar que está perdendo a concentração, dê uma olhada nesta foto.

Ela apontou para o esqueleto de Jessica disposto como um quebra-cabeça montado em um lençol azul.

– Temos que trabalhar com gás total desde já na enorme quantidade de arquivos desse caso histórico. Mas isso deve ser visto como positivo. Os arquivos do caso podem render muito mais. Também temos o benefício da visão retrospectiva. Gostaria que vocês dividissem as caixas. A Detetive

Inspetora Moss ficará responsável por isso. Gostaria que revisassem todos os indícios sobre Trevor Marksman, também gostaria que prestassem atenção na atuação da comandante da investigação anterior: Detetive Inspetora Chefe Amanda Baker...

– Eu conhecia Amanda – interrompeu Crawford. – Trabalhei nesse caso em 1990, quando ainda nem era detetive.

– Por que você não mencionou isso antes? – perguntou Erika. Os policiais na sala se viraram para Crawford, que estava à porta. Ele estufou as bochechas.

– Hum, é... achei que faria isso quando houvesse tempo, as coisas têm sido meio frenéticas...

– Falei com você e a Detetive Knight ontem quando estavam preparando esta apresentação. Você não achou que isso era relevante? Ou que pudesse ter dado algum *insight* pra gente?

Todo mundo estava olhando para Crawford. Ele estufou as bochechas novamente e esse hábito estava dando nos nervos de Erika.

– Falaram muita coisa sobre a Detetive Inspetora Chefe Baker... – ele começou. – Eu sempre achei que ela estava sendo pressionada dos dois lados. A família Collins não parava de criticá-la e muitos oficiais do alto escalão davam instruções pelas costas dela na época. Aquilo não estava certo.

– A gente sabe disso. Você pode nos contar mais alguma coisa?

– Hum... Eu participei das buscas no parque Hayes e na pedreira, em agosto e em setembro de 1990. A Unidade Naval também fez buscas na água. Nós... eles não acharam nada – Crawford respondeu.

– Então podem ter mantido Jessica viva ou a mataram em outro local e desovavam o corpo em uma data posterior – disse Erika.

– Eu não tinha acesso a nada que acontecia na sala de investigação. Naquela época eu era só um guarda, cheio de entusiasmo... A vida ainda iria me desgastar – ele falou com uma risada esquisita.

A risadinha pairou no ar por um momento, e Crawford se remexeu sem jeito ao lado da porta. Seu rosto ainda estava corado e com manchas vermelhas. Nesse momento, Erika decidiu que puxaria a ficha dele. Ela calculou que ele devia ter cerca de 40 anos. Não o tinha visto na delegacia nos três meses em que estava trabalhando lá.

– Okay, pessoal, quero que a prioridade seja a revisão das provas materiais. Assim que soubermos o que há em todas essas caixas, poderemos avançar. Nos reunimos amanhã de manhã para saber como estão avançando os trabalhos.

A sala voltou à agitação rotineira, Erika foi até onde Moss e Peterson estavam sentados, ao lado da sala dela.

– Peterson, você vem comigo. Vamos falar com a família Collins. Moss, fique de olho nas coisas aqui, e... – ela inclinou a cabeça na direção de Crawford, que estava tentando desembolar uma fonte de notebook emaranhada e cheia de nós.

– Quer que eu puxe a ficha dele? – Moss perguntou em voz baixa.

– Quero, mas seja discreta.

Moss assentiu e Erika saiu com Peterson da movimentada sala de investigação.

CAPÍTULO 17

Um homem alto, magro e bronzeado abriu a porta do número 7 na Avondale Road. Tinha a cabeça raspada e uma leve sombra ao redor das laterais demonstrava que era careca na parte de cima; no rosto, a barba por fazer continha fios grisalhos. Estava de calça de alfaiataria preta, camisa azul-marinho com as mangas dobradas, deixando à mostra os músculos do antebraço, e um par de refinados mocassins de couro preto. Quando se apresentou como Martin Collins, Erika ficou chocada. Era um homem vigoroso e refinado na faixa dos 60 anos, muito diferente de Marianne, que era a representação perfeita do estereótipo de uma aposentada.

– Estamos todos na sala de estar – resmungou ele. Ainda tinha um forte sotaque irlandês.

Eles seguiram Martin lá para dentro, e sua aparentemente caríssima loção pós-barba cortava o odor bolorento de igreja da casa.

Erika apresentou-se e ao Detetive Peterson. Marianne encontrava-se sentada na ponta do comprido sofá ao lado da lareira. Estava de preto dos pés à cabeça, o que acentuava sua palidez mortal. Apertava com tanta força o rosário enrolado na mão, que ele afundava na pele. Sentada ao lado dela estava uma atraente mulher de cabelo escuro na faixa dos 40 anos. Estava bastante maquiada e usava um terninho preto de grife e camisa branca. Seus olhos castanhos estavam vermelhos e distantes.

– Oi, esta é a minha filha, Laura – apresentou Marianne, apontando para a mulher.

Laura se levantou e deu um aperto de mão em Erika e Peterson. Um jovem moreno e bonito ocupava uma cadeira ao lado do comprido sofá. Também estava com um terno preto elegante. Ele se levantou e se apresentou como Toby, ao lado dele encontrava-se um belo indiano de cabelo escuro na altura do ombro. Estava com um terno de seda preto.

– Este é o meu noivo, Tanvir – apresentou Toby.

Eles todos deram apertos de mão. Marianne mordeu o lábio e lançou um olhar suplicante para Martin.

– O quê? – questionou Toby.

– *Tobes*, sua mãe pediu que fosse só a família – disse Martin.

– Tanvir é minha família e eu queria que ele estivesse aqui. Não teria problema se a Laura estivesse com o marido e os filhos...

– Só que eu não trouxe o Todd – retrucou Laura. – Ele está tomando conta do Thomas e do Michael.

Ela segurou a mão livre da mãe. Toby abriu a boca para responder, mas Erika foi mais rápida:

– Meus pêsames a todos vocês. Temos consciência de que este momento é muito doloroso.

Ver o restante da família foi um choque, eles pareciam muito descolados e estilosos em comparação a Marianne. Ela apontou para duas cadeiras diante dos sofás. Erika e Peterson se sentaram.

– Por favor, aceitem minhas desculpas pelo que aconteceu ontem. Não sei o que me deu.

– Conversei com Nancy e, embora encaremos agressão a um policial como uma questão muito séria, ela não pretende dar queixa. As circunstâncias eram extraordinárias – Erika esclareceu.

– Estou com tanta vergonha...

– Gostariam de tomar um chá? – interrompeu Tanvir, levantando-se. Todos ficaram paralisados.

– Seria ótimo – Peterson aceitou.

– Você não sabe onde fica nada aqui – repreendeu Marianne.

– Ele sabe usar uma chaleira e sem dúvida as xícaras estão em algum lugar acima do micro-ondas – respondeu Toby.

Tanvir ficou imóvel, constrangido.

– É, um chá seria ótimo – aceitou Erika, abrindo um sorriso para ele.

– Deixe que eu faço o chá – falou Marianne, levantando-se.

– Ele não é contagioso, mãe – zangou-se Toby.

– Toby, pelo amor de Deus! – repreendeu Martin.

– Tanvir, tenho certeza de que você é uma ótima pessoa, mas... – começou Marianne.

– Já chega! – interrompeu Martin. – Você quer perder o seu filho assim como perdeu sua filha? Deixa o Tan fazer a porcaria do chá!

Tanvir saiu da sala. Marianne pressionou um lenço todo amarrotado no rosto. Laura inclinou-se e segurou com força as mãos dela.

– Como você pode falar uma coisa dessas, Martin? – sibilou Marianne.

– Puta que pariu! – Martin xingou.

Ele não se sentou e ficou andando de um lado para o outro em frente às cortinas. Erika se deu conta de que deveria tomar as rédeas daquela reunião.

– Muito bem – ela disse. – Sei que é um momento difícil.

– Ouviu isso, Toby? – falou Martin. – Um momento difícil. Era para ser só a família hoje. Eu queria que, pelo menos uma vez, todos nós nos reuníssemos sem...

– Como você pode falar isso, Martin? Nunca vamos ficar *todos* juntos. Como você pode ter esquecido a Jessica?! – Marianne berrou.

– Pelo amor de Deus! Não foi isso que eu quis dizer. Você acha mesmo que eu simplesmente a esqueci? – gritou Martin. – Você não tem o monopólio do sofrimento... Por Deus, todo-poderoso, cada um sofre de um jeito...

– Quer parar de falar no nome do Senhor?!

– Pai! – interrompeu Laura.

– Não! Não vou ser acusado de novo de não chorar o suficiente, de não estar sofrendo do jeito certo! – ele se aproximou do sofá e meteu o dedo na cara de Marianne. – Eu amava aquela menininha! Moveria Céu e Terra para ter mais um minuto com ela, para tê-la com a gente... para tê-la visto crescer... – sua voz falhou e ele deu as costas para todos.

– Vejam bem, não queremos nos intrometer mais do que o necessário – retomou Erika. – Vocês pediram para falar com a gente. Por favor, deixem que nos concentremos no que estamos fazendo para encontrar a pessoa que fez isso.

Laura estava chorando, junto com a mãe, e Toby permanecia resoluto na cadeira com os braços cruzados diante do peito largo.

– Oh, eu sei quem fez isso – afirmou Marianne. – Aquele desgraçado diabólico do Trevor Marksman. Ele foi preso?

– No momento, estamos investigando todos os aspectos do caso – começou Erika.

– Não me venha com esse discursinho corporativo – reclamou Martin. – Fale como um ser humano!

– Okay, Sr. Collins. Nós herdamos um caso complexo. Quando Jessica desapareceu, 26 anos atrás, havia poucas testemunhas. Temos que voltar e revisar a primeira investigação que, como devem saber, teve muitas falhas.

– Cadê ele? O Marksman?

– De acordo com a última notícia que tivemos, ele estava morando no Vietnã.

– Vietnã, hein? Lotado de criancinhas pobres. Imagina o que 300 mil conseguem comprar lá! – disse Martin.

– Aquele homem, aquele homem diabólico. Como ele pode ter processado a polícia, ganhado todo aquele dinheiro e ido embora, impune? – Marianne questionou.

– Não havia provas suficientes na época – explicou Erika.

– Já vi programas assim na TV. Com certeza agora vocês podem fazer mais coisas com a perícia forense, não podem? – perguntou Martin. – Coisas que não podiam ser feitas na época?

– Quando encontramos os restos mortais de Jessica... Bem, ela ficou muito tempo debaixo d'água. O que conseguiremos fazer com perícia forense vai ser limitado...

A família ficou encarando Erika, cada um deles processando a informação de que haviam desovado Jessica debaixo d'água.

A detetive prosseguiu:

– Solucionei dois casos históricos de rapto e escolhi os melhores policiais para trabalharem comigo. Sei que muitas pessoas já desistiram da Jessica, mas eu não sou uma delas. Vou pegar esse desgraçado e levá-lo a julgamento. Vocês têm a minha palavra.

Martin encarou Erika e Peterson e acenou afirmativamente com a cabeça.

– Okay, está bem, vou confiar em você – disse ele, com os olhos começando a lacrimejar. – Me parece uma mulher em quem posso confiar – ele se virou, tirou um maço de cigarro do bolso e acendeu um.

– Você vai trepar com ela também? – disparou Marianne. Silêncio. – Você sabia? Ele estava trepando com aquela piranha daquela detetive, a Amanda Baker.

– Fica quieta, Marianne! – repreendeu Martin.

– Não! Por que tenho que ficar quieta? Você dormiu com aquela mulher. Uma mulher que me consolou. Pra quem eu contei coisas íntimas sobre como me sentia.

– Isso foi muito tempo depois que ela assumiu o caso! – gritou Martin.

– E por causa disso está tudo bem? – retrucou Marianne, levantando meio desequilibrada.

– E nesta família é de mim que todo mundo tem vergonha – comentou Toby, quase como um comentário à parte para Erika e Peterson.

– Calem a boca! – berrou Laura. – Todo mundo. Isso aqui é sobre a Jessica! A minha... nossa irmã, ela não pôde crescer, ela devia estar aqui!

E vocês só querem saber de discutir e brigar! – Lágrimas escorreram, marcando trilhas na camada grossa de base e ela as limpou com as costas da mão.

– Está tudo bem, minha querida – disse Marianne, colocando os braços ao redor de Laura, que remexeu o corpo para se livrar deles.

– Quando vamos poder vê-la? Quero vê-la – questionou Laura.

– Eu gostaria de vê-la também – disse Marianne.

– Eu também – comentou Toby.

– É claro, podemos providenciar isso, mas só depois que o patologista forense tiver terminado, aí os restos mortais de Jessica serão devolvidos a vocês – informou Erika.

– O que estão fazendo com ela? – perguntou Laura.

– Ele está fazendo análises, tentando colher a maior quantidade possível de informações para descobrir de que forma ela morreu.

– Ela sofreu? Por favor, me diga que ela não sofreu – suplicou Marianne.

Erika respirou fundo antes de responder:

– Isaac Strong é um dos melhores patologistas forenses do país e, além disso, ele é muito respeitoso. Jessica está segura aos cuidados dele.

Marianne consentiu e olhou na direção de Martin. Ele estava de costas, apoiado na parede, com a cabeça abaixada. O cigarro havia queimado em sua mão.

– Martin, vem cá, amor – ela chamou. Ele foi até o sofá, sentou no braço ao lado de Marianne, enterrou a cabeça no pescoço dela e soltou um profundo e abafado gemido. – Está tudo bem, tudo certo – ela disse, colocando a mão livre nas costas dele e puxando-o para mais perto de si. Laura também se virou para a mãe e eles choraram.

– Eu quase não me lembro dela – comentou Toby, com lágrimas nos olhos, olhando para Erika e Peterson.

Tanvir retornou com uma bandeja de chá e a colocou na grande mesa de centro. Erika só queria sair daquela casa opressiva de mobília lúgubre. Junto àquela terrível atmosfera, os quadros da Virgem Maria assumiam uma sinistra melancolia.

– Gostaríamos de fazer um novo apelo na imprensa, e queríamos perguntar se estariam dispostos a isso... como família? – perguntou Erika. Eles concordaram com gestos de cabeça.

– Nossa assessora de imprensa avisará quando e como isso irá acontecer.

– Você tem algum novo suspeito? – perguntou Laura.

– Por enquanto não, mas estamos trabalhando com informações novas.

– Que informações? – perguntou Laura categoricamente.

– Bem, a óbvia é a de que encontramos Jessica na pedreira Hayes. Posso perguntar a vocês o que sabem daquele lugar? Vocês costumavam ir lá em família ou com a Jessica?

– Por que iríamos àquela antiga pedreira? – questionou Marianne. – A Jessica adorava dançar e ir à Pets Corner ver os bichinhos...

– Eu costumava ir lá pescar – revelou Toby. – Quando tinha uns 12 ou 13 anos... Meu Deus, ela devia estar lá embaixo. Eu entrava de barco. Ela estava lá o tempo todo.

Tanvir sentou-se no braço da cadeira e segurou a mão de Toby.

Marianne viu aquilo e virou o rosto. Em seguida, Peterson falou.

– Sei que isso é difícil, mas de quem era esse barco? Quem você conhecia que tinha acesso a um barco?

– Meu amigo Karl. Era um bote de borracha – explicou Toby. – Mas Karl e eu tínhamos 13 anos quando íamos pescar, eu tinha 4 quando a Jessica desapareceu.

– Isso tudo aponta de volta para Trevor Marksman – opinou Martin, levantando o rosto e enxugando as lágrimas. – A câmara municipal achou normal colocar uma porcaria de casa de reinserção social de tarados no final da nossa rua! Vocês viram as fotos que ele tirou dela, e ele fez um vídeo! Vídeo de quando ela estava no parque com a Marianne e a Laura!

– Ele é o primeiro na nossa lista de suspeitos, e nós o interrogaremos de novo – disse Erika.

Martin balançou a cabeça e disse:

– Escrevi para a nossa representante no parlamento perguntando se podiam abrir um inquérito para averiguar a primeira investigação. Sabe o que ela fez?

– Não, não sei – respondeu Erika.

– Ela me respondeu com uma bosta de uma carta-modelo. Não teve nem a decência de escrever alguma coisa. Contrato secretárias para a minha construtora que não têm nada além de qualificação básica, mesmo assim elas sabem fornecer uma resposta adequada escrita à mão, mas uma parlamentar? Vocês sabem que para ser parlamentar a pessoa não precisa de absolutamente nenhuma qualificação...? – ele agora estava andando de um lado para o outro na sala e Marianne, Toby e Laura o observavam.

– Que qualificações vocês dois têm?

– Somos oficiais da polícia – respondeu Peterson.

– Ah, é? Só que o Marksman, um filho da puta sem nenhuma instrução, arranjou um advogado caro e assistência legal, processou vocês todos e ganhou 300 mil.

– O que aconteceu foi lamentável – disse Erika. Assim que as palavras saíram de sua boca, ela soube que o comentário o enfureceria ainda mais.

– Bom, eu tenho dinheiro, não preciso de assistência legal, e vocês sabem que o ex-namorado da Laura hoje é um advogado bom pra cacete?

– Pai! – interveio Laura, olhando para ele com cara fechada.

– Oscar Browne é sócio do Escritório de Advocacia Fortitudo e ele já falou que trabalha para mim na hora que eu quiser.

– Oscar Browne – disse Erika, lembrando-se dos arquivos do caso que tinha visto. – Ele era seu namorado na época do desaparecimento da Jessica.

– Era, sim – respondeu Laura, enxugando os olhos.

– E vocês dois estavam acampando no País de Gales quando Jessica desapareceu?

– Estávamos. Viemos direto para casa quando soubemos. Vimos na TV... – o lábio inferior dela começou a tremer.

– E você manteve contato com Oscar?

– Como eu, hoje ele também é casado e tem filhos, mas mantemos contato. Esse tipo de experiência gera um vínculo.

Erika viu que Martin continuava andando de um lado para o outro com o rosto vermelho.

– Nos últimos 26 anos, o filho da puta do assassino da Jessica ficou passeando por aí, rindo, porque vocês e o seu pessoal, um pessoal inútil do caralho, não fizeram nada! Deixaram as coisas escaparem por entre os dedos. Como ela pode simplesmente ter desaparecido? Ela só andou pela porcaria da rua, o que não demora nem um minuto, e NINGUÉM VIU NADA!

Depois disso, ele deu um tapa na bandeja de chá, as xícaras e os pratos se espatifaram no chão.

– Por favor, o senhor precisa se acalmar – disse Peterson, aproximando-se de Martin.

– Não me mande ficar calmo! Não venha à minha casa...

– Não é mais a sua casa, Martin – gritou Marianne. – E não é para você voltar aqui e sair quebrando tudo – ela se ajoelhou no chão e começou a catar os cacos grandes de porcelana.

— Mãe, você vai se cortar — disse Toby com delicadeza, ajoelhando-se com Marianne e puxando gentilmente as mãos dela.

Laura olhava para o irmão e a mãe sem fazer nada, o pai continuava andando de um lado para o outro, com o rosto muito vermelho.

Martin começou a chutar a parede. Marianne gritou para ele parar.

— Sr. Collins, se não se acalmar agora, terei que algemá-lo e colocá-lo no carro da polícia — avisou Erika, levantando a voz. — Quer mesmo que isso aconteça? A imprensa está lá fora e não há nada que eles queiram mais do que achar um ângulo novo, e o pai culpado vai se encaixar nisso como uma luva — a argumentação conteve Martin, que olhou para Erika. — Então, por favor, o senhor vai se acalmar?

Ele fez que sim, sentindo-se repreendido.

— Desculpe — disse ele, esfregando a mão na cabeça.

— Não consigo nem imaginar o que foi aquilo para a sua família — falou Erika.

— Deixou a gente estilhaçado — ele começou a chorar novamente e Marianne aproximou-se para consolá-lo, seguida de Toby e Laura. Tanvir ficou parado em pé ao lado, observando com Peterson.

— Okay, acho que por hoje é só. Vocês precisam ficar um tempo juntos. Vamos revisar as declarações de todas as testemunhas, e talvez precisemos conversar com vocês para esclarecer alguns aspectos. Um dos policiais da minha equipe entrará em contato — informou Erika.

Ela sinalizou para Peterson e os dois saíram depressa.

CAPÍTULO 18

Depois da reunião com a família Collins, Erika e Peterson sentaram-se no carro estacionado na rua em frente ao número 7 na Avondale Road.

— Aquilo foi terrível – Peterson comentou, esfregando os olhos, cansado. – Como a nossa ida lá podia ajudar?

— Eles estão todos atados pela tristeza. Não consegui nem falar para eles quando vão poder ver os restos mortais da Jessica. Esse caso é... – Erika se interrompeu antes de dizer *insolúvel*. – Então Martin Collins estava dormindo com Amanda Baker...

— O que acrescenta outra camada de... complicações – complementou Peterson.

— Você deve estar tão satisfeito por eu ter te convocado para esse caso – comentou Erika com um tom pesaroso.

— Senti sua falta... quer dizer, senti falta de trabalhar com você, em casos, com a Moss também, é claro – disse Peterson, apressando-se para se corrigir. Erika o olhou por um momento, em seguida virou o rosto novamente para o para-brisa.

— Jessica desapareceu bem aqui – ela apontou para a rua ladeada por enormes carvalhos nus cujos galhos estendiam-se para o alto contra o céu nublado. – Frio, né?

— Quer que eu ligue o aquecedor? – Peterson perguntou.

— Não. A rua. A área. Tudo aqui tem uma atmosfera inóspita. Esse monte de casas caras que se escondem dos olhos de quem está de fora.

O grupo de fotógrafos permanecia do lado de fora, no limite estabelecido pela grama. Tiraram fotos de Erika e Peterson entrando e saindo da casa. Um homem baixo, de cabelos grisalhos, começou a avançar pela estradinha que levava à garagem e na mesma hora Erika acendeu as luzes azuis e ligou a sirene. Ele deu um pulo para trás, notando-os no carro sem identificação. Ela deixou as luzes azuis acesas, ligou para a delegacia e solicitou um guarda para ficar na casa. Os fotógrafos apontaram as câmeras para o veículo por um momento e depois miraram novamente na casa.

– Você acha que o Martin Collins foi um pouco teatral lá dentro? – perguntou Peterson.

– Como assim? – questionou Erika.

– Tinha alguma coisa de artificial naquela revirada da bandeja de chá. Se ele tivesse jogado alguma coisa na gente, ou... sei lá, batido em um de nós, isso até que eu esperava.

– Você acha que ele está escondendo alguma coisa?

Peterson balançou a cabeça e perguntou:

– Quanto da última investigação foi dedicada a ele? Aos negócios dele?

– Ele ganhou muito dinheiro e bem rápido durante o *boom* imobiliário nos anos 1980. A família Collins veio da Irlanda em 1987, praticamente sem um centavo, e em 1990 eles estavam morando aqui...

– Você acha que alguém sequestrou Jessica?

– Não sei. Nunca disseram nada sobre resgate?

– Não. Ela simplesmente desapareceu, e tudo foi se desintegrando na sequência. A família dela, a investigação da Polícia Metropolitana...

Erika olhou para a rua e soltou o cinto de segurança:

– Vamos dar uma caminhada.

Eles saíram do carro. Isso imediatamente chamou a atenção dos jornalistas, que dispararam na direção deles com as câmeras. Erika e Peterson saíram caminhando na direção do número 27. As casas à esquerda ficavam num nível inferior ao da rua e todas as entradas da garagem eram uma descida. À direita, as casas ficavam num elevado e as entradas da garagem eram uma subida.

– Pronto, estamos aqui, levamos dois minutos – comentou Peterson. – Eles pararam em frente ao número 27. Era uma casa creme de dois andares com colunas decorativas na frente. A entrada da garagem tinha acabado de ser recapeada e os pingos de chuva se agrupavam como mercúrio à superfície impecável.

– Desde 1990, a casa teve dois donos – comentou Erika. Eles ficaram parados por um momento observando os dois lados da rua. – A casa de reinserção social em que Trevor Marksman morava é logo ali em cima – acrescentou.

Os dois caminharam mais alguns minutos e chegaram ao local em que a rua fazia uma curva fechada para a esquerda. Havia um grande solar do outro lado da rua, bem no meio do terreno. Era amarelo-manteiga e as janelas e os pilares da frente eram tão brancos que chegavam a ser quase reluzentes. Uma placa com letras garrafais pretas pendurada por correntinhas a um pequeno poste no gramado bem cuidado informava que ali agora funcionava a Casa de Repouso Swann. As janelas brilhavam e refletiam o céu nublado, dando a impressão de que o lugar estava vazio. Um grande corvo preto pousou na placa. Sua plumagem brilhava como as letras pintadas e ele soltou um grasnado fúnebre.

Erika e Peterson viraram-se e tiveram uma visão clara da rua inteira que se estendia em declive até o carro deles estacionado junto ao meio-fio onde os fotógrafos se aglomeravam. As cercas-vivas altas formavam um muro comprido de cada lado da rua.

– Acabei de imaginar a Jessica aqui fora, tão perto de casa, mas completamente sozinha. Ela gritou? Alguém atrás dessas cercas-vivas espessas ouviu quando ela foi pega? – indagou Erika.

– Por que jogá-la na água a pouco mais de um quilômetro de casa? E se foi alguém dessa rua? Essas casas são grandes, devem ter porão.

– Li nos arquivos que fizeram buscas nas casas dessa rua e nas das redondezas, praticamente todo mundo recebeu bem a polícia.

– Então ela simplesmente desapareceu? – questionou Peterson. O corvo grasnou de novo, como se concordasse. – E agora, chefe?

– Acho que devíamos fazer uma visita a Amanda Baker – respondeu Erika.

Eles começaram a caminhada de volta. Quando chegaram ao carro, o oficial que Erika havia solicitado parou ao lado deles no meio-fio. Ele baixou o vidro, e Erika e Peterson se aproximaram.

Eles não perceberam que, de pé em meio ao grupo de jornalistas, com uma câmera pendurada no pescoço, havia um homem alto e moreno com uma jaqueta impermeável comprida. Diferentemente dos outros jornalistas, ele não estava interessado na casa dos Collins. O sujeito observava atentamente Erika e Peterson decidirem qual seria o próximo passo.

CAPÍTULO 19

Amanda morava em uma casa geminada de esquina numa rua residencial em Balham, sudoeste de Londres. O pequeno jardim era um matagal só, e a pintura acinzentada estava descascando nas janelas-guilhotina. A rua era tranquila e havia acabado de começar a chover quando Erika e Peterson estacionaram.

O portão da entrada estava quebrado e os policiais tiveram que passar por cima dele para chegarem à porta. Tocaram a campainha e aguardaram, mas ninguém atendeu. Erika aproximou-se da janela imunda e espiou a sala. Só conseguiu distinguir uma televisão num canto, que exibia um programa de leilão. Ela deu um pulo quando um par de olhos apareceu, emoldurados por tufos de cabelos grisalhos. A mulher a enxotou dali com a mão meio coberta por uma comprida manga de lã.

– Oi. Amanda Baker? Sou a Detetive Inspetora Chefe Foster – apresentou-se Erika, retirando depressa do bolso seu distintivo e pressionando-o no vidro. – Estou aqui com o meu colega, o Detetive Inspetor Peterson. Gostaríamos de conversar com a senhora sobre o caso de Jessica Collins. O rosto deu uma aproximada e analisou a identidade.

– Não, sinto muito – a mulher respondeu e fechou a cortina.

Erika bateu na janela.

– Detetive Inspetora Chefe Baker. Estamos aqui para pedir ajuda, nos ajudaria muito mesmo ouvir as suas considerações sobre o caso.

As cortinas se abriram um pouquinho, o rosto voltou a ficar visível.

– Quero ver a identidade dos dois – ela exigiu.

Peterson foi à janela e pressionou seu distintivo no vidro. Amanda apertou os olhos para enxergar através da imundice. Profundas rugas de fumante rodeavam seus lábios.

– Deem a volta até o portão lateral – orientou, finalmente, e fechou a cortina de novo.

– Qual é o problema com a porta da frente? – resmungou Peterson quando saíram da cobertura da varanda e ficaram expostos à garoa.

Apertaram o passo ao longo de uma cerca cheia de lodo que dava a volta no jardim. Uma mão apareceu por cima da cerca na outra ponta, em seguida uma parte da madeira foi aberta para dentro.

A ex-Detetive Inspetora Chefe Amanda Baker era uma mulher corpulenta, usava um comprido cardigã ensebado por cima de uma camisa de malha preta, legging escura e Crocs pretos com meia cinza de lã grossa. Tinha um rosto vermelho inchado e um grande queixo duplo. Seu comprido cabelo grisalho estava oleoso e amarrado na altura da nuca com um elástico.

– Vou querer 30 pratas – avisou ela estendendo o braço.

– Nós gostaríamos de conversar com a senhora sobre o caso – retrucou Erika.

– E eu gostaria de 30 pratas – repetiu Amanda. – Sei como funciona o esquema, você molha a mão de uma puta velha ou de um traficante para poder ouvir o que eles têm a dizer. E eu sei uma porrada de coisa sobre esse caso – ela aproximou ainda mais a mão e balançou os dedos.

– Você era policial – argumentou Peterson.

Amanda o analisou de cima a baixo com um olho avaliativo.

– Eu *era*, querido. Agora sou uma bruxa velha que não tem nada a perder.

Ela começou a fechar o portão. Erika levantou a mão.

– Okay – ela concordou, e acenou a cabeça para Peterson.

Ele revirou os olhos, pegou a carteira e entregou uma nota de dez e outra de vinte a Amanda.

Ela as enfiou dentro do sutiã e sinalizou para que a seguissem pela grama úmida do quintal. Passaram pela janela de um banheiro onde um pequeno respiradouro rodopiava preguiçosamente, soprando para fora um cheiro de urina e desinfetante. Chegaram a um quintal cheio de mato, com sacos de lixo empilhados em um canto.

À porta de trás, Amanda esfregou os Crocs em um retalho de tapete, o que Erika achou irônico, pois aquela era o tipo de casa na qual se limpava os pés para sair. A cozinha já havia sido bem elegante, mas estava imunda e abarrotada de pratos sujos e sacos transbordando de lixo. Havia uma caminha de cachorro ao lado de uma máquina de lavar que balançava no ciclo de centrifugação, mas nada de cachorro.

– Podem ir para a sala lá da frente. Querem chá? – ela ofereceu com a voz cavernosa de fumante.

Erika e Peterson olharam para a cozinha nojenta e aceitaram com um gesto de cabeça. Seguiram pelo corredor, passaram por uma escada de madeira íngreme que levava a um patamar soturno. A sala atulhada de mobília tinha as paredes e o teto amarelos de nicotina.

– Você quer mesmo beber o chá dela? – sussurrou Peterson.

– Não, mas se ele nos fizer ganhar tempo com ela... – respondeu Erika também aos sussurros.

– Bom, 30 pratas compram pelo menos uma hora – alegou Peterson.

Ele foi interrompido por uma batida na janela e um rosto surgiu colado ao vidro encardido. Amanda passou alvoroçada por trás deles, foi à janela e a abriu.

– Tudo certo, Tom? – cumprimentou.

O homem entregou algumas cartas e depois duas garrafas de Pinot Grigio. Erika aproximou-se e viu que era o carteiro. Amanda tirou as 30 libras do sutiã e deu 20 a ele, que foi embora pelo portão da frente, assobiando.

– O quê? – questionou Amanda ao ver a expressão no rosto deles. – Nos Estados Unidos chamam isso de serviço de garrafa em domicílio.

– Geralmente quem faz a entrega não é o carteiro – argumentou Peterson.

– Querem uma tacinha?

– Estou trabalhando – ele respondeu com frieza.

– Vou pegar o chá, então – disse ela. – Sentem-se.

– Isso responde à minha pergunta sobre a porta da frente – comentou Peterson depois que ela saiu.

– Você podia ser um pouquinho menos rude – reclamou Erika.

– O quê? Quer que eu me embebede com ela tomando o vinho do carteiro?

Apesar da situação, Erika riu antes de responder:

– Não. Só não fica tão na retranca. Uma flertadinha ajuda bastante. Pense no bem maior.

Peterson arredou uma pilha de jornais e papéis de chocolate de um sofá e se sentou. Dois sofás molengas de tão velhos, uma mesa de jantar e cadeiras atulhavam a sala. A televisão ficava em uma estante que dominava uma parede inteira e estava lotada de livros e documentos. Erika se aproximou de uma foto que chamava a atenção na parede. Estava em uma moldura dourada vagabunda que imitava um trançado. Era uma foto colorida um pouco deteriorada e desbotada na parte de baixo onde a umidade havia penetrado. Uma versão magra, jovem, de cabelos pretos e brilhantes de Amanda Baker usava o antigo uniforme feminino da polícia: meia-calça preta grossa, saia, blazer e quepe. Ela estava de pé em frente à Academia de Polícia de Hendon ao lado de um jovem policial de uniforme com o quepe debaixo do braço. Mostravam seus distintivos e sorriam para a câmera.

– Achei mesmo que você iria direto aí – comentou Amanda, entrando com passos arrastados e trazendo uma bandeja com duas canecas fumegantes de chá e uma taça grande de vinho branco.

– Reconheci o policial – comentou Erika, pegando uma caneca de chá na bandeja e dando uma olhada na foto novamente.

– Agente Gareth Oakley, jovem. Trabalhamos juntos no Departamento de Investigação Criminal nos anos 1970. Oakley e eu tínhamos a mesma patente nessa época. Hoje vocês o conhecem como Comissário Assistente Oakley, que está aposentado.

– Deve ter sido interessante ser mulher no Departamento de Investigação Criminal nos anos 1970, né?

Amanda apenas arqueou uma sobrancelha.

– Parece mesmo o Oakley. Mas ele tinha menos cabelo nessa época do que tem agora. Quantos anos ele tinha? – perguntou Erika, examinando mais de perto o cabelo dele, que já era ralo na época.

Amanda deu uma gargalhadinha e respondeu:

– Vinte e três. Ele começou a usar peruca quando foi promovido a Detetive Inspetor Chefe.

– Esse é o Comissário Assistente Oakley? – perguntou Peterson, só para entrar na conversa.

– A gente fez o treinamento junto em Hendon, e nos formamos em 1978 – disse Amanda. Ela soltou seu peso na poltrona grande próxima à janela. Erika sentou-se ao lado de Peterson.

– Oakley acabou de se aposentar, recebeu uma gratificação gorda – comentou Peterson. Estavam todos sentados e as palavras ficaram um momento pairando no ar.

– Então, nós viemos aqui informalmente para saber sobre caso de Jessica Collins. Fui designada para ele – disse Erika.

– Quem foi que você deixou puto da vida? – ironizou Amanda, dando uma gargalhadinha sombria, uma talagada de vinho e pegando um maço de cigarro no bolso do cardigã. – É um cálice envenenado. Sempre achei que ela tinha sido jogada na pedreira... apesar de termos feito buscas lá duas vezes e não encontrarmos nada... – Ela ficou em silêncio para acender o cigarro e deu um trago longo. – Então, ou ela foi mantida em cativeiro, ou o corpo foi transportado. Descobrir isso agora é trabalho seu, né?

– Você estava convencida de que tinha sido o Trevor Marksman?

– Estava – Amanda respondeu confirmando com um gesto de cabeça e encarando Erika bem no fundo dos olhos. – Só que ele acabou se queimando por causa disso. E quer saber? Eu faria tudo de novo.

– Então você admite que deu a dica para as pessoas que jogaram o coquetel molotov pela porta dele.

– Você nunca quis fazer justiça com as próprias mãos?

– Não.

– Qual é, Erika! Eu li sobre você. Seu marido foi baleado por um drogadinho que matou mais quatro colegas seus e te largou à beira da morte. Vai me dizer que você não adoraria ficar uma hora numa sala com ele, só vocês dois e um taco de beisebol cheio de pregos? – ela bateu o cigarro em um cinzeiro transbordando na mesa ao lado, sempre mantendo contato visual com Erika.

– É, gostaria, sim.

– Pronto, é isso aí.

– Mas eu nunca faria isso. Nosso trabalho como policiais é manter a lei, não fazê-la com as próprias mãos. Você também teve um caso com o Sr. Collins?

– Tive. Ele e a Marianne tinham terminado. Foi 18 meses depois que Jessica desapareceu. A gente ficou próximo... Me arrependo disso mais do que do Marksman, mas eu me apaixonei.

– E ele se apaixonou? – perguntou Peterson.

Amanda deu de ombros e tomou mais um golão de vinho.

– Sempre achei que foi a única coisa boa que fiz por aquela família. Não consegui trazer a filha deles de volta. Mas fiz Martin esquecer, pelo menos quando estava comigo.

– Agora que encontramos Jessica, você ainda acha que foi Trevor Marksman? – perguntou Erika.

Amanda deu outro trago no cigarro.

– Sempre acho que se uma coisa é óbvia demais, então só pode ser verdade... mas tinha alguém trabalhando com ele, e acho que quando pegou Jessica, ele a manteve em algum lugar.

– Vocês o vigiaram? – Peterson perguntou.

– Vigiamos, mas já tinha passado mais ou menos uma semana do desaparecimento quando a gente começou a ficar de olho nele... Acho que desovou o corpo nesse intervalo.

– Dei uma olhada no seu histórico – Erika mudou de assunto.

– Nossa, é mesmo? – disse Amanda, semicerrando os olhos em meio à fumaça.

– Depois do caso de Jessica Collins, você foi transferida para o departamento antidrogas e acusada de vender cocaína.

– Eu era uma policial boa pra caralho! Pavimentei o caminho para mulheres como você que, 20 anos atrás, não passaria de um personagem negro secundário em filme só de branco. Agora você é aceita, levada a sério, mas se esquece daqueles que lutaram pelo seu lugar na força policial.

– Então é tudo por sua causa, né? Você é a Rosa Parks[4] da Polícia Metropolitana? – enfezou-se Peterson. Houve um silêncio constrangedor. Erika olhou feio para ele.

– Viemos aqui para ouvir o seu lado da história, só isso – retomou Erika.

– Meu lado?

– Isso... para saber como foi trabalhar no caso, entender como você o enxergava. Estou entrando nisso de olhos vendados, com papeladas e mais papeladas de relatórios sobre o caso.

Amanda ficou em silêncio por um momento e acendeu outro cigarro.

– Quando trabalhei no Departamento de Investigação Criminal, eu era a única mulher, e me davam todos os casos de estupro. Eu cuidava daquelas mulheres, recolhia provas, me preocupava com elas... Jamais ignorei as ligações delas e dava apoio àquelas mulheres durante meses enquanto os canalhas que as estupraram estavam aguardando o julgamento. Depois, eu segurava a mão delas durante o processo no tribunal. Ninguém nunca me apoiou. Agora os camaradas que não estavam nem aí para nada, que se mandavam cedo para o pub e exigiam trepadas de graça das mulheres

---

[4] Rosa Parks (1913-2005), costureira negra norte-americana, tornou-se símbolo da luta antissegregacionista e do movimento em defesa dos direitos civis dos negros nos Estados Unidos por ter sido presa ao se recusar a ceder seu assento em um ônibus para um homem branco. (N.T.)

que trabalhavam com sexo, esses sim ficavam com as promoções. E então, quando finalmente peguei o caso da Jessica Collins, fizeram questão de me mostrar que eu tinha passado dos limites, que estava querendo fazer coisas além da minha alçada.

– Sinto muito por isso – disse Erika.

– Não precisa se desculpar. Mas não me julgue. Chega um ponto em que você descobre que jogar de acordo com as regras não leva a lugar nenhum... – Amanda apontou para a foto na parede com a guimba do cigarro. – Aquele cuzão, o Oakley, acabou virando Comissário Assistente... – ela apagou o cigarro enfiando-o no cinzeiro transbordante. – A gente fez muita ronda juntos nos velhos tempos. Numa noite em que estávamos patrulhando a Catford High Street às três da manhã, um rapaz puxou uma faca pra gente numa rua deserta. Estava chapado de alguma droga... Ele agarrou Oakley e apertou a faca no pescoço dele, aí o Oakley se cagou todo. Não estou falando metaforicamente, ele literalmente cagou nas calças. Daí o moleque, paranoico e ligadão do jeito que estava, pirou com o cheiro e fugiu correndo. Oakley foi salvo pela própria bosta. A ironia disso tudo é que ele se tornou membro da Ordem do Império Britânico pelo trabalho que desempenhou na força policial justamente reduzindo o índice de crimes com facas... Eu o ajudei naquela noite, ajudei a se limpar e fiquei de boca fechada. Éramos muito chegados naquela época. Anos depois, quando tudo deu errado para mim e ele era Superintendente Chefe, o babaca não fez porra nenhuma. Deixou eu me foder!

Amanda estava tremendo de ódio e acendeu outro cigarro. Ficaram sentados em silêncio por um momento. O tique-taque do relógio ecoava alto na sala, um carro passou na rua e parecia que o céu tinha ficado mais escuro. Erika olhou para Peterson; um sinal para que fossem embora.

– Tem mais uma coisa – disse Amanda. Ela ficou um momento em silêncio e esfregou o rosto. – Você achou o corpo na pedreira Hayes. Nós fizemos duas buscas lá em agosto e no final de setembro de 1990, e, é claro, não achamos nada. Tinha um velhinho, um cara que morava ilegalmente numa cabana lá. Era minúscula e tinha um porão. Também não achamos nada. É claro. Aí, alguns meses depois, ele se enforcou.

– E? – perguntou Erika.

– E sei lá. Se o Trevor Marksman estava trabalhando com alguém, talvez fosse com ele.

– Você lembra o nome dele?

– Old Bob, era assim que ele se chamava. Não batia bem da cabeça, mas não parecia violento. Tinham fechado um hospital psiquiátrico ali da região uns dois anos antes e o largaram na rua. Ele parecia ser, sei lá, um cara tranquilão, simples... Aquele sujeito tomar veneno e depois se enforcar foi um negócio que me deixou cismada.

– Ele tomou veneno também? – perguntou Erika.

– Tomou.

O telefone da detetive tocou, ela pediu licença, atendeu e começou a falar.

– Tem certeza de que não consigo te convencer a tomar uma tacinha de vinho? Quem sabe uma cervejinha? – perguntou Amanda, semicerrando os olhos na direção de Peterson no meio da nuvem de fumaça do cigarro.

– Tenho, estou de serviço – respondeu Peterson.

– Você não quer *trepar comigo* para conseguir mais informação? – ela perguntou arregalando os olhos.

Peterson ficou aliviado quando Erika desligou o telefone.

– Era Crawford – ela disse.

– Crawford virou detetive? – perguntou Amanda com um estranho brilho nos olhos.

– Isso. Ele estava no caso em 1990, não estava?

– Um bostinha irritante. Do tipo que fica implorando por aprovação, mas não faz nada para merecer. Gosta de mostrar que está atarefado...

– Bom, obrigada pelo que nos contou – cortou Erika. – Não vamos tomar mais seu tempo. Tudo bem se eu ligar para a senhora de novo? Estamos revisando todas as provas e talvez precise confirmar algum dado com você ou esclarecer algo. Se você tiver tempo.

– Claro, estou bem aberta – disse Amanda, batendo a cinza do cigarro e o apontando para Peterson.

– O que você acha? – perguntou Erika quando estavam no carro.

– A casa perto da pedreira é uma pista promissora. Ela nos dá outra pessoa. Uma pessoa que não é Trevor Marksman.

– Mas ele está morto.

Eles digeriram a informação por um momento.

– E, no nível pessoal, sinto que preciso de um banho, aquilo foi assédio sexual – Peterson acrescentou.

– Horrível, né? Mas foi um bom treinamento policial. Agora você sabe como é ser mulher – disse Erika.

– O que Crawford queria? – ele perguntou quando Erika ligou o carro.

– A família da Jessica já pode ver os restos mortais.

– Você acha uma boa ideia? Ela é só...

– Um esqueleto, é verdade. Mas eles têm o direito, e a Marianne insistiu que queria ver a filha.

Erika engatou a marcha, arrancou e eles se afastaram da casa de Amanda.

Cem metros rua acima, um veículo azul estava enfiado em uma fileira de carros estacionados ao longo do meio-fio. Dentro dele, o homem de cabelo escuro. Ele tinha seguido Erika e Peterson desde a casa dos Collins, tomando cuidado para não ser visto, e os observava.

Enfiou a mão dentro da jaqueta impermeável, pegou o telefone e ligou.

– É o Gerry – disse ele, falando com um leve sotaque irlandês. – A policial que está comandando o espetáculo, a Detetive Inspetora Chefe Foster, acabou de sair da casa de Amanda Baker. Ela está com um policial negro, sei lá qual é o nome do cara.

Ele ficou ouvindo a voz do outro lado responder, depois interrompeu, dizendo:

– Fica frio. A gente sabia que eles iam procurar Amanda... Bom, depende do quanto o cérebro dela está apodrecido depois de tanta bebida e droga. Ainda existe a possibilidade de ela montar o quebra-cabeça, agora que tem um corpo. E a tal da Foster é boa, boa pra caralho – ele revirou os olhos. – Olha só, eu até posso ficar fazendo papel de otário seguindo esse pessoal a semana inteira, mas a gente precisa de mais coisa, de olheiros lá de dentro... hackear telefones, e-mails... Okay, vou ficar de olho aqui e esperar. Mas o tempo está passando e, nesse esquema, mais tempo significa mais grana no meu bolso, não se esqueça disso.

Gerry desligou o telefone quando uma garota loira e bonita saiu pela porta da casa em frente à qual estava estacionado. Ela empurrava um carrinho de bebê e, apesar da chuva, estava de legging e com o casaco aberto, para deixar à mostra o decote avantajado. Gerry olhou-a de cima a baixo e deu uma piscadinha, a garota retribuiu com um sorriso falsamente recatado.

Em seguida, ele ligou o carro e arrancou.

CAPÍTULO 20

Mais tarde naquela noite, Erika e Moss estavam de pé nos fundos da pequena sala de identificação do necrotério em Penge. Diante do vidro, olhando fixamente e esperando a cortina ser aberta, Marianne Collins aguardava com Laura, Martin e Toby.

Eles estavam elegantemente vestidos para a ocasião, todos de preto, e a única cor era a de uma rosa vermelha que Marianne segurava. Moss olhou para Erika e franziu a testa. A impressão era de que os segundos se arrastavam. Tinham dito que já estava tudo pronto. O silêncio era quase palpável na sala e dava até para escutar o zumbido das lâmpadas fluorescentes atrás do vidro. No momento em que Erika achou que deveria quebrar o silêncio, a cortina começou a ser aberta lentamente. Ela se enroscou no trilho por um momento, antes de revelar os restos mortais de Jessica Collins.

Marianne deu um gemido, se aproximou do vidro e pressionou o corpo todo nele. O esqueleto de Jessica estava perfeitamente disposto na mesa sobre o lençol azul. Isaac tinha explicado a Erika que era melhor usar azul. Um lençol branco teria destacado a descoloração dos ossos.

– Oi, querida. Estamos aqui. Vamos tomar conta de você agora – disse Marianne, pressionando a mão no vidro. – O papai e Toby estão aqui, Laura também, e eu estou aqui, sua mamãe – ela virou-se para Martin. – Consigo vê-la, ela está ali. Olha, Martin, olha, é o cabelo dela. É o cabelo da minha menininha.

Isaac tinha disposto os ossos de modo que a parte de trás do pequeno crânio ficasse apoiada em um travesseiro branco, e o grosso tufo de cabelo tombasse sobre a mesa. Ainda que o esqueleto estivesse em pedaços, aquilo dava a impressão de que os restos mortais de Jessica formavam um todo, como se ela estivesse deitada em paz.

Laura soltou um gemido e saiu correndo da sala. Toby e Martin viraram-se para ver aonde ela ia, depois aproximaram-se do vidro e juntaram-se a Marianne, que sussurrava uma oração e sua respiração embaçava o vidro. Com um movimento de cabeça, Erika pediu a Moss que ficasse com eles e saiu.

O marido de Laura, Todd, aguardava em uma das cadeiras no corredor juntos dos dois filhos pequenos. Era um homem de aparência agradável, cabelo escuro e olhos castanhos gentis. Laura estava de costas para Erika, ajoelhada e abraçando os meninos, um debaixo de cada braço. Beijando-os e chorando, ela falava:

— Vocês estão a salvo. Vocês são meus. Não vou deixar nada acontecer com vocês. Eu prometo!

Eles olharam confusos para Erika enquanto eram golpeados pelo afeto de Laura.

O parceiro de Toby, Tanvir, retornou com copos de café que pegou na máquina de bebidas e entregou um a Todd, que o aceitou com um sorriso.

— Nunca vou perder vocês de vista. São preciosos demais – Laura continuava abraçando os meninos com mais força.

— Laura – Todd chamou, inclinando-se na direção dela para fazê-la não apertá-los tanto. — Com carinho. Você vai assustá-los.

Erika percebeu pelo sotaque que ele era americano. Laura soltou os meninos e viu que ela estava ali no corredor.

— O que tem naquela sala, mamãe? – perguntou um dos meninos. Erika percebeu que eram gêmeos.

— Sabe a Jessica? A polícia achou...

— Laura, a gente combinou, nada de detalhes – interrompeu Todd.

— Nada de detalhes? Todd. *Detalhes?* A Jessica não é só um monte de detalhes! A gente não tem como simplesmente apagar a existência dela! – berrou Laura, levantando-se.

— Querida, não foi isso que eu quis dizer – falou Todd, levantando-se e abraçando Laura. Ela enterrou o rosto no peito dele e começou a chorar desesperada, num lamento que mais pareciam uivos. Os dois meninos olharam para Erika com olhos arregalados e amedrontados.

Erika agachou entre os dois e sorriu.

— Oi, eu sou Erika. Qual é o nome de vocês?

— Thomas e Michael – respondeu um deles. — Eu sou o Thomas e ele é o Michael. Ele é tímido – os dois confirmaram a informação com um gesto de cabeça sério e depois levantaram os olhos na direção do pai. Estavam idênticos, com calça jeans escura e blusa verde.

– Tudo bem, meninos, a mamãe está muito triste, mas está tudo bem – Todd os tranquilizou, enquanto acariciava a parte de trás da cabeça de Laura.

– Vocês gostam de chocolate? Tem uma máquina ali na frente – disse Erika. Por cima do ombro de Laura, Todd a agradeceu com um gesto de cabeça.

– É, vi essa máquina. Tem um monte de chocolate, um mais gostoso que o outro – falou Tanvir. Eles seguiram pelo corredor estreito e viraram no final. Havia outro conjunto de cadeiras e uma máquina automática de vendas. Os gêmeos se aproximaram do vidro e começaram a escolher o que iam querer comer.

– Vou querer um Mars, que é o número C4 – disse Thomas.

– Eu também – escolheu Michael.

Tanvir colocou as moedas na máquina e apertou os botões.

– Que hora para conhecer os parentes – comentou ele.

– Você não conhecia a família do Toby?

– Conheci Laura, Martin, Kelly e as crianças na Espanha...

– Kelly é a...?

– É, é *a* do Martin... Ela é muito simpática. Eles adorariam se casar, mas a Marianne, bom, você a conheceu. Ela é uma católica muito fervorosa.

– O que Toby te contou sobre Jessica? Se não se incomodar com a pergunta.

Ele se abaixou para pegar os chocolates na parte de baixo da máquina e os entregou aos meninos.

– Ele se sente culpado.

– Ele só tinha 4 anos quando ela desapareceu?

– Se sente culpado por ter poucas lembranças da irmã. Ele se lembra das discussões que Laura e a mãe tinham. Eram feias, e às vezes havia agressão física.

– Quem chegava à agressão física?

– As duas. Você já viu a cozinha na casa deles?

– Rapidinho.

– Ela tem uma despensa grande no fundo. Antigamente era uma câmara frigorífica, com uma unidade de refrigeração, para transformá-la em um freezer enorme. Toby me contou que um dia desceu para beber alguma coisa e ouviu sons vindos da câmara frigorífica. Ele abriu a porta e encontrou Laura. Marianne tinha trancado a filha lá dentro.

– Ele tem certeza disso?

Tanvir deu de ombros e disse:

– Toby me contou isso um dia de noite, há um ano mais ou menos. Tínhamos tomado umas e ele se abriu comigo sobre os pais.

– Ele tem um bom relacionamento com o pai?

– Tem. Muito. As pessoas olham para Martin e podem achar que ele é um daqueles homofóbicos apaixonados por futebol, mas ele tem sido legal comigo, é legal com o Tobes. A namorada dele é um doce.

– Por que você está me contando isso? – perguntou Erika.

– Não sei. Talvez eu esteja de saco cheio da Marianne ficar invalidando meu... *nosso*... estilo de vida com base na religião. E agindo como se ela fosse uma pessoa melhor.

– Ela já foi cruel com Toby?

– Meu Deus, não! Ele era, e é, o menininho dela...

– O que é isso? – perguntou uma voz. Toby apareceu na quina da parede. E estava observando Tanvir com Erika. Os meninos estavam sentados em um banco um pouco mais à frente no corredor fazendo a maior bagunça comendo os doces.

– A Detetive Foster estava perguntando sobre sua mãe... se ela vai ficar bem. A polícia está preocupada com a possibilidade de ela ter um colapso.

A mentira de Tanvir surpreendeu Erika, mas ela não o desmascarou.

– Há muitos grupos de apoio aqui. Posso passar os detalhes para vocês – disse Erika.

– Minha mãe tem a igreja, ela fala que só precisa dela... Tan, você vai lá ver Jessica? Gostaria que fosse.

– Okay. E sua mãe?

– Todos nós perdemos Jessica, não foi só ela – argumentou Toby.

Eles foram e Todd voltou para buscar os meninos com Laura, que estava com os olhos vermelhos e inchados.

Quanto mais analiso, mais profundos parecem ficar os segredos deste caso, pensou Erika.

CAPÍTULO 21

Era tarde, mas Amanda Baker não conseguia dormir. Estava sentada em sua poltrona com uma caneta e um caderno grande. Depois que os detetives foram embora de sua casa, ela não conseguia parar de pensar no caso de Jessica Collins, não com amargura e ressentimento, mas em como solucioná-lo. Começou escrevendo tudo aquilo de que conseguia se lembrar e já tinha enchido metade do caderno. A televisão estava ligada, mas sem som, e pela primeira vez em anos sentiu-se viva e cheia de propósito. Lembrava-se de praticamente tudo da época em que chefiava o caso. Eram dos últimos 15 anos que ela tinha dificuldade de se lembrar porque foram passados em uma névoa de álcool e frequentes salpicadas de drogas. Amanda tinha até mesmo maneirado no vinho, pois percebeu, ao levantar a cabeça num momento em que parou de escrever, que só estava na terceira taça.

Bateram de leve na janela da frente. Ela tirou os óculos e impulsionou o corpo para se levantar da poltrona. Aproximou-se da janela, puxou a cortina para o lado e viu um rosto conhecido no vidro. Quando a abriu, Amanda sentiu um revigorante cheiro de ar fresco. Crawford apertou os olhos ao vê-la iluminada pela luz fraca da sala.

– Recebi sua mensagem – ele disse.

– Puta merda, você está horrível – ela respondeu com um sorriso.

– Você devia se olhar no espelho.

Ela deu uma risada cavernosa e ofereceu a mão.

– Pula aqui para dentro. A porta da frente está emperrada.

Ele segurou na mão dela e fez força para subir no peitoril, o rosto ficando vermelho devido ao esforço para passar pela abertura. Quando estava do lado de dentro, ficou parado no meio da sala recuperando o fôlego.

– Quanto tempo, hein? – disse ele. – Faz anos que a gente...

Ela concordou com um gesto de cabeça. Na parte de cima da cabeça dele, Amanda viu os últimos e ralos fios de cabelo que ainda lhe restavam.

– Você quer beber alguma coisa? – ela ofereceu.

– Quero. Uma bebida vai cair bem, foi um dia infernal – ele esfregou o rosto vermelho com nervosismo.

Ela saiu e voltou com a garrafa e mais uma taça.

– Você acabou com essa casa – comentou ele, pegando a taça.

– Você acabou com você mesmo – retrucou Amanda, brindando e virando sua taça numa golada. Crawford fez o mesmo. Ela pegou a taça dele e colocou as duas na mesinha ao lado de sua poltrona. Virou-se e o encarou.

– Minha mulher me largou – ele revelou.

– Sinto muito.

– Ela ficou com as crianças. Com a casa...

– Shhhh, vai estragar o clima – disse Amanda, aproximando-se e colocando um dedo nos lábios dele. Ela tirou o casaco de Crawford até a metade, apertando os braços dele ao lado do corpo. Ele a encarou boquiaberto de desejo. Amanda deslizou as mãos sobre a barriga protuberante até a cintura e desafivelou o cinto.

– Oh – ele gemeu. Amanda abriu o zíper da calça e deslizou a mão para dentro da cueca. Ele fechou os olhos e estremeceu – Oh, Amanda...

Ela tirou a cueca e o empurrou no sofá.

– Senta aí e fica quieto – ela ordenou, ajoelhando no chão entre as pernas dele.

Crawford recostou a cabeça e começou a respirar fundo.

Estava tudo acabado alguns minutos depois. Amanda se levantou com dificuldade do carpete e pegou o cigarro na mesa.

– Eu precisava disso, você ainda tem a manha. O seu boquete é o melhor – elogiou Crawford, vestindo novamente a cueca e a calça. – Tem mais vinho?

– Claro – ela respondeu, antes de pegar a garrafa e encher a taça dele.

Crawford a pegou, recostou-se no sofá, saciado, e deu um gole demorado.

– Ouvi falar que você está no caso da Collins – comentou Amanda, acendendo um cigarro.

– Estou pagando meus pecados – ele respondeu, revirando os olhos e dando mais uma golada de vinho. – Gosto daqui, Amanda. Sinto que posso relaxar. Minha mulher ficava muito nervosa com bagunça.

– O que está acontecendo no caso? – perguntou Amanda.

Crawford riu e respondeu:

– Você sabe que não posso contar.

Amanda deu outro trago.

– Acho que pode, sim.

Crawford firmou o corpo na poltrona.

– Espera aí, você não me chamou aqui para...

– Quê? Gente de meia-idade não pode ligar chamando alguém para dar umazinha? Essa foi uma das razões.

– Não acredito em você – reclamou, colocando a taça de vinho com força na mesa. Ele se levantou e catou o casaco no chão.

– Só quero saber o que está acontecendo no caso da Collins. Só isso, Crawford.

– Por que eu nunca aprendo? Você não passa de uma piranha manipuladora.

– Agora sou piranha, um minuto atrás eu era "a melhor".

– É, só que agora estou vendo com mais clareza.

– Ah, você tem clareza pós-coito, Crawford. E eu?

– Você o quê?

– Ainda não fui saciada. Nem de um jeito, nem de outro.

Crawford começou a se mover na direção da janela, mas Amanda cruzou os braços e bloqueou o caminho.

– Calminha aí. Está esquecendo que sei dos seus segredinhos...

– *Nossos* segredos, Amanda. Você também estava envolvida na venda das drogas que a gente apreendia nas ruas – ele disse entredentes.

Amanda deu de ombros de modo apático.

– Mas essa é a grande vantagem de não se ter absolutamente nada a perder. Estou falando de mim mesma, é claro. Você tem um divórcio no horizonte, seu custo de vida deve ter aumentado desde a separação, com o pagamento de pensão, aluguel de um apartamentinho de um quarto. Depois vai ter que negociar a custódia dos moleques. *Você* precisa do emprego.

– O que você quer? – Crawford indagou, fechando as mãos com força e ficando com o rosto cada vez mais vermelho.

– Já te falei. Só o que quero é me manter informada sobre o caso... Se eu precisar da cópia de alguma coisa, você providencia isso também.

Ele ficou um momento olhando para ela, com ódio nos olhos.

– Certo. Combinado. Acabou?

– Ainda, não. Preciso me sentir satisfeita com o acordo que temos.

– Acabei de te falar.

– *Satisfeita* – repetiu. Ela enganchou os dedos por baixo da cintura da legging e a deslizou até o tornozelo.

– Você sabe que não gosto disso – ele reclamou olhando para a nudez dela da cintura para baixo. Sua carne branca. O amontoado de pelos escuros.

– A gente tem que fazer coisas de que não gosta, Crawford. Faz parte da sobrevivência nesta vida – Amanda alegou, empurrando-o para baixo e fazendo com que se ajoelhasse. – Agora ao trabalho.

CAPÍTULO 22

Já era tarde quando o visitante de Amanda Baker foi embora. Do carro, Gerry observava Crawford sair de modo desajeitado pela janela, caminhar sem ânimo até o carro e ir embora.

Ele aguardou um pouco, depois se aproximou da casa da ex-detetive. Uma nuvem densa cobriu a lua, e o poste em frente à casa não estava funcionando, mergulhando-o ainda mais na escuridão.

Ele percorreu sorrateiramente o caminhozinho da entrada e espiou pela janela da frente. Lá dentro, Amanda estava apagada, com a cabeça caída para trás na poltrona e a televisão em um canto exibia um documentário sobre natureza. Arraias gigantes movimentavam-se em um cenário oceânico acompanhadas por uma narração segura e suave.

Gerry pôs as mãos na parte de baixo da janela-guilhotina e fez força. Não estava trancada. Abriu-a com facilidade. Pôs uma perna no peitoril e deslizou para dentro. Fechou a janela e puxou as cortinas.

Ele ficou em pé diante de Amanda, olhando seu adormecido rosto flácido com um fio de baba escorrendo do canto da boca. Duas garrafas de vinho vazias estavam caídas ao lado no carpete. Ela se remexeu na poltrona e mastigou de boca vazia. Ele estendeu o braço para pegar o cinzeiro pesado ao lado da poltrona, preparando-se para golpear a cabeça, mas Amanda se aconchegou e começou a roncar ritmicamente.

Ele tinha duas opções: esconder uma pequena escuta que funcionava com bateria ou encontrar uma tomada escondida para ligar outro tipo de escuta, uma caixinha preta minúscula que funcionava com cartão SIM. Viu as estantes bagunçadas e abarrotadas de livros e papéis. Todas as tomadas deviam estar ali atrás e seria difícil alcançá-las. A sala fedia a cigarro e no teto havia um detector de fumaça que aparentava estar estragado. Ele subiu no sofá, esticou o braço e encaixou rapidamente a pequena escuta na capinha de plástico do detector de fumaça. Ela era ativada por voz e a bateria tinha uma vida útil de vários dias.

Gerry desceu do sofá e caminhou na direção do corredor. Havia um telefone fixo sobre uma mesa e a luz vermelha da bateria brilhava no escuro. Quando estendeu o braço para tirar o telefone da base, a tábua do assoalho rangeu e ele ficou paralisado. Entrou depressa em uma porta em frente ao corrimão, que dava em um cômodo cheio de entulho.

Amanda passou por ele, e o chão rangia sob os passos pesados que a levavam na direção da cozinha. A luz foi acesa, ele ouviu a água saindo da torneira e o estalo do papel laminado de uma cartela de comprimidos. A luz se apagou e Amanda voltou a caminhar ruidosamente, mas dessa vez subiu a escada devagar, arrastando os pés.

Gerry saiu da escuridão, agiu com rapidez, abriu o fone do aparelho fixo e inseriu nele uma pequena escuta.

Ficou imóvel no corredor ao ouvir o rangido de molas de colchão no andar de cima. Seus olhos tinham se acostumado com a escuridão. Sentiu-se tentado a subir e se divertir um pouco com ela. Era óbvio que estava incapacitada. Mas tinha que manter o foco. Podia se divertir no futuro. Movimentou-se lentamente, passou pela base da escada, percebendo o quanto era íngreme.

Memorizou essa informação, depois saiu da casa pela janela da frente, fundindo-se novamente à escuridão.

CAPÍTULO 23

A manhã seguinte estava cinzenta e gelada, mas pelo menos não chovia. Erika e Peterson pararam no pequeno estacionamento de cascalho da Croydon Road, na entrada do parque Hayes. Eles abotoaram as blusas ao saírem e percorreram o caminho de cascalho que fazia uma curva fechada para a esquerda e dava a volta num aglomerado de árvores, em seguida desviava para a direita. Ali as árvores bloqueavam a visão do estacionamento, das casas e da rua, e o terreno se abria na direção do parque.

– Nossa, como é rápido se sentir no meio do nada – comentou Peterson.

– As árvores abafam o barulho da estrada também – disse Erika ao perceber o silêncio sinistro. Os cascalhos triturados faziam barulho sob os pés deles, que caminhavam entre as árvores sem folhas que ladeavam a trilha, tão perto umas das outras que o fundo da mata era escuro.

– É em lugares assim que eu imagino olhinhos vermelhos nos observando das profundezas da floresta – acrescentou Peterson –, como naquele livro *O vento nos salgueiros*.

A grama e os arbustos estavam cobertos de orvalho e o sol ainda não havia ultrapassado a copa das árvores para evaporá-lo. Uma neblina baixa pairava no ar, e eles atravessavam essa atmosfera anuviada à medida que caminhavam.

– E se carregaram Jessica por este caminho? – sugeriu Erika. Eles assimilavam essa ideia enquanto seus pés trituravam os cascalhos ruidosamente.

– Embrulharam-na antes de entrarem com ela? Ou fizeram isso à beira da água?

– A entrada da Croydon Road onde estacionamos é a mais próxima da pedreira, e a gente está andando há – Erika conferiu o relógio – cinco minutos.

– Talvez não tenha sido uma pessoa só – opinou Peterson, mergulhando as mãos no bolso e perdendo-se em pensamentos.

As árvores dos dois lados pareciam se separar na curva do caminho de cascalho, e um pouco abaixo delas ficava o lago da pedreira. A água parada refletia o cinza do céu e a neblina pairava sobre a superfície. O caminho de cascalho terminava a 100 metros da água, e eles atravessaram uma parte repleta de musgo esponjoso e irregular para chegar às margens rochosas. Erika teve a impressão de que fazia mais de uma semana que tinha estado ali com sua equipe, em seguida comentou:

– Quem quer que tenha feito isso precisou de um barco. Ela foi encontrada a uns 100 metros da margem.

Peterson pegou uma pedrinha, agachou-se e a jogou com força rente à superfície da água.

– Seis, nada mal – Erika elogiou enquanto observavam as ondinhas espalharem-se pela água.

– Ninguém conseguiria ter jogado o corpo de uma criança tão longe daqui da margem – comentou Peterson.

Eles voltaram a caminhar e suas pernas, assim como seus pensamentos, trabalhavam em sincronia. O caminho ao redor da pedreira era estreito em algumas partes, em outros locais tinham que trepar em pedras e, por vezes, pequenas árvores retorcidas, algumas com os galhos enfiados na superfície da água, obrigavam os dois a se abaixar para passar.

– Okay, não estou vendo cabana nenhuma – comentou Erika, pegando um mapa.

– Em 26 anos as árvores cresceram, e... – começou Peterson.

– Ei! – Erika o interrompeu assim que se aproximaram de um amontoado enorme de arbustos e trepadeiras. – Aquilo ali é um telhado, não é? – disse apontando para um pedaço de telha vermelha em meio ao monte de mato.

Os dois se aproximaram do matagal que, além de espinhoso e denso em algumas partes, estava escorregadio e molhado de orvalho. Aproximaram-se um pouco mais e Erika conseguiu ver um pedaço de vidro quebrado cintilar à luz pálida. Eles começaram a atravessar o mato, mas os poucos metros de arbustos, junto das árvores e da densa vegetação tornava o acesso impenetrável.

– Nossa, chefe, precisamos nos preparar melhor para isso: pessoal de apoio, luva – disse Peterson, fazendo careta ao arrancar um espinho grande da pele macia de seu polegar.

– Você tem razão, temos que pedir para cortarem isso – concordou Erika, olhando novamente para o pedacinho visível do telhado da cabana.

Saíram do matagal e estavam esfregando as roupas quando deram de cara com um labrador amarelo com uma bola de tênis encharcada na boca. Ele parou, sentou e colocou a pata na bola.

Erika a pegou e jogou na direção dos distantes aglomerados de árvores. O cão saiu empolgado atrás dela e a trouxe de volta. Uma mulher apareceu em meio às árvores e se aproximou lentamente deles, que estavam perto da beira da água.

— Uma prosa com uma enxerida aqui da região pode valer a pena — comentou Peterson.

— Ela me parece um pouco excêntrica — opinou Erika enquanto a mulher se aproximava.

Ela estava com um moletom verde velho e folgado, usava um gorro do time de futebol Chelsea com pompom no alto da cabeça e os compridos cabelos grisalhos escorriam sobre um cachecol do time Manchester United.

Erika arremessou a bola mais algumas vezes para o cachorro, que continuava a buscá-la. À medida que a mulher chegava mais perto, viram que ela usava um tênis de corrida roxo que estava com uma das solas solta e não parava de bater conforme andava. A senhora carregava uma sacola de plástico cheia de algo que parecia ser castanha. Tinha o rosto castigado pelo clima, com rugas profundas e uma cicatriz no canto direito da boca que parecia ser de um corte mal costurado, o que fazia seu lábio ficar repuxado, dando a impressão de que rosnava permanentemente.

— Serge, senta — ordenou ao labrador. — Ele está incomodando vocês? — perguntou com um sotaque refinado embora cheio de pigarro. O cachorro correu para o lado dela, que permaneceu olhando para Erika e Peterson.

— Não, ele é um cachorro adorável. Oi, sou a Detetive Inspetora Chefe Foster — apresentou-se Erika, mostrando o distintivo. — Esse é o Detetive Inspetor Peterson.

— Não há nada de ilegal em *colher* castanhas — a senhora começou a se justificar. — Mas por que diabos precisam mandar dois policiais para cá?

— Não estamos... — começou Erika.

— Chamaram a porcaria da polícia quando tinha alguém colhendo amoras nas cercas-vivas. Ficaram sabendo disso? *Poxa*, precisa mesmo disso? Elas pertencem a Deus, e Ele as colocou na Terra para que nós as comamos.

– Não estamos aqui por causa das castanhas nem por causa de qualquer outra coisa que você possa estar colhendo – falou Erika.

– Não tem nada de *possa*. Eu *estou* colhendo. Olha! – ela abriu a sacola. Estava abarrotada de castanhas, todas brilhantes e marrons.

– Estamos investigando a morte de Jessica Collins. A senhora deve ter visto alguma notícia no jornal sobre a polícia ter encontrado o corpo dela na pedreira – explicou Erika.

– Não tenho televisão – retrucou a mulher. – Mas escuto a Radio Four. Ouço o jornal. Negócio nojento. Encontraram-na logo ali – acrescentou ela, inclinando a cabeça na direção da pedreira.

– Isso mesmo. A senhora mora nesta área há muito tempo?

– A vida inteira: 84 anos.

– Parabéns – disse Peterson, o que não gerou outra coisa além de uma cara fechada.

– O que a senhora pode nos diz sobre aquela cabana ali no matagal? – perguntou Erika.

A mulher passou por Erika espiando com os olhos apertados, o que deixava seu rosto ainda mais enrugado.

– Segunda Guerra Mundial, acomodação e depósito da base aérea que tinham aqui, coisa ultrassecreta. Acho que alguém continuou aí quando a guerra acabou, mas depois foi abandonada, permaneceu anos vazia... O Old Bob ficou morando aí durante muito tempo, extraoficialmente, embora não o suficiente para alegar usucapião, coitado.

Erika e Peterson trocaram um olhar.

– A senhora sabe onde ele está? – perguntou Erika, tentando pescar mais alguma informação.

– Alguns anos atrás, eles o acharam ali dentro. Morto – ela balançou a mão na direção da cabana.

– Sabe qual era o nome dele?

– Já falei, Old Bob.

– O nome verdadeiro?

– Bob Jennings.

– E qual é o seu nome? – perguntou Erika.

– Por que tenho que te falar meu nome? Você não precisa do meu nome para que eu responda a perguntas.

– Há poucas testemunhas, se é que há alguma, da morte de Jessica Collins. Ela só tinha 7 anos quando foi jogada na água. O corpo foi enrolado em plástico e permaneceu no fundo do lago por causa dos pesos presos a ele, ficou abandonado no lodo durante mais de 26 anos. Não sabemos se ela ainda estava viva quando foi jogada aí...

A senhora ficou perplexa.

– Coitadinha dela...

Peterson deu um passo adiante e abriu seu sorriso sedutor antes de falar:

– Talvez tenhamos mais algumas perguntas, senhora. O seu amplo conhecimento da área pode ser benéfico para nós, pode ajudar na investigação.

Ela levantou o rosto e ficou um momento olhando para ele, depois perguntou a Erika:

– Ele está flertando comigo?

– Não, é claro que não – disse Peterson, constrangido.

– Espero que não, rapaz! É essa a ideia que você tem de trabalho policial?

Erika reprimiu um riso, dizendo:

– Posso garantir para a senhora que levamos o trabalho da polícia e esta investigação muito a sério, e qualquer informação das pessoas daqui será muito útil para nós...

O rosto da idosa enrugou-se ainda mais enquanto ela analisava os dois de cima a baixo. Erika prosseguiu:

– Disseram ter visto um homem de cabelo escuro rondando a casa da Jessica no dia em que ela desapareceu. A polícia nunca conseguiu localizá-lo, mas depois que descobriram o corpo aqui, temos motivos para acreditar que pode ter sido Bob Jennings.

– O Bob? Envolvido em um assassinato? Não, não, não. Ele era esquisitão. Muito simples, mas matar uma menininha? Não. Jamais.

– Como pode ter tanta certeza? – perguntou Erika.

– Porque morei aqui a minha vida inteira. Identifico ovo podre quando vejo um. Se isso é tudo, tenham um bom dia.

Ela assobiou para o cachorro, saiu com passos largos e o labrador a seguiu.

– A senhora estaria disposta a nos ajudar, já que sabe tanta coisa sobre esta área? – gritou Erika para ela, que ignorou e seguiu caminhando.

Eles ficaram observando-a desaparecer ao redor do aglomerado de árvores, com a sola do tênis balançando.

– Flertando... – resmungou Peterson. – Ela está se achando.

– Não. Ela sabe mais do que está revelando – disse Erika, apressando-se na direção das árvores, seguida de perto por Peterson. Quando deram a volta, não havia ninguém ali.

– Aonde ela foi? – perguntou Erika. O caminho estreito entre as árvores se estendia diante deles. Nuvens de neblina começavam a se formar no ar, e o silêncio sinistro se impôs na atmosfera novamente.

– Talvez fosse um fantasma – comentou Peterson.

– O cachorro também?

Eles ficaram parados por um momento, então Erika pegou o telefone.

– Moss, sou eu. Tente descobrir se alguém mantinha um barco na pedreira Hayes, veja se existe algum registro informando que a prefeitura fez a remoção de um barco daqui. Eles adoram alardear esse tipo de situação para mostrar o quanto são eficientes. Além disso, você consegue descobrir exatamente para que usavam a pedreira, que tipo de areia ou pedra extraíam daqui? Quem sabe alguma coisa sobre a história dela nos dê uma pista... É um tiro no escuro.

– Às vezes o tiro no escuro é o que acerta o alvo – comentou Peterson depois que ela desligou o telefone. Ele se virou e olhou de novo para o local em que a pedreira estava mascarada pelos arbustos e pela grama.

– E pensar que ela estava aqui esse tempo todo, a pouco mais de um quilômetro de casa.

CAPÍTULO 24

Naquela noite, Erika teve um sono irregular. Sonhou que estava afundando na água escura e gelada da pedreira Hayes. Era lua cheia e ela submergia lentamente, e aos poucos ia vislumbrando o fundo diante de si, similar a uma paisagem lunar. Nadava pelo fundo com os braços e as pernas dormentes e os pulmões ardendo. O lodo se levantou ao redor dela, anuviando sua visão, depois se dissipou. E então viu Jessica em pé no fundo da pedreira, mas ela não era um esqueleto. Estava vestida para ir ao aniversário da amiga, o cabelo loiro comprido flutuava ao redor da cabeça como uma auréola. O tecido do vestido rosa balançava preguiçosamente ao movimento das correntes. As sandálias coloridas pairavam acima do lodo. Debaixo do braço, ela segurava um presente embrulhado, uma pequenina caixa quadrada com bolinhas pretas e brancas.

Jessica sorria, faltava-lhe um dos dentes da frente e bolhas minúsculas escapuliam pelo buraquinho. Ela saiu flutuando, sem precisar mexer os braços nem as pernas, com o presente ainda enfiado debaixo do braço.

Nesse momento, Erika viu que um pouco mais adiante no fundo da pedreira havia uma fileira de casas que ela conhecia. Era a Avondale Road amortalhada pelo lodo, ladeada pelos seus carvalhos escuros e sombrios. Uma luz bem lá na frente piscou uma vez, depois outra, e Jessica começou a se movimentar mais rápido pela avenida subaquática. Erika batia as pernas e os braços, nadando para se aproximar do lugar, com o lodo se levantando ao redor. Alcançou Jessica, agarrou seu braço e começou a nadar em direção à superfície, mas quando os dedos se fecharam ao redor do bracinho da menina e elas iniciaram a subida, a pele dela começou a se despedaçar, deixando expostos os ossos. Em seguida, foi a pele do rosto da garota que se despedaçou, expondo o crânio e esburacando as órbitas oculares. Quando Erika irrompeu a superfície, Jessica era somente um esqueleto.

A detetive respirou fundo o ar gelado da noite algumas vezes e quando sua visão clareou ela viu duas figuras em pé na beira da pedreira.

Erika acordou gritando, a roupa de cama estava ensopada de suor, e ela tremia. Fora da janela de seu quarto, ainda estava escuro, e o relógio ao lado da cama marcava 4h30. Ela se levantou, tomou um banho e ficou muito tempo sob a água quente, tentando aquecer os ossos, que ainda estavam gelados devido à água da pedreira. Quando, por fim, a água começou a esfriar, ela se enxugou, vestiu um roupão grosso e foi para a cozinha. Estava trabalhando em uma pilha de arquivos que John havia separado para que ela analisasse com atenção. Erika fez café e se sentou para continuar a ler o monte de documentos que tinha levado para casa.

Foster chegou à delegacia Bromley pouco antes das 8h da manhã e ao sair do elevador no térreo se deparou com um tumulto. Um grupo de policiais uniformizados estava em pé ao redor de um carrinho de supermercado que continha um boneco hilário que eles haviam feito para a Noite de Guy Fawkes.[5] O boneco consistia em um uniforme da polícia cheio de jornal velho. A cabeça era um balão e tinham desenhado com pincel atômico um rosto triste com olhos bem grandes. Em cima, puseram um quepe de policial sobre uma ridícula peruca vermelha crespa. Tudo indicava que o Superintendente Yale tinha interceptado o grupo de policiais, pois ele estava de pé em frente ao carrinho, passando um sermão:

– Então quer dizer que, em vez de se preocuparem com o alerta terrorista que agora está em nível "Grave", vocês decidiram investir o tempo em uma bobagem dessas.

– Senhor, hoje é a Noite de Guy Fawkes e estamos fazendo arrecadações para o Hospital Great Ormond Street – argumentou uma policial baixinha de colete à prova de facadas e jaqueta de alta visibilidade.

– E se o pessoal do alto escalão resolve fazer uma visita-surpresa para ver como estão as coisas, hein? E vissem vocês todos em volta disso?

– Acabamos de terminar o nosso turno, senhor. Pensamos que se ficássemos de uniforme, conseguiríamos arrecadar mais – argumentou outro policial.

– E vocês teriam tempo para explicar isso?

---

[5] Celebrada em 5 de novembro, comemora a captura de Guy Fawkes e o consequente fracasso de um golpe de ativistas católicos para explodir o prédio do Parlamento britânico e matar o rei protestante James I. Nas festividades, um boneco de Guy Fawkes é malhado, assim como ocorre no Brasil com o boneco de Judas durante a semana Santa. (N.T.)

Erika se deu conta de que Guy tinha uma estranha semelhança com o Superintendente Yale.

– Guy Fawkes não era terrorista? – perguntou um policial alto e magro que tinha feições um tanto infantis e estava com as duas mãos enfiadas debaixo do colete. – A gente meio que podia falar de terrorismo também, como uma ferramenta de ensino.

– Vocês querem levar uma advertência? – repreendeu Yale. – Agora deem o fora daqui, tirem isso da minha frente!

Eles deram meia-volta no carrinho, bateram em retirada enquanto o policial alto resmungava:

– Guy Fawkes tentou explodir o Palácio de Westminster, não tentou?

– Bom dia, senhor – cumprimentou Erika, tentando não dar risada.

– Será que é bom mesmo? – revidou Yale. Ela abriu a boca, porém ele não esperou a resposta. – A equipe jurídica do Jason Tyler está tentando enrolar a gente e também a Promotoria Pública. Ele está voltando atrás num acordo que tinha feito para revelar a localização de dados de computador, a não ser que pressionemos para que seja recomendada a suspensão condicional da pena.

– Mas que inferno! – xingou Erika. Ela teve vontade de lembrá-lo de que isso é o que se consegue quando se negocia com traficantes, mas se conteve. Ele balançou a cabeça irritado e seguiu corredor adentro resmungando.

Erika subiu a escada até a sala de investigação no último andar. Ficou impressionada ao ver que a maior parte da equipe já se encontrava lá. Era sexta-feira e ela tinha consciência de que havia passado uma semana desde a descoberta do corpo de Jessica e que eles estavam trabalhando direto há sete dias. Os telefones tocavam e praticamente todas as mesas estavam ocupadas. A Detetive Knight atualizava o canto do quadro-branco que continha todas as informações e um perfil de Amanda Baker.

– Bom dia, chefe, podemos trocar uma palavra? – perguntou Moss, levantando-se de supetão da mesa, interceptando-a a caminho de sua sala de vidro. Entrou atrás de Erika, enfiando um pedaço de *donut* na boca e dando uma golada de café.

Erika pôs a bolsa na mesa e viu que outra pilha de arquivos tinha sido preparada para ela.

– O que você está achando da equipe, Moss?

– Grupo bom. O Detetive Crawford às vezes é um pé no saco. Mas, você sabe, a vantagem de ser mulher é que a gente não tem saco.

Erika revirou os olhos.

– Não está com humor para piada, chefe?

– Não muito – ela sorriu.

– A secretária do Oscar Browne te deixou algumas mensagens ontem bem tarde. Ele quer se encontrar com você no escritório dele.

– E ele quer falar sobre qual caso? – Erika perguntou, sentando-se à mesa.

– O caso da Jessica Collins, chefe.

– Espera aí – ela disse, se dando conta. – Oscar Browne! É o ex-namorado da Laura Collins? Aquele com quem ela estava acampando quando Jessica desapareceu?

– Isso mesmo. Fizeram faculdade juntos. Ele se deu bem e hoje é um advogado renomado.

– E ele me ligou para quê?

– Quer conversar.

– Sobre o quê?

– Ele perguntou se vocês podiam conversar pessoalmente. Eu o pressionei, mas ele não soltou mais nada.

De sua sala, Erika olhou para o pessoal trabalhando do lado de fora. Teve a sensação de que tinha chegado a um beco sem saída no caso, e tinha certeza de que a pilha de arquivos na mesa era um escárnio à sua incapacidade de encontrar um suspeito.

– Veja se consegue agendar com ele mais no final da manhã. Traz tudo o que temos sobre ele nos arquivos do caso. Devem ter interrogado o Oscar na época. Mas será que ele tinha um álibi?

– Tinha. Ele e Laura estavam acampando no País de Gales. Marianne se despediu deles um dia antes da Jessica desaparecer. Um camarada que trabalhava no camping declarou que viu os dois chegarem lá. Disse que se lembrava do Oscar porque era o único cara preto que ele tinha visto durante todo o verão.

Erika arqueou uma sobrancelha. Bateram na porta e John entrou com alguns documentos.

– Bom dia, chefe. Achei algumas coisas sobre Bob Jennings, o sujeito que morava na cabana perto da pedreira Hayes. Ele morou na área de Bromley a vida toda, ficou muito tempo entrando e saindo de várias instituições psiquiátricas em Kent. O homem tem ficha criminal, só que a maioria por roubos pequenos, bem pequenos mesmo. Em 1986, roubou seis bananas em um sacolão; em 1988, afanou um colar exposto numa loja de bijuterias. Não há histórico de violência. O Estado tentou interná-lo em três ocasiões, mas ele se recusou em todas as vezes.

— Então podemos presumir que foi assim que ele acabou invadindo o chalé perto da pedreira? – indagou Erika.

— Vou continuar correndo atrás de mais informações – disse John.

— Esse é o nosso principal suspeito? Um cara morto que roubou seis bananas e um colar vagabundo? – perguntou Moss. Erika a ignorou. – Okay, chefe, vou marcar a reunião com Oscar Browne. E me parece que você está precisando de um café, hein?

— Obrigada, Moss – agradeceu Erika recostando-se na cadeira e esfregando os olhos. Todos os caminhos que se abriam na investigação pareciam levar a lugar nenhum.

CAPÍTULO 25

Naquela tarde, Erika pegou o trem rápido de Bromley e chegou meia hora depois à estação London Victoria. O Escritório de Advocacia Fortitudo ficava em um prédio de tijolos vermelhos a alguns minutos a pé da estação, pertinho do Apollo Theatre.

A atmosfera era de seriedade: a mulher austera ao balcão, a opulência imponente da recepção em pedra esculpida, o pé direito alto e o teto decorado. Erika foi encaminhada à sala de Oscar Browne, no último andar, que tinha uma vista panorâmica do horizonte de Londres.

– Detetive Inspetora Chefe – ele cumprimentou, levantando-se e dando a volta na mesa para recebê-la. Deram um aperto de mão. – Aceita alguma coisa? Chá? Café, um pouco de água?

– Não, obrigada.

Era um homem alto e distinto que tinha alguns fios brancos começando a tingir o cabelo escuro. Usava um terno caro feito sob medida e sapatos sofisticados. Tinha 18 anos na época do desaparecimento de Jessica, o que indicava que agora estava com 44. Ela sentou-se na confortável poltrona em frente à mesa dele. Era a sala de um advogado caro, com tapetes grossos, mobília refinada de madeira escura e uma secretária exclusiva e eficiente. Erika deduziu que ela havia sido escolhida com muito cuidado, não era tão agradável aos olhos a ponto de distrair os clientes homens, mas atraente o suficiente para mostrar que a empresa era jovem e dinâmica. Ele aguardou a secretária sair antes de falar.

– Fiquei muito triste quando soube que o corpo de Jessica havia sido encontrado. Por um lado, 26 anos passaram muito rápido, por outro, parece que foi ontem – a voz dele possuía uma opulência teatral que Erika teve certeza de que a usava para maximizar o impacto no tribunal.

– Não creio que tenha passado rápido para a família Collins – ela discordou.

– Não, é claro que não. Vocês têm alguma pista? Suspeitos?

Erika inclinou a cabeça e o encarou olho no olho.

– Não estou aqui para contar se tenho alguma pista ou suspeito, Sr. Browne. Afinal de contas, por que estou aqui?

Ele sorriu. Seus dentes eram de um branco deslumbrante.

– Ainda tenho contato com a família Collins e testemunhei o desdobramento da primeira investigação. Foi doloroso e prejudicial para eles.

– Estou ciente do que aconteceu.

– A família me pediu para ser o porta-voz dela.

– Mas você é advogado, não relações-públicas.

– Correto.

– Então deve enxergar que há um conflito de interesses. Você é uma testemunha potencial dos acontecimentos de 26 anos atrás...

– E também posso ser um suspeito – completou ele.

Erika ficou em silêncio.

– Sou um suspeito? – questionou, abrindo um sorriso.

– Sr. Browne, não discutirei o caso com você.

– Então posso conversar com você como um cidadão preocupado? – pediu ele.

– É claro.

– Durante a primeira investigação da Polícia Metropolitana, as coisas saíram do controle. Parece que os bandidos se deram bem, e a família ficou cheia de interrogações, em particular sobre a possibilidade de a investigação ter sido mal conduzida. De terem deixado algum dado importante passar despercebido.

– Você estava viajando com Laura Collins, não estava? Então você tem um álibi.

Oscar pareceu não gostar do comentário.

– Um álibi? – recostou-se e deu um sorriso para desarmá-la. – Fui interrogado por um policial na época, junto com Laura, prestamos um depoimento completo. Nós dois estávamos acampando.

– Na Península de Gower, no País de Gales?

– Sim, é uma bela parte do país.

– O que os fez escolher o País de Gales?

– Nós dois estávamos fazendo faculdade na cidade de Swansea. É bem perto. Tínhamos ido para lá com alguns amigos na páscoa do ano anterior e depois quisemos fazer uma viagem mais adequada para lá, só nós dois.

– Você ainda é próximo da Laura?

– Não diria que somos próximos. Nosso relacionamento não durou. Terminamos no início de 1991.

– Por quê?

– Em setembro de 1990, voltaríamos para o nosso segundo ano de faculdade. Eu estava fazendo Direito, ela, Matemática. Obviamente, ela não voltou. Você fez universidade?

– Não, não fiz – respondeu Erika, com mais hostilidade do que planejava.

– Bem, então deixe-me contar uma coisa: a vida na universidade é à parte e muito intensa. Conheci outra moça; a Laura ficou chateada e eu também, contudo terminamos amistosamente, e eu sempre estive presente quando ela precisou.

– Ou seja, você a dispensou.

– Eu não colocaria nesses termos. A própria Laura admitirá que foi uma época terrível, ela não sabia como lidar com aquilo, ela...

– O quê?

– Ela se tornou uma pessoa com quem a convivência era impossível. Não a culpo nem um pouquinho – ele enfatizou as últimas três palavras abrindo a palma da mão sobre a superfície polida da mesa.

– Vocês estavam viajando e acampados no meio do nada. Como descobriram tão rápido que Jessica tinha desaparecido?

– Está me interrogando?

– Achei que estivesse conversando com um cidadão preocupado.

Ele abriu um grande sorriso:

– Havia uma cafeteria e um bar no camping. No dia seguinte, ficamos sabendo por meio do jornal da noite quando estávamos bebendo alguma coisa. Pegamos o carro e fomos direto para casa... Como eu disse, falei tudo isso quando fui interrogado.

– Você poderia ter me poupado a viagem se tivesse feito isso pelo telefone.

– Gosto de conhecer as pessoas cara a cara... Conversei várias vezes pelo telefone com Marianne. Ela está preocupada porque acha que você pode não estar disposta a reavaliar o papel de Trevor Marksman no desaparecimento de Jessica. Preocupada com a possibilidade de que o processo que ele ganhou contra a Polícia Metropolitana te deixe com medo.

– Eu mesma vou ligar para a Marianne e deixar claro que estamos investigando todo mundo. Trevor Marksman está morando no Vietnã.

– Está? Onde?

Erika revirou sua memória para lembrar o local exato:

– Temos um endereço de Hanói.

– Você também está ciente de que ele passou 16 meses preso no Vietnã por abuso sexual de criança?

Erika ficou em silêncio por um momento.

– Estamos trabalhando nos arquivos de um caso histórico, ainda não conseguimos confirmar essa informação – respondeu ela, tentando esconder seu aborrecimento.

– Você também está ciente de que Marksman voltou para o Reino Unido e agora está morando em Londres?

– O quê?

– Então não está ciente disso?

Erika se esforçou para manter a compostura. Oscar abriu uma gaveta, tirou dela um envelope e o jogou na mesa polida.

– Está tudo aí. O endereço dele, o endereço temporário em Hanói, e ele acabou de abrir uma empresa nova para tomar conta dos imóveis que tem. É um homem bem rico.

Erika puxou o envelope:

– Como conseguiu isto?

– Fiz algumas pesquisas. Sou advogado. É assim que ganho a vida... Entendeu por que eu achava melhor a gente não fazer isso pelo telefone? Porém, vou lhe dar o meu número direto caso precise entrar em contato comigo – ele pegou um cartão em cima da mesa e, com uma elegante caneta-tinteiro preta, sublinhou o telefone de sua sala. Duas vezes. Erika mal conseguia disfarçar a irritação que aquilo lhe gerou. Ele a encarou por um momento, em seguida estendeu mão.

– Agradeço pelo seu tempo, detetive. Espero que eu possa continuar a contribuir com mais informações para a polícia.

– Sim, obrigada – disse ela.

Oscar disparou um sorriso triunfante para Erika, mas ela não o retribuiu e retirou-se da sala.

Quando saiu do prédio, Erika parou diante da porta de um imóvel vazio, abriu o envelope e começou a examinar os documentos. Em seguida, ligou para a sala de investigação. Peterson atendeu e, furiosa, ela contou o que tinha acontecido.

– Como assim a gente não sabia disso? – esbravejou. – Fiquei com a maior cara de idiota.

– Chefe, estamos trabalhando com muita informação do passado. Descobrir mais coisas sobre ele é uma das tarefas na minha mesa, mas estamos muito atolados.

– Eu sei – disse ela. – Você não vai acreditar nisso. Trevor Marksman mora na porra de uma cobertura na Borough High Street!

– Quer fazer uma visitinha para ele?

– Ainda, não. Preciso pensar.

– O que você quer que eu diga para a equipe? A gente vem trabalhar amanhã?

– Sim – Erika respondeu. – Não podemos afrouxar. Não estamos nem perto de ter um suspeito.

Desligou o telefone e voltou caminhando até a estação. Decidiu fazer uma visita a uma pessoa que entenderia como ela estava se sentindo.

CAPÍTULO 26

Estava escurecendo quando Erika bateu na janela de Amanda Baker. Um momento depois a cortina foi aberta e a janela-guilhotina, levantada. Amanda ficou surpresa ao ver Erika e a garrafa de vinho que carregava debaixo do braço.

– Achei que dava para eliminar o intermediário – comentou Erika, levantando-a.

Amanda inclinou a cabeça, desconfiada.

– Esta é, meio que, uma visita social. – Erika acrescentou.

– Meio que. Okay. Quer dar a volta? – perguntou Amanda.

– Vou passar pela janela.

Ela estendeu a mão para fora e ajudou Erika a pular o peitoril e entrar. Erika sentou-se no sofá e Amanda foi fazer um chá. Quando voltou com duas xícaras fumegantes, Erika notou uma mudança na mulher. Movimentava-se com mais entusiasmo, usava roupas limpas e o comprido cabelo grisalho estava limpo e preso com dois lápis. Tinha arrumado a sala e na mesa pequena ao lado da poltrona havia um cinzeiro limpo e uma pilha de cadernos. Um estava aberto e tinha as páginas cobertas com uma caligrafia comprida e fina escrita com caneta preta.

– Tem certeza de que não quer nada mais forte? Você não está de serviço.

– Não, obrigada – recusou Erika, pegando o chá. – Nunca tenho a sensação de que não estou de serviço.

– Hoje só bebi duas taças, sendo que a esta hora eu normalmente já estaria torcendo a segunda garrafa – disse Amanda, sentando-se em sua poltrona.

– O que aconteceu?

– Você ter encontrado o corpo de Jessica Collins, isso ajudou. De um jeito estranho.

– Ajudou como?

– Não encontrá-la me assombrava. Semanas, meses, depois anos se passaram, e eu não tinha nada, nenhum indício, as coisas começaram a desandar. Em um determinado momento, comecei a achar que aquilo era uma grande pegadinha. Você já assistiu àquele programa em que costumavam pregar peças nas pessoas?

Erika respondeu que sim com um gesto de cabeça.

– Às vezes, ficava me perguntando se algum dia um cara com um microfone apareceria do nada acompanhado da Jessica e falaria "da-dahhh, Detetive Baker, nós te pegamos!" E ela me daria um abraço, os rapazes da delegacia iriam se amontoar ao meu redor, a gente daria gargalhadas e depois iria para o pub e Jessica voltaria para casa com Martin e Marianne.

– Esse provavelmente é o caso mais difícil em que já trabalhei – comentou Erika. – Sei lidar com complexidade e como localizar uma pessoa. Mas não há *nada*. Estou lendo os arquivos do seu caso. Das 60 casas na Avondale Road, 29 estavam vazias por causa das férias e os moradores de outras 13 estavam fora na tarde de 7 de agosto. No restante das residências, as pessoas que estavam em casa naquela tarde não viram nada.

Amanda concordou com um gesto de cabeça, pegou um caderno e um dos lápis no cabelo.

– Estou escrevendo um monte de coisa, isso talvez possa te ajudar. Está me ajudando. Destranquei uma parte do meu cérebro que não usava há anos.

– O cérebro de detetive – concordou Erika.

– Fizemos buscas em todos os quintais da Avondale Road e procuramos vestígios de um lugar que pudesse ter sido cavado havia pouco tempo. – Amanda folheou páginas escritas à mão. – No dia 13 de agosto, usamos um detector de metano no terreno do número 34.

– Espera aí, não tem nada nos arquivos do caso sobre isso – Erika disse.

– Isso não me surpreende. A casa pertencia ao chefe do conselho municipal de Bromley na época, John Murray.

– O que a fez revistar o terreno dele?

– Uma parte tinha sido cavada. Aquilo nos deixou desconfiados.

– Por que isso não está registrado nos arquivos do caso?

– Governo local. Eles exercem mais poder do que você imagina. Algumas coisas acabaram "desaparecendo".

– Você acha que esse tal de John Murray estava envolvido no desaparecimento da Jessica?

– Não. Ele estava preocupado em proteger a sua reputação. O detector de metano acusou alguma coisa no quintal dele, então mandei escavar o terreno todo. A única coisa que achamos foi um gato em decomposição. Um gato de rua que a doméstica deles tinha enterrado três semanas antes sem o conhecimento dos patrões. Os jornais ficaram sabendo disso. Publicaram fotos de uma escavadeira no quintal dele. Retiramos placas de concreto do chão, removemos um gazebo. A mulher dele tinha acabado de mandar um paisagista arrumar tudo – Amanda acendeu um cigarro. – Eles conseguiram acionar o seguro, mas o nome dele ficou ligado ao desaparecimento da Jessica. Além disso, John Murray tinha fechado o acordo com a autoridade local sobre a instalação da casa de reinserção social, e não falou nada sobre isso.

– Não há nada sobre ele nos arquivos do caso.

– Ele não era suspeito. Mas causou, sim, um dano que não foi mencionado nos relatórios, pois deixou de revelar os detalhes sobre a casa de reinserção social. Só soube que ela ficava localizada ali no bairro alguns dias depois, em seguida passamos mais uns dois dias nos concentrando em Trevor Marksman. Foi isso o que sempre me aborreceu. Ele tinha um álibi, mas podia estar trabalhando com alguém, e ele teve essa janela de alguns dias antes de chegarmos até ele.

Erika tomou um golinho de chá, pensando no envelope dentro de sua bolsa com os detalhes sobre o retorno de Marksman ao Reino Unido.

– Ele me ridicularizou quando o interroguei, depois que foi preso... Fiquei arrasada quando tive que soltá-lo.

– Mas você continuou de olho nele, não continuou? – questionou Erika. A atmosfera na sala ficou gélida.

Amanda fez que sim com os olhos cravados nos dela.

– Eu literalmente *cacei* aquele filho da puta – rosnou ela.

CAPÍTULO 27

A dez quilômetros dali, em um apartamento no último andar de um prédio alto na moderna South London, Gerry estava sentado em um quartinho apertado nos fundos ouvindo seu computador.

A voz cavernosa de Amanda Baker chegava pelo fone, alta como se ela estivesse ao seu lado, com uma proximidade desconfortável aos seus ouvidos. Gerry imaginou que ela devia estar sentada na poltrona exatamente embaixo do detector de fumaça.

– Ficamos duas semanas vigiando o Marksman – ela continuou falando. – Parecia que ele ficava dando passeios longos e ridículos por Londres. Ele tinha um cartão de passe livre do ônibus e ficava o dia inteiro circulando, descendo de um ônibus e pegando outro. Não demorou para percebermos que ele tinha descoberto que estávamos na cola dele... Hoje consigo enxergar que ele estava nos mantendo longe de Hayes...

Houve silêncio, ele ouviu o tilintar de uma xícara em um pires que foi colocado na mesinha de centro.

– O que você fez? – era a voz de Erika.

– Lutei para manter o moral alto. Nenhum dos meus policiais queria ficar perdendo tempo atrás das perambuladas sem destino do Marksman, mas tínhamos que ficar na cola dele, ter certeza de que não estava fazendo aquilo para se livrar da gente... Você sabe por que ele foi preso?

– Não.

A voz de Amanda prosseguiu:

– Quando Marksman morava em West London, perto da Earls Court, ele sequestrou uma menina de 5 anos. Estava caminhando pela Cromwell Road, logo depois da estação do metrô. Ali há fileiras e fileiras daquelas casas geminadas de quatro andares. À janela de uma delas, uma menininha estava brincando. Ele parou, começou a conversar com ela e a persuadiu a sair. Disse que era amigo da mãe dela e que morava a algumas casas dali. Falou que tinha um cachorrinho. Ela foi... Ele dopou a menina e a levou para um barracão em um lote usado como horta comunitária a dois quilômetros e meio dali. Manteve a garotinha lá durante três dias. Ele a estuprou. Ela tinha 5 anos! Era janeiro e estava fazendo um frio glacial. Ele achou que o lote era uma boa por causa da época do ano. Havia neve no chão e o lugar estava deserto. Um passeador de cães estava correndo por lá um dia e viu Marksman entrando no barracão com uma sacola de brinquedos... O cara desconfiou. Quando a encontraram, ela estava só de camisola, aterrorizada e com pneumonia...

— O que aconteceu com ela?

— Sobreviveu. Não sei onde está hoje. Não sei se conseguiu se recuperar, se em algum momento foi capaz de ter uma vida normal.

Houve silêncio durante um momento. Gerry olhou para a tela. O pequeno gráfico colorido tinha parado de se mexer.

— Foi por isso que fiz aquilo – a voz de Amanda quebrou o silêncio. – Por isso que fiz justiça com as próprias mãos. Eu queria que aquele filho da puta queimasse. Que queimasse mais que o Sol e sentisse muita dor... Fiquei arrasada quando soube que ele ia se recuperar, que o fogo não o tinha matado. Mas acho que foi melhor ele ter ficado daquele jeito. Já viu como está?

— Já – voz de Erika, baixinha.

— É, ele é uma aberração medonha. Tinha uma aparência bem normal antes. Pelo menos agora ele não pode abordar nenhuma criança sem que na mesma hora ela fique com medo e fuja.

Gerry viu que seu iPhone estava brilhando na mesa ao lado do laptop. Ele conferiu se o áudio estava sendo gravado, retirou o fone e atendeu.

— Está funcionando. Estou conseguindo escutar muito bem o que Amanda está falando. Erika Foster está lá com ela agora – informou ele.

— Por que ela está lá? O que está acontecendo? – questionou a voz.

— Fica frio, cara. Ela não tem pista nenhuma. Ela foi ver Amanda de bobeira, com certeza para tentar se sentir melhor.

— E os telefones? – perguntou a voz.

Hackeei o aparelho da Amanda na boa. É um celular vagabundo com Android e consegui acesso a ele usando uma mensagem de texto com Trojan. Agora dá para ver por quê, ela joga um monte de jogos no telefone e entra numa porrada daquelas competições de TV em que as pessoas usam o telefone para participar. Ela não notou o texto em branco, e eu o deletei. Acabei de fazer a mesma coisa com o do Detetive Crawford.

– E o da Detetive Foster? Você precisa grampear o dela também.

– É um risco. Ela é esperta e inteligente. Se desconfiar que tentaram hackear o telefone...

– Preciso saber o que está acontecendo.

– E é isso que eu estou te falando, caralho! Ela não sabe de nada.

– Melhor você tomar cuidado. Lembre-se com quem você está falando – alertou a voz com muita frieza.

Gerry recostou-se na cadeira, pôs os pés na mesa e falou:

– Sou seus olhos e ouvidos.

Silêncio.

– *Hackeie* o telefone da tal da Foster. Se houver qualquer retaliação, pode ficar tranquilo que deixo você bem longe dela.

– Okay – concordou Gerry. – Vou começar a esquematizar agora.

CAPÍTULO 28

Era tarde quando Erika foi embora da casa de Amanda Baker. Tinha a sensação de que entedia um pouco mais aquela mulher, mas ainda não podia fechar os olhos para o fato de que ela tinha entregado Trevor Marksman a um grupo de justiceiras que jogou uma bomba incendiária na casa dele.

Seu carro estava estacionado um pouco adiante na rua já escura, ela entrou, travou as portas e acendeu a luz. O envelope era grosso, Erika tirou os documentos novamente e releu as páginas. Trevor Marksman era um homem muito rico. Tinha ganhado quase 300 mil libras com o processo em 1993. Investiu o capital com inteligência e agora era milionário. Erika olhou para a foto impressa do local onde ele morava atualmente, em uma quadra de apartamentos exclusivos em Borough, próximo à London Bridge.

Ela pegou o telefone e ligou para Marsh. Ele atendeu quase imediatamente.

— Me desculpe por ligar tão tarde.

— Ainda são nove horas. Estou acordado — ele respondeu.

— Tudo bem? Você parece meio triste.

Ele suspirou:

— Não tenho dormido... Marcie quer estipular judicialmente os horários em que vou poder ficar com as meninas. Ela não quer que eu apareça lá a qualquer hora. A casa é minha, pelo amor de Deus!

— Sinto muito, Paul.

— A culpa é minha. Trabalho demais. Bem... Você não me ligou para perguntar sobre o meu casamento, ligou?

— Hum, não...

— E foi por quê?

— Trevor Marksman. Como ficaram as coisas depois do processo?

— Ele recebeu uma indenização. A Polícia Metropolitana desembolsou uma quantia exorbitante para os anos 1990. Teve que se desculpar publicamente. Houve muita controvérsia na imprensa sobre se desculpar a um estuprador de criança.

– Quero falar com ele.

– De jeito nenhum, Erika. Se você levar o sujeito para ser interrogado, vai abrir uma caixa de Pandora dos infernos.

– Quero falar com ele, mas não como suspeito. Quaro falar com ele como testemunha.

– Como testemunha?

– É, ninguém viu nada, nenhum vizinho, ninguém da região, nada. A única pessoa que conhecemos que pôs os olhos em Jessica nos dias que precederam o desaparecimento foi Trevor Marksman. Sim, ele é um depravado, mas, se deixarmos isso de lado por um momento, ele pode ter visto ou escutado alguma coisa.

– Ele nunca disse nada a esse respeito.

– Alguém chegou a perguntar?

Houve um breve silêncio no outro lado da linha.

– Okay. Você vai ter que perguntar se ele está disposto a falar. Vai ter que ser diplomática. Como ele mora no Vietnã, você teria que providenciar uma conversa, sei lá, por Skype.

– Ele não está no Vietnã. Mudou para cá de novo. Está morando em Londres.

– Como assim, porra? Por que a gente não sabia disso?

– Ele não tem que nos contar. Foi condenado e cumpriu pena por estupro da menina antes da nova legislação referente aos criminosos sexuais, que é de 1997. E, como você sabe, não é retroativa, portanto não inclui nenhum condenado antes de 1997.

– Então você só quer conversar com ele?

– Só.

– E você está me contando isso?

– Esta é a nova eu. Faço as coisas de acordo com as regras, mantendo o oficial superior informado.

– Conta outra. Você quase conseguiu me fazer rir.

– Parece que é disso mesmo que você está...

– Erika...

– O quê?

Silêncio no outro lado da linha. Erika achou que Marsh ia lhe pedir alguma coisa.

– Nada. Me mantenha informado, e não fode tudo – disse ele antes de desligar.

CAPÍTULO 29

Erika e Peterson se encontraram no trem das 9h30 da manhã para a London Bridge. Ele tinha embarcado em Sydenham, a estação anterior, e estava guardando lugar para ela, que embarcou em Forest Hill. Ele ficou à janela e parecia estar mal-humorado e sem vontade de conversar, o que Erika achou bom, pois tinha dormido pouco. Ela pensou em levar Moss para interrogar Marksman, mas ela era inestimável para Erika na gestão da sala de investigação, pois estava fazendo o trabalho com uma eficiência surpreendente. Também pensou em John, mas a conversa fiada matinal dele a teria deixado louca, além disso achava que Peterson era um policial mais experiente.

– Vai ser um inverno comprido pra cacete – ele comentou quando o trem diminuiu a velocidade e eles passaram pela gigantesca usina de incineração de resíduos depois da estação New Cross Gate. O céu estava repleto de nuvens baixas e os prédios residenciais pareciam oprimir os trilhos.

Eles desceram do trem na estação London Bridge, e encontravam-se na Borough High Street. O trânsito estava alvoroçado e os turistas entravam aos montes no Borough Market. Já havia uma fileira de barracas vendendo decorações de Natal, e o cheiro de vinho quente se misturava ao ar frio e emanava pela rua. Eles passaram por baixo da ponte ferroviária, atravessaram a rua e caminharam alguns minutos em meio à densa multidão até chegarem a um alto portão preto de ferro fundido.

– Putz, como Trevor Marksman acabou morando aqui? – questionou Erika, dando uma espiada e entrevendo um calçamento de pedra. Peterson encontrou o número do apartamento dele e apertou o botão.

– Esse tipo de coisa às vezes faz a gente se perguntar se Deus existe – foi sua sombria resposta.

Erika se deu conta de que essa era uma pergunta que ela raramente fazia.

– O papel dele aqui é de testemunha, por isso viemos conversar com ele – ela reiterou ao notar a raiva no rosto de Peterson. – Ele pode ser útil.

Peterson já ia responder quando um estalo no interfone e uma voz pediu a eles que mostrassem a identidade para a câmera. Sacaram seus distintivos e os aproximaram das minúsculas lentes. Um momento depois, os enormes portões se abriram para dentro silenciosamente.

Entraram em um pátio grande rodeado por um pequeno jardim bem cuidado. Os portões se fecharam e eles imediatamente foram apartados do barulho da movimentada rua comercial.

– Não é ele ali esperando por nós? – perguntou Erika quando estavam se aproximando de um prédio alto de tijolos vermelhos com uma grande porta de vidro.

– Não. Ele tem um assistente – respondeu Peterson.

Quando chegaram, o homem cumprimentou com um curto gesto de cabeça. Tinha a pele clara e uma careca brilhante. Uma cicatriz vermelha atravessava sua testa e desaparecia atrás da orelha esquerda.

– Bom dia, detetives. Posso ver as suas identidades novamente, por favor? – pediu educadamente. Tinha um sotaque sul-africano e Erika viu que debaixo do terno ele tinha um volume considerável. Mostraram seus distintivos, ele os analisou cuidadosamente, conferindo o rosto de cada um deles. Convencido, sorriu e convidou: – Por favor, entrem.

Eles chegaram de elevador ao último andar, onde havia um pequeno corredor e uma grande mesa preta laqueada entre duas brilhantes portas azuis. Sobre ela, um alto e fino vaso branco continha um delicado arranjo de rosas. Era de uma elegância quase sinistra, o que fez Erika pensar afetuosamente no corredor de seu próprio prédio e na mesinha minúscula coberta de jornais gratuitos da região e panfletos de delivery de comida.

– Qual é o seu nome? – perguntou Erika. O homem tinha ficado calado no trajeto de elevador.

– Joel – ele respondeu. Seus olhos eram cinza e distantes. – Por favor, tirem os sapatos – acrescentou ao abrir a porta azul da direita.

A entrada dava direto em uma sala de plano aberto onde havia um belo tapete azul de bordas adornadas com estampa de rosas creme e brancas. Estava muito quente e havia um cheiro quase insuportável de aromatizador de ambientes. Joel ficou de pé ao lado deles enquanto tiravam os sapatos, e Erika percebeu que Peterson estava muito desconfortável.

– Por favor, entrem.

Eles caminharam pela sala, que era repleta de prateleiras de livros e mobiliada com sofás claros ao redor de uma mesa de centro grande e baixa. Ela estava coberta de belos livros de fotografia abertos em páginas que mostravam imagens de crianças; uma foto, em particular, era de uma menina de biquíni vermelho sentada na praia. Ela fazia um castelo de areia e olhava fixamente para a câmera com grandes olhos azuis-claros, fazendo um beicinho sério. As paredes eram adornadas com grandes retratos emoldurados de crianças. Erika teve a impressão de que a inocência delas tinha sido capturada naquela fração de segundo pelo obturador da câmera e exposta ali no apartamento para ser lentamente devorada. Não havia nada ilegal nas fotos, mas encaixá-las no quebra-cabeça da vida de Trevor Marksman dava-lhes uma intensidade perturbadora.

A sala fazia uma curva para a esquerda e então eles chegaram a um homem sentado numa poltrona ao lado de uma janela enorme. Ele olhava para o Tâmisa e o céu cinzento. Percorrendo a água agitada do rio, havia somente um rebocador puxando uma comprida balsa.

– Trevor Marksman? – chamou Peterson.

O homem se virou e, por um momento, Erika ficou sem palavras. A cabeça dele era coberta por uma pele que parecia nem sempre ter pertencido a ele. Era como se um pedaço grande e liso tivesse sido desenrolado e depois colocado cuidadosamente sobre sua cabeça. A pele era dolorosamente tensionada ao redor dos olhos, de modo que ele praticamente não tinha pálpebras. Os lábios inexistiam.

– Por favor, sentem-se – disse Marksman. Como não tinha lábios, ele tinha dificuldade de fazer o som do "P". Usava uma calça folgada e uma camisa aberta no pescoço, onde se viam mais cicatrizes das queimaduras. Suas mãos eram avermelhadas e pareciam garras, além disso só havia resíduos de unhas no polegar esquerdo e indicador direito.

– Obrigada por concordar em falar conosco – agradeceu Erika, colocando a bolsa no chão e tirando o casaco. Ela olhou para Peterson, que estava encarando Marksman de cima a baixo com verdadeiro ódio. Ela também sentia repulsa, porém disparou um olhar sério ao colega para que ele segurasse a onda. Ela pendurou o casaco no encosto da cadeira e sentou-se. Peterson sentou-se ao lado dela.

– Vocês aceitam um chá ou um café? – ofereceu Trevor. Seus olhou eram frios e muito azuis, e fizeram Erika se lembrar de que já os tinha visto na foto tirada quando ele foi preso e interrogado pela primeira vez, em agosto de 1990. Parecia que aqueles olhos a encaravam por trás de uma máscara de Halloween.

— Aceitamos café — Erika respondeu.

— Joel, pode nos fazer essa gentileza? — pediu Marksman. Sua voz tinha uma rouquidão dolorosa. Joel sorriu, e foi para um outro espaço onde Erika presumiu ser a cozinha.

— Não sei o que eu faria sem o Joel. Tenho problema de coração. Hoje em dia, mal consigo dar dois passos sem ter que me sentar.

— Então não dá mais para você ficar rondando parquinhos de criança. Ou ele faz isso para você?

— Estamos cientes do seu histórico, mas não estamos aqui para conversar sobre isso — interveio Erika, virando-se para encarar Peterson.

— Até hoje só fui acusado de um crime... — disse Marksman.

— É. Sequestro e estupro de uma menina — falou Peterson. — Você a dopou.

— Cumpri sete anos de prisão por causa disso, e não passo um dia sem me arrepender daquilo — respondeu com a voz rouca. Ele começou a tossir e levou uma das mãos-garra à boca sem lábios. Apontou para um copo com um canudo no peitoril da grande janela ao lado de Peterson. O detetive se recostou e cruzou os braços. Erika se levantou, pegou o copo e o levou à boca de Marksman. O barulho dele chupando o canudo preencheu a sala até ser substituído pelo gorgolejo do copo sendo esvaziado.

— Obrigado — agradeceu, recostando-se. — Minha voz e garganta nunca se recuperaram dos estragos causados pela fumaça. O médico falou que foi como se eu tivesse tragado dez mil cigarros de uma só vez.

Erika pôs o copo no mesmo lugar e se sentou. Marksman pegou um lenço aninhado na lateral da poltrona e secou o rosto. Viu Peterson encarando-o furiosamente. Colocou o lenço de volta no lugar e levou as mãos ao peito. Lenta e dolorosamente, usou as garras para desabotoar três botões da camisa, deixando à vista um belo crucifixo de prata que carregava no peito. Erika notou que ele não tinha mamilos.

— Pedi perdão a Deus. Pedi, e Ele me perdoou. Você acredita em perdão, detetive Peterson?

— Sou detetive inspetor — respondeu com frieza.

— Você é um detetive inspetor que acredita em perdão?

— Acredito, sim, mas acho que existem coisas que jamais deveriam ser perdoadas.

— Você está se referindo a pessoas como eu.

— Certeza absoluta — Erika disparou um olhar de advertência para Peterson, mas ele prosseguiu. — Minha irmã foi estuprada quando tinha 6 anos, pelo padre da nossa paróquia. Ele ameaçou matá-la se ela contasse para alguém.

– O sacerdócio atrai o melhor e o pior – Marksman observou, movimentando a cabeça solenemente. – Ele se arrependeu?

– Ele se arrependeu?

– Ele pediu perdão...

– Sei o que isso quer dizer! – berrou Peterson. – Ele fez aquilo! Estuprou minha irmã quando ela era uma criança. Palavras e orações não vão mudar isso!

Marksman ia começar a falar, mas Peterson já tinha disparado:

– Ele morreu vivendo de acordo com as próprias leis, de causas naturais, nunca foi levado à justiça. Já minha irmã não teve o luxo de uma morte tranquila. Ela se matou...

– Peterson, estamos aqui para fazer perguntas ao Sr. Marksman no papel de testemunha – interveio Erika. – Agora sente-se.

Ela tinha conversado com Peterson antes do encontro e lhe dito para manter a serenidade. Peterson estava com a respiração ofegante, encarando Trevor Marksman, pequeno e curvado na poltrona.

– Sinto muito pela sua perda – disse Marksman, com uma calma quase enlouquecedora. Como na foto que Erika tinha visto, os enxertos de pele pareciam uma máscara, e seus frios olhos azuis espiavam por baixo dela. A pele acima de um olho enrugou e Erika percebeu que ele estava suspendendo o que um dia havia sido uma sobrancelha.

Peterson perdeu as estribeiras, levantou-se com tanta força que sua cadeira tombou para trás com estrondo, avançou e pegou Marksman pelo colarinho antes que Erika pudesse reagir. Suspendeu-o da poltrona, mas ele não demostrou medo algum e permaneceu com o corpo molenga dependurado nas mãos de Peterson.

– Qual era o nome dela? – perguntou Marksman gentilmente, com o rosto levantado, encarando Peterson.

– O quê?

– Da sua irmã? Qual era o nome dela? – repetiu Marksman com uma calma de enfurecer.

– Você não tem o direito de perguntar o nome dela! – gritou Peterson, sacudindo Marksman com força. – Você. Não. TEM O DIREITO DE ME PERGUNTAR O NOME DELA, SEU BIZARRO DO CARALHO!

– Peterson! James. Solta! AGORA! – ordenou Erika, colocando as mãos nos braços dele, mas o detetive continuou sacudindo Marksman.

– Não escolhemos ser assim, você sabe disso – grasnou Marksman com a cabeça sacudindo para a frente e para trás.

De repente, Joel apareceu ao lado de Erika e com os braços fortes envolveu Peterson em um mata-leão.

– Solta, senão quebro o seu pescoço – disse Joel calmamente.

– Somos policiais, precisamos nos acalmar aqui – falou Erika, movendo-se de modo que ficasse olhando diretamente para Peterson.

– Isso constitui agressão e estarei no meu direito – argumentou Joel.

– Ninguém vai fazer nada. Peterson, para com isso! E você, tire as mãos dele – ordenou Erika. Houve um breve impasse antes de Peterson soltar Marksman, que desabou de volta na poltrona. Joel soltou Peterson, mas permaneceu junto dele, com as narinas dilatadas.

– Sai fora – enxotou Peterson.

– De jeito nenhum, companheiro – recusou-se Joel.

– Peterson, quero que você vá embora. Eu te ligo... Vá embora AGORA! – ordenou Erika.

Peterson olhou furioso para todos eles e então se retirou. Pouco depois, ouviram o estrondo da porta do apartamento.

Eles voltaram a se acomodar. Joel aproximou-se de Marksman, abotoou sua camisa e o ajudou a ficar confortável. Em seguida, Marksman gesticulou com a mão e Joel saiu.

– Peço desculpas pelo que aconteceu – disse Erika. – Vim aqui para fazer perguntas a você no papel de testemunha e gostaria que fosse tratado como tal.

– Você é gentil – ele disse, com um aceno de cabeça.

– Não. Só estou fazendo o meu trabalho... Li seu depoimento e ouvi as gravações dos interrogatórios da polícia de agosto de 1990. Você afirmou que seguiu Jessica nos dias 5 e 6 de agosto, e que estava observando-a na manhã do dia 7, do lado de fora da casa dela?

– Sim.

– Por quê?

Marksman respirou fundo emitindo um barulho áspero.

– Eu estava apaixonado por ela... Percebo a sua repugnância, mas você tem que entender, não consigo controlar como me sinto. Sinto repulsa dos meus desejos. Mas não consigo controlá-los. Ela era uma menininha linda. A primeira vez que a vi foi na revistaria em Hayes, pouco depois que saí da prisão. Ela estava com a mãe. Devíamos estar no início da primavera de 1990. Jessica estava com um vestido azul e tinha o cabelo amarrado para trás com uma fita combinando. O cabelo brilhava e ela segurava a mão do irmãozinho. Fazia cosquinhas nele e ria. A risada dela era como música. Ouvi a mãe dizer o endereço quando estava pagando a assinatura do jornal. Comecei a... bem, observá-los.

— E qual era a sua impressão dos Collins, como família?

— Tranquilões. Apesar de...

— De quê?

— Em duas ocasiões, eu estava no parque observando Jessica com a mãe e a irmã...

— A Laura?

— A moça de cabelo escuro? – perguntou Marksman.

— Isso, é a Laura.

— A Jessica estava brincando no balanço, e a mãe e a irmã estavam sentadas em um banco, conversando um tanto alteradas.

— Sobre o quê?

— Não sei. Não dava para ouvir de onde eu estava.

— Onde você estava?

— Num banco no lado oposto do parque.

— Foi ali que você tirou as fotos da Jessica?

— E fiz o vídeo também. Ganhei uma filmadora em um sorteio do mercado... – seus olhos se iluminaram no momento em que sorriu diante daquela lembrança, e a pele ao redor dos olhos se retesou. – A discussão ficou bem agressiva e Marianne deu um tapa no rosto da Laura. Também vi Marianne dar tapas nas pernas da Jessica várias vezes. Mas suponho que isso só aconteceu porque foi muito tempo atrás. Hoje em dia as pessoas ficariam chocadas, mas naquela época era comum estapear os filhos. E esses católicos sabem tudo sobre distribuir castigos.

— Laura tinha acabado de fazer 20 anos, e a mãe deu um tapa no rosto dela?

Marksman confirmou, depois encostou o queixo no peito e o tecido cicatrizado aglomerou-se como papel-crepom.

— Mas depois ela também deu um tapa na mãe, deu um tapão com vontade – ele deu uma risada ofegante e ruidosa ao se lembrar do episódio.

— O que aconteceu com as fotos e os vídeos que você fez?

— A polícia os confiscou.

— Você fez cópia deles?

– Não. E nunca devolveram para mim. Não sei por quê, eram só vídeos de um parque.

– Você viu mais alguém suspeito?

Ele deu uma risada e perguntou:

– Além de mim?

– Trevor, estou pedindo sua ajuda.

– Não sei. O parque estava sempre lotado... pais, crianças. De vez em quando aparecia um neguinho ou outro, mas eles logo se ligavam que aquele lugar ali não era para eles...

– Não use essa palavra.

– Você já viu Hayes? É uma área muito rica, provavelmente ainda tem tanto branquelo lá hoje quanto tinha nos anos 1990.

– Dá pra gente...?

– Tinha o doido do bairro, o Bob Jennings.

Erika endireitou um pouco mais o corpo.

– Bob Jennings?

Trevor confirmou.

– O que ele estava fazendo?

– Já ouviu falar dele?

– Por favor, só me conta o que ele estava fazendo.

– Era o jardineiro de lá contratado pelo conselho municipal. Meio lerdo, então com certeza saía barato para o conselho – risada ofegante e ruidosa.

– O que é tão engraçado?

– Ele gostava de bater uma punheta nos arbustos no parque. Tinha uma queda por velhas matronas de peito grande.

– Ele chegou a ser preso alguma vez?

– Só Deus sabe – respondeu Trevor dando de ombros. – Sei que ele estava fazendo o terceiro ou quarto serviço para o conselho municipal. Já tinha sido varredor de rua, lixeiro. A irmã dele, aquela piranha velha de cara feia sempre mexia uns pauzinhos e varria as coisas para debaixo do tapete. A família pertence à aristocracia, ela tem aquela voz cheia de pompa, você sabe, aquela gente que, quando fala, parece que está com uma batata na boca.

– Quem é a irmã dele?

– A Honorável Rosemary Hooley. Uma escrota. Não sei se ainda está viva, deve estar. Esse povo de sangue azul dura uma eternidade.

Erika ficou em silêncio por um momento.

– Espera aí... Ela morava em Hayes?

Trevor confirmou com um gesto de cabeça.

– Ela tinha uma cicatriz no lábio?

– É essa aí mesmo. Ela tinha um pastor-alemão, anos atrás, que mordeu o rosto dela. Lembro que Bob ficou puto quando falei que ela tinha tentado chupar o cachorro... Tem gente que gosta disso, chupar animais – Erika percebeu que ele estava tentando fazê-la perder a cabeça. Trevor deu uma gargalhada que se dissolveu em um ataque de tosse. Joel apareceu com um copo de água.

– Acho que ele precisa de um intervalinho – opinou ele.

– Não. Já terminei – disse Erika, levantando-se, pegando o casaco e a bolsa. – Obrigada.

Ela saiu apressada, foi para o elevador e pegou o celular para ligar para Peterson.

CAPÍTULO 30

Erika encontrou Peterson sentado apoiado na grade junto ao Tâmisa com um copo de café para viagem e um cigarro. Diante do Golden Hinde II, um imponente navio-museu cujo brilho negro e dourado da pintura contrastava com o cinza do rio, o detetive parecia um anão. Uma rajada de vento frio soprou furiosa, e Erika se deleitou com ela depois da atmosfera pegajosa e enjoativa do apartamento de Trevor Marksman.

— Comprei um café para você — disse ele, esticando o braço entre os pés e pegando o copo que entregou a Erika. — Deve estar frio.

— Obrigada — falou ela dando um golinho.

— Você bebeu o café dele? Do Marksman?

— Não.

— Que bom.

— Me dá um cigarro?

— Achei que tivesse parado — comentou ele.

— Estou começando de novo.

Ele pegou o maço, Erika tirou um cigarro e o acendeu.

— Desculpe, não devia ter pedido a você para vir falar com ele. Não pensei direito.

— Tudo bem. Não vale a pena discutir por causa disso.

— Não. Trevor nos deu uma pista, e fez isso sem nem perceber.

Ele se levantou, olhou para ela, e pela primeira vez naquela manhã seus olhos brilharam.

Os dois caminharam à margem do Tâmisa, e Erika contou-lhe como foi o restante da reunião. Comeram um sanduíche na Charing Cross e pegaram um trem direto para Hayes. Como de costume, a companhia ferroviária estava operando com um trem de poucos vagões.

— Por que aquela senhora não mencionou que Bob Jennings era seu irmão? — indagou Erika, falando em voz baixa. Todos os assentos estavam ocupados e eles tiveram que ficar em pé, prensados no fundo do vagão lotado.

– E também não quis falar o nome dela – lembrou Peterson.

– Mas sabia que tínhamos acabado de encontrar o esqueleto da... você-sabe-quem e você-sabe-onde – acrescentou Erika. Uma mulher baixa estava espremida ao lado dos dois com uma revista na mão, mas prestava atenção na conversa deles. Ela desviou o rosto quando Erika e Peterson a olharam.

– Vou falar com ela e não quero nem saber se é da aristocracia ou não, odeio essa bizarrice toda – disse Erika. – A Eslováquia tem muitos problemas, mas, felizmente, não temos essa porcaria desse sistema de classes.

Foi uma caminhada rápida da estação Hayes até o endereço que a Central lhes tinha mandado. Rosemary Hooley morava em um dos vários chalés de aparência elegante perto da entrada do Parque Hayes na Croydon Road. Essas casas davam vista para o estacionamento de cascalho e para o parque, ficavam afastadas da rua tranquila e tinham jardins bem grandes. Havia no ar um leve cheiro de madeira queimada que ficava cada vez mais forte à medida que se aproximaram do casarão em que Rosemary morava. Erika abriu o portãozinho branco. O telhado da casa era de palha, a fachada era linda e muito bem cuidada, tinha um gramado cheio de musgo e salpicado de folhas secas. Uma das janelas da frente ficava perfeitamente alinhada com outra janela no lado oposto de uma salinha aconchegante, por isso viram Rosemary Hooley em pé no quintal dos fundos, juntando as folhas e fazendo um monte com elas. Estava com o mesmo moletom velho, o mesmo gorro com pompom do Chelsea e o cachecol do Manchester United. O labrador amarelo deve tê-los escutado e apareceu saltitando e latindo pela lateral da casa.

– Serge! – berrou Rosemary, saindo momentos depois por um portão lateral. Ela viu Erika e Peterson, deu um suspiro e se apoiou no ancinho. – Ah... Achei mesmo que veria vocês dois novamente. Chá?

– Sim, obrigada – aceitou Erika.

– Rosemary retirou as luvas surradas e gesticulou para que a seguissem.

Um tradicional fogão Aga verde esmaltado dominava a cozinha e fornecia calor e conforto em contraste com o frio do lado de fora. Rosemary tirou o gorro, mas permaneceu com o casaco e a galocha e saiu atabalhoada pegando xícaras, leite, açúcar e um *Victoria Sponge*, um típico pão de ló britânico de massa muito leve, servido em um prato de fina porcelana branca com detalhes em azul. Erika e Peterson sentaram-se meio acanhados a uma mesa de madeira repleta de edições antigas da revista *Radio Times*, onde também havia um som de carro com fios soltos na parte de trás e uma fruteira com bananas maduras demais. Dois gatos esqueléticos dormiam no meio dela, e Erika percebeu que um deles tinha um carrapato enorme no alto da cabeça.

Rosemary se aproximou e entregou o prato de bolo a Erika. Em seguida, pegou um gato, o arremessou no chão e ele pousou com habilidade sobre as quatro patas. Pegou o segundo gato, o que tinha o carrapato e, com um movimento ágil, o arrancou. Largou o gato no chão e levou o carrapato que segurava entre os dedos até a luz da janela.

— Viram? É assim, você tem que arrancar o carrapato com a cabeça intacta... — ela o segurou na direção de Peterson, as pernas pretas da finura de um fio de cabelo se debatiam e o detetive virou o rosto com expressão de nojo.

Rosemary foi à pia, jogou o carrapato no ralo e ligou o triturador, que começou a rugir. Erika percebeu que ela não lavou as mãos quando voltou segurando a bandeja com os demais itens para o chá e cortou o bolo.

— Então... Menina morta no fundo da pedreira... Negócio triste... Muito triste — comentou ela, antes de beber o chá fazendo barulho. Rosemary babou um pouco no queixo e limpou com a parte de trás da manga.

— Nós perguntamos o que você sabia da casa perto da pedreira há alguns dias... — começou Peterson.

— Sim. Eu estava lá. Eu lembro.

— A senhora disse que ela tinha sido invadida por um homem que morava lá... Bob Jennings. Por que não mencionou que ele era seu irmão? — prosseguiu Erika.

— Vocês não perguntaram — disparou sem meias-palavras.

— Estamos perguntando agora. E gostaríamos que nos passasse todas as informações. O lago da pedreira agora é uma cena de crime e seu irmão morava ao lado dela. Quanto tempo ele morou na cabana? — questionou Erika.

Rosemary tomou mais um gole de chá e deu a impressão de ter se sentido um pouco repreendida.

— Anos... não sei, 11 anos. Faltavam só alguns meses para o coitado do filho duma égua pedir usucapião. Mas aí ele morreu.

— Qual é o período exato em que ficou morando lá? — interrogou Erika.

Rosemary recostou-se na cadeira e pensou um pouco.

– Deve ter sido de 1979 até, suponho eu, outubro de 1990.

– E quando ele morreu?

– No final de outubro de 1990 – ela percebeu o olhar que Erika e Peterson trocaram. – Isso é importante?

– A senhora tem a certidão de óbito?

– Não, assim à mão, não – respondeu ela cruzando os braços.

– Como era o seu irmão, mentalmente? – perguntou Peterson.

Rosemary fez um breve silêncio e pela primeira vez suavizou a expressão no rosto enrugado.

– Meu irmão era uma alma perdida. Uma daquelas pessoas que vivem à margem da sociedade.

– Ele tinha problemas de aprendizagem?

– Nunca fizemos um diagnóstico completo. Ele era meu irmão mais velho e, naquela época, quem fugia dos padrões era simplesmente colocado no fundo da sala e considerado o arruaceiro, não existiam psicólogos infantis. Os únicos trabalhos que ele conseguia eram por intermédio do conselho municipal. Tentei trazê-lo para morar aqui comigo, mas ele tinha ataques de sonambulismo ou desaparecia a qualquer hora e deixava as portas abertas. Isso foi quando meu marido estava vivo e nossa filha era pequena. Não dava para ficar com Bob aqui. Ele desaparecia durante semanas a fio, e depois reaparecia aqui na porta dos fundos. Eu lhe dava comida, dinheiro... Foi preso duas vezes por roubo, coisa boba. Ele via algum objeto brilhante e reluzente numa loja, se apaixonava e o enfiava no bolso. Não tinha malícia nenhuma.

– Desculpe por ter que perguntar isso, mas ele chegou a ser considerado suspeito pelo desaparecimento de Jessica Collins? – questionou Erika.

Ao ouvir essa pergunta, Rosemary mudou completamente de atitude.

– Como você se atreve?! Meu irmão era muitas coisas, mas assassino de criança? Não! Jamais. Ele não era assim e, mesmo que fosse, nunca seria capaz de planejar tão bem algo como aquilo.

– Planejar bem? – questionou Peterson.

Eles perceberam que ela perdeu a compostura e ficou desconcertada.

– Bom, foi um caso complexo, não foi? A menina desapareceu sem deixar rastros... Fiz parte do grupo de voluntários que a procurou nos dias seguintes ao desaparecimento. Passamos um pente fino em cada centímetro do parque, fizemos buscas nos terrenos das casas.

– A polícia chegou a falar com ele alguma vez?

– Não sei. Não! Não são vocês que deveriam estar me contando isso?

– Como eu disse, sinto muito por ter que fazer esse tipo de pergunta...

– Fizeram uma investigação exaustiva! E você está me perguntando 26 anos depois se meu irmão matou uma menina de 7 anos?

– Sra. Hooley, estamos fazendo perguntas, só isso – Peterson interveio. – E, para ser honesto, não sei por que a senhora foi tão evasiva lá no parque.

– Evasiva? Como posso ter sido evasiva? Vocês me fizeram uma pergunta, quem morava na casa perto da pedreira, e respondi que era Bob Jennings... Por que todos nós temos que agir na sociedade como se estivéssemos numa porcaria de um confessionário? Eu não menti para vocês, simplesmente respondi ao que me perguntaram.

– Mas a senhora sabia que tínhamos descoberto os restos mortais da Jessica?

– E meu irmão está morto há muitos anos. Vocês têm que relevar... tive um, como é que falam hoje em dia, um lapso de memória por causa da idade.

– Seu irmão conhecia ou andava com Trevor Marksman? Ele foi preso em 1990 quando Jessica Collins desapareceu.

– Não. Meu irmão não "andava" com pedófilos condenados.

– Você ainda tem a chave da cabana na pedreira?

Rosemary revirou os olhos antes de responder:

– Não. Ele morava lá ilegalmente. Duvido que tinha chave.

– O que fez com os objetos pessoais do seu irmão?

– Ele não tinha praticamente nada. Dei tudo para as lojas de caridade daqui. Bob tinha uma correntinha de São Cristóvão que foi enterrada com ele.

– A senhora acha que ele era suicida?

Rosemary respirou fundo e seu rosto se entristeceu um pouco.

– Não. Isso não era da natureza dele. E chegar ao ponto de se enforcar? Ele tinha uma fobia louca de coisas ao redor do pescoço. Quando criança, se recusava a usar gravata e a abotoar o último botão da camisa. Essa foi uma das razões pelas quais ele estudou pouco. Era expulso de todas as escolas. O São Cristóvão de que falei, ele usava no pulso. Ou seja, fazer um laço e depois se enforcar... – seus olhos ficaram marejados, ela agarrou uma manga da blusa e a fez de lenço. – Olha só, acho que vocês já tomaram mais do que o suficiente do meu tempo e da minha hospitalidade... Se quiserem me fazer mais perguntas, eu gostaria da presença de um advogado.

A temperatura tinha despencado quando Erika e Peterson saíram pelo portão. Viram pela janela da frente que Rosemary tinha voltado para o quintal. A pilha de folhas estava em chamas. Na mão, ela tinha um galão que parecia ser de gasolina.

— Você acha que Bob Jennings pode ser o nosso homem? – perguntou Peterson quando começaram a caminhar de volta para a estação.

— É possível, não sei – respondeu Erika. – Temos que localizar as fitas que Marksman fez com a filmadora no parque, Bob Jennings pode estar nelas. É um tiro no escuro, mas pode ser uma pista, podemos usá-las no apelo que vamos fazer na imprensa.

— Se ele for nosso homem, teremos que provar que um cara morto assassinou Jessica – comentou Peterson.

— Quero descobrir quando ele morreu. Também quero ver a certidão de óbito.

— Você acha que ele ainda está vivo?

— Não sei o que pensar – disse Erika.

CAPÍTULO 31

No domingo, Erika deu à sua equipe o primeiro dia de folga em mais de uma semana. Tentou relaxar um pouco em casa, sabendo que se sentiria renovada se descansasse um pouco, mas no final da manhã já estava subindo pelas paredes. Chegou à delegacia Bromley logo depois do almoço e tentou localizar as fitas de vídeo de Trevor Marksman que tinham sido apreendidas pela polícia. Passou várias horas vasculhando todos os arquivos do caso atrás de fitas, DVDs ou até mesmo um pen-drive, mas não havia nada. Foi então à enorme sala de provas da delegacia. As fitas tinham sido apreendidas ali na região e por isso podiam ter ficado acumulando poeira no porão da delegacia. O único dado que ela tinha era o número da prova.

Estava prestes a descer a escada quando Crawford chegou.

– Não esperava encontrar a senhora aqui – ele disse.

– Posso dizer o mesmo de você – ela retrucou, olhando-o de cima a baixo. Crawford estava de calça jeans, blusa e casaco. Ela ficou parada esperando uma resposta.

O suor brilhava na testa dele.

– Esqueci meu celular... – assim que falou, um telefone começou a tocar no bolso do casaco dele. Crawford o pegou e finalizou a chamada. – Meu segundo telefone – acrescentou.

– Okay – disse Erika.

Ela saiu com a caneca de chá na mão, e ele a seguiu até a sala de investigação. Erika se ocupou com uma documentação e, de canto de olho, ficou observando-o procurar debaixo da mesa.

– Achei que tivesse deixado cair, mas não está aqui.

– A faxineira veio aqui hoje de manhã. Como ele é?

– Hum... é da Samsung. Smartphone, modelo antigo com a capa rachada atrás.

– Vou procurar para você.

Crawford permaneceu ali mais um momento e depois foi embora. Erika foi até a janela e ficou aguardando até vê-lo sair pela frente da delegacia e atravessar a rua, vociferando no celular. Decidiu que tinha que ficar de olho nele.

Ela foi embora da delegacia pouco depois das 6 horas da tarde, após uma longa, empoeirada e infrutífera busca na sala de provas no porão da delegacia. Tinha ligado para a Equipe de Investigação de Casos Especializados e forneceu à garota no outro lado da linha o número do cadastro das fitas que estava registrado em um documento do caso, porém a moça não lhe deixou muito esperançosa quando disse que procuraria.

Erika passou em seu apartamento, tomou um banho, trocou de roupa e saiu para um compromisso que havia marcado há muito tempo e pelo qual aguardava ansiosa. Jantar, com Isaac Strong.

Chegou à casa de Isaac pouco antes das oito horas da noite. Ele morava em um belo terraço em Blackheath, cuja elegância natural sempre lhe despertava uma sensação de calma. Erika estava planejando dormir lá para que pudessem beber e botar o papo em dia. Isaac atendeu a porta de calça jeans, camiseta e um avental azul. Erika sentiu o delicioso aroma de frango assado com alecrim que exalava até ela lá de dentro.

– Oi! Olha só, antes de deixar você entrar, vou ter que fazer uma verificação de qualidade – e abriu um sorrisão. Erika suspendeu as duas garrafas de vinho tinto que comprou e ele deu uma olhada nos rótulos. – Vinho eslovaco, interessante. Vai ser a primeira vez que experimento – disse ele.

– É de um vinhedo da Radošina, é delicioso e a *família real britânica* gosta. Ou seja, pode-se dizer que é adequado para uma rainha velha como você!

– Abusada! – xingou, dando um abraço nela.

Erika o seguiu pela cozinha, que era clara, elegante e tinha um estilo francês rústico: armários brancos pintados à mão e bancadas de madeira clara. Ele pegou um balde de gelo na grande pia branca de cerâmica, onde estava aninhada uma garrafa de *prosecco*.

– Vamos começar com uma coisinha espumante – disse, servindo a taça dela.

A detetive deu uma olhada geral na cozinha e se perguntou, como sempre fazia, se, por ser patologista forense, Isaac evitava aço inox de propósito. Ela analisou seu rosto enquanto Isaac servia a taça.

– Como você está? – perguntou. Não havia tido tempo de conversar com ele sobre nada além do caso.

– Tudo bem – respondeu automaticamente. – Um brinde à amizade – acrescentou, e brindaram.

– Tem certeza? Não é bom ficar segurando tudo aí dentro – insistiu Erika. Ela estava se referindo à morte do namorado de Isaac, Stephen, alguns meses antes.

– Está sendo difícil viver o luto sem ficar com raiva... Foi tudo tão unilateral. Eu o amava e... não sei se ele realmente se importava comigo – reclamou Isaac com um tom delicado de voz.

– Acho que você deu a ele a estabilidade e o amor de que ele precisava – disse Erika.

– Ênfase na palavra "deu". Tudo o que fiz foi dar e não recebi nada em troca. – Houve um silêncio constrangedor. Ele se aproximou do fogão e pôs uma panela no fogo. – Agradeço por você não ficar me enchendo com bobagens, mas meu jeito de lidar com tudo aquilo é não tocar no assunto... Sei que não é saudável.

– Não existem regras – afirmou Erika. – Estou à sua disposição, sempre.

– Obrigado... Agora vamos mudar de assunto.

– Okay, do que você quer falar?

Isaac mexeu o conteúdo da panela e colocou a colher no descanso.

– Não queria falar de trabalho hoje, mas descobri uma coisa com a análise da medula da Jessica Collins – disse.

– O quê? – perguntou Erika, colocando o copo na mesa.

– Havia níveis altos de um composto químico chamado tetraetilchumbo na amostra de medula que tirei da tíbia direita de Jessica.

– Repete.

– Tetraetilchumbo. É um composto orgânico de chumbo, um ingrediente que era adicionado à gasolina para melhorar o desempenho. Hoje é ilegal, foi sendo retirado paulatinamente da gasolina desde 1992.

– Quando a gasolina deixou de ter chumbo.

– Isso mesmo. Sei que hoje é uma das raras ocasiões em que você tem um tempinho para se desligar, mas achei que ia querer saber disso – comentou Isaac. Ele se aproximou da mesa e encheu a taça da detetive.

– Por que será que ela tinha tanto chumbo na medula?

– Obviamente, não tenho amostra de tecido nem de sangue com que trabalhar, mas as condições em que o corpo foi embalado e deixado no fundo do lago preservaram os ossos.

– Ela era uma menina saudável, que comia direito e pelo que li cuidavam muito bem dela.

– A quantidade de chumbo encontrada na medula indica que ela pode ter sido exposta a níveis altos de gasolina com chumbo antes de morrer, ou que essa gasolina contribuiu para a sua morte.

– O que dá mais credibilidade à minha teoria de que ela foi raptada e mantida em cativeiro durante semanas antes de jogarem o corpo na pedreira... e pode ter sido exposta a vapores quanto ficou em cativeiro.

– Descobrir isso aí é departamento seu.

– Odeio quando você fala assim.

– É sempre um prazer poder ajudar – ele respondeu abrindo um sorriso irônico.

Erika tomou um gole grande, pôs o copo na mesa e ficou passando o dedo pelas gotas que escorriam da taça gelada.

– Em que estado fica um corpo depois de 26 anos enterrado?

– Enterrado como? – perguntou ele.

– Em uma sepultura, de modo convencional, em um caixão.

– Depende.

– De quê?

– Do tipo de caixão, das condições do enterro. Às vezes encontramos corpos em condições surpreendentemente boas depois de muitos anos enterrados. Esquifes de mogno revestidos com chumbo geralmente retardam o progresso da decomposição. Caixões mais baratos corroem e deixam os corpos à mercê de terra e dos microrganismos. Por quê? Está pensando em exumar alguém? – ele se levantou, foi à bancada e voltou trazendo uma tigelinha de amêndoas torradas.

– Não sei. É possível. Preciso de uma justificativa, é óbvio. E essa justificativa seria: confirmar a causa da morte – Erika pegou um punhado, jogou na boca e saboreou a crocância e o sal marinho.

– Provaram a causa da morte antes do enterro?

– Ainda estou aguardando o atestado de óbito. Tenho um suspeito que morreu 26 anos atrás... – ela contou rapidamente a história de Bob Jennings. – A causa da morte dele foi suicídio, mas a irmã ficou perplexa por ele ter tirado a própria vida.

– Se a morte envolveu veneno ou ossos quebrados, pode haver vestígios, só que depois de 26 anos você estaria correndo o risco de irritar familiares sem nenhuma razão para isso.

– Ele se enforcou, essa foi a causa documentada da morte.

– Okay, bom, não vai haver muito o que analisar nesse sentido depois de tanto tempo. Não terá restado muita coisa dos órgãos internos. Se o pescoço tiver sido quebrado, consigo identificar.

– E os ossos dele? E se também tiver um nível alto desse tetraetilchumbo nos ossos?

– Mas como vai fazer a conexão disso especificamente com Jessica Collins?

– Você tem razão – Erika suspirou.

– E lembre-se de que, para exumar alguém, especialmente depois de todo esse tempo, é necessário que o tribunal autorize, e eles não fazem isso com base só num palpite... Mas, mudando totalmente de assunto, você está com fome?

– Esfomeada – Erika respondeu com um sorriso.

– Então vai querer sobremesa, né?

– Eu sempre como sobremesa. Essa é a única coisa de que tenho certeza neste momento – disse ela.

CAPÍTULO 32

Erika subiu de dois em dois os degraus da escada para o segundo andar na delegacia Bromley. Pegou uma pasta volumosa de anotações e conferiu pela quinta vez se estava com tudo em ordem.

Era o início da tarde de segunda-feira, havia pouco mais de 10 dias que os restos mortais de Jessica Collins tinham sido descobertos e Erika tinha que ir a uma importante reunião para dar as informações sobre o progresso da investigação.

Ela passou pela porta dupla, trombou com o Superintendente Yale e quase o fez derrubar a caneca com a frase *Quem é o chefe?*, que estava cheia de chá.

— Eita! Calma aí, Erika — disse ele, desviando-se para que o chá entornado não caísse no seu sapato, e sim no carpete.

— Desculpe, senhor! — ela falou.

— Você está elegante — Yale elogiou, notando o terno preto. — A tropa está esperando: Comandante Marsh, Comissária Assistente Brace-Cosworthy *e* aquela Assessora de Imprensa de olhos nervosos...

— Colleen Scanlan. Desculpe pelo chá — Erika disse, pegando um lenço e entregando-o a ele. — E sinto muito por eles terem se apoderado da sala do senhor. O Comandante Marsh só me ligou uma hora atrás para avisar que a Comissária Assistente estaria aqui hoje e queria fazer uma reunião...

— Não está tão quente assim aqui, está? Você está suando em cima do lábio — disse ele, limpando os respingos na caneca.

Ela enxugou o suor e passou por ele:

— Desculpe senhor, tenho que correr.

— Vamos pegar os comparsas do Jason Tyler hoje à tarde — ele gritou para ela. — Nós pegamos pesado. Ameaçamos tomar as crianças da mulher dele. Tyler entregou à nossa inteligência seis parceiros além do acesso às contas do PayPal que eles estavam usando. Acho que vamos vai fazer a limpa!

– Parabéns, senhor. Que notícia ótima! A gente coloca o papo em dia mais tarde...

Yale ficou olhando enquanto Erika desaparecia pela porta dupla.

– "Coloca o papo em dia mais tarde", é? Você podia ter ficado no caso, Erika, e recebido toda a glória. Ele podia até render uma promoção para você – murmurou pesarosamente. Deu um gole no chá e começou a descer a escada.

Erika bateu na porta da sala e entrou. A Comissária Assistente, Camilla, estava sentada atrás da mesa de Yale com uma camisa branca impecável. O cabelo loiro e liso na altura do ombro estava repartido para a esquerda, deixando a testa alta à mostra. O rosto claro tinha algumas linhas de expressão e ela estava com um batom vermelho brilhante tão forte que Erika imaginou que se a jogassem na parede, os lábios ficariam grudados nela. Marsh encontrava-se apoiado em uma mesa baixa à esquerda, seus olhos estavam cansados e a camisa, amarrotada. Erika concluiu que ainda estava separado de Marcie. Colleen Scanlan, a Assessora de Imprensa da Polícia Metropolitana estava à direita, com suas anotações equilibradas em um pedacinho da mesa. Seus olhos passeavam agitados entre Erika, Marsh e Camilla. Estava com um terno cinza sóbrio e, como muitas mulheres na faixa dos 50 anos, tinha sucumbido a um corte de cabelo brutalmente curto. Estava arrepiado em tufos castanhos.

– Desculpem, estou um pouquinho atrasada – disse Erika.

– Sente-se, Detetive Inspetora Chefe Foster – falou Camilla. – Usei essa trégua nos trabalhos para deixar o meu café esfriar. Estava escaldante. Não concorda, Paul? – ela pegou um copo descartável branco e deu um golinho, deixando um par de lábios vermelhos na borda.

– Concordo. Fazem um café muito bom na estação de trem – respondeu Marsh.

– Sim, essa é uma revelação e tanto para mim.

Erika não tinha a menor condição de decidir se Camilla estava sendo sarcástica ou quebrando o gelo. Colleen deu um golinho cuidadoso no copo descartável e reafirmou com um gesto de cabeça aquilo que haviam dito.

– Certo – disse Camilla, observando Erika se ajeitar e pôr os documentos na mesa. – Você tem uma lista de suspeitos para mim? – ela estendeu a mão e as unhas vermelhas bem cuidadas ficaram balançado com expectativa.

– Eu gostaria de discutir isso antes de oficializar algum suspeito.

– Entendi – disse Camilla. – Então você quer que nós façamos o seu trabalho?

– Não é isso que estou falando, senhora.

– O que está falando? Abra o jogo conosco... – ela tinha o hábito de encharcar tudo que dizia com uma polidez artificial, e isso deixava Erika desorientada.

– No curto período em que estou a frente desse caso, identifiquei um possível suspeito: Bob Jennings, um homem solitário que morava ilegalmente em uma cabana às margens da pedreira Hayes.

– Que boa notícia. Por que você não quer oficializá-lo como suspeito?

– Robert Jennings morreu 26 anos atrás, três meses depois do desaparecimento de Jessica. Ele se enforcou na cabana na pedreira Hayes.

– Você acha que ele foi consumido pela culpa?

– Possivelmente. Eu também suspeito de crime, e é aí que reside o meu conflito em transformá-lo em suspeito – Erika prosseguiu e contou o que Rosemary Hooley tinha dito sobre o suicídio dele.

– Fizeram duas buscas na pedreira depois do desaparecimento de Jessica. A morte dele aconteceu alguns dias depois que fizeram a segunda busca.

– Mas a polícia revistou o chalé.

– Sim, ao mesmo tempo em que fez as buscas na pedreira. Só que ele pode ter mantido Jessica em cativeiro no chalé entre o dia 7 de agosto de 1990 e o momento em que ela foi jogada na pedreira. Hoje de manhã, o Conselho Municipal de Bromley me mandou a foto que têm dele – Erika prosseguiu, pegando-a em seus documentos.

Camilla pegou a foto e pôs os óculos. A fina correntinha dourada que pendia da armação balançava enquanto ela a examinava. Na foto, ele tinha um rosto rosado de gnomo, seu nariz grande era vermelho-claro e a volumosa cabeleira escura estava ficando grisalha.

– Recebi os resultados dos exames toxicológicos dos restos mortais da Jessica. Havia altas concentrações de um produto químico chamado tetraetilchumbo em amostras de medula, o que não é comum. É um composto orgânico de chumbo...

– Costumavam adicioná-lo à gasolina para melhorar o desempenho, por isso ela ficava com chumbo – finalizou Camilla.

– Sim, senhora. Conversei com Rosemary Hooley hoje de manhã e ela confirmou que Bob Jennings tinha um gerador à gasolina na cabana. Isso reforça a teoria de que Jessica pode ter ficado presa na cabana e exposta aos vapores da gasolina.

Camilla ponderou isso durante um momento, em seguida passou a foto para Marsh.

– Soube que se encontrou com Trevor Marksman.

– É verdade, e Trevor declarou que conhecia Bob Jennings. Eu não sei se ele estava querendo dar pistas falsas ou provocar, mas mencionou o nome para mim espontaneamente. Como sabemos, Trevor tinha um álibi para o dia 7 de agosto de 1990, e mais ou menos uma semana depois passou a ser vigiado. Nunca fizeram ligação alguma com Bob Jennings. Mas Bob podia estar trabalhando com Trevor e ter ajudado a raptar Jessica – Erika prosseguiu e disse que estava tentando encontrar as fitas de vídeo da filmadora que a polícia tinha apreendido no primeiro caso.

– Me parece que você tem muita coisa aqui, Erika – comentou Camilla. – Mas tem uma quantidade muito grande de "se", "mas", e o sujeito está morto, o que obviamente limita qualquer possibilidade de interrogá-lo.

– Senhora, eu gostaria de levar uma equipe à cabana e fazer o pessoal da perícia destrinchá-la. Cheguei a planta e ela tem um porão. É uma possibilidade pequena, mas pode haver DNA de Jessica Collins lá. Se isso se confirmar, podemos fazer uma solicitação para exumar o corpo de Bob Jennings, na esperança de que haja vestígio de alguma substância. São dois tiros no escuro.

– O último é um tiro no breu, Erika, mas me mantenha informada. Siga adiante com isso. Mantenha o ritmo da investigação – Camilla virou sua atenção para Colleen, que se endireitou na cadeira, dando a impressão de ter ficado desconcertada.

– Gostaria de propor uma coletiva de imprensa com a família nos próximos dias. Fazer um novo apelo para que nos forneçam qualquer informação que possa nos ajudar. As pessoas podem ficar estimuladas a lembrar de mais fatos.

– Erika, encontrar a tempo a filmagem perdida de Trevor Marksman pode ser algo valioso para o apelo – falou Camilla.

– Sim, senhora – Erika concordou.

– Colleen, você se organiza com o Comandante Marsh para o apelo? Estarei fora nos próximos dias. Talvez ele consiga dar uma passada na camisa antes de ficar diante das câmeras.

Marsh olhou para baixo e alisou a camisa com as mãos.

– Sim, senhora – respondeu Colleen. – Eu estava planejando usar toda a família Collins.

– Muito bom. Unidade e valores familiares sempre caem bem. Estarei fora, mas ficarei de olho.

Quando a reunião terminou, Erika e Marsh voltaram caminhando para o estacionamento no subsolo. Conversaram um momento e ficaram chocados ao ver Camilla sair de um elevador totalmente vestida com roupa de moto de couro carregando sua maleta. Ela se aproximou de uma brilhante Yamaha prateada e preta, pôs a maleta em um baú na parte de trás, depois colocou um capacete preto e prateado e um par de luvas. Ela levantou a viseira e passou a perna por cima da moto.

– Sempre ganho do trânsito – gritou quando o motor ganhou vida e roncou. Passou em velocidade por eles, acenou e desceu a rampa até a rua.

– Ela não te convidou para dar uma volta na garupa – brincou Erika.

– Muito engraçadinha. Andar na garupa seria uma promoção. Ela é uma figura e tanto.

– Ela tem um jeito bem predatório. Consigo imaginá-la organizando aquelas festas de *swing* em que todo mundo joga as chaves em uma fruteira no meio do tapete.

– Ela é casada com um juiz do supremo tribunal – revelou Marsh, destravando o carro e abrindo a porta.

– Então provavelmente são eles que dão as festas.

– Faça o seu serviço. Ela não é de brincadeira, Erika.

– Sim, senhor. Eu o manterei informado sobre as buscas na cabana da pedreira Hayes e, da próxima vez, passe a camisa.

Marsh revirou os olhos e entrou no carro, sua saída do estacionamento foi muito menos impressionante.

CAPÍTULO 33

– **E**ntão, o que é que você está fazendo aqui no fim da linha? – perguntou a garota de cabelo escuro. Ela se apoiou na grade da varanda segurando um cigarro, depois jogou o cabelo comprido por cima do ombro e se virou para Gerry. Ele estava na outra ponta ao lado da grade só de calça de moletom. De modo avaliativo, ela foi baixando o olhar pelo peito musculoso até a pelugem escura no umbigo dele. – Morden é o fim da linha de metrô.

– Não é o fim da linha – ele respondeu com a voz baixa e ameaçadora. – É tudo uma questão de percepção, ela é o início para muita gente.

Ele olhou para a garota que tinha pegado em frente a um supermercado na Morden High Street. Esperava que ela não fosse desonesta, e aparentava não ser. Vestia apenas uma camiseta branca dele que mal lhe cobria as nádegas. *Que bunda gostosa*, ele pensou, olhando-a. Ela toda era gostosa pra cacete. E sabia disso. Gerry sentiu o pau endurecer.

– Você sempre fala desse jeito enigmático? – ela sorriu. – O que você faz? Trabalha com o quê? – a mulher deu o último trago no cigarro e o jogou da varanda. Eles o observaram cair lentamente e pousar, ainda aceso, no teto de uma BMW. – Que merda, ele não é seu, é? – perguntou, dando uma risadinha e jogando o cabelo comprido novamente.

– Não. Não é meu.

Aproximou-se dele, se estava sentindo frio nos pés, não deixou transparecer. Gerry não tinha oferecido sapato nem chinelo à garota, que se virou para ele e tirou a camiseta lentamente. Os seios nus se empinaram quando ela levantou os braços e a tirou por cima da cabeça. Um dos mamilos tinha um piercing com uma barra de metal. O outro, a marca de um piercing e uma pequena cicatriz. Gerry se perguntou se ela gostava de sexo bruto.

Ela sorriu por um momento, curtindo como os olhos dele percorriam seu corpo nu, em seguida ficou segurando a camiseta do lado de fora da varanda e a soltou.

– Ela é minha! – reclamou Gerry enquanto a peça descia planando até se juntar à guimba de cigarro no teto do carro.

– É só uma camiseta.

Gerry deu um tapa forte no rosto dela.

– Não é só uma camiseta – ele a repreendeu.

A garota pôs a mão no lábio, mas seu medo desapareceu rapidamente, e ela pressionou o corpo no dele.

– Me fode aqui – sibilou.

– Não.

– Não? – suspirou ela. – Tem certeza? – perguntou, virando-se e pressionando a bunda na virilha dele. – Você pode fazer o que quiser... – disse, pegando a mão dele, deslizando-a por sua cintura e pressionando-a entre suas pernas. Gerry deixou que ela guiasse sua mão, mas, no momento em que a garota a encostou em seus pelos pubianos, imediatamente começou a gemer e se contorcer. Ele puxou a mão.

– O quê? – ela perguntou.

– Esse monte de merda pornô, os gritos e gemidos. Tudo isso é falso. Me dá vontade de te dar outro tapa.

Ela se virou, cruzou os braços e a encenação sexy acabou. Não passava de uma garota pelada com frio em uma varanda.

– Você quer que eu vá pegar a sua camiseta? – perguntou.

– Só quero que vá embora.

Ela olhou para o peito de Gerry e tentou se aninhar no calor de seu corpo. Ele percebeu que era solitária e queria ficar.

– Mas eu acabei de chegar aqui. – Choramingou.

Gerry deu um murro na garota, depois a agarrou pelo cabelo e segurou o rosto diante do seu. Ela estava com a respiração ofegante e o encarava, atordoada. Um pouco de sangue escorria de sua narina.

– Agora você entendeu?

Gerry a empurrou e a garota correu para dentro. Ele acendeu outro cigarro e, pela porta aberta, ficou observando-a se dissolver em lágrimas ensanguentadas e catar depressa a calça jeans e a roupa íntima espalhadas ao redor do sofá. Com um olho apavorado nele, ela se vestiu depressa e foi embora, batendo a porta com força.

Gerry voltou à ponta da varanda e aguardou alguns minutos. A garota saiu pela porta lá embaixo e correu escuridão adentro. O estalido dos saltos dissipava-se gradativamente.

– Bosta – xingou. Eram quatro da manhã. Desejou que aquilo não se voltasse contra ele, que aquela garota idiota chegasse em casa sem nenhum problema.

Quando terminou o cigarro, caminhou lentamente até a escada fedorenta de mijo do prédio, passou pelos grafites nas paredes, pelos vidros quebrados nos patamares e pegou a camiseta em cima da BMW. Era uma camiseta branca comum, mas ele a tinha usado em duas campanhas no Iraque. Era sua camiseta da sorte. Gerry a vestiu e subiu lentamente a escada.

Quando chegou ao apartamento novamente, abriu a porta e foi para o quarto. Iniciou o notebook com uma balançada no mouse e se sentou. Acessou o programa que continha a mensagem de texto com Trojan, viu que eram 4h30 e pressionou enviar.

CAPÍTULO 34

Na manhã seguinte, quando ainda estava escuro, um comboio de vans da polícia passou ruidosamente pelo caminho de cascalho que atravessava a pedreira Hayes. Erika tinha levado sua equipe para revistar a cabana, com o apoio de muitos oficiais. O comboio estacionou perto da água onde ela tinha ficado com a Unidade Naval quase duas semanas antes. Era uma manhã gelada e estavam todos muito agasalhados.

A equipe formou um círculo, dez policiais no total, para que Erika lhes passasse as coordenadas. Em seguida, pegaram copos de chá e café e beberam enquanto observavam a escuridão se diluir em tons de azul, até que a superfície plácida da água refletiu o céu cinza da alvorada.

Alguns passeadores de cães que madrugaram para percorrer as trilhas do parque às primeiras luzes do dia pararam e começaram a observar, porém foram retirados dali por um policial posicionado a alguns metros do comboio de vans. Providenciaram um cordão de isolamento que abrangia uma grande área de grama próxima da pedreira e seu perímetro, incluindo o vasto matagal ao redor da cabana.

A primeira parte da manhã foi dedicada à poda do matagal e dos arbustos espinhosos ao redor da cabana, e o ar gelado foi preenchido pelo barulho estridente dos aparadores de grama.

Erika aguardava impacientemente ao lado de uma das grandes vans de apoio com John, Moss e Peterson, bebendo chá e batendo os pés para se manterem aquecidos. Logo depois das 9h, o telefone de Erika tocou, mas a ligação foi interrompida assim que ela o tirou do bolso.

– É a terceira ligação desse jeito hoje de manhã: é de um número privado – disse, olhando irritada para a tela.

– Pessoal de telemarketing, aposto – opinou Moss, soprando o chá. – Teve uma época em que me ligavam toda vez que eu sentava para jantar. A Celia ficava louca.

– Recebi uma mensagem em branco às 4h30. Também de número privado – comentou Erika.

– Eu mandaria dar uma olhada. Você não abriu essa mensagem, né, chefe?

Erika fez que não.

– Nunca recebi mensagem de número privado – falou Peterson.

– A mulherada que te liga deixa mensagens de voz provocantes? – sorriu Moss.

– Sai fora! – ele deu risada.

Crawford se aproximou do grupo.

– Do que é que a gente está rindo? – perguntou, ansioso para ser incluído.

– Do Peterson e da mulherada que liga para ele querendo transar – respondeu Moss.

– Gosto de uma piada, mas não estou com espírito para humor idiota – repreendeu Erika.

Eles todos olharam para os próprios pés. Crawford deu uma risada nervosa.

– Estive aqui nas duas vezes em que fizeram as buscas na pedreira em 1990 – ele estufou as bochechas de modo teatral e inclinou a cabeça na direção da água. – Me faz pensar no quanto a vida passa rápido. Vou fazer 47 no ano que vem – comentou ele.

– E a cabana? Você se lembra de ela ter sido revistada nas duas vezes? – perguntou Erika.

– Não achamos nada, a gente supôs que estava abandonada.

– Mas Bob Jennings morava ilegalmente nela – disse Peterson, soprando o chá.

– Geralmente não se sabe que as pessoas que invadem propriedades estão morando nelas. Elas vivem na miséria, não vivem? Por isso dizemos que o lugar foi invadido, não? – ele revirou os olhos na direção de Moss. – Alguém quer mais chá? Estou indo buscar.

Eles recusaram, e Crawford saiu. O zumbido do corte do mato continuava.

– Como ele me irrita – reclamou Peterson.

– Ele fala comigo como se fosse meu chefe, temos a mesma patente – comentou John.

– Não se preocupe, parceiro. A sua promoção vai chegar e em breve você vai ser superior a ele – afirmou Peterson.

– Crawford tem um jeito irritante de fazer piada, vive fazendo comentários animadinhos do tipo sabe-tudo – acrescentou Moss.

Erika não mencionou que ele tinha ido à delegacia no sábado e agido de modo suspeito, mas continuava determinada a ficar de olho nele.

Depois de um zumbido agudo e do estalo de madeira, um arbusto enorme caiu, expondo metade da cabana. Eles se viraram e ficaram observando mais moitas serem retiradas.

– Está num estado melhor do que eu imaginava – surpreendeu-se Peterson. A chaminé tinha desmoronado, mas o telhado parecia intacto. A maioria das janelas estava quebrada, porém as armações permaneciam no lugar.

– Demos alguma sorte com as empresas de serviço público? – perguntou Erika.

– A cabana está totalmente fora do mapa e sem energia. Tem fornecimento de água e uma fossa séptica. Não faz parte da rede de esgoto – informou Peterson.

Crawford voltou com um novo copo de chá e foi se intrometendo:

– Uma fossa poderia reter indícios. Isso se não tiver sido esvaziada.

– Bem lembrado! Posso encarregá-lo de localizá-la e verificar o conteúdo dela? – perguntou Erika.

– Hum, bom, eu estava querendo me juntar à equipe que vai fazer as buscas dentro da cabana – começou Crawford.

– Não... quero que você fique responsável por essa busca, leve uns dois oficiais com você. Pegue luvas e equipamentos de segurança no caminhão de apoio.

– Tá certo, chefe – disse Crawford antes de movimentar-se na direção da van com um olhar azedo no rosto.

Moss e Peterson desviaram o olhar, esforçando-se para não rir.

CAPÍTULO 35

Crawford caminhava com dificuldade pelos arbustos ao redor do chalé acompanhado por dois oficiais jovens e pensava sobre sua vida. Era um policial decente. Tinha trabalhado muito, às vezes até demais, mas não conseguiu ascender o quanto havia aspirado ou achava que merecia. Sonhava em chegar a superintendente, ou superintendente chefe, mas seus sonhos não se realizaram e, aos 47 anos, ainda era detetive.

Tinha acabado de participar de um caso de homicídio cujo detetive inspetor chefe de quem recebia ordens era quinze anos mais jovem, o que fez seu sangue ferver. E agora estava procurando uma fossa séptica. Parou em uma saliência no solo, uma linha uniforme perto de onde a seiva de um tronco fino que tinha sido cortado brilhava devido à umidade. Ele deu um chute no solo, achando que havia encontrado a beirada do tanque, porém a terra esfarelou debaixo de sua bota.

Deu um suspiro e virou a cabeça para trás, na direção do veículo de apoio, onde os Detetives Inspetores Moss e Peterson, além do Detetive McGorry aguardavam com a Detetive Inspetora Chefe Foster. John McGorry era vinte anos mais jovem do que ele e era o próximo da fila para receber uma promoção; Crawford conseguia enxergar isso.

Tinha perdido o interesse pela polícia há anos e fazia apenas o suficiente para se manter no emprego, ainda assim sentia que merecia mais. Ficou envolvido na venda de drogas apreendidas nas ruas durante muitos anos. Era um esquema lucrativo, ele justificava, uma maneira de conseguir aquilo que, em sua opinião, lhe era devido, e sempre tomou cuidado para ser moderado, para ganhar apenas o bastante para bancar alguns luxos, sem chamar a atenção. Amanda Baker foi quem o envolveu no esquema, há mais ou menos quinze anos. A esposa nunca descobriu que ele dormia com ela, e o relacionamento foi esfriando aos poucos. Mas, como uma assombração, Amanda tinha voltado à cena, exigindo favores e ameaçando entregá-lo. Durante anos, ele a ajudou a se livrar de várias multas por estacionar em local proibido, e duas vezes invalidou infrações que ela tinha recebido por dirigir alcoolizada ou drogada; se não tivesse feito isso, Amanda teria perdido a carteira de motorista.

O telefone tocou em seu bolso e ele o pegou. Percebeu que tinha se afastado bastante dos dois oficiais, que ficaram procurando mais perto da cabana, e que estava em um terreno rochoso e mais regular. O telefone mostrava que era Amanda Baker.

– Onde você está? Que barulho é esse no fundo? – ela perguntou, sem dizer nem um "oi, como está?". Além disso, não havia consideração alguma em seu tom. Falava com ele como se ainda fosse sua chefe.

– Estou no trabalho – sibilou. – Não posso conversar com você.

– Ela está aí perto, a Detetive Foster?

– Não.

– Então você pode falar. Preciso daquelas fitas de vídeo, aquelas do Trevor Marksman.

– Não conseguimos localizá-las.

– Foi por isso que te liguei. Estou revirando tudo aqui na minha cabeça e acabei de lembrar uma coisa. Eu tinha uma pessoa na delegacia em Croydon para examinar aquelas fitas, e elas foram enviadas para lá. Peça a alguém para olhar na sala de evidências criminais. Elas ainda devem estar lá. Mas, antes de entregá-las à Foster, faça uma cópia.

– Para que você precisa dessas fitas?

– Tenho um palpite. Não vou te falar qual é, mas quando eu desvendar esse negócio, te conto tudo, e aí até deixo você ficar com toda a glória... Quem sabe você finalmente não consegue aquela promoção – Amanda zombou e deu uma risada catarrenta.

Crawford olhou para a cabana atrás de si. Estava desobstruída. Um grupo de peritos tinha chegado e eles estavam apertando as mãos de Foster, Moss e Peterson. *Até o idiota daquele John McGorry consegue estar envolvido com a ação*, pensou, *e ela me manda procurar uma porcaria de uma fossa.*

Apertou o telefone e deu as costas para eles.

– Okay. Vou ver se consigo essas fitas para você – sussurrou. – Mas é bom valer a pena.

CAPÍTULO 36

Os peritos entraram na cabana primeiro, e a manhã passou enquanto Erika aguardava andando de um lado para o outro na margem da água. O sol permanecia atrás das nuvens, mas o lago tinha uma beleza sinistra, emoldurado pelos juncos secos e uma árvore totalmente sem folhas. Uma leve brisa quebrou a calmaria da água, gerando pequenas marolas, e um grupo de seis patos pousou no lago em perfeita sincronia, deixando um rastro de doze linhas na superfície. Ela sentiu-se culpada por apreciar a beleza da pedreira.

– Acharam alguma coisa, querem que a gente vá lá dentro – informou a voz de Moss por trás dela. Rapidamente, Erika enxugou as lágrimas dos olhos e se virou.

Aprontou-se em frente à cabana junto de Moss e Peterson, vestindo o macacão descartável azul por cima das roupas e depois colocou a máscara de proteção. A porta da frente estava isolada por uma comprida cortina de plástico, e Nils Åkerman, o responsável pela cena do crime, a segurou de lado para que eles entrassem. Tinha 30 e poucos anos, seu rosto nórdico de testa alta era bonito e ele cumprimentou os detetives com um aceno de cabeça e um sorriso à medida que iam passando.

Erika ficou chocada com a terrível escuridão lá dentro. A porta dava direto em um cômodo pequeno e apertado, o fedor de decomposição era avassalador, agridoce. Olhou para Moss e Peterson que vinham logo atrás dela e percebeu que também tinham sofrido o impacto do cheiro. O chão tinha uma padronagem preto e branca irregular e estava lotado de cacos de vidro.

– Isso no chão são toneladas de cocô de passarinho – informou Nils. – Raspamos um pouco nas beiradas. O assoalho por baixo é de taco de madeira – informou com um leve sotaque sueco sob seu inglês perfeito.

– E pensar que algumas pessoas pagam uma fortuna para que o chão fique com essa aparência – murmurou Moss.

Acima deles, vigas apodrecidas estavam incrustadas em um teto que se desintegrava e o reboco estava coberto de manchas de água, deixando tudo ainda mais úmido. Uma protuberância desconjuntada no centro do cômodo estava coberta por mais cocô de passarinho, jornais velhos e cacos de vidro. Molas enferrujadas salientes em vários lugares deixavam claro que se tratava dos restos mortais de um velho sofá. Uma perita trabalhava atentamente sob uma luz forte, em um local do qual havia removido uma camada de fezes de pássaro e a capa de uma almofada desgastada, tentando examinar a espuma do interior. O sofá fumegava ligeiramente sob a luz quente.

Em um canto perto de uma janela quebrada e imunda, havia uma mesa cheia de canecas velhas ao lado dos resíduos de uma fogueira que alguém tinha tentado acender. Em dois outros locais, haviam acendido fogueiras: uma encostada na parede dos fundos e outra à porta da frente. Marcas pretas deixadas pelo fogo subiam na parede e também havia restos de acessórios para consumo de drogas: pedaços de papel-alumínio enegrecidos, uma seringa, colheres de chá empenadas. Erika movimentou-se pelo chão grudento até um local onde a parede estava salpicada de pontinhos marrons.

– Sangue respingado, provavelmente de viciados, mas colhemos amostras para análise – informou Nils.

– O que tem lá em cima? – perguntou Moss, dando uma olhada para o teto caindo aos pedaços.

– Ninguém subiu ainda. A escada apodreceu e desmoronou, e só teremos certeza de que é seguro depois que fizermos uma verificação estrutural.

Uma sombra atravessou a janela quebrada e Erika levou um susto.

– Merda! – xingou ao perceber que era apenas a silhueta de um oficial trabalhando do lado de fora.

Nils os conduziu por uma porta baixa que levava aos fundos da cabana. A cozinha era velha e estava tão imunda quanto a sala. Uma bancada baixa estendia-se por toda uma parede e estava sem as portas, deixando expostos o interior dos armários que, com exceção de duas panelinhas e outra mancha preta deixada pelo fogo, estavam vazios. Armários que combinavam com os da bancada tinham sido presos na parede acima dele, mas despencaram e agora jaziam aos pedaços no chão no meio do cômodo. As buchas e os parafusos continuavam dependurados para fora dos buracos nas paredes. O bocal para lâmpada já não existia, sobraram apenas alguns fios pendurados em um buraco no teto.

– Que cheiro é esse? – perguntou Peterson, colocando as costas da mão sobre o nariz, que já estava protegido pela máscara.

Nils gesticulou com a cabeça na direção de uma janelinha acima de uma pia de pedra. Havia um buraco considerável no vidro sujo de sangue seco e o corpo apodrecido de um pombo que tinha tentado fugir.

Erika aproximou-se e o fedor ficou insuportável.

– Isso é... – Começou ela quando notou a pia cheia de montes de uma substância marrom seca.

– Bosta – completou Nils. – Talvez dos usuários de droga.

O pé-direito era um pouco mais alto do que na sala, e uma viga de sustentação atravessava o cômodo.

– Pode ter sido aí que Bob Jennings se enforcou? – perguntou Moss.

– Não dá para ter certeza, mas achei isso – respondeu Nils.

Ele os levou até uma porta alta no canto na parte de trás do cômodo, a folha da porta estava caída e apodrecia no chão. No umbral, uma lâmpada forte havia sido presa para iluminar uma escada apertada e imunda que submergia na escuridão, dominada por uma densa nuvem de poeira. Os poucos degraus que conseguiam enxergar estavam cobertos por uma substância marrom dura misturada com fezes de pássaros e lixo.

Nils passou por eles e apontou para cima. Um laço de corda deteriorada e esfiapada estava preso a um gancho no teto no alto da escada.

– Isso pode ter sido usado em um enforcamento – Nils observou. – Vou mandar o que sobrou da corda para análise.

Quando se encontra um corpo enforcado, a polícia sempre se assegura de que o laço seja preservado e cortam a corda de modo que o nó fique intacto e sirva de prova. Nils prosseguiu:

– Venham comigo. Por favor, prestem atenção onde pisam, apoiem o pé na parte de fora dos degraus, não no meio – orientou Nils, enquanto os demais o seguiam pela escada que não parava de ranger.

O porão era pequeno, apertado, tinha o teto baixo e fez Erika ficar apavorada. Tinham colocado mais uma lâmpada em um suporte num canto e, apesar da claridade, partes do porão ainda estavam às sombras. As paredes eram marrom-escuro e abarrotadas de teias de aranha nos cantos. O chão de terra batida era irregular. Rangidos abafados vinham lá de cima onde os peritos de Nils trabalhavam.

– Está quente pra cacete – disse Moss.

– Quando nos aproximamos do inverno, o solo libera calor armazenado – explicou Nils.

Assim como no andar de cima, ali também havia várias áreas chamuscadas pelas fogueiras, pequenas pilhas de papel-alumínio e madeira queimados. O chão de terra era marrom-claro e compacto, salpicado de áreas mais escuras. Dois peritos ajoelhados peneiravam atenciosamente em um local onde tinham cavado algumas pequenas partes do solo enegrecido.

– Essas áreas do solo estão saturadas – disse Nils.

Ele pegou um envelope de evidências cheio de terra e o entregou a Erika. Ela aproximou o nariz e mesmo de máscara soube o que era aquilo.

– Gasolina – disse ela, passando-o para Peterson. – Você acha que havia um gerador aqui embaixo?

– Talvez. Ao que tudo indica, os viciados também acendiam fogueiras, pode ser fluido de isqueiro – respondeu Nils. Peterson passou o saco de terra para Moss. – Se havia um gerador aqui embaixo, sem ventilação, os vapores teriam sido insuportáveis.

Os três policiais trocaram olhares.

– Acho que encontrei alguma coisa aqui – disse um dos peritos com a voz abafada pela máscara. Ele se virou com um pequeno objeto preso em uma pinça. – Estava incrustado no solo ali.

Nils tinha preparado um pequeno envelope de evidências e o perito o jogou lá dentro. Ele suspendeu o saco à luz e todos esticaram o pescoço para ver o conteúdo.

Era um pequeno dente. Houve um momento de silêncio, e então Erika olhou para Moss e Peterson.

– Os restos esqueletais de Jessica Collins que recolhemos estavam sem um dos dentes da frente... Quero que agilizem o exame toxicológico disso – exigiu Erika, tentando manter a serenidade da voz. Nils concordou com a cabeça. Erika passou os olhos pelo porão úmido e estremeceu ao pensamento de ficar presa ali embaixo. – Se conseguirmos confirmar que esse dente pertence ao esqueleto de Jessica, estaremos perto de solucionar o caso – afirmou ela.

CAPÍTULO 37

Após a euforia pela descoberta do dente, os detetives subiram e juntaram-se a Crawford na procura pela fossa, mas não encontraram nada. A área ao redor da casa era um matagal e, ao longo dos anos, terra e todo tipo de lixo havia sido jogado ali e, para piorar a situação, árvores e vegetação cresceram por cima.

Depois que Nils foi embora com sua equipe de peritos levando o dente encontrado no porão, Erika sentiu que estavam muito perto, mas ainda muito longe de uma resolução. O dente poderia ser uma grande descoberta, mas também poderia ser de um dos viciados ou das pessoas que invadiram aquele buraco infernal da cabana nos últimos 26 anos. Ela teria que aguardar.

Às 19h30, deram o dia por encerrado. O comboio recolheu os equipamentos e foi embora da pedreira. Erika voltou no micro-ônibus com Moss, Peterson, John, Crawford e dois outros policiais do Departamento de Investigações Criminais que tinham se juntado a eles na operação desse dia. O telefone dela tocou novamente. Erika o pegou e viu que era o número privado. Rejeitou a chamada e encostou a cabeça na janela sem dar importância para o vidro gelado nem para as leves sacolejadas que o ônibus dava à caminho da saída do parque. As árvores nuas iam ficando para trás.

Erika levou sua equipe para beber quando chegaram à delegacia Bromley. Os policiais confiscaram uma mesa comprida em um dos pubs da rua comercial. Estava movimentado, cheio de gente relaxando depois de um dia de trabalho pesado.

– Tem que ser a cabana na pedreira... – disse Erika, brincando com as gotinhas que escorriam do copo gelado. Estava sentada à uma das pontas da mesa comprida com Moss e Peterson. – A pessoa que pegou Jessica tinha pouquíssimo tempo. Ela pode ter sido enterrada lá primeiro, naquele porão.

– E a perícia vai desenterrar isso, chefe. A gente tem que ser paciente – comentou Moss.

Erika olhou para o restante da equipe, estavam todos conversando e rindo, e baixou a voz:

– Quero conversar com Crawford amanhã. Ele participou da primeira investigação, quem sabe ele possa responder a muitas das nossas perguntas sobre arquivos e provas desaparecidos. O problema de quando não se leva uma pessoa a sério é que você não presta atenção nela. Pisei na bola.

– Não se crucifique, chefe.

– Você puxou a ficha dele?

– Puxei. A carreira dele não teve nada de notável. Ele é irritante e faz corpo mole, mas não tem nada de comprometedor.

Erika deu uma golada grande em sua cerveja antes de falar:

– Se aquele dente não for da Jessica, a gente está ferrado. E se for, tenho que provar que ela foi morta por um homem sem histórico de comportamento violento e que também morreu 26 anos atrás.

– Se tiver sido ele, pense que pelo menos você vai contribuir para as economias do sistema carcerário – comentou Peterson. Eles ficaram um momento bebendo em silêncio. – Me desculpe, chefe. Não teve graça.

– Tudo bem. A gente tem mesmo que tentar relaxar durante algumas horas. Sei que não ando muito divertida.

– Você nunca é muito divertida – declarou Moss. – E é isso que eu gosto em você; não fica obrigando a gente a se divertir e ficar de bom humor. Posso me sentir arrasada perto de você e, na verdade, está me ajudando a evitar uma porrada de rugas. Parece que sou três anos mais nova por causa da falta de risos.

Erika riu.

– Que droga! Lá vêm as rugas – acrescentou Moss com uma gargalhada. Seu telefone estava tocando e ela o pegou. – É a Celia, com licença.

Ela se apertou para passar por eles e foi lá fora para atender.

– Por mais que isso não faça a menor diferença, adoro trabalhar com você. Senti muito a sua falta – comentou Peterson. Erika olhou para ele, sentindo-se meio de pilequinho e se deu conta de que já estava na terceira bebida.

– Sentiu nada. Sentiu?

– É, talvez só um pouquinho – ele brincou antes de dar uma piscadinha. Depois ficou olhando intensamente para ela por um instante e Erika devolveu o sorriso. Peterson ia começar a falar mais alguma coisa.

– Acho que vou ao banheiro – interrompeu Erika, entrando em pânico repentinamente. Passou por Peterson, foi ao banheiro e trancou-se em uma das cabines. Sentada na tampa fechada, respirou fundo. Sentiu-se culpada por ter saído e estar bebendo enquanto o assassino de Jessica Collins continuava solto. Culpada por ter perdido o controle da investigação. Também se sentiu culpada por Peterson estar flertando com ela... Ele estava mesmo flertando? E será que secretamente desejava que ele estivesse flertando?

– Você precisa assumir o controle – disse para si mesma em voz alta.

– O quê? – veio uma voz de outra cabine.

– Nada, desculpe – murmurou. Erika pegou seu telefone e viu mais duas mensagens de voz do número privado. – De quem é esse número? – resmungou. Ligou para sua caixa de mensagens, mas estava sem sinal. Permaneceu sentada ali mais alguns minutos, ouvindo o barulho da descarga e o chiado do secador de mão.

Jessica Collins retornou ao seu pensamento. Ela teria 33 anos se ainda estivesse viva. E se não tivesse ido àquela festa de aniversário tantos anos atrás? E se tivesse saído de casa alguns minutos antes ou depois? Poderia ser uma daquelas mulheres no bar, se divertindo, jogando "Quem quer ser um Milionário?" no fliperama e rindo com os amigos.

Em seguida pensou no passado. E se ela e Mark tivessem decidido ficar na cama no fatídico dia da batida à casa do traficante? Sua vida seria tão diferente. Estaria em casa com ele nesse exato momento, assistindo à TV, fazendo amor, ou conversando sobre o dia... *Sou viúva*, pensou. *Mas só tenho 44 anos... Ainda posso ter filhos, não posso? Já ouvi casos de mulheres que tiveram filho na faixa dos quarenta.*

Ela agarrou o suporte de papel higiênico, pegou um chumaço, passou de leve nos olhos e decidiu que ia embora para casa. Três bebidas eram o seu limite.

Quando voltou, Peterson estava sozinho à comprida mesa com suas bebidas.

– Quando tempo fiquei lá dentro? Entrei num túnel do tempo?

– Não. A namorada do John ligou, perguntando onde ele tinha se enfiado. A Celia ligou para a Moss porque o Jacob está com febre e ela está preocupada... O resto do pessoal acabou de vazar para o Wetherspoon's.

– Tá certo... – Erika disse, ocupando o assento de frente para Peterson. Um silêncio constrangedor pairou entre eles.

– Espero não ter te deixado desconfortável naquela hora – desculpou-se. Peterson recostou-se na cadeira, dobrou as mangas da camisa e abriu um sorriso de lado no rosto bonito. – Só queria te falar que senti sua falta. Não esperava que você me respondesse algo nem nada do tipo, só queria que soubesse disso.

– Não, de jeito nenhum. É um elogio, então muito obrigada – Erika levantou o copo, eles brindaram e viraram o resto da bebida.

– Vamos tomar mais uma?

– Não. Tenho que ir. Preciso chegar cedo amanhã. Tenho que localizar aquelas filmagens, implorar para a perícia acelerar a análise do dente...

– É verdade.

Quando estavam se levantando para ir embora, Crawford voltou do bar lotado com uma bandeja cheia de bebidas.

– Cadê todo mundo? Fiquei mil anos na fila para conseguir mais uma rodada.

– Todo mundo já foi, parceiro – disse Peterson.

Mais um silêncio constrangedor.

– Obrigada. Me desculpe, mas não posso ficar.

– Nem eu. Mas obrigado, parceiro – emendou Peterson. Eles deram boa noite e o deixaram ali plantado com a bandeja de bebidas.

– Cuzões – murmurou Crawford. Ele se sentou à mesa vazia e pegou uma das bebidas.

CAPÍTULO 38

Erika e Peterson saíram do pub na movimentada rua comercial que estava fervilhando com pessoas transitando entre os bares. Caminharam até a estação de trem em silêncio. Havia um único táxi em frente a ela, com o motor ligado.

— Você vai pegar um táxi? – perguntou Peterson.

— Sim. Bebi mais que o permitido.

— Eu também.

Olharam para os dois lados da rua. Não havia trânsito. As primeiras gotas de chuva caíram e rapidamente se transformaram em um temporal.

— Vocês vão a algum lugar ou não? – perguntou o motorista, abrindo a janela. Era um homem velho de aparência deplorável, cujo cabelo ralo e grisalho mal tampava a cabeça. Peterson abriu a porta e os dois se sentaram com um espaço entre eles.

— Para onde? – perguntou o motorista.

— Ela primeiro, Forest Hill, depois Sydenham – respondeu Peterson.

— Não, você primeiro, a gente tem que passar por Sydenham para chegar a Forest Hill – retrucou o taxista.

— Vamos deixá-la primeiro, é minha chefe – brincou Peterson.

O velhinho revirou os olhos e arrancou. Ficaram em silêncio, a chuva martelava o teto do táxi e a escuridão ia ficando para trás. Havia pouco trânsito. Erika olhou de soslaio para Peterson. Ela queria pelo menos uma vez não sentir o peso da vida, da tristeza e da responsabilidade. Queria ter alguém que a abraçasse enquanto pegava no sono. Queria acordar ao lado de alguém sem se sentir desolada e sozinha.

Peterson se virou para ela e seus olhos se encontraram. Eles desviaram o rosto depressa. O coração de Erika estava martelando quando o carro virou na Manor Mount e começou a subir a rua íngreme na direção de seu prédio. As casas ficavam para trás rapidamente e eles não demoraram a chegar.

– Primeira parada – anunciou o motorista, freando. As travas automáticas das portas estalaram.

– Quer tomar um café? Um café aqui em casa? – convidou Erika.

Peterson ficou surpreso.

– Okay... É, quero, sim, um café vai cair bem.

Eles pagaram o motorista deplorável, desceram e dispararam a correr no estacionamento. Erika viu que as luzes da entrada do prédio estavam acesas, e lá dentro havia uma mulher loira com algumas crianças.

À porta, enquanto revirava a bolsa em busca das chaves, Peterson lançou o braço ao redor dela, puxou-a para junto de seu corpo e beijou sua bochecha. Ela virou-se para ele e sorriu. Estava a ponto de falar algo quando uma voz esganiçou:

– Erika!

A porta da entrada foi aberta e uma mulher alta saiu atabalhoadamente. Tinha uma aparência similar à de Erika, um bonito rosto eslavo e olhos amendoados. Seu cabelo loiro e comprido escorria sobre os ombros e ela usava um casaco longo por cima de uma calça jeans escura e bem justa e uma blusa decotada. Atrás dela, um menino e uma menina, ambos pequenos e de cabelo escuro, soltaram um carrinho em que um bebê dormia. A mulher deu um abraço de urso em Erika.

– Estou tão feliz de te ver. Liguei para você o dia inteiro! – ela choramingou.

– Quem é essa? – perguntou Peterson, espantado.

– É a minha irmã, Lenka – respondeu Erika.

CAPÍTULO 39

Erika ajudou Lenka a carregar as malas, o carrinho e a colocar o sobrinho e a sobrinha para dentro do apartamento. Pela janela da entrada, viu Peterson de pé na calçada sob a chuva torrencial, com o blazer por cima da cabeça, tentando conseguir um táxi. Tinha pedido a ele que entrasse e aguardasse enquanto ela chamava um pelo telefone, mas Lenka tinha disparado a falar em eslovaco, depois o bebê começou a chorar, e então ele foi embora despedindo-se meio sem jeito.

Seus sobrinhos, Jakub e Karolina, aparentavam estar muito cansados e, apesar de tudo, Erika sentiu o coração se animar quando os viu. Estavam com 5 e 6 anos, e ela ficou chocada ao ver o quanto tinham crescido. Acendeu a luz, ligou o aquecimento central, pediu que eles fossem para a sala e disse que voltaria rapidinho.

Voltou depressa para o corredor, saiu na chuva e atravessou correndo o caminho de cascalho com a cabeça baixa numa tentativa de evitar o bombardeiro das gotas. A calçada estava vazia e ela viu as lanternas vermelhas da traseira de um táxi virando a esquina no final da rua. Ficou parada por um momento sentindo a água da chuva escorrendo pelo rosto. Teve a sensação de que tinha perdido alguém. Mas era Peterson. Ela o veria novamente no dia seguinte.

Quando voltou para o apartamento, a porta do banheiro estava fechada. Jakub e Karolina estavam sentados no sofá e, entre eles, o bebê agarrava o dedo indicador de Karolina e dava um sorriso que era pura gengiva. Usava um chapeuzinho rosa com um monte de botões coloridos costurados na frente.

— Como é que a Erikinha está?

— A gente chama ela de Eva — disse Jakub. Ele recostou-se com as mãos cruzadas sobre uma camisa do Manchester United.

— A mamãe está no banheiro — falou Karolina, olhando para cima, envergonhada.

– Como é que vocês estão? – perguntou Erika, aproximando-se deles, Karolina a deixou dar um beijo, mas Jakub se afastou envergonhado dando uma gargalhadinha. – Estava com saudade de vocês dois.

– Sempre chove assim em Londres? – perguntou Karolina.

– Chove, sim – sorriu Erika, fazendo cosquinha no queixo do bebê. Jakub pegou seu celular e começou a selecionar jogos com muita destreza.

– Isso aí é novo? – perguntou Erika.

– É, é o último modelo – ele respondeu, indiferente. – Qual é a senha do Wi-Fi?

– Você vai ter que me pagar para eu falar. Dois beijos para uma hora de acesso.

– O quê? – ele riu.

– Esse é o preço...

O garoto revirou os olhos e levantou o rosto. Erika lascou-lhe dois beijos estalados, um em cada bochecha.

– A senha é I'mTheDibble1972.

Jakub franziu o cenho e ela o ajudou com as estranhas palavras em inglês. Karolina pegou seu celular e Erika notou que também era de última geração e a ajudou a inserir a senha.

– Querem beber alguma coisa?

Eles aceitaram com um gesto de cabeça. Erika foi ao armário e pegou a groselha que tinha comprado para eles da última vez que a visitaram. Serviu um copo para cada. Quando os levou para a mesinha de centro, percebeu que as fotos da autópsia de Jessica Collins estavam espalhadas sobre ela, mas conseguiu pegar a pasta antes que as crianças vissem. A descarga fez barulho e Lenka voltou. Estava pálida e aparentava estresse.

– Por que você não me avisou que estava vindo? – perguntou Erika, pegando o bebê e dando-lhe um abraço.

– Eu tentei, te liguei, deixei mensagens, mas você não atendeu!

– O seu número é privado?

– É.

– Por quê?

– É privado há algum tempo já – Lenka respondeu, evasiva.

– Eu trabalho. Meu trabalho é muito estressante, e eu gostaria que me avisasse com antecedência. Você sabe que o meu apartamento é minúsculo e...

– Avisei com antecedência, você não atendeu!

– Mesmo que eu tivesse atendido, não seria tanta antecedência assim!

– Sou sua irmã!

Jakub deu um gole barulhento no copo, sem desgrudar os olhos do iPhone. Karolina tirou um olho do dela e perguntou:

– Quem era aquele homem preto grandão?

– O quê? Ah, um colega. Ele é policial. Trabalho com ele...

Karolina olhou para Lenka, que arqueou uma sobrancelha e disse:

– Ele estava com o braço ao seu redor. São quase 10 horas...

– Vamos falar disso depois, Lenka – desconversou Erika incisivamente.

– Com certeza vamos falar, sim. Quero saber tudo sobre ele.

Erika abriu um sorrisão. Apesar de tudo, estava feliz em ver a irmã.

– Então... Quem está com fome? – perguntou. – Quem quer pizza? – as crianças sorriram e levantaram o braço. – Beleza, tenho uns panfletos aqui na gaveta.

Elas pediram pizza, depois Erika arrumou o sofá-cama na sala e ajeitou tudo, enquanto Lenka deu banho nas crianças. Qualquer irritação que pudesse estar sentindo por Lenka evaporou quando escutou as gargalhadas estridentes dos sobrinhos ajudando a dar banho no bebê. O apartamento tinha uma atmosfera diferente com os sons de sua família. O perfume da irmã. Ele ganhava ares de lar.

A pizza chegou uma hora depois, as crianças caíram matando, puxando as fatias fumegantes e se abaixando para pegarem os fiapos de queijo com a boca. Lenka tinha comprado um DVD de *Enrolados* e o colocou, depois deu de mamar sentada na poltrona junto à janela que dava para o pátio.

Depois que ficaram satisfeitas, as crianças recostaram-se no sofá-cama e pegaram no sono diante do filme.

– Faz só alguns meses que os vi e eles já parecem mais velhos – comentou Erika, olhando para os rostinhos corados. Eva pegou no sono depois de mamar, Lenka a colocou no carrinho e a cobriu com um cobertor. Erika beijou todos eles e ajeitou o cobertor em Jakub e Karolina.

– A Karolina está tão alta – comentou Erika.

– Eu sei. Já estou brigando com ela por causa de batom. Ela tem 7 anos.

– Olha só quem fala, você usa maquiagem praticamente desde que começou a andar. Você trocou o peito da mamãe por Max Factor.

Lenka riu, em seguida seu rosto esmoreceu.

– A gente pode conversar?

– Pode, sim – respondeu Erika. Ela abriu a porta do pátio e viu que tinha parado de chover. Puseram casaco e saíram no frio.

– Esse quintal é seu? – perguntou Lenka, espiando a escuridão.

– É alugado, mas é, sim. Então, agora você vai me contar por que apareceu do nada aqui em casa, aqui em Londres?

– Já te falei. Eu liguei, mas você não atendeu o telefone nem ouviu minhas mensagens.

– Devia ter ouvido, me desculpe. Por que você está usando número privado?

Lenka mordeu o lábio.

– A situação lá em casa está uma barra. Precisava sair de lá. E as crianças não vinham a Londres há algum tempo.

– Qual é! Eles estão em período de aula. Você tirou os dois da escola e trouxe para Londres no início de novembro. Cadê o Marek?

– Ele, hum... – seus olhos começaram a lacrimejar. – Marek teve um probleminha, nos negócios.

– Só que o negócio dele é o crime organizado.

– Não fale assim!

– O que você quer que eu diga? Máfia? Ou vamos simplesmente fingir que ele tem o quiosque de sorvete mais lucrativo do Leste Europeu?!

– É um negócio de verdade, Erika.

– Eu sei que é. E por que vocês dois não podem se contentar com ele?

– Você sabe como é a vida lá na Eslováquia. Você foi embora muitos anos atrás e nunca mais voltou.

– Cadê o Marek?

– Ele viajou.

– Para onde?

– Para as montanhas Tatras. Um dos caras acha que Marek estava roubando dele.

– Caras da máfia?

Lenka fez que sim.

– E ele estava roubando?

– Não sei... Ele não me conta nada. Na semana passada me fez trocar o chip do telefone. Hoje de manhã, falou que eu tinha que ir embora, sair de lá, até tudo se acalmar – Lenka estava chorando e as lágrimas escorriam por suas bochechas.

– Oh, sinto muito... vem cá... – consolou Erika, abraçando a irmã aos prantos. – Você pode ficar aqui, não se preocupe. Vai ficar em segurança e a gente vai dar um jeito.

– Obrigada – disse Lenka.

Um pouco mais tarde, elas estavam deitadas lado a lado na cama de Erika. Jakub e Karolina dormiam profundamente na sala. Erika deitou perto da janela para que Lenka pudesse colocar o bebê ao lado dela no chão.

– Aquele cara... era um colega. Peterson, James é o primeiro nome dele. Eu o convidei para tomar um café – Erika revelou.

– Só café? – perguntou Lenka.

– Só. Talvez... Não sei.

– Ele é bonito.

– Eu sei, mas não é isso, não é só isso. Eu queria acordar ao lado de alguém, não queria ficar sozinha todo dia de manhã. Eu tinha tomado umas. Estou feliz por você estar aqui. Teria sido uma burrice ir para a cama com ele. A gente tem que trabalhar junto.

– Você trabalhava com Mark.

– Aquilo era diferente, ficamos juntos antes de entrarmos para a polícia. E éramos marido e mulher quando viramos policiais. Todo mundo aceitava aquilo como fato consumado... Agora estou no comando da investigação de um assassinato. Tenho que liderar as pessoas. Não quero sair nem transar com gente da minha equipe.

– Tenho saudade do Mark – disse Lenka. – Ele era um bom sujeito. O melhor.

– Era mesmo – Erika concordou, enxugando as lágrimas com as costas da mão.

– Não acho que Marek seja um bom sujeito.

– Ele ama você e as crianças. Toma conta de vocês. Às vezes a gente se pega numa situação e acaba tendo que fazer o melhor que pode com ela.

– Talvez vir para cá tenha sido uma coisa boa. Você não vai ficar sozinha. Vai acordar ao meu lado de manhã – sorriu Lenka.

– Confio em você para mudar as coisas a seu favor – riu Erika. Ela virou-se e olhou para a irmã no escuro. Eram parecidas em muitos aspectos, porém Lenka era mais ousada no modo de se arrumar, usava maquiagem, tinha o cabelo comprido e o de Erika era bem mais curto.

– Em que caso você está trabalhando?

Erika lhe explicou rapidamente e quem era Jessica Collins.

– Karolina tem a mesma idade. Não consigo nem imaginar um sequestro dela – Lenka comentou.

O comentário ficou pairando no ar, e só depois de muito tempo Erika conseguiu dormir.

CAPÍTULO 40

A chuva continuou a cair na Manor Mount. A água escorria pelos bueiros e pelo canto do meio-fio, ganhando velocidade à medida que descia a rua íngreme. A água fazia um eco oco quando entrava nos bueiros.

Gerry se escondia na escuridão que tomava conta da rua, refugiando-se debaixo de uma árvore enorme e do andaime de uma casa em construção. Uma comprida jaqueta impermeável cobria seu corpo grande e musculoso, o capuz estava levantado, lançando ainda mais sombra em seu rosto.

Rondou a área a pé mais no início da noite, formulando um plano. Tinha sido fácil encontrar o endereço dela pela internet, no registro eleitoral. Havia somente uma Erika Foster com "K". Ele estava vigiando Amanda Baker, e o Detetive Inspetor Crawford vinha fornecendo a ela a maior parte das informações importantes sobre o caso, mas Gerry sabia ler as pessoas, e Crawford era um idiota. Ele não era do círculo de confiança da Detetive Inspetora Chefe Foster.

Gerry agora tinha acesso ao telefone dela. A mensagem de texto não levantou suspeita, foi muita sorte a irmã dela ter deixado aquelas mensagens de voz usando um número privado, mas ainda precisava grampear o telefone fixo. Tinha que saber se ela conversava com alguém quando estava em casa.

Mais cedo, ele tinha visto um cara negro, um dos policiais da equipe dela, entrando num táxi. Pouco depois que ele se afastou, Gerry foi recompensado, pois viu Erika Foster sair correndo do prédio com uma expressão dolorosa no rosto. Quando enxergou o táxi virando a esquina, seus ombros caíram. Ela permaneceu parada ali na chuva por um instante, levantou o rosto pálido para os céus, com os olhos fechados.

Gerry sentiu os primeiros indícios de uma ereção. A dor estampada no rosto dela, a pele macia e aqueles lábios vermelhos entreabertos... A chuva estava forte e a blusa de Erika não demorou a ficar colada na pele. Seus seios eram pequenos, mas atrevidos.

Gerry fechou os olhos ao se lembrar da imagem e tentou se concentrar. Tinha que arranjar um jeito de entrar e sair do apartamento dela depressa, mas o solar antigo em que ficava tinha grade em algumas das janelas do térreo. Havia uma entrada principal que todos os moradores usavam.

Permaneceu debaixo do andaime depois que Erika voltou para dentro de casa e continuou observando até as luzes serem apagadas em seu apartamento térreo. Ele gostou daquilo: o escuro, o barulho da chuva na rua vazia, a sensação de estar escondido, a clandestinidade.

Seu telefone vibrou no bolso. Pegou e passou o dedo na tela.

– Você nunca dorme? – perguntou Gerry.

– Já está com acesso ao telefone da Erika Foster? – perguntou a voz.

– Estou.

– Do que ela sabe?

– A perícia achou um dente no porão da cabana na pedreira e algumas partes de terra saturadas de gasolina...

Silêncio.

– O dente é humano?

– É claro que é humano.

– De quem é?

– Eles ainda não sabem, os peritos estão analisando... mas não importa. Bob Jennings pode ter feito todo tipo de coisa lá naquele porão com moleques da região... Isso pode funcionar a nosso favor.

– Você está agindo como se isso fosse um jogo – reclamou a voz, com um tom baixo e ameaçador.

– É por causa da minha natureza tranquilona de irlandês – respondeu Gerry, inabalável. – E sei que não é um jogo.

– Só não se esqueça: se eu cair, você cai comigo... E não vai receber. Acho que o pagamento é o que mais te preocupa, não?!

O homem no outro lado da linha desligou.

– Vai se foder – xingou Gerry enfiando o telefone de volta no bolso e saiu de baixo dos grossos galhos da árvore. Levantou o rosto para o céu um instante, desfrutando da sensação de ferroada das gotas em sua pele.

Então se virou e saiu caminhando na chuva.

CAPÍTULO 41

Quando Erika acordou, ainda estava escuro e, ao ver Lenka andando de um lado para o outro com Eva nos braços, levou um momento para se dar conta da situação.

– Que horas são? – perguntou, acendendo a luz. Eva fez uns barulhinhos típicos de bebê e deu um pequenino espirro.

– Cinco e meia – respondeu Lenka. – Desculpe, não queria te acordar.

– Tudo bem. Preciso levantar cedo – Erika sentou-se e esfregou o rosto. – O que vai fazer hoje? Vou ter um dia cheio no trabalho.

– Você tem chave reserva?

– Tenho.

– Existe algum parque aqui perto?

– Tem o Horniman Museum logo no final da rua; é bem gostoso para dar uma caminhada.

– Não foi lá que você encontrou a garota no gelo?

– É, foi, sim, mas lá tem uns jardins enormes e um museu, a cafeteria é uma gracinha... Você também pode ir até o centro de Londres ver as decorações de Natal... – Erika percebeu que seria uma péssima anfitriã.

– A gente dá um jeito. Acho que as crianças vão dormir até tarde hoje, o dia ontem foi exaustivo. Pode ficar com a Eva uns minutinhos? Vou tomar um banho antes da loucura começar.

Lenka transferiu o embrulho de cobertores para os braços da irmã e foi para o banheiro. Eva estava tão quentinha. Ela estendeu o bracinho, levantou os grandes olhos castanhos para Erika e espirrou. Carinhosamente, Erika passou a fralda na boquinha do bebê e uma onda de amor e tristeza a inundou. Amor por sua sobrinha perfeita e tristeza porque ela provavelmente jamais teria os próprios filhos.

Erika deu a Lenka o número de seu telefone pessoal, a chave reserva e lhe mostrou no mapa onde ficavam todos os lugares. Deu um beijo na cabeça de Karolina e Jakub, que estavam dormindo, depois saiu furtivamente do apartamento quando o dia apenas começava a clarear.

Chegou à delegacia Bromley pouco antes das 7h30 e subiu para a sala de investigação. Postou-se diante dos quadros-brancos com seu café e observou a sala ao seu redor. Após a descoberta do dente, ela tinha reposicionado as fotos de Bob Jennings e Trevor Marksman e as colocou uma de cada lado da cabana e com um pincel-atômico fez uma linha ligando os três.

Seu telefone tocou e ela viu que era Nils Åkerman.

– Fizemos a comparação entre o dente recolhido no porão com os registros da arcada dentária de Jessica Collins – disse ele indo direto ao ponto. – Sinto muito. Não são compatíveis. O dente não é de Jessica.

Erika sentiu um aperto no coração. Teve que se sentar na ponta da mesa.

– Tem certeza?

– Tenho. Deu para fazer a análise mais simples de todas e compará-lo com o dente quebrado do maxilar. Não encaixava, não era compatível. Depois comparei com os registros dentários de Jessica, pois havia a possibilidade de o dente ter sido exposto ao fogo, o que poderia tê-lo feito diminuir, mas não era compatível com eles também. Eu o enviei a um colega para que verificasse se conseguia extrair algum tecido e fazer exame de DNA, não é da Jessica. Além disso, voltamos ao porão, escavamos o solo e fizemos uma verificação com detector de metano. Não há nada lá além de terra.

– Droga!

– Sinto muito.

– Tudo bem, não é culpa sua. E isso agora me deixa com mais perguntas do que respostas... O que um dente de criança estava fazendo no porão de Bob Jennings?

Houve silêncio no outro lado da linha.

– Me desculpe, Nils, sei que não é trabalho seu descobrir...

– Não invejo você – disse ele.

– Okay, obrigada pelas informações – Erika agradeceu, desapontada.

Desligou o telefone e aproximou-se do quadro-branco que exibia os detalhes da pedreira ao lado do mapa do parque. Tinha sido uma pedreira de extração de argila. Erika foi à mesa mais próxima, entrou na *Wikipédia*, digitou "pedreira de argila, kent", e encontrou um pequeno parágrafo:

A argila de Londres é dura e azulada e fica marrom quando exposta ao tempo. A argila ainda é usada comercialmente para fabricação de tijolos, telhas e cerâmica rústica.

Continuou pesquisando e descobriu que a constituição do solo de Kent é uma mescla de calcário, arenito e argila.

– O que é que estou fazendo? Isso é tão abrangente e sem propósito... – murmurou.

– Verdade, Kent é um condado enorme – comentou uma voz às suas costas, o que a fez dar um pulo. Erika virou o rosto e se deparou com Crawford parado em pé atrás dela, espiando a tela do computador. – Me desculpe – ele acrescentou.

– Não assuste as pessoas desse jeito! – repreendeu Erika.

– Achei que soubéssemos para que a pedreira era usada.

– E sabemos. Só estou pelejando para encontrar uma conexão dos fatos, uma justaposição.

– Nossa, palavrinha meio pesada para esta hora da manhã – ele brincou. Ela não sorriu.

– Jessica fica anos desaparecida, depois aparece a menos de um quilômetro e meio de casa – Erika continuou e contou a conversa que teve com Nils. Crawford sentou-se na ponta da mesa, prestando atenção. Quando terminou, ele ficou um momento em silêncio.

– Você sabia que a costa de Kent, o Estreito de Dover, fica a apenas 33 quilômetros da Europa continental?

– Sabia, acabei de ler na internet – Erika respondeu.

– Espera aí – disse ele, levantando-se. – Isso que você acabou de falar sobre a argila ser usada comercialmente para fazer tijolos e telhas... Você acha que essa pode ser uma ligação com Martin Collins? Ele tem uma construtora.

Erika achou irritante o jeito como ele ficou mexendo a cabeça depois que falou.

– Crawford, a pedreira foi desativada antes da Primeira Guerra Mundial. Martin Collins e a família dele só se mudaram para cá em 1983. E o lugar é uma porcaria de um parque público, a pedreira era só um ponto de referência da região.

– Oh – soltou Crawford, corando.

Alguns policiais chegaram à sala de investigação seguidos por Moss e Peterson. De repente, Erika sentiu toda a raiva e frustração entrarem em ebulição dentro de si, e Crawford era a válvula de escape perfeita.

– Este caso já é complicado o bastante sem você ficar chegando de mansinho atrás de mim e tirando teorias idiotas do rabo. Isso não faz você parecer mais inteligente e, pior, me deixa puta. Agora, a não ser que tenha alguma coisa realmente significante para falar, some daqui!

Os outros policiais aproximavam-se de fininho de suas mesas e iam tirando os casacos. Crawford ficou muito vermelho e seus olhos começaram a lacrimejar.

– E, na minha equipe, não tenho tempo para choro – Erika emendou. – O que você tem para me dizer sobre a fossa na pedreira?

– Hum, ainda estou tentando conseguir informações... – murmurou Crawford, tentando se controlar.

– Então para de ficar tentando dar uma de esperto e corra atrás do seu serviço. Faça a bosta do seu trabalho! – ela berrou. Outros policiais estavam chegando e houve um silêncio desconfortável enquanto tiravam os casacos e ligavam os computadores. – Alguém mais tem alguma teoria inútil sobre quem matou Jessica Collins? – acrescentou para o restante da sala. Todo mundo ficou quieto. – Ótimo! Então vamos lá, acabei de receber a informação de que o dente que achamos no porão da cabana na pedreira Hayes não pertence à Jessica.

Vários policiais soltaram um gemido.

– Isso mesmo, esse também é o meu sentimento. Ou seja, precisamos redobrar nossos esforços.

Erika entrou em sua sala e bateu a porta de vidro, odiando o fato de que sua equipe ainda conseguia enxergá-la. Sentou-se à mesa, atacou a pilha de papéis que não parava de crescer e atualizou os arquivos no sistema Holmes.

Uma hora depois, alguém bateu na porta. Era Moss do lado de fora, agitando um lenço branco.

– Venho em paz – disse, abrindo a porta.

– O que foi?

– A delegacia em Croydon conseguiu localizar as fitas de vídeo de Trevor Marksman na sala de evidências criminais – disse Moss. – Um entregador acabou de trazê-las. John está tentando achar algum aparelho que as reproduza.

CAPÍTULO 42

Crawford encontrava-se de pé ao lado de uma fileira de latas de lixo nos fundos da delegacia Bromley, protegendo-se da chuva debaixo de um pequeno toldo de plástico. Tinha dado uma escapulida da sala de investigação e estava no meio de uma conversa acalorada pelo telefone com Amanda Baker, embora com dificuldade de escutar por causa da barulheira da chuva no plástico acima dele.

— Você não achou que devia ter ido trabalhar mais cedo? Ou pelo menos que devia ter se esforçado para interceptar as fitas? — questionou Amanda.

— Eu vim trabalhar cedo — argumentou Crawford entredentes.

— Não cedo o bastante, é obvio. O que você ficou fazendo ontem à noite?

— Isso não é da sua conta — respondeu indignando. Tinha ficado bebendo sozinho no pub e estava administrando uma ressaca terrível.

— Ainda quero as fitas, Crawford.

— Vai ser um pouco mais difícil consegui-las. Elas viraram a prova mais importante e a Inspetora Foster está em uma das salas de vídeo assistindo. Não tenho como chegar perto delas.

Silêncio. Ele ouviu o clique do isqueiro de Amanda, enquanto ela acendia um cigarro.

— Eles vão digitalizar as fitas enquanto assistem. A única coisa que você tem que fazer é copiá-las para um pen-drive. Facinho, facinho.

— Fácil para você — murmurou ele.

— Enfim, achei que você tivesse solicitado as fitas. Por que não está assistindo com eles? Você devia estar lá.

Estou de saco cheio dessas vacas mandando em mim, pensou. O vento mudou de direção e começou a chover horizontalmente, deixando-o encharcado mesmo debaixo do abrigo plástico.

— Tenho mais o que fazer — disse ele, pressionando o corpo na fedida fileira de latas de lixo.

— Tipo o quê?

Crawford a ignorou e lhe contou que o dente que encontraram não era da Jessica.

– O dente que encontraram no porão está nos levando a considerar Bob Jennings suspeito, a desconfiar que ele poderia ser a pessoa com quem Trevor estava trabalhando. Talvez eles tenham mirado em outras crianças na área, antes da Jessica.

Outro silêncio, ele quase conseguia ouvir as engrenagens funcionando na cabeça de Amanda.

– Eu me lembro de uma coisa naqueles vídeos... – ela disse, por fim. – Não tenho muita certeza, é algo meio instintivo, que não estava ao meu alcance...

– Aposto que você tem alguma coisa ao seu alcance agora. Sua terceira taça de vinho – comentou ele de modo petulante, notando que algo gosmento e marrom tinha passado da lata de lixo para seu casaco.

Gerry estava em seu pequeno apartamento em Morden. Tinha fechado as cortinas para se afastar do vento e da chuva forte.

Seu notebook estava aberto na mesa, ele tirou o plugue do fone e repetiu um fragmento da conversa. A voz cavernosa de Amanda ecoou pelo cômodo pequeno.

– Eu me lembro de uma coisa naqueles vídeos... Não tenho muita certeza, é algo meio instintivo, que não estava ao meu alcance...

Ele pegou o telefone e ligou.

– Temos um problema com Amanda Baker. Ela está chegando perto. Quer que eu passe para a próxima etapa? – perguntou Gerry.

– Não. Continue escutando – respondeu uma voz. – Antes de chegarmos a esse ponto, temos que ter certeza.

CAPÍTULO 43

Erika e John estavam apertados dentro de uma das pequenas salas de audiovisual da delegacia Bromley. Com a intenção de ser econômico, Trevor Marksman tinha usado fitas Hi8 de 120 minutos em baixa definição, o que fazia cada uma durar quatro horas.

– E agora a segunda fita – disse John enfiando-a no aparelho.

Erika endireitou o corpo e alongou os braços.

– Sério mesmo que em algum momento ele achou que assistiria a isso de novo? – ela bocejou.

– Como pode falar isso, chefe? Quatro horas de imagens granuladas de caminhadas ao léu em parques nublados e vazios, trânsito no anel rodoviário e queima de fogos de artifício filmada da janela de casa, isso é material campeão de bilheteria – ironizou John. Ele usava uma luva de látex quando colocou a primeira pequena fita Hi8 na capa e estendeu o braço para pegar a outra.

– O que está escrito aí? – perguntou Erika. John suspendeu a fita...

– **FESTA DE ANIVERSÁRIO DO GARY, abril de 1990** – respondeu, antes de tirá-la da capa. Ele suspendeu o cassete preto à luz. A fita magnética parecia em boas condições.

Enfiou-a no adaptador de VHS e pôs no aparelho. Conferiu se a filmagem estava sendo transferida para o notebook e apertou "play".

A pequena tela na mesa diante deles ganhou vida com o ruído estático, e em seguida o interior da sala de televisão da casa de reinserção social apareceu. A imagem em preto e branco chuviscou um pouco e depois ficou colorida. Vinte homens de idades diferentes, a maioria com roupas sujas e desleixadas, encontravam-se de pé em uma sala de assoalho de madeira encerado, mobiliada com várias poltronas e sofás velhos e rasgados, além de uma TV pequena parafusada no alto da parede. Uma janela panorâmica deixava à vista o céu nublado e um pedaço do gramado. Durante um momento, a luz do lado de fora ofuscou a imagem deixando-a toda branca. Erika e John escutaram algumas vozes e a câmera virou-se para um espelho. O reflexo de Trevor Marksman segurando a câmera apareceu e os encarou. Sua pele estava lisa, ainda não tinha sido queimada.

– Hoje é 2 de abril e estamos aqui no 24º aniversário de Gary Lundy! – disse ele para o próprio reflexo.

A câmera fez um movimento brusco para o lado e enquadrou um homem magro sentado em um sofá puído. Ele tinha um rosto alongado e o cabelo oleoso partido para a esquerda e grudado na cabeça. Seu nariz era enorme e ele estava com um terço do dedo enterrado na narina.

– O que você está fazendo? – perguntou a voz de Trevor por trás da câmera.

– Procurando alguma coisa decente para comer – respondeu Gary, tirando o dedo do nariz. – Sai fora, porra! – rosnou.

A imagem ia se alterando à medida que a câmera se movimentava pelo cômodo: passou por um grupo triste e sinistro de homens rondando um aparador bambo repleto de tigelas de plástico com batatinhas e um pequeno bolo redondo coberto de glacê e adornado com balinhas. Um homem baixo e rechonchudo usava um chapéu de aniversário. O elástico afundava em meio a seu queixo triplo e o comprido cabelo grisalho escorria pelo ombro.

– Jesus, todos esses tarados estavam morando bem no final da rua dos Collins – comentou John enquanto assistiam.

Na tela, o baixinho gordo com chapéu de festa olhava para as lentes:

– Me deixa filmar? – ele pediu, estendendo o braço, sorrindo e mostrando que só tinha dois dentes.

– Não – recusou Trevor, ao mesmo tempo em que sua mão apareceu na imagem e deu um tapão na mão do homem gordo quando ele tentou pegar a filmadora.

– Deixa, vai! Nunca vi isso aí...

– Tira essa mão escrota daqui! – grunhiu Trevor.

A mão dele apareceu pela lateral e esbofeteou com força a cabeça do homem, que caiu no chão e o elástico do chapéu de festa arrebentou. Ele se levantou e avançou na câmera. Começaram a brigar, a imagem deu uns solavancos e depois a tela ficou preta.

– Nossa, mas que inferno, a gente vai ter que assistir à festa inteira, não vai? – perguntou John.

Erika fez que sim com a cara fechada. Em seguida, a tela ganhou vida novamente, a festa mais uma vez, porém era um pouco mais tarde. Tinha música e alguns dos homens dançavam desajeitadamente. A câmera voltou a enquadrar Gary, que continuava sentando num canto cutucando o nariz. Ele tirou o dedo e o enfiou na boca.

— Que nojeira – reclamou John, desviando o olhar da tela.

— Pronto, ele já desapareceu – disse Erika.

A câmera movimentou-se para o lado, onde estava o baixinho gordo, usando outro chapéu de festa e sentado em um canto ao lado de um piano vertical caindo aos pedaços. Estava se empanturrando com um monte de comida empilhada num prato. Havia outro prato aguardando por ele na tampa do piano ao seu lado.

— O que está rolando com ele? – perguntou uma voz fora da imagem.

— Só está sendo um escroto, queria usar a câmera – respondeu a voz de Trevor ao mesmo tempo em que deu um close cruel na boca do homem gordo, que mastigava com voracidade. – Estou pouco me fodendo. Não deixo ninguém encostar nesta câmera.

A imagem focou e desfocou quando ele estava enfiando garfadas de quiche na boca e deixando migalhas grudadas na barba.

De repente, alguém deu uma gargalhada infantil e afeminada, a câmera virou depressa e deu um close em um homem alto, careca, de rosto vermelho com dentes tortos de coelho.

— Você vai me deixar filmar, não vai? – ele perguntou.

— NÃO!

Parece que houve outra briga e depois a imagem voltou em um horário posterior da tarde. Nesse momento, a sala de televisão já estava mais escura e a única luz ali eram as velas no bolo que um homem alto carregava pela sala. Trevor caminhava atrás dele, que se aproximava de Gary, ainda sentado na poltrona.

— Anda, sopra aí! – alguém gritou. Gary protestou, depois soprou e apagou as velas.

— O que foi que você desejou? – outro alguém berrou.

— Morrer, caralho – respondeu Gary, sentando-se novamente e cruzando os braços. O homem que segurava o bolo olhou um momento para a câmera depois desapareceu da imagem.

— Ei – disse Erika. – Volta...

— Não posso. Estou digitalizando – esclareceu John.

Trevor seguiu atrás do homem até a mesa comprida.

— Eu conheço esse homem – disse Erika. – Ele estava na casa do Marksman no dia em que fomos lá. Pausa agora!

Erika saiu às pressas da sala de audiovisual e subiu correndo a escada até a sala de investigação. Peterson estava acabando de desligar o telefone quando ela o agarrou e lhe disse para acompanhá-la. Quando chegaram à sala de audiovisual, ele viu a imagem na tela. Trevor filmava o homem que Erika reconheceu, ele fazia piadas para a câmera, como se estivesse no tapete vermelho de uma festa importante.

— Foi esse cara aí que vimos quando fomos à casa de Marksman. É Joel, não é? O Joel. Ele tem cabelo no vídeo, mas também tem o sotaque sul-africano – destacou Erika.

— E tinha esses mesmos olhos azuis estranhos e leitosos – acrescentou Peterson. – E a cicatriz que passa pela têmpora e desce atrás da orelha.

— Ele falou que se chamava Joel, mas não disse o sobrenome. Quero uma lista de todo mundo que estava na casa de reinserção social em 1990 – disse Erika.

Olharam de novo para a tela, um dos outros homens da casa de reinserção tinha pegado a câmera e, ao som de "Careless Whisper" explodindo no fundo, Trevor e Joel dançavam lentamente juntos.

CAPÍTULO 44

Erika e John assistiram a mais duas fitas de vídeo durante a tarde, elas não tinham sido gravadas no modo econômico e eram mais curtas. Eram o registro de vários dias de primavera passados no parque da Avondale Road. Trevor Marksman tinha filmado muitas crianças da região, frequentemente encorajando os pais a sorrir e acenar para a câmera enquanto empurravam os filhos nos balanços e os pegavam na ponta dos escorregadores.

Jessica Collins apareceu pela primeira vez em uma filmagem datada de **"11.06.1990"**, brincando de gangorra com uma menina de cabelo escuro. Elas riam balançando para cima e para baixo e, no fundo, versões mais jovens tanto de Marianne quanto de Laura estavam sentadas em um banco debaixo de um grande carvalho. Laura fumava e mal prestava atenção em Marianne, que falava inclinada na direção dela.

Do outro lado do parque, dando *zoom*, a câmera se concentrou durante vários minutos em Jessica. Erika ficou impressionada com o quanto ela era linda e despreocupada brincando com a amiga, dependurando-se no trepa-trepa... Seus sentimentos transformaram-se em repulsa quando se lembrou de que estava vendo aquilo pelos olhos de Trevor Marksman.

A câmera passou a mostrar a imagem oscilante de uma trilha estreita na parte de trás do parque, passou por uma lata de lixo e um banco velho e chegou a um homem que tentava suspender uma pá cheia de folhas e jogá-las em um saco. Não estava tendo sorte com o vento.

– Divertindo-se aí, hein? – alguém comentou. O homem de cabelo castanho desgrenhado e rosto de gnomo virou-se, e eles viram que era Bob Jennings.

– Vão *zi vudê*, suas putinhas – resmungou Bob, fazendo uma careta esquisitíssima.

Em seguida, alguém xingou quando a luzinha de bateria fraca começou a piscar no canto da tela. A imagem balançou e, um pouco antes de a bateria acabar e da imagem ficar preta, um rosto familiar piscou na tela quando a câmera foi passada a outra pessoa.

– Cacete, aquele ali era Bob Jennings, e aquele outro rosto bem no final da fita... Dá para voltar?

John tirou a fita e puxou o notebook sobre a mesa para perto de si. Agora tinham uma gravação digital. Colocou nos últimos minutos da fita, deu "play", acelerou o encontro com Bob até chegar ao ponto em que o sinal de bateria aparecia no canto da tela. Foram necessárias algumas tentativas para conseguirem pausar no rosto do homem, já que ele aparecia na tela apenas durante uma fração de segundo, porém, quando conseguiram a imagem, viram que era Trevor Marksman.

Ficaram olhando fixamente para ela por um instante.

– Isso significa que foi outra pessoa que passou a câmera para Trevor; ele não estava filmando no parque o tempo todo. Na investigação anterior, Marksman afirmou que tinha feito todas as filmagens – alertou Erika.

– E deixou bem claro na festa que não autorizava ninguém a usar a câmera – acrescentou John.

Ele passou novamente a mesma parte da filmagem: a câmera se aproximando da trilha, a rápida aparição do rosto de Trevor Marksman.

– Escute, você ouviu? Uma voz fala, "segura aí". O sotaque parece sul-africano.

Alguém bateu na porta, era Peterson.

– Chefe, achei Joel Michaels. Tive que vasculhar os registros antigos anexados ao nome anterior dele, que era Peter Michaels. Ele mudou o nome para Joel em 1995. Tem 55 anos. Estava no centro de reinserção social depois de ter sido solto da prisão. Ele cumpriu seis anos, de fevereiro de 1984 a março de 1990, por manter em cárcere e estuprar um menino de 9 anos.

Erika e John se entreolharam. Peterson prosseguiu:

– Peter Michaels foi interrogado em 1990, junto com todos os outros residentes do centro de reinserção social, e, assim como Marksman, tinha um álibi para o dia 7 de agosto de 1990. Entretanto, não o colocaram sob vigilância nas semanas após o desaparecimento de Jessica.

– Nem Bob Jennings – completou John. – Não achei nada sobre ele nos arquivos do caso. Não foi interrogado nem considerado suspeito...

– E olha aí, os três estão na filmagem, interagindo. Eles se conheciam – afirmou Erika.

CAPÍTULO 45

Já era tarde quando Erika ligou para o Comandante Marsh, da sala de investigação. Ela tinha liberado a equipe depois de um longo dia.

– Erika, eu te alertei sobre chegar perto de Trevor Marksman – disse Marsh. – Não queremos outro processo.

– Com todo o respeito, o senhor não está me escutando. Não quero interrogar Marksman. Quero interrogar Joel Michaels e fazer perguntas sobre a ligação dele com Trevor e Bob Jennings, a gente não para de descobrir indícios de que eles estavam ligados. Jennings morava ilegalmente na cabana onde encontramos um dente de criança no porão.

– E que, até o momento, não foi identificado.

– Mas que, mesmo assim, é muito alarmante.

– É verdade, mas outras pessoas podem ter invadido a cabana nos últimos 26 anos, viciados com filhos que, por sua vez, podem ter perdido dentes de leite.

– Também encontramos partes do solo encharcadas de gasolina no porão da cabana. A irmã de Bob Jennings confirmou que ele costumava usar gerador à gasolina, e encontramos níveis altos de tetraetilchumbo nos ossos de Jessica, o que indica exposição a vapores de gasolina. Além disso, tenho prova em vídeo da ligação entre Trevor, Bob e Joel...

Marsh ficou em silêncio no outro lado da linha durante um momento. Erika prosseguiu:

– Senhor, Bob está morto. Não posso chegar perto de Trevor, então quero dar uma prensa em Joel Michaels.

– É óbvio que essa decisão é sua, Erika.

– Eu sei, Paul. Mas gostaria de ter seu apoio. Que você me aconselhasse. Se eu estiver certa, podemos estar nos aproximando de uma rede de pedofilia.

– Quando você quer fazer isso?

– O mais rápido possível.

– O funeral de Jessica Collins é amanhã de manhã. Eu recomendaria que você esperasse ele terminar. Estarei presente, e te aconselho a estar presente também. É bom para as relações públicas e, como sabemos, tudo é uma questão de RP.

– Tá bom.

– Outra coisa que você tem de levar em consideração: Trevor Marksman agora é um homem muito rico. Pressuponho que ele terá um advogado muito bom para ajudar o amigo quando você o detiver.

– Não estou preocupada com isso. Estou é inquieta por ter passado o dia assistindo a horas de vídeos com pedófilos condenados fazendo festas e viagens para a praia, e a todas as filmagens que Marksman fez de Jessica Collins e várias outras crianças da região. Estou com raiva por ela ser só um amontoado de ossos e por saber que a pessoa que fez aquilo pode estar andando livremente por aí.

Marsh ficou um momento em silêncio ao telefone.

– Me mantenha informado e, antes disso, te vejo no funeral amanhã.

– Okay, obrigada. – Erika desligou o telefone e começou a juntar suas coisas para ir embora. Foi até sua sala, colocou seus pertences na bolsa e se deu conta de que tinha deixado o notebook lá embaixo, na sala de audiovisual.

CAPÍTULO 46

Quando a equipe saiu da sala de investigação para ir embora, Crawford ficou para trás, foi ao banheiro e permaneceu por 20 minutos sentado em uma cabine, suando em bicas. Passados os 20 minutos, lavou as mãos e saiu. Conferindo se não estava sendo seguido, desceu a escada até a sala de audiovisual onde Erika e John tinham passado o dia assistindo às fitas de Trevor Marksman.

Ela ficava no final de um corredor comprido na parte de trás do segundo andar da delegacia. A chave tinha várias cópias e, mais cedo, ele havia pegado uma na mesa de John quando ele estava distraído ao telefone. Crawford enfiou-a na fechadura e ficou aliviado quando conseguiu abrir a porta. Acendeu a luz e viu que o notebook ainda estava em cima da mesa, conectado ao aparelho de vídeo. Ele fechou a porta e a trancou. A sala era pequena, apertada e não tinha janela. Em um conjunto de prateleiras, havia cabos e fios, manuais dos aparelhos de DVD e videocassete e até um *laserdisc*, um precursor dos toca-CDs.

Agindo rápido, Crawford iniciou o computador e pegou os pen-drives que tinha comprado mais cedo numa loja da rua comercial. Estava preocupado, pois não sabia se eles teriam espaço suficiente. Só possuíam 16GB de memória, então comprou três. O suor pingava de seu rosto enquanto lutava com a embalagem de plástico, sem conseguir libertar o minúsculo pen-drive lá de dentro.

Procurou nas prateleiras, mas não achou tesoura. Pegou a chave do carro no bolso e começou a furar o plástico. Após alguns longos minutos, conseguiu tirar os pen-drives e, esfregando o suor dos olhos, enfiou um na entrada USB na lateral do notebook.

A máquina começou a zumbir e ele acessou a área de trabalho do Windows. Por fim, a janela do pen-drive se abriu. Crawford entrou na pasta dos arquivos de vídeo criada mais cedo por John, selecionou o primeiro e o arrastou para o pen-drive.

O HD começou a zumbir novamente e uma janelinha apareceu com a seguinte informação.

Copiando 2 itens para USBDRIVE1
11.8MB de 3.1GB – aproximadamente 9 minutos

– Anda logo – sussurrou e uma gota de suor pingou no teclado do notebook. Foi nesse momento que ele ouviu alguém mexer na porta trancada, e a maçaneta girar.

CAPÍTULO 47

Erika forçou a maçaneta da sala de audiovisual e descobriu que a porta estava trancada. Pegou um molho de chaves e tentou enfiar uma na fechadura, mas ela não entrou. Sentiu uma resistência do outro lado. Estava prestes a forçar a maçaneta novamente quando ouviu chamarem seu nome. Peterson vinha em sua direção pelo corredor.

– Chefe, peguei seu notebook – disse ele, suspendendo-o.

– Obrigada – ela pegou o computador quando ele o estendeu.

– Achei que todo mundo já tinha ido para casa.

– É, fui ao mercado no final da rua para comprar umas coisinhas, voltei ao estacionamento e vi que tinha pegado isso aí por engano.

– Obrigada.

Houve um silêncio constrangedor.

– Sobre ontem à noite, eu não sabia que minha irmã ia aparecer do nada – Erika começou a explicar.

– Tudo bem. Como ela está?

– Está ótima.

– Ótimo – ele sorriu. Outro silêncio constrangedor. – Okay, bom, a gente conversa amanhã.

– Te vejo amanhã.

Ele se despediu com um aceno de cabeça e foi embora. Erika fingiu que estava olhando para as chaves e, quando Peterson desapareceu, soltou o corpo na porta. Aguardou alguns minutos e, em seguida, saiu pelo corredor. Ia para casa. Crawford estava com a orelha encostada na porta, concentrando-se para escutar, mas as vozes tinham cessado. Ele trocou depressa o pen-drive e começou a copiar a segunda leva de vídeos.

Sua camisa estava empapada de suor.

CAPÍTULO 48

Erika chegou em casa pouco depois das nove. Quando abriu a porta do apartamento, Lenka estava bem na entrada. Erika começou a falar, mas a irmã pôs o dedo nos lábios dela.

– Karolina e Jakub estão dormindo – sussurrou. – É muito tarde. Onde você estava?

– Trabalhando – sussurrou também Erika, tirando os sapatos e soltando a bolsa.

– Está tudo bem?

– Sim, é claro.

– Você saiu às sete da manhã!

Erika tirou o casaco.

– Geralmente trabalho assim.

– O que Mark achava disso?

– Lenka, posso acabar de passar pela porta?

– Shhh! Acabei de pôr os dois para dormir.

Erika deu uma olhada pela sala. Só conseguiu enxergar a parte de cima da cabeça das crianças, que dormiam debaixo de cobertores no sofá-cama.

– Lenka, meu computador está quase sem bateria e o carregador está ali – sussurrou.

– Como é que ele é?

– Como assim, como ele é? É um carregador – sibilou Erika, indo para o meio da sala, mas Lenka a deteve.

– Não. Você vai acordá-los. Karolina ficou nervosa demais o dia inteiro e eu acabei de fazê-los dormir.

– Lenka, preciso do meu carregador.

– Você comeu?

– Almocei.

Lenka cruzou os braços e revirou os olhos.

– Você tem pelo menos que comer. Fiz comida. Vai tomar banho e eu vou procurar o seu carregador.

Erika já ia protestar, mas Lenka a empurrou para dentro do banheiro e fechou a porta.

Quando Erika saiu do banho, foi atingida pelo delicioso cheiro de carne defumada, batata e picles. O micro-ondas apitou e Lenka tirou dele um prato fumegante de *Francúzske Zemiaky*, um prato à base de batatas, ovos, picles de pepino-*gherkin* e linguiça defumada, fatiados bem finos e gratinado no forno.

– Ai, meu Deus! Que cheiro delicioso. Igualzinho ao que mamãe costumava fazer – elogiou Erika com água na boca.

Elas foram para o quarto, que estava atulhado com o carrinho da Eva, uma pilha de fraldas e a cômoda, que havia sido convertida em trocador. A foto de Mark na moldura dourada tinha sido empurrada para trás. Seu rosto bonito a encarava com o sorriso perpétuo. Erika sentou-se na cama e começou a devorar o fumegante prato de comida.

– Meu Deus, isso aqui está maravilhoso. Obrigada!

– Saí para fazer compras – comentou Lenka. – Esse lugar é legal, mas tem muita gente diferente, indianos, negros, chineses. As crianças ficaram com um pouco de medo de tudo... O seu quintal é bonito, e a gente conheceu alguns vizinhos. Uma mulher do andar de cima com duas menininhas. Jakub saiu batendo em todas as portas até encontrá-las, depois eles desceram para brincar.

– Eles brincaram? Como você conversou com elas?

– Sei algumas palavras em inglês, a mãe delas era legal. Qual é o nome dela?

Erika deu de ombros.

– Você mora aqui há cinco meses e não conhece os vizinhos?

– Sou muito ocupada – justificou Erika, falando com a boca cheia.

– O que aconteceu hoje com o cara bonitão, o Peterson?

– Nada. Não conversamos sobre o que aconteceu.

– Você acha que vai acontecer alguma coisa? Ele é uma gracinha.

Erika deu de ombros.

– Você podia convidá-lo para vir aqui. Posso cozinhar alguma coisa...

Erika a encarou e, com a boca cheia de comida, reclamou:

– Dá um tempo.

Lenka foi até a cômoda, abriu a gaveta de cima e começou a arrumar nela o tapetinho do trocador e vários cobertores.

– Um homem veio hoje para fazer a leitura do medidor. Acho que foi para isso que ele veio. Eu estava ocupada com as crianças lá fora, foi na hora em que as meninas do andar de cima estavam aqui. Ele deixou aquele documento – disse, apontando para um pedaço de papel no peitoril da janela.

Erika deu uma olhada nele e confirmou que era da imobiliária, informando que ela tinha que mandar verificar a instalação de gás e revalidar a autorização de uso.

– A comida aqui é cara. Que tipo de coisa você compra?

– Lenka, tem como você me dar só um minutinho para respirar? Meu dia foi estressante e você não fecha essa matraca!

Lenka continuou ajeitando os cobertores na gaveta.

– O que é que você está fazendo?

– Uma cama para a Eva.

– Na gaveta?

No carrinho, Eva acordou e começou a choramingar.

– Você a acordou – disse Lenka, passando por Erika e pegando Eva no colo. – Pronto, pronto, está tudo bem. Shush, shush. Lenka puxou a camisa para baixo e deu o peito para o bebê, mas ela chorou ainda mais alto. – Você pode ir lá fechar a porta da sala?

Erika deu mais uma garfada gigante, saiu se espremendo pelo espaço apertado e foi até o corredor equilibrando o prato para fechar a porta da sala. Os berros de Eva subiram uma oitava, portanto ela também fechou a porta do quarto. Então foi se sentar no tapete à porta do apartamento, pôs o prato no chão e terminou de comer, sem perceber que acima dela, presa no interior da caixinha do medidor de eletricidade, havia uma pequena escuta.

Pouco depois das 11 da noite, Amanda Baker estava cochilando na poltrona. Na mesa ao seu lado, havia uma caneca de chá pela metade em meio a pilhas de papéis impressos e dois cadernos. A parede do sofá estava coberta de papéis presos de qualquer jeito, todos preenchidos com garranchos pretos compridos e finos. No meio de tudo aquilo, havia uma impressão da foto de Trevor Marksman tirada pela polícia, junto a fotos de Joel Michaels e Bob Jennings. Na parede oposta, ao lado da televisão, uma foto de Jessica Collins.

Alguém bateu de leve na janela e Amanda despertou do cochilo. Esforçando-se para se levantar da poltrona, foi até a janela. Crawford estava do lado de fora com o rosto vermelho e brilhando de suor. Amanda suspendeu a janela e sentiu entrar uma fria rajada de vento.

– Consegui pegá-los – ele disse, olhando para trás, mas a rua estava deserta.

– Pegou todos para mim?

Ele fez que sim, ficou saltitando de um pé para o outro.

– Posso entrar?

– Está tarde e preciso dormir. Amanhã é o funeral de Jessica Collins – respondeu Amanda.

Crawford espiou atrás dela e viu um vestido preto em um cabide pendurado na porta da sala.

– Você vai?

– Vou – respondeu, estendendo a mão.

– Me deixe entrar, só para beber uma coisinha... foi um dia infernal – insistiu.

– Não estou bebendo, e não quero que você comprometa minha sobriedade – ela disse, com a mão ainda estendida.

– Está brincando. Você parou?

– Três dias, por enquanto.

Ele tirou um pequeno envelope de dentro do casaco e o entregou a ela.

– Obrigada – falou Amanda, pegando-o. Então fechou a janela-guilhotina e a cortina.

Crawford ficou parado do lado de fora um momento, olhando para a cortina, depois voltou para o carro com passos arrastados.

CAPÍTULO 49

A vigília de Jessica Collins aconteceu na Igreja da Santíssima Virgem Maria, em Bromley. O pequeno lugar estava decorado de maneira simples, cheirava a incenso e cera de assoalho, e velas bruxuleavam na penumbra.

O caixão de Jessica estava sobre um suporte de madeira e era do mais refinado mogno escuro que Marianne e Martin conseguiram encontrar. Não era pequeno o bastante para um bebê nem grande o suficiente para um adulto.

Marianne tinha chegado ao raiar do dia, para estar lá quando ele fosse entregue pela funerária. Sentou-se e ficou olhando fixamente para os restos mortais da filha, os ossos perfeitamente organizados, pequenos e vulneráveis, dispostos no revestimento de cetim do caixão, coberto por uma fina camada de tule rendado. O casaco vermelho que tinha sido presente de aniversário de Jessica estava dobrado com capricho ao lado do travesseiro de cetim.

Martin, Laura e Toby chegaram um pouco mais tarde. Bateram de leve na pesada porta de madeira e Marianne levantou-se para abri-la.

Eles ficaram paralisados à entrada num silêncio atordoado.

– O caixão está aberto – disse Martin, sem tirar os olhos do esqueleto, que havia sido organizado como se os ossos de Jessica tivessem acabado de subir até ele e se aconchegado para dormir. – Achei que tivéssemos combinado que ia ficar fechado.

– A gente não combinou. *Você* me falou isso – discordou Marianne com um tom sombrio. – Quero ver minha filhinha. Quero tocar nela. Quero estar aqui com ela.

Toby olhou para o pai, depois para Laura, e disse:

– Pai, isso não me parece certo.

Eles aproximaram-se da cobertura de tule rendado e Martin estendeu a mão.

– Oh, Jessica – falou, pressionando a renda para tocar no crânio dela.

Laura permaneceu com a mão sobre a boca e os olhos tomados pelo horror.

– Chegue mais perto. Toque nela – incentivou Marianne. – É a Jessica... sua irmã.

Laura se aproximou, com os olhos ainda arregalados. Marianne se adiantou e pegou sua mão. Laura tentou puxá-la, mas a mãe a segurou com força e a fez pôr a mão na testa do esqueleto de Jessica.

– Sinta o cabelo dela, Laura. Você se lembra de como era pentear o cabelo dela?

– Não! – Laura soltou num ganido, tirando a mão com um puxão e correndo para fora da sala. Marianne praticamente não reparou no que tinha acontecido e continuou olhando para o caixão.

– Toby, quero que você toque nela. Quero que você toque na sua irmã – ela disse.

– Não, mãe... quero me lembrar dela de um jeito diferente. Sinto muito – negou. Ele olhou para o pai, que parecia hipnotizado pelo esqueleto no caixão, depois seguiu Laura pelo corredor.

– Tudo o que eu mais queria era ter outra filha. E que ela crescesse em segurança e fosse feliz – confessou Marianne, suspendendo o olhar para Martin. – Esta foi a punição pelo que fizemos?

– Falamos que jamais conversaríamos sobre isso – disse Martin, também olhando para ela.

– Concordo. Mas este é o fim, não é?

– Não, não é. Ela foi tirada de nós, mas está com o Senhor. E nós a veremos de novo. Não devemos questionar por que Ele a tirou de nós. Sinta-se reconfortada porque finalmente a encontramos, e agora ela pode descansar em paz.

– Oh, Martin – Marianne gemeu. Ele se aproximou e a abraçou com força, como não fazia há anos, e eles choraram a perda e a culpa.

Martin saiu e deixou Marianne sozinha. As velas queimaram por inteiro e um quadrado de luz colorida lançado através de um pequeno vitral movia-se lentamente pela parede ao longo do dia.

Marianne passou o dia rezando, encurvada sobre o pequenino esqueleto da filha. Era muito versada nas orações, que saíam quase automaticamente devido aos anos de prática. No entanto, quando proferia as palavras, "Perdoa-me, Senhor, porque pequei", sempre tinha a sensação de que as pronunciava pela primeira vez.

CAPÍTULO 50

Após a missa, o caixão foi levado para o vasto cemitério e a congregação o seguiu para acompanhar o enterro.

Erika e Marsh estavam presentes a essa última parte da cerimônia, junto ao grande grupo de pessoas de luto próximo à cova recentemente cavada. O ar estava gelado e parecia que uma tempestade se aproximava. No horizonte, o céu lentamente tornava-se azul-escuro.

Erika sempre achou desconfortável ir a funerais de vítimas de assassinato, pois, tecnicamente, eles estavam a serviço e encontrar o equilíbrio entre ser respeitoso e prestar atenção no que acontecia ao redor era difícil. Geralmente, tratava-se da única oportunidade de ver todo mundo junto no mesmo lugar.

O padre estava junto à cova, onde o caixão decorado com um enorme ramalhete de lírios aguardava a descida, e começou a orar.

– Ó Deus, Pai da eternidade, por causa de nossa desobediência à Sua lei, caímos em desgraça e a morte entrou no mundo...

Marianne estava à frente do semicírculo de enlutados, bem perto da cova, toda de preto, com um chapéu de aba larga também preto. Chorava muito, embora silenciosamente, apertando com força o rosário em uma das mãos. Martin segurava a outra e, de vez em quando, ela a soltava para enxugar as lágrimas com um lenço branco. Toby estava ao lado dela e, em seguida, enfileiravam-se Laura sentada com o marido e os dois filhos pequenos. Erika notou que Tanvir tinha sido relegado ao grupo do fundo.

Na fileira de trás, encontrava-se Nancy Greene, a policial que havia trabalhado no caso anos antes, quando tudo aconteceu. Ela também vestia preto dos pés à cabeça, o único respingo de cor era o pequeno curativo cobrindo seu nariz, que ainda estava em recuperação. Oscar Browne estava um pouco mais ao lado com uma mulher negra alta e elegante. Seus olhos estavam cravados nos de Erika e ele inclinou a cabeça de leve. Erika fez o mesmo movimento, incerta sobre o que o aceno significava.

A voz do padre era forte e harmoniosa e parecia ocupar cada centímetro da atmosfera acima da cabeça dos presentes:

– Tomados de profundo arrependimento, pedimos sinceramente que o Senhor olhe para esta sepultura e a abençoe...

Erika olhou para Marsh para ver se também tinha notado Oscar, porém ele estava hipnotizado por uma grande foto exposta em um cavalete de madeira ao lado da coroa de flores. A foto era de Jessica com o casaco vermelho que Marianne deixava exposto no corredor de entrada de casa. Algo incomum em funerais britânicos.

– Não paro de pensar que poderia ser uma das minhas meninas – sussurrou Marsh. – Não paro de pensar em como eu iria lidar com isso.

Foram juntos para o funeral e, no carro, Marsh contou para Erika que o advogado de Marcie tinha proposto uma data para a audiência da custódia.

Uma imagem do funeral de Mark lampejou em sua cabeça: o momento em que, ao colocarem-no dentro do carro funerário, o caixão balançou com o peso do corpo...

Erika virou-se para Marsh e agarrou sua mão. Ao fazer isso, percebeu que Amanda Baker estava sentada mais adiante, no final da mesma fileira em que eles se encontravam. Amanda a observava, e seus olhos baixaram até se fixar nas mãos dadas de Erika e Marsh.

Erika cumprimentou-a com um gesto de cabeça e tentou sutilmente soltar a mão, mas Marsh a segurou. Amanda notou isso também e arqueou uma sobrancelha. Havia algo diferente nela. Tinha uma aparência menos inchada e empapuçada, seu vestido era elegante, estava maquiada e havia tingido o cabelo de castanho-claro.

O padre chegou à conclusão da oração:

– Para que, enquanto devolvemos à terra o corpo de sua serva, Jessica, sua alma possa ser levada ao paraíso. Nós Lhe pedimos por meio de Cristo, Nosso Senhor. Amém.

A congregação entoou:

– Amém.

Erika olhou novamente para Marianne e percebeu sua aflição: a percepção de que aquele era o momento em que teria que dizer adeus a Jessica. Martin apertou a mão de Marianne, e Erika viu a namorada dele pela primeira vez, sentada a algumas cadeiras de Martin junto dos dois filhos que eram usados quase como uma barreira. A garotinha estava inquieta na cadeira com um vestido preto rodado que tinha puxado para cima, expondo a meia-calça também preta. O irmãozinho de terno impecável olhou para o céu quando começou a trovejar.

Marianne se levantou meio desequilibrada e aproximou-se da lateral da cova quando o caixão começou a descer e lentamente desaparecia aos poucos. Ela encheu a mão de terra e ficou segurando por um momento. Um trovão estrondeou e começou a pingar – segundos depois, a chuva era torrencial. Marianne ergueu o punho e o balançou contra o céu, então seu corpo desmoronou e ela caiu na cova aberta.

A chuva martelava e relâmpagos iluminavam o cemitério. Instalou-se o caos quando todo mundo começou a gritar e se aproximar às pressas da lateral da cova, onde o monte de terra rapidamente transformou-se num lamaçal.

CAPÍTULO 51

A chuva continuava a cair e espancava o teto do carro de Erika, ocupado por ela, Marsh e Amanda Baker no banco de trás. Com o caos e a chuva, não havia táxi, então Erika ofereceu carona a Amanda. Tinham parado no estacionamento de um McDonald's para comer alguma coisa e estavam sentados bebendo café em silêncio.

– Deus Todo Poderoso! Por falar em humor negro – comentou Amanda, quebrando o silêncio. Marsh virou-se e olhou para ela com cara feia. – Ah, qual é? Ela caiu na cova e o padre a puxou de lá, gritando e coberta de barro. Foi igual a um filme de terror... Ela passou anos tentando se aproximar do Céu e acaba ficando a sete palmos debaixo da terra! – Amanda começou a rir. A gargalhar, na verdade.

Erika olhou para Marsh, mas ele continuava com o rosto inabalável.

– Puta merda, desculpe – disse Amanda, tirando migalhas do blazer preto. – São anos de frustração e desespero reprimidos – ela vislumbrou a expressão de desagrado no rosto de Marsh e disparou a dar risadinhas. Erika virou o rosto e mordeu o lábio.

Em meio ao caos, todos tinham se aglomerado ao redor da cova. Depois de ser puxada para fora, Marianne foi levada para a igreja pelo padre e por seus familiares. O restante da congregação tinha se dispersado aos quatro ventos.

Somente ao manobrar o carro, Erika percebeu que Laura e Oscar tinham ficado do lado de fora e conversavam debaixo de uma grande árvore afastada da igreja.

– Bom, fico satisfeito por *você* ter achado aquilo tão engraçado, ex-Detetive Inspetora Chefe Baker... Tem gente aqui que ainda está trabalhando no caso e, do meu ponto de vista, ele não tem nada de, nem remotamente, divertido.

– Não, não tem, não – concordou Amanda, acalmando-se e enxugando os olhos com um guardanapo.

Marsh olhou para o relógio.

– Certo, Erika. É meio-dia e meia, é melhor a gente ir para... – ele parou de falar e, em seguida, abriu a porta e disparou na direção de onde havia estacionado o próprio carro.

– Onde deixo você? – perguntou Erika.

– A estação de trem de Bromley serve. Posso ir na frente? Eu odiaria que as pessoas tivessem a impressão errada.

Depois que ela se ajeitou no banco da frente, Erika saiu do estacionamento e pegou a rua principal.

– Então, para onde é que vocês estão indo? O que você e Marsh vão aprontar? Vão passar a tarde num hotel?

– Não – respondeu Erika, olhando feio para ela.

– Vi você dando a mão para ele...

– Não é o que você está pensando. Além do mais, não estou preocupada com o que você está pensando.

– Todo mundo se preocupa com o que as pessoas pensam delas. Vocês estão indo prender Marksman?

– Não.

– Então quem? Pode confiar em mim.

– Não. Não discutimos o caso com civis.

– Ui – disse Amanda, passando a mão no vidro embaçado da janela. – Você sabe que eu ainda tenho os mesmos ideais que os seus. Ainda quero defender a lei, pegar os bandidos... Você pode, pelo menos, me contar se estão perto? Se têm algum suspeito?

– O que você acha da Laura e do Oscar Browne? – perguntou Erika quando pararam diante de um semáforo. Ela viu o carro de Marsh mais adiante.

– Eles são suspeitos?

– Não. Só estou tentando entender a família.

– Boa sorte então. Eu não consegui definir se a Laura estava saindo com o Oscar para irritar os pais ou se ela o amava de verdade... De qualquer maneira, o relacionamento acabou no segundo em que Jessica desapareceu. Ele a largou que nem batata quente. Isso de acordo com Nancy Greene.

– E não levantou suspeita?

– Não. Ele tinha o álibi com Laura. E Martin e Marianne gostavam do Oscar. Um jovem advogado se dando bem. Ele tinha bolsa de estudo. Acho que a vontade dele de ter sucesso na vida o fez deixar Laura. Foi terrível o que aconteceu, mas também foi uma confusão. O luto da família, a atenção da mídia. Ele não queria ficar associado a tudo aquilo.

Chegaram à estação. Erika parou no ponto de táxi em frente a ela.

– Obrigada – Amanda agradeceu, destravando o cinto. – Olha só, eu me lembro de uma coisa naqueles vídeos do Marksman que apreendemos. Se você quiser, posso ajudar como consultora não remunerada. Faço qualquer negócio. Quero te ajudar a solucionar esse caso.

Erika a encarou, Amanda estava explodindo de entusiasmo.

– Hoje não é um dia bom para isso. Me deixe pensar a respeito.

– Okay. Obrigada, e obrigada pela carona – disse Amanda. Ela pegou a bolsa e desceu do carro.

Observando a ex-detetive ir para a estação, Erika ficou se perguntando se seria uma loucura deixá-la participar da investigação. E, se fosse, como faria Marsh comprar a ideia.

Saiu do ponto de táxi e dirigiu até o estacionamento da delegacia, preparando-se para a tarde que tinha pela frente.

CAPÍTULO 52

Quando Erika bateu na porta da cobertura de Trevor Marksman, Joel Michaels a abriu. Estava de calça jeans e uma elegante camisa, segurando uma caneca de café com um canudo e um prato sujo. No fundo da sala, Marksman parecia estar tirando a soneca da tarde, com a poltrona reclinável tombada para trás ao lado de uma das janelas que iam do chão ao teto.

– O que é isso? – perguntou, olhando para Erika, Moss e os oficiais de farda. – Por que não usaram o interfone? Quem deixou vocês entrarem?

Erika deu um passo à frente.

– Joel Michaels, você está preso como suspeito pelo rapto e assassinato de Jessica Collins. Você tem o direito de permanecer calado, tudo o que disser poderá ser usado contra você num tribunal.

Ele olhou para o distintivo na mão de Erika. Ao fundo, Marksman se remexeu debaixo do cobertor e despertou.

– O que está acontecendo? – perguntou, lutando para sair dali e movendo-se de forma desequilibrada na direção deles.

Joel pôs o prato e a caneca na mesinha de centro e foi segurá-lo pelo braço. Um dos guardas o agarrou, mas ele se virou e o empurrou.

– Ei, ei, calma aí – interveio Moss.

– Eu sou o cuidador dele – alegou Joel. Sua careca brilhava de suor, a cicatriz que contornava a orelha estava vermelha e irritada.

– Joel não fez nada, levem a mim em vez dele – disse Marksman, que já estava junto a eles, apoiando-se no encosto do sofá. Ele olhou para Erika. – Estou falando sério. Levem a mim, em vez dele – a pele irritada ao redor de seus olhos enrugou de dor. – Eu assumo. Assassinei Jessica Collins. Eu a sequestrei quando ela estava indo para a festa. Eu a peguei na rua e...

– Trevor, para! – interrompeu Joel, colocando a mão no peito dele com delicadeza. – Ligue para o Marcel, agora... Diga a ele que fui preso. Para onde vocês vão me levar?

– Para a delegacia Bromley.

– Peça a ele que se encontre comigo lá.

– Isso é loucura! – gritou Trevor. – Vocês não descobrem nada e então começam a apelar – ele ficou observando Joel ser algemado e levado pelos oficiais. – Por que não me prendem? Estão com medo?

– Entraremos em contato – disse Erika, e foram embora.

Estava escurecendo quando chegaram à delegacia Bromley. Joel Michaels foi fichado e colocado em uma cela. Seu advogado chegou pouco depois. Era um idoso de cabelo grisalho e óculos enormes. Foi informado do motivo da prisão de Joel e, em seguida, levado para a sala de interrogatório.

– Você está bem, chefe? – perguntou Moss. Estavam na sala de observação olhando Joel e seu advogado aguardando na sala de interrogatório. Joel parecia tranquilo sentado de braços cruzados à mesa vazia. O advogado ao lado dele tinha posto uma pasta e documentos sobre a mesa e inclinava-se, falando com muita seriedade e gesticulando com a caneta.

– Estou. Mas isso não me parece certo. Vou lá com a sensação de que não tenho o suficiente...

– E por acaso alguma vez a gente acha que tem o suficiente? – questionou Moss. – Espero que a gente consiga pegá-lo desprevenido depois de tantos anos longe da polícia. Nunca incluíram o filho da mãe no Registro de Criminosos Sexuais. Nunca sentiu essa pressão.

– Até agora – afirmou Erika.

Foram para a sala de interrogatório. Moss sentou-se diante do advogado, Erika, em frente a Joel e colocou uma pasta sobre a mesa.

– São cinco da tarde, quinta-feira, 10 de novembro. Estão presentes na sala de interrogatório a Detetive Inspetora Chefe Foster e a Detetive Inspetora Moss – disse Erika, antes de recostar-se e encarar Joel por um momento.

Ele cravou os olhos nos dela sem hesitar.

– Fui ao funeral da Jessica Collins hoje. Ela teria 32 anos se tivesse sobrevivido.

– Isso é muito triste – comentou Joel.

Erika abriu a pasta, pegou uma foto de Bob Jennings e a deslizou pela mesa. Joel continuava encarando Erika.

– O que você sabe sobre este homem? Olhe para a foto, por favor.

Joel baixou o olhar.

– Nunca o vi.

– Tem certeza?

– Tenho.

– O nome dele é Bob Jennings. Morava ilegalmente na cabana da pedreira Hayes quando Jessica Collins desapareceu.

– Que interessante – disse Joel.

– Tenho gravações de Trevor Marksman. Ele gostava de fazer vídeos, não gostava?

– Nada a declarar.

– Ele ganhou a câmera em um sorteio. E gostava de filmar crianças no parque em Hayes.

– Nada a declarar.

– Você também fazia vídeos para ele, de crianças, e, assim como Trevor, fez vídeos de Jessica Collins. Ela não apareceu na filmagem por acaso, são horas e horas de filmagens. Comportamento que indica perseguição obsessiva de uma menina de sete anos de idade.

– Nada a declarar.

– Em um vídeo que você fez, usando a câmera do Trevor Marksman, também aparece Bob Jennings, a quem você chama pelo nome e cumprimenta.

Joel se remexeu na cadeira e revirou os olhos antes de repetir:

– Nada a declarar.

– Você alegou que não conhecia Bob Jennings quando foi interrogado em agosto de 1990.

– Nada a declarar.

– Eu gostaria que fizesse uma declaração, pelo menos a respeito disso. Você mentiu para a polícia.

– Devo ter me enganado.

– Você gosta de criancinhas, não gosta? Acha que elas são sexualmente atraentes.

– Ambos sabemos que meu cliente foi condenado por abuso sexual de menor. Ele cumpriu a pena a que foi condenado – interferiu o advogado.

– E como ele tem sorte de não ter sido incluído no Registro de Criminosos Sexuais...

– Isso não foi uma pergunta – disse Joel, dando um sorriso malicioso.

Erika recostou-se, tentando permanecer calma.

Três horas depois, Erika e Moss saíram da sala de interrogatório. Ficaram observando Joel ser levado pelo corredor no sentido oposto, de volta para a cela.

– Mas que merda! – xingou Erika. – Temos tudo e não temos nada... Não tenho o suficiente para me aproximar do Marksman e Bob Jennings está morto. Por Deus!

– Já são quase 8h30 – disse Moss, olhando para o relógio. – Deixe o sujeito pernoitar aqui no Bromley Hilton. Vamos dar uma prensa nele amanhã de novo.

Erika não teve opção a não ser consentir. Viu que Moss também estava tentando olhar com otimismo para a situação, mas ela concordava. Não tinham nada.

CAPÍTULO 53

Erika passou uma noite claustrofóbica em seu apartamento, revirando-se na cama, sem conseguir pegar no sono. Amava Lenka e as crianças, mas morar todos amontoados ali estava começando a ficar demais para o seu gosto. Saiu muito cedo na manhã seguinte, antes de eles acordarem, comprou um croissant de chocolate e café no caminho para o trabalho e os levou para a sala de investigação.

Sentou-se a uma das mesas e ficou olhando fixamente para todos os indícios do crime. As fotos de Jessica, da pedreira, de Bob Jennings. O caso parecia distanciar-se cada vez mais de suas mãos.

Pouco antes das nove da manhã, a sala de investigação estava ficando cheia, e Erika trabalhava no computador em sua sala quando Moss entrou apressada sem bater na porta.

– Desculpe, chefe – disse, puxando o ar e tentando recuperar o fôlego. – Você tem que ir lá embaixo agora.

– Puta merda, é Joel Michaels? Achei que tivéssemos falado para colocá-lo sob vigilância para evitar a possibilidade de suicídio.

– Não é o Joel, é Trevor Marksman.

Erika se levantou e desceu a escada junto com ela.

Quando chegaram ao saguão da delegacia, viram que uma minivan estava estacionada em uma área proibida diante do prédio. Erika e Moss saíram e ficaram na escada. Não demorou para ficar óbvio que alguém tinha avisado a imprensa. Havia um grupo grande de repórteres e fotógrafos reunido aos pés da escada da delegacia, e Trevor Marksman estava de pé ao lado do carro, usando um comprido sobretudo preto, chapéu preto e apoiado em uma bengala com a ponta superior dourada. Ele se dirigia à imprensa com sua voz cavernosa.

– Prender Joel Michaels simplesmente por que ele é o meu cuidador é, mais uma vez, uma tática de coação da Polícia Metropolitana... Joel é inocente, porém, como vocês bem sabem, isso não significa nada para a Polícia Metropolitana. Eu a processei em 1995 depois que um policial entregou meu endereço para um grupo de justiceiras que jogou coquetel molotov pela minha porta. Ganhei a causa...

Com um gesto cênico, ele tirou o chapéu, deixando à vista todos os implantes de pele em sua careca.

– Mas que porra é essa? – soltou Erika, ao testemunhar a cena ao lado de Moss na porta da delegacia. – Temos que fazer alguma coisa.

– Tenho que viver com este rosto para o resto da vida! – gritou, o que fez a pele ao redor dos olhos enrugar. – A morte de Jessica Collins foi uma tragédia, mas eu reafirmo a minha inocência! Fui solto sem nenhuma acusação. Não fui o responsável. Agora a polícia prendeu Joel Michaels, um homem que está ao meu lado há 26 anos. É ele quem cuida de mim em tempo integral. Ele é inocente, e essa é uma ação desesperada da polícia para me intimidar e me punir por ter sido bem-sucedido no processo que movi contra eles.

Em seguida, ouviu-se uma voz em meio à aglomeração de pessoas e jornalistas que estavam reunidos na calçada, e Marianne Collins apareceu, de sobretudo. Ela avançava de maneira desequilibrada em meio à aglomeração de pessoas, acompanhada por Laura.

– Assassino de criança! – ela berrou. – Seu assassino mentiroso de merda!

Houve uma agitação quando ela teve que passar por algumas câmeras e jornalistas para chegar aonde Trevor estava.

Erika foi depressa ao balcão da recepção e pegou o telefone.

– Temos uma situação se complicando em frente à delegacia. Isso... aqui em Bromley mesmo. Preciso que todos os policiais disponíveis na área venham imediatamente para cá.

Erika desligou o telefone e voltou para a entrada. Marianne e Trevor encontravam-se imóveis a alguns centímetros um do outro. Os olhos arregalados de Marianne estavam repletos de ódio. Trevor levantou as duas mãos parecidas com garras diante do corpo num gesto de paz.

A aglomeração de pessoas tinha aumentado e, assim como a imprensa, muitos jovens filmavam tudo com o telefone.

– Você pegou a minha filha, matou a minha menininha com seus amigos nojentos e agora está rindo de nós! – berrou Marianne, com a voz esganiçada.

– Por favor, me escute – pediu Trevor. – Sempre quis ter a oportunidade de conversar com você...

– Não venha me pedir para te escutar! Nunca vai me contar nada! – gritou Marianne. – Você matou Jessica, seu demônio filho da mãe! Você matou minha filha e jogou o corpo dela na água. Tive que enterrá-la ontem, os ossos foram tudo o que restou!

As lágrimas não paravam de escorrer no rosto de Marianne. Arrebatadas, as pessoas ao redor assistiam ao confronto em silêncio. A aglomeração tinha aumentado ainda mais e já não se concentrava apenas na calçada. Também ocupava parte da rua. Carros começaram a buzinar para as pessoas que já ocupavam as duas faixas da pista.

– Caramba! Cadê os policiais, porra? – berrou Erika. A mulher atrás do balcão da recepção pegou o telefone de novo. Erika se virou e notou que Laura estava ao lado do carro de Trevor Marksman.

A atmosfera mudou na multidão quando, de repente, Marianne sacou uma faca de cozinha enorme. Quando a levantou, a aglomeração se dispersou e se espalhou pela rua em meio ao trânsito, que buzinava furiosamente.

Marianne avançou em Trevor Marksman, golpeando de um lado para o outro com a faca, talhando-lhe a carne dos antebraços, que ele levantou instintivamente para se proteger. De olhos arregalados, Laura gritava para a mãe parar.

– Puta merda! – gritou Erika. – Cadê os policiais?

Ela e Moss saíram às pressas empurrando as pessoas para abrirem caminho na escada. Segundos depois, seis policiais juntaram-se a elas.

Conseguiram agarrar Marianne Collins e a imobilizaram no chão. Seu rosto coberto de sangue tinha uma expressão selvagem, três manchas ensopavam a frente de sua camisa branca, a bochecha esquerda estava toda respingada. Um jovem policial conseguiu segurar o braço de Marianne e torcê-lo para que soltasse a faca. Ele a chutou para longe, onde outro policial a prendeu debaixo do sapato.

Marianne começou a dar gritos terrivelmente esganiçados. Uma policial pressionou a bota nas costas de Marianne, que lutou contra ela tentando impedir que algemassem suas mãos para trás.

Erika correu na direção de Trevor Marksman, caído no chão. Ele estava coberto com o sangue que escorria dos três cortes em seus antebraços. Ela viu que um deles ia até o osso. Erika arrancou o blazer, agachou-se ao lado dele e começou a amarrá-lo nos braços que não paravam de sangrar.

– Precisamos de uma ambulância! Este homem está sangrando! – ela berrou em meio à confusão. As pessoas que saíam aos montes da estação de trem do outro lado da rua e davam de cara com a balbúrdia aumentavam ainda mais a aglomeração nos dois lados da calçada.

Marianne Collins foi levada à força, berrando e coberta de sangue, bem no momento em que um policial saiu correndo pela entrada principal da delegacia com um kit de primeiros socorros.

Enquanto tudo acontecia, as câmeras da imprensa não pararam de fotografar e filmar o caos.

CAPÍTULO 54

A Comissária Assistente, Camilla Brace-Cosworthy, tirou os olhos da grande televisão na parede de sua sala e se virou para Erika, que aguardava em pé diante da mesa.

Era o início da manhã seguinte e ela tinha acabado de mostrar a Erika e Marsh um resumo de dois minutos sobre os acontecimentos do dia anterior. Marsh estava ao lado dela em absoluto silêncio.

O incidente em frente à delegacia Bromley tinha sido manchete nos jornais da noite anterior. O resumo de dois minutos eram os destaques editados no aplicativo da Sky News, desenvolvido para mostrar a situação da forma mais caótica possível. Ele misturava o vídeo profissional da imprensa, feito quando Trevor Marksman estava falando em frente à delegacia Bromley, com filmagens amadoras tremidas de Marianne Collins empunhando a faca, e o clímax era a prisão dela quando, coberta pelo sangue de Trevor Marksman, foi algemada com o rosto na calçada.

Erika remexia-se desconfortavelmente. Não tinha sido convidada a se sentar, o que era um mau sinal.

– Que parte de trazer Joel Michaels discretamente para interrogatório você ignorou? – perguntou Camilla, olhando para Erika por cima dos óculos. – Não foi essa a nossa recomendação quando você conversou conosco a respeito de fazer essa prisão?

– Sim, senhora. Não tínhamos como prever essa cadeia de acontecimentos. Acreditamos que Marianne Collins foi alertada, do mesmo jeito que a imprensa – respondeu Erika.

– Sugiro que invista seu tempo em encontrar esse vazamento de informação e o estanque com força impiedosa.

– Sim, senhora. Tenho policiais dando prioridade a isso.

– Então, em que pé está o caso agora?

– Trevor Marksman está no hospital, ele perdeu muito sangue, mas vai se recuperar. Devido à natureza dos enxertos de pele, terá que passar um tempo na UTI.

– E Marianne Collins?

– Ela foi presa e indiciada. Pagou fiança e foi solta.

– E Joel Michaels?

– Ainda tenho dois dias antes de precisar soltá-lo – falou Erika.

Camilla recostou-se e ficou encarando Erika por um momento.

– É claro, Detetive Inspetora Chefe Foster, que o caso é seu, mas, se fosse você, soltaria Joel Michaels.

– Mas, senhora, tenho provas de que ele também estava perseguindo Jessica Collins e fazendo vídeos dela. Ele já foi condenado por pedofilia. Mentiu sobre não conhecer Bob Jennings. Acredito que Jessica Collins foi mantida em cativeiro no porão da cabana em Hayes.

– Você achou um dente no porão, mas ele não pertencia à Jessica Collins.

– Isso é verdade, mas era um dente de criança. E encontramos partes do solo no porão impregnadas de gasolina com chumbo. Havia uma grande concentração de chumbo nos ossos de Jessica.

Camilla levantou a mão:

– Você precisa de uma prova concreta. Você tem como provar que Joel Michaels ou Trevor Marksman estiveram naquele porão?

– Não, mas...

– Você tem como provar, de forma inquestionável, que Jessica Collins estava naquele porão?

– Não – Erika esforçou-se muito para manter contato visual e não olhar para o chão.

– Estávamos planejando fazer um apelo na televisão com a família Collins – disse Marsh, falando pela primeira vez. – Mas não acho que possamos dar prosseguimento a isso. A imagem de Marianne Collins empunhando uma faca está muito fresca na cabeça das pessoas...

– Sim, precisamos de uma mãe de luto, não de uma maníaca empunhando uma faca – concordou Camilla. Ela tirou os óculos e mordiscou uma das hastes durante um momento.

Erika sentia gotas de suor escorrendo em suas costas.

– Você já esteve neste lugar antes, várias vezes, não esteve, Detetive Inspetora Chefe Foster?

– Já estive aqui uma vez, senhora.

– Estou falando metaforicamente – repreendeu. – Você parece oscilar entre a genialidade e a mais completa burrice.

– Em minha defesa, quando Marianne Collins puxou a faca, eu já tinha pedido policiais, que imediatamente...

– Aquilo aconteceu na escada da sua delegacia, que é guarnecida com algo entre 5 e 50 policiais todos os dias. Não me venha com asneiras! – berrou Camilla, esmurrando a mesa. – Na mesma escada em que o Comissário Assistente Oakley lançou o programa para redução de crimes com faca e o programa de entrega voluntária delas, porra!

Camilla se recompôs e colocou os óculos novamente. Erika abriu a boca para falar, mas ela levantou a mão.

– Não tenho dúvida alguma de que você é uma ótima policial, Detetive Inspetora Chefe Foster, mas agora nós temos os holofotes da mídia concentrados em um caso delicado. Você acredita que consegue provas suficientes para enquadrar Joel Michaels, Trevor Marksman ou Bob Jennings pelo assassinato de Jessica Collins?

– Acredito, sim. Eu gostaria de propor a exumação do corpo de Bob Jennings.

– De jeito nenhum – negou Camilla. – Depois de 26 anos enterrado, o que é que você espera encontrar?

– Toxicologia e evidências de ossos quebrados que possam provar que ele não cometeu suicídio.

– E depois? A prova pericial seria insignificante, além disso a perícia já esteve na cabana e não encontrou absolutamente nada.

– Achamos o dente – contestou Erika que, embora soubesse que tinha perdido, não conseguia parar e recuar.

– Pode ter sido largado ou caído ali. Pessoas que ficam morando ilegalmente em propriedades abandonadas não são reconhecidas por sua higiene oral. Minha sugestão é clara, Erika: solte Joel Michaels. Mais uma coisa, vou te deixar nesse caso por enquanto até achar um substituto adequado. Isso talvez seja bom. Parece que quando as coisas apertam para o seu lado você acaba dando resultado.

Depois que a reunião acabou, Marsh alcançou Erika em frente aos elevadores.

– Podia ter sido muito pior.

– Como aquilo podia ter sido *pior*? – ela questionou, virando-se para o comandante.

– Podia ter sido com o Oakley – ele respondeu, dando de ombros e sorrindo.

– Eu sabia lidar com o Comissário Assistente Oakley. Ele era um patife velho e intolerante. Mordia a isca e eu conseguia passar a perna nele. Ela é... ela é boa pra cacete.

– É, falando como seu amigo e não como oficial superior por um instante, ela faz os meus testículos subirem para dentro do abdômen.

As portas dos elevadores se abriram e eles entraram. Marsh apertou o botão do térreo, e Erika sentiu um frio na barriga enquanto desciam em velocidade os doze andares do prédio da New Scotland Yard.

– Paul... É a primeira vez que sinto... – ela parou de falar e olhou para os pés.

– O quê?

– Que não vou solucionar um caso.

Marsh deu a impressão de que colocaria os braços ao redor dela, mas o elevador parou e um grupo de policiais entrou.

Eles saíram do prédio e chegaram à calçada, o trânsito passava ruidoso e o céu ameaçava chuva novamente. Começaram a caminhar na direção da estação de metrô.

– Fico voltando para aquele dia há tantos anos: 7 de agosto – continuou Erika. – Fico voltando às declarações das testemunhas, às centenas de pessoas que estavam na área, aos vizinhos remanescentes. Como uma garotinha pode ter desaparecido?

– Crianças desaparecem o tempo todo, todo dia, em todos os países – falou Marsh, abotoando o casaco para se proteger do vento frio. – Mais de 600 crianças desapareceram em Kent nos anos 1990. Quase todas foram encontradas vivas. Oito ainda continuam desaparecidas.

– Você está querendo dizer que existe uma ligação aí?

Começou a chover e eles se abrigaram à porta de um prédio comercial vazio.

– Não, Erika. Estou falando que esse não foi um caso isolado. Há oito crianças lá que desapareceram em 1990. Quem está procurando por elas? Jessica Collins era branca, da classe média e loira. A imprensa se apoderou da história dela, manipulou nossos corações e a agigantou, o que está certo também. Mas e as outras crianças? Como Madeleine McCann,

Jessica foi a menina que ficou na cabeça das pessoas. Odeio dizer isso, mas não conseguimos solucionar todos os casos. Por favor, não veja a sua inabilidade para resolver isso como um fracasso pessoal.

Marsh pôs a mão no ombro dela e sorriu.

– É fácil falar, Paul. A única coisa que sei fazer é ser policial. Não sou esposa, nunca vou ser mãe. Isso é a minha vida.

– E o que vai acontecer daqui a dez anos quando te empurrarem para a aposentadoria, Erika? – questionou ele. – Você tem que achar um lugar no mundo, um lugar em que possa ser feliz e que não envolva ser policial.

CAPÍTULO 55

Da janela da sala de investigação, Erika observava Joel Michaels sair caminhando do prédio como um homem livre. Ele atravessou a rua e parou na calçada em frente à estação de trem. Virou-se e ficou encarando-a. Ela resistiu à vontade de se abaixar e ficar fora de vista e também o encarou. Ele deu um sorriso malicioso, deu as costas para ela e desapareceu em meio à aglomeração de pessoas que começavam a sair por baixo do toldo da estação. Erika se perguntou para onde aquele sujeito estaria indo. *Será que ele está indo ver Trevor no hospital?*

– Ainda acha que foi ele? – perguntou Moss, juntando-se a ela diante da janela.

– Esse é o problema. Não tenho certeza – respondeu Erika.

Ela passou o restante da tarde na sala, tentando se concentrar, tentando compreender aquele caso, se é que ela tinha um caso. Às 5h30, depois de ter passado umas duas horas folheando sem atenção os arquivos no computador, apanhou o casaco e saiu.

Erika se pegou indo de carro para Hayes e chegou à Avondale Road. Estava tranquila, não havia ninguém por ali, apenas um carro ou outro estacionado. Parou em frente ao número 7. Depois de trancar o carro, caminhou pela íngreme entrada da garagem e viu que havia uma mulher baixa de rosto redondo à porta, além de um homem grisalho com uma câmera dependurada no pescoço. Uma voz abafada lá de dentro estava mandando os dois embora.

– Isso aqui é propriedade particular. Quem são vocês? – perguntou Erika, sacando seu distintivo.

Os dois se viraram.

– Eva Castle, *Daily Mail* – respondeu a mulher, olhando-a de cima a baixo. – Só estávamos tentando conseguir a versão da história da mãe dela...

De repente, a porta foi aberta alguns centímetros, travada pela correntinha.

– Minha mãe não está aqui! Está no hospital – disse a voz, e Erika identificou que era de Laura.

– Ela cortou um pedófilo com uma faca, em público... – disse Eva, inclinando-se na direção da porta. – Cadê ela? Está no hospício? Esta é a sua chance de contar o lado dela da história, e a gente vai pagar.

– Anda, cai fora daqui – disse Erika, esticando o braço para afastá-los.

O fotógrafo suspendeu a câmera e começou a tirar fotos. Erika esticou o braço e abaixou as lentes.

– Isso é brutalidade policial! – falou, com um brilho nos olhos. Ele tinha uma voz aguda e rouca.

– Posso prender os dois por assédio. Vocês estão em propriedade particular – alegou Erika, com a mão ainda segurando a câmera para baixo. – E posso fazer o seu processo demorar muito, mandar colherem amostras para análise de DNA, fazer tudo que tenho direito. E também vou confiscar sua câmera. E com toda a burocracia, você provavelmente não conseguiria recuperá-la por um bom tempo.

– Vamos nessa, Dave – chamou Eva com um tom de desprezo. Ela sacou um cartão e o enfiou no vão da porta. – Me liga se mudar de ideia, Laura.

Erika ficou observando até os dois chegarem à calçada, depois virou-se para a porta. Laura estava olhando pelo vão.

– Posso entrar para conversarmos? – pediu Erika.

Laura destravou a corrente e abriu a porta.

– Sobre o quê? – perguntou, assumindo um ar amedrontado. Ela estava de calça jeans escura justa e uma blusa branca enfiada para dentro na altura da cintura, deixando à vista um corpo invejável. Erika ficou impressionada como ela era envelhecida, pois estava sem maquiagem alguma.

– Sua mãe e o que aconteceu em frente à delegacia.

– Já dei meu depoimento à polícia.

– Por favor, Laura. Você pode nos ajudar a solucionar o caso. Acabei de ter que soltar Joel Michaels.

– Okay – ela concordou, dando um passo para o lado para deixar Erika entrar. A detetive limpou os pés e entrou.

Laura a conduziu pela entrada e a levou à cozinha.

– Você quer um chá? – com um gesto de cabeça, Erika aceitou. Laura foi encher a chaleira e suas mãos estavam trêmulas. – O que vai acontecer com minha mãe?

– Ela foi acusada de tentativa de assassinato, mas, como você sabe, ela foi enquadrada de acordo com a Lei de Saúde Mental e enviada para o Lewisham Hospital. Vai ter que ser avaliada por médicos. Ela não tem antecedentes criminais, então deve ser julgada por agressão corporal ou por ferir uma pessoa. Acredito que o tribunal será leniente com ela. A situação como um todo é muito triste.

Laura prosseguiu fazendo o chá.

– Onde está o restante da sua família?

– O papai está com a namorada e as crianças estão lá em casa, em North London. Acabei de voltar para dar uma última arrumada nas coisas depois de tudo o que aconteceu.

– Laura, quem avisou vocês sobre a ida do Trevor Marksman à Bromley?

– Alguém ligou para minha mãe – respondeu, colocando a chaleira na mesa.

– Quando?

– Ontem de manhã.

– Quem foi que ligou?

– Não sei. Eu estava lá fora no quintal.

– Então foi sua mãe que atendeu o telefone?

– Foi... ela atendeu o telefone depois veio aqui na cozinha me contar. – Laura abriu o armário e pegou duas xícaras de chá.

– Achei que você tivesse acabado de falar que estava lá fora no quintal, não?

Laura deixou uma das xícaras cair, os cacos se espalharam pelo chão:

– Desculpe...

– Tudo bem – disse Erika, vendo uma pá de lixo com uma escovinha no aquecedor ao lado da porta. Ela os pegou e se ajoelhou para ajudar a limpar a os cacos.

– Eu estava lá no quintal mesmo. Quis dizer que ela foi lá fora e me trouxe aqui para dentro – disse Laura, catando os cacos compridos de porcelana.

– E foi ideia dela ir lá confrontar Trevor? – perguntou Erika, varrendo os pedacinhos menores da caneca para a pá.

Laura fez que sim com um gesto de cabeça. Ela pegou o resto dos cacos maiores, levantou e foi até uma lixeira com pedal.

– E você achou que era uma boa ideia?

– É claro que não!

– Marianne contou quem foi a pessoa que ligou?

– Ela disse que a pessoa era jornalista – respondeu Laura, jogando os cacos na lixeira. – Não sei o nome dele.

– Então o jornalista era homem?

Laura ficou desconcertada novamente:

– Ela não me contou o nome do jornalista, nem se era homem ou mulher... Foram tantos ao longo desses anos, espionando e tentando pescar alguma coisa. Geralmente são homens.

– Sua mãe falou explicitamente o que ia fazer?

– Ela falou que queria ver Trevor, que queria lhe perguntar de uma vez por todas se tinha sido ele ou não.

– Você não se deu conta de que era uma má ideia, Laura?

Laura pôs as mãos na bancada e abaixou a cabeça, concordando com Erika.

– Foi um dia depois do funeral e do velório... Ela tinha bebido muito, e disse que ia de carro para a cidade comigo ou sem mim.

– Onde estava o restante do pessoal?

– Eles tinham ido embora na noite anterior. Fiquei aqui com mamãe, para fazer companhia.

– Você sabia que sua mãe tinha pegado uma faca?

– Não, e eu não a teria levado se soubesse o que ela ia fazer! Okay? O que vai acontecer com ela? – Laura começou a chorar.

– Você tem mantido contato com Oscar Browne?

– O que você está querendo dizer? – ela se zangou.

– Ele é um advogado excelente. Imagino que possa ajudar no caso da sua mãe.

– É. Estou vendo o que é que você está querendo dizer – insinuou Laura, ainda com as mãos trêmulas. – Não, não tenho notícia dele. Quer dizer, eu o vi no funeral, é óbvio.

– Como é a relação de vocês depois desses anos todos?

– Não temos uma relação, na verdade. A gente terminou, e ele nem faz parte do meu círculo de convivência. Tenho os meus filhos, o meu marido. Ele tem...

– Okay. Vou solicitar o registro das ligações do seu telefone. Vamos ver se conseguimos localizar esse jornalista – disse Erika.

Laura concordou com um gesto de cabeça e a testa enrugada.

– Você ainda vai querer chá?

– Não, obrigada. Tenho que ir.

Elas passaram pela sala, onde as cortinas estavam fechadas, e seguiram para a porta. Quando Laura abriu, Oscar Browne estava ali prestes a tocar a campainha. Ele ficou surpreso ao ver Erika.

– A Detetive Inspetora Chefe Foster estava aqui para fazer umas perguntas sobre a mamãe – Laura disse depressa.

– Ah. Certo, é claro – falou. Erika teve a impressão de que ele endireitou a postura e ficou mais formal. – É por isso que estou aqui. Laura entrou em contato comigo para conversarmos sobre a defesa da mãe dela.

– É, liguei mesmo – confirmou Laura apressadamente. – Me desculpe, isso tudo está me deixando com uma cabeça de vento.

Houve um silêncio constrangedor.

– Okay, se cuidem – disse Erika.

– Obrigado por vir ver como ela está, Detetive Foster – comentou Oscar. Ele entrou e segurou a porta para a policial.

Quando Erika chegou à rua e entrou no carro, sentia-se confusa sobre a interação entre Laura e Oscar. O caso só lhe dava dor de cabeça. Estava sendo bombardeada com informações, ainda assim não conseguia organizar aquilo tudo de maneira coerente. Precisava de uma boa noite de sono e de uma bebida.

Ligou o carro e foi para casa.

CAPÍTULO 56

Quando Erika passou pela porta, Jakub e Karolina estavam brincando de pega-pega, gritando e correndo pelo apartamento.

– Oi, tia! – berraram ao passarem em frente a ela. O bebê chorava em consonância com os gritos da máquina de lavar e a televisão estava no volume máximo, na MTV. Lenka dançava de um lado para o outro com Eva acomodada em seu ombro, tentando fazê-la se acalmar.

Erika sentiu um aperto no coração. Depois de um dia terrível, só queria paz e tranquilidade

– *Zlatko*! Você chegou em casa cedo! – gritou Lenka. – Pelo menos dessa vez você fez o que eu falei.

Erika foi à geladeira e abriu o freezer. Karolina e Jakub aproximaram-se dela destrambelhados e ficaram correndo em volta de suas pernas, um tentando pegar o outro.

– Cadê a minha vodca? – perguntou Erika.

– Troquei de lugar por causa dos legumes congelados. Fiquei com medo da garrafa quebrar – informou Lenka, transferindo Eva, que continuava aos berros, de um ombro para o outro. Começou a passar o clipe de "Spice Up Your Life" na MTV, e as crianças correram para cima do sofá-cama.

– Por favor, acalme esses meninos! – pediu Erika.

– Você é a tia que nunca está aqui, pode conversar um pouquinho com eles, não é mesmo? – retrucou Lenka.

– Eu estava trabalhando! E por que eles têm que correr por cima da mobília?

– É uma cama, crianças podem pular na cama...

– É um sofá-cama, não uma cama, Lenka

– Quando está aberto é uma cama, Erika.

As crianças continuaram pulando para cima e para baixo, enlouquecidas com a música.

– Por que você tirou o gelo também? – perguntou Erika, vendo a bandeja largada na pia.

– Estamos no meio de novembro, para que você precisa de gelo? – repreendeu Lenka, transferindo Eva, ainda aos berros, de volta para o outro ombro.

– Eu só queria uma bebida gelada. Só uma! – Erika respirou fundo e foi para o quarto. Estava uma zona: as roupas de cama emboladas formavam uma montanha, havia brinquedos espalhados pelo chão inteiro e uma sacola de fraldas sujas esquentava ao lado do aquecedor, soltando um fedor horrível.

Erika passou pelo pequeno espaço que sobrou da porta por causa do carrinho de bebê, viu que o porta-retratos com a foto de Mark estava virado para baixo na cômoda e que em cima do vidro havia um pote de óleo infantil. Ela pegou a moldura e desprendeu a parte de trás. O óleo tinha entrado e manchado a parte acima da cabeça de Mark até o local em que começava seu cabelo. Erika voltou à sala pisando duro, segurando a foto e quase colidiu com as crianças, que passaram correndo.

– Quem você acha que é? – berrou ela.

Lenka virou-se com Eva e olhou para a foto:

– O quê?

– Você colocou o óleo do bebê na minha foto do Mark...

– Desculpe, Erika. Eu faço outra para você; é só me dar o pen-drive com a foto.

– Que inferno, Lenka, não tenho outra cópia dessa foto... eu tirei com uma máquina antiga – xingou Erika, com a voz falhando.

– Então você tem um marido do qual sente mais saudade do que a própria vida, e mesmo assim tem uma foto dele que é impossível de ser copiada?! Por que você não escaneou?

Aquilo acabou com seus argumentos. Lenka estava certa. Por que não tinha escaneado a foto? Era tão simples.

– Você é muito desleixada e faz bagunça pra caralho! – berrou Erika.

– Você fica pagando de superior falando que é uma detetive maravilhosa, mas só tem uma cópia da foto mais preciosa do mundo! Eu tirei do trocador e você voltou com ela para lá! Você sabia que eu estava usando a cômoda para trocar fralda! Você fala que posso ficar aqui e depois fica marcando território.

– Como é que uma foto *minha*, na *minha* casa pode ser marcar território? E olha só esse lugar! Tenho certeza de que parece território SEU!

Lenka se virou para a TV. Eva tinha parado de chorar e a encarava com seus olhões.

– Quanto tempo mais você vai ficar aqui? Ou tudo vai depender do idiota do seu marido?

– Pelo menos eu ainda tenho *meu* marido! – berrou Lenka.

Houve um silêncio horrível.

– O que você disse?

– Erika, não foi isso que eu quis dizer – desculpou-se Lenka, virando-se novamente, com o rosto lívido.

– Certo. Quero que você vá embora amanhã de manhã. Você ouviu?! – berrou Erika. Ela saiu da sala carregando a foto de Mark, pegou a chave do carro e deixou o apartamento.

Estava chovendo torrencialmente quando chegou ao carro. Erika o ligou e arrancou, sem saber para onde estava indo.

CAPÍTULO 57

Amanda Baker não reparou na chuva martelando a janela de sua casa, estava totalmente concentrada no computador, vendo e revendo as filmagens feitas por Trevor Marksman. Crawford tinha feito um bom trabalho ao conseguir copiar os arquivos do caso para ajudá-la a preencher as lacunas em sua memória.

Os papéis na sala haviam se multiplicado e já cobriam a parede atrás do sofá.

Amanda sempre gostou de pesquisa, de montar quebra-cabeças, combinar pistas. Sem a pressão de dar respostas a chefes de patentes mais altas e até mesmo sem a pressão de sair de casa, ela sentia-se no controle. Era quase como se estivesse de volta ao caso.

Inclinou-se mais para perto do notebook, ficando banhada pela luz da tela. Tinha chegado à parte do vídeo em que Marianne e Laura Collins estavam juntas no parque. Era um domingo ensolarado e elas estavam sentadas em um banco à sombra de um carvalho enorme. A câmera deu uma guinada de lado, afastando-se de onde Jessica e outra garota balançavam, os cabelos compridos esvoaçavam ao vento enquanto iam para frente e para trás em sintonia, cada vez mais alto. A discussão de Marianne e Laura estava acalorada, a câmera deu um zoom com interesse e perdeu foco durante um segundo antes de a briga transformar-se em uma imagem nítida. Havia uma pequena interferência do vento no som, porém Amanda escutava claramente o que as duas falavam. Ela pausou o vídeo e estendeu a mão até a tigela de pipoca de caramelo que estava no chão ao lado da poltrona. Estava vazia.

Amanda deu um impulso para se levantar, e foi à cozinha. Estava determinada a não beber, e o açúcar parecia minimizar a vontade. Abriu o freezer e viu que tinha tomado o resto do sorvete, o armário onde guardava os biscoitos e o chocolate também estava vazio. Foi à despensa, abriu a porta e, usando o smartphone para iluminar, procurou nas prateleiras alguma coisa para comer. O telefone iluminou latas, sacos de arroz e macarrão. Certamente, devia haver alguma coisa doce nos recônditos escuros.

Olhou para o quintal pela janela. A chuva açoitava o vidro e os relâmpagos iluminavam o quintal de grama todo bagunçado. Não gostou nada da ideia de sair atrás de chocolate com aquele tempo.

Arrastou uma cadeira da mesa da cozinha até a porta da despensa e subiu. Procurou nas prateleiras mais altas com a luz do smartphone e viu mais latas, uma caixa velha de biscoitos Weetabix até que a luz do telefone parou em uma caixa atrás de uma pequena pilha de cubos de tempero. Era um Terry's Chocolate Orange. A caixa azul estava coberta de poeira, e ela viu através da janelinha redonda de plástico que o papel-alumínio tinha rachado e o chocolate, escorrido. Entretanto, não foi isso que lhe chamou a atenção: foi o que estava escrito na caixa que a deixou paralisada.

– "Não é do Terry, é meu" – Amanda disse, lendo em voz alta o antigo slogan. Pegou a caixa, desceu da cadeira e voltou para a sala. – "Não é do Terry, é meu"... – repetiu, quase em transe. Aproximou-se novamente do notebook, voltou o filme algumas vezes e ficou assistindo ao momento em que Marianne dava um tapa no rosto de Laura, ouvindo as palavras que ela esganiçava.

Amanda estendeu o braço, pegou o telefone e digitou um número, mas foi atendida por uma mensagem gravada.

– Crawford, sou eu – disse ela. – É sobre o assassinato de Jessica Collins. Acho que solucionei o caso... Me ligue assim que ouvir esta mensagem. Preciso de ajuda para conferir uma coisa.

Do outro lado da cidade, em seu apartamento no alto do prédio em Morden, Gerry estava deitado diante da TV. Ele escutou o toque sonoro que tinha se acostumado a ouvir, pausou o programa a que estava assistindo e foi ao notebook dar uma conferida.

CAPÍTULO 58

Peterson estava na cozinha de seu apartamento, usando somente uma pequena toalha de mão ao redor da cintura. Espiava dentro da geladeira. Só tinha um pacote de macarrão pela metade e um pão mofado.

Ele morava em um apartamento térreo alugado em uma área muito boa de Sydenham. A maioria dos vizinhos eram pessoas que trabalhavam em escritórios, saíam cedo e chegavam tarde em casa, além de algumas senhoras idosas que, quando o viam, sempre ficavam com um brilho radiante nos olhos. Descobriram que Peterson era policial algumas semanas depois que ele se mudou e gostavam de saber que tinham um homem da lei em seu meio e, além disso, como seu amigo Dwayne tinha observado, provavelmente gostavam dele também.

No momento em que deu um suspiro e fechou a geladeira, o interfone tocou. Achou que devia ser uma das senhorinhas. Alguém tinha enfiado um bilhete debaixo da porta informando sobre uma reunião de vigilância com os moradores do bairro. Contudo, quando abriu a porta, era Erika quem estava lá fora, encharcada.

— Chefe, oi – disse ele, catando a cueca e as meias no chão próximas à porta do banheiro.

— Desculpe, você está acompanhado? – ela perguntou. Seus olhos deram uma rápida espiada na correntinha de São Cristóvão que pendia no meio do peitoral liso, e a pelugem na barriga tanquinho.

— Não, não, eu é que sou porco mesmo – riu. – Desculpe, acabei de sair do banho – justificou, colocando uma camisa branca, o que quase fez a minúscula toalha cair. – Quer entrar?

— Desculpe, não devia ter vindo – disse Erika, virando-se para ir embora.

— Chefe, você está ensopada e está fazendo muito frio. Me deixe pelo menos te dar uma toalha... Tenho outra – acrescentou, olhando para a que estava na cintura.

Ele a conduziu à sala e foi ao quarto. Erika deu uma olhada ao redor e viu que era o típico apartamento de solteiro. Havia uma enorme TV de tela plana em uma mesa baixa e um PlayStation com dois controles. Duas das paredes estavam repletas de prateleiras abarrotadas com uma mistura de livros e DVDs. A mobília era de couro preto e, na parede, havia um calendário da Pirelli de 2016, ainda em outubro. Peterson retornou usando uma camiseta branca e uma calça de moletom larga. Erika adorou o cheiro dele.

– Qual é a do calendário? – perguntou, apontando para a foto de Yoko Ono sentada em um banco, de meia-calça, blazer e cartola.

– Ah, meus amigos sempre me dão o calendário da Pirelli... O deste ano está bancando o artístico e conceitual.

– Nada de menininhas com peitinho de fora – sorriu Erika.

– Infelizmente, não – disse ele abrindo um sorrisão. Seus olhos deram uma rápida espiada na parte da frente da camisa de Erika, que os acompanhou e ficou mortificada ao ver que ela estava encharcada e o sutiã, transparente.

– Ai, meu Deus – ela soltou, levantando a toalha para se cobrir.

– Tá tudo bem. Quer uma camiseta? Posso colocar a sua blusa no aquecedor?

Peterson saiu e voltou com uma camiseta seca, depois foi à cozinha para que ela se trocasse. Erika foi até um canto e desabotoou a blusa depressa. O sutiã estava ensopado e ela passou alguns minutos tentando decidir se o tirava também. Por fim o soltou e vestiu a camiseta. Peterson retornou com dois pequenos copos de uísque no momento em que ela estava escondendo o sutiã debaixo da blusa sobre o aquecedor ao lado da janela. Relâmpagos brilhavam no céu e a chuva despencava com força no vidro.

– Pegue... isto vai te esquentar. É só uma dose, então você não vai passar do limite. – disse. Erika pegou o copo e os dois deram um gole. Peterson gesticulou para que se sentassem no sofá.

– Está tudo bem com o caso? Fiquei sabendo que foi um dia de merda.

– Está tudo bem. Quer dizer, não está nada bem...

– Mas?

– Não sei por que vim para cá – ela admitiu, olhando para o líquido âmbar no copo. – Minha irmã ainda está aqui. Aquela que você conheceu.

– O seu apartamento não é de um quarto só? – ele perguntou, antes de dar outro gole.

– É. A tensão chegou a um ponto crítico hoje e explodi.

– Sinto muito.

Os dois deram mais um gole. O uísque estava esquentando o estômago de Erika e fazendo-a sentir-se mais relaxada.

– O pessoal me acha uma escrota, né?

Peterson estufou as bochechas.

– Você tem que comandar uma equipe de policiais, tem que pegar pesado.

– Isso é um sim. Obrigada.

– Não foi nesse sentido que eu quis dizer, chefe.

– Não me chame de chefe, me chame de...

– Xerife? – completou ele.

Erika soltou uma gargalhada, e Peterson também. Ela baixou os olhos para o copo novamente e, quando ergueu a cabeça, ele tinha se aproximado mais. Tirou o copo das mãos dela e o colocou na mesa em frente. Inclinou-se, segurou gentilmente o queixo de Erika e a beijou. Seus lábios eram macios, quentes e sensuais, e a língua apenas roçou de leve. Tinha gosto de uísque e homem, ela sentiu todas as suas defesas desmoronarem.

Erika estendeu os braços, passou as mãos pelas costas musculosas e enfiou os dedos por baixo da camiseta. Ele tinha a pele quente e macia. As mãos de Peterson encontraram o caminho por baixo da camiseta e seus dedos subiram lentamente pelas costas de Erika.

– Você veio para cá sem sutiã? – murmurou ele.

– Está no aquecedor – respondeu ela, indignada.

Ele deslizou a mão e apertou o mamilo dela com delicadeza. Erika gemeu, e os dois se deitaram no sofá, com Peterson por cima e os lábios pressionados um no do outro.

De repente, o rosto de Mark lhe veio à cabeça. Uma imagem tão nítida que ela gritou.

– O quê? Você está bem? Te machuquei? – perguntou Peterson, afastando-se.

Erika encarou aqueles belos olhos castanhos e desatou a chorar. Levantou-se depressa, foi para o banheiro minúsculo e se trancou lá. Sentou-se na beirada da banheira chorando e dando soluços enormes que lhe estremeciam o corpo. Não chorava assim há muito tempo. Quando os soluços deram trégua, Peterson bateu de leve na porta.

– Chefe, quer dizer, Erika. Você está bem? Se eu tiver passado dos limites, me desculpe – a voz dele chegou lá dentro.

Erika foi ao espelho, limpou as lágrimas e abriu a porta.

– Você não fez nada...

– Fiz, sim, eu meio que agarrei o seu peito.

– Estou tentando falar sério – ela retrucou, tampando o nariz com um lenço. – É difícil ser viúva. Mark era a minha vida, era o amor da minha vida e ele se foi... Nunca mais vai voltar e, mesmo assim, passo todos os dias pensando nele... e isso me deixa esgotada, estou exausta de viver com essa tristeza e essa fenda enorme na minha vida. Mas sou humana, e ia adorar não fazer nada além de simplesmente... você sabe... com você, mas sinto essa culpa. Mark era um homem tão bom e leal – ela encolheu os ombros e enxugou os olhos.

– Erika, fique tranquila. Olha só, eu te dou um minuto. Vou ali bater uma pra foto da Yoko Ono...

Ela levantou o olhar para Peterson.

– Cedo demais para piada?

– Não – ela riu. – É de uma piada mesmo que estou precisando.

Ficou parada e, encostando-se no umbral, sorriu e olhou para Peterson. Então o abraçou e começou a beijá-lo novamente. Começaram a andar, ele indo de costas, ambos percorrendo o corredor sem se desgrudar, até encontrarem a porta do quarto e caírem na cama. Dessa vez, Erika não o deixou parar.

CAPÍTULO 59

Lenka estava deitada no quarto escuro de Erika, olhando fixamente para o teto e ouvindo o dilúvio do lado de fora. Ao seu lado, na cama, Eva resmungava e fungava. Lenka estendeu a mão para conferir se ela estava bem, acariciando-lhe a cabeça macia e o cabelo fino.

A discussão que teve com Erika não lhe saía da cabeça. Tinha esperado acordada até depois da meia-noite, sentada na sala escura com as crianças, que já dormiam. Depois tentou ligar para o telefone da irmã. Ouviu um toque abafado vindo do casaco de Erika, pendurado no encosto da poltrona. Lenka tirou o celular do bolso, mas a bateria acabou no meio do toque e, no escuro, não conseguiu achar o carregador.

Recostou-se, olhou para Jakub e Karolina e sentiu-se muito distante de casa. Lenka sabia que Erika tinha um amigo patologista forense, mas não conseguia lembrar o nome dele, sabia também que o pai de Mark se chamava Edward Foster e morava perto de Manchester. Estava preocupada com a irmã, não era do feitio mostrar-se tão inconsequente e sair sem dizer aonde ia.

Erika estava deitada com a cabeça no peito de Peterson e sentiu o calor e o ritmo calmo das batidas do coração dele. Ele se mexeu e a puxou para mais perto com seu antebraço forte.

Ela estava assustada e sentia uma mistura de entusiasmo e culpa por terem feito sexo. Duas vezes. A primeira tinha sido intensa e rápida, em seguida, quase imediatamente, fizeram de novo, lenta e sensualmente. Pegaram no sono logo em seguida, mas ela tinha acordado havia uma hora e, observando o relógio digital no quarto dele, estava com a cabeça a mil.

Eram 3h04 da manhã. Ela aconchegou-se na curva do braço de Peterson, fechou os olhos e desejou conseguir dormir.

Lenka rolava de um lado para o outro na cama, pegou o telefone na mesinha de cabeceira e viu que eram 3h05 da manhã. Virou e conferiu se Eva estava bem. A menininha respirava suavemente com o pequenino polegar na boca.

Lenka ficou paralisada ao ouvir um barulho, parecido com o de plástico sendo amassado. O mesmo barulho se repetiu e depois ela ouviu um tilintar, o que lhe pareceu com algo caindo no carpete na sala. Saiu depressa da cama e observou o quarto atentamente, o aspirador de pó estava largado em um canto, com a mangueira enrolada e a barra de metal desacoplada. Pegou-a e correu para a sala.

A porta que dava para o pátio estava aberta, e ela conseguiu ver o local em que o plástico da lateral tinha sido removido para forçar a abertura. As cortinas balançavam com a forte brisa que entrava pela porta aberta. Ela virou empunhando o cano de metal acima do ombro, vasculhando a sala escura. Inacreditavelmente, as crianças continuavam dormindo debaixo das cobertas.

Após um leve rangido, Lenka sentiu duas poderosas mãos envolverem seu pescoço. Sem pensar, ela golpeou com o cano de metal por cima do ombro direito. Alguém gritou depois do estalo da pancada. As crianças acordaram e começaram a berrar, Lenka se virou e viu a silhueta de um homem grande vindo em sua direção. Acertou a virilha dele com o cano. Não foi muito forte, mas o sujeito gemeu, e ela teve tempo suficiente para pegar impulso e bater com toda força na cabeça dele, uma, duas vezes. O sujeito caiu de joelhos e Lenka deu mais três porradas antes de ele desmoronar de cara no chão e parar de se mexer.

Jakub e Karolina gritavam e choravam. Lenka mandou os dois irem pegar Eva. Ela não conseguia ver quem era o homem no chão. Só que era grande e tinha um cabelão preto encaracolado. Sem tirar os olhos do sujeito no chão, Lenka pegou o bloco de facas na cozinha, o telefone fixo na base e o enfiou no bolso. Caminhou de costas até o banheiro, ainda empunhando o cano.

— Lá pra dentro — disse para as crianças que estavam saindo do quarto. Karolina carregava Eva, que milagrosamente continuava dormindo. Entraram no banheiro, Lenka trancou a porta e colocou a cadeira em frente a ela. Viu que o encosto era baixo demais para impedir o movimento da maçaneta.

— Está tudo bem — falou para Karolina e Jakub, agachados como dois animaizinhos assustados no banheiro. — Vai ficar tudo bem. Karolina, preciso que me ajude a tomar conta de Eva — a garotinha engoliu em seco e concordou com um gesto de cabeça. Lenka olhou para o telefone e se deu conta de que não sabia o número de ninguém, não sabia como ligar para a polícia, não sabia inglês o suficiente para explicar que precisavam de ajuda. O único número que sabia era o de Marek.

Sentou-se contra a porta e ligou para o celular do marido na Eslováquia. Jakub estava com o rosto pálido e puxava a manga da mãe.

– O que foi? – perguntou ela.

– Mamãe, a tranca não funciona – ele sussurrou, trêmulo e com o rosto branco. – A tia Erika falou que está estragada...

Quando o telefone começou a chamar, Lenka ouviu um barulho e levantou o rosto. A maçaneta acima de sua cabeça estava girando, e ela sentiu a porta começar a ser forçada às suas costas.

Uma grande mão apareceu na fresta e, dessa vez, Lenka gritou junto com as crianças.

CAPÍTULO 60

Quando Erika acordou na manhã seguinte, viu que Peterson tinha rolado para longe dela à noite e dormido de lado com todas as cobertas amontoadas ao redor das pernas nuas. Eram 6h01 da manhã. Muitas emoções se apoderaram dela: culpa por ter gostado de ficar com Peterson e uma profunda tristeza por ter se distanciado ainda mais de Mark. A lembrança dele parecia lhe escapar aos poucos, estava mais turva e em um passado mais distante depois dessa experiência com outro homem. Sentiu um aperto no coração ao se dar conta de que teria que ver Peterson no trabalho. Levantou-se, recolheu as roupas no chão ao lado da cama e vestiu a calcinha. Peterson rolou na cama quando ela abriu um lado da cortina. Ainda estava escuro lá fora.

— Bom dia. Não quer ficar para o café da manhã?

— Não. Tenho que ir — ela recusou.

— Vem cá.

— Por quê?

Ele se sentou.

— Como assim por quê? Quero te dar um beijo.

Erika foi até o lado dele da cama e se sentou na beirada. Ele passou o braço pela cintura dela.

— A gente precisa estabelecer alguns limites — sugeriu ela.

Peterson olhou desconfiado para ela.

— Parecia que não havia muitos ontem à noite.

— Estou falando sério. Sou sua chefe. Seria mais fácil se não falássemos sobre isso no trabalho.

— Sacanagem, eu ia subir na mesa e revelar para todo mundo o quanto você é boa de cama...

— Peterson.

— E você é boa de cama — ele repetiu, dando uma piscadinha. Erika olhou séria para ele. — Não vou falar nada...

– Que bom.

– Você quer fazer isso de novo?

– Não sei. A gente teve uma ótima noite, mas não é melhor deixar por isso mesmo?

– Deixar por isso mesmo?

Erika se levantou e começou a procurar as meias.

– O que você quer? Um relacionamento?

– Não.

– Que bom, porque eu não estou nem perto de querer isso.

– Você já deixou bem claro que não é isso que você quer.

– Que bom. Então a gente teve uma noite incrível, nos divertimos e tudo volta a ser como era...

– Beleza. Okay. Vejo você no trabalho – Peterson saiu da cama, passou por ela, foi para o banheiro e bateu a porta.

Erika saiu do quarto atrás dele e ia bater na porta do banheiro. Mas hesitou. Então foi à sala, pegou a camisa e o sutiã, deixou a camiseta de malha dele bem dobrada no encosto do sofá e foi embora do apartamento.

CAPÍTULO 61

Erika passou no drive-thru do McDonald's de Sydenham e pediu café e um McMuffin com ovo e hambúrguer de carne de porco. Quando foi pagar, viu que não estava com o telefone nem com a carteira e teve que usar uns trocados que sempre deixava no porta-luvas para pagar estacionamento.

A alvorada estava despontando, fria e azul, quando ela entrou na Manor Mount logo depois das 7h. Seu coração começou a martelar quando viu duas viaturas em frente à sua casa. Estacionou ao lado delas e passou pela portaria, sentindo o coração disparar ainda mais quando viu a porta de seu apartamento aberta e um policial posicionado do lado de fora.

Um sujeito alto com roupa azul de perícia saiu carregando um envelope plástico com o cano do aspirador de pó. Havia sangue encrostado no tubo de metal e lambuzando o plástico. Na outra mão, ele segurava uma das toalhas de hóspede: manchada de sangue.

– Desculpe, quem é você? – perguntou o policial, suspendendo a mão para impedir a passagem de Erika. Ela notou que ele era muito jovem e que a pele do rosto fino estava irritada por causa da lâmina de barbear.

– Esse apartamento é meu. Onde estão a minha irmã e as crianças? – perguntou, desesperada tentando passar por ele.

– Estamos em uma cena de crime – argumentou o jovem, continuando a bloquear a passagem.

– Eu sou policial, mas não estou com o meu distintivo. Por que tem sangue? Onde estão minha irmã e as crianças? – estava cega de pânico, fora de controle, com o coração a mil, lágrimas brotando nos olhos. Era surpreendente a rapidez com que tinha sido revertida ao papel de vítima.

Então, o último policial que ela gostaria de ver naquele momento saiu pela porta usando um traje cirúrgico azul. O Superintendente Sparks tirou o capuz, revelando a testa alta e o cabelo oleoso penteado para trás que mais parecia um capacete. Seu rosto cheio de cicatrizes de espinha ficou observando-a por um instante.

– Erika?

– Sparks, o que está acontecendo? Esse apartamento é meu. Onde estão minha irmã e as três crianças? – perguntou, prestes a chorar. Não estava nem aí para as diferenças que tiveram no passado, só queria saber a verdade.

– Sua irmã e as crianças estão bem – ele respondeu. – Estão na vizinha lá em cima. Conseguimos um tradutor há meia-hora. Estão abalados, mas ilesos.

– Ai, graças a Deus! – Erika exclamou, enxugando as lágrimas com as costas da mão. – O que aconteceu?

Sparks a levou de volta para a entrada do prédio.

– A central recebeu uma chamada de emergência às 3h30 da manhã do seu telefone fixo... A princípio, o operador não entendeu o que estava sendo dito, mas, por milagre, um dos operadores falava eslovaco.

Sparks prosseguiu e informou que alguém invadiu o apartamento pela janela do pátio e que Lenka tinha batido no invasor com o cano de metal do aspirador de pó.

– Ela se trancou com as crianças no banheiro e ligou para o número 112; por sorte, esse número cai na emergência, como se a pessoa tivesse discado 999. O invasor, quem quer que seja, estava sangrando demais. Ele tentou entrar no banheiro e deixou muito sangue na porta. Mas, por algum motivo, fugiu da cena. Quando chegamos logo depois das 4h, não havia ninguém.

Erika se apoiou na parede.

– Levaram alguma coisa? – ela perguntou.

– Não de acordo com o que vimos até agora.

– Sparks, a porcaria do meu telefone está lá dentro, meu distintivo, minha bolsa... meu notebook.

Ela pôs as mãos na cabeça. O superintendente aproximou-se dela sem saber direito o que dizer.

– Você conhece os procedimentos, é uma cena de crime...

– Sparks, sei que temos as nossas diferenças, mas podemos deixá-las de lado só por algumas horas? Eu faria o mesmo por você. Tem como agilizar as coisas?

– Acabei de te falar. É uma cena de crime. Ninguém ficou machucado. Você pode esperar.

– O que você está fazendo aqui, afinal de contas? – perguntou Erika. – Isso não é coisa pequena para alguém da sua patente?

– Vim a uma invasão de residência com a suspeita de cadáver. Mulher do Leste Europeu em perigo.

– Continua escolhendo a dedo os casos que podem ficar famosos, né? Você sempre foi um filho da mãe preguiçoso.

Sparks deu um passo para trás.

– Não creio que essa seja a maneira correta de falar com seu superior, Detetive Inspetora Chefe Foster – ele falou com sarcasmo.

– Agora eu sou só a Srta. Foster. A vítima que contribui com os impostos que pagam o seu salário. Então, cadê minha irmã?

Erika não conhecia a vizinha do último andar, uma mulher corpulenta, corada e bem animada chamada Alison. Estava na faixa dos 40 anos e tinha uma grande cabeleira cacheada.

– Oi – cumprimentou ela ao abrir a porta para Sparks e Erika. – Sua irmã e os meninos estão na sala. Estão bem abalados – ela tinha um leve sotaque galês e usava um vestido florido. O apartamento era maior que o de Erika e tinha uma decoração aconchegante com móveis rústicos de madeira, livros em todas as paredes e fotos de família. Alison os acompanhou até a sala, onde Lenka estava sentada no sofá com Eva dormindo em seus braços. Conversava em eslovaco com um homem alto e magro de terno verde de veludo cotelê, sentado na mesinha de centro diante dela.

Karolina e Jakub estavam um em cada ponta do sofá. Entre eles havia um enorme rottweiler velho, dormindo com a cabeça no colo de Karolina.

– Erika – Lenka exclamou ao vê-la.

Erika se aproximou e as duas se abraçaram.

– Me desculpe. Me desculpe por ter saído daquele jeito e por não ter voltado.

– Me desculpe pelo que falei, não era o que eu queria dizer.

– Não tem problema, o que importa é que vocês estão bem, está tudo bem e eu te amo – falou Erika. Abraçaram-se novamente, depois Erika foi até as crianças e perguntou se estavam bem. Elas fizeram que sim com um gesto de cabeça solene. Karolina fazia carinho na orelha do cachorro e Jakub inclinou a cabeça porque Erika estava na frente do desenho na TV.

– Quem é esse sujeito sinistro? Parece um vampiro – perguntou Lenka em eslovaco, inclinando a cabeça na direção de Sparks, que estava em um canto, de cara fechada, com seu terno preto.

– Ele parece aquele homem do *Hotel Transilvânia* – comentou Jakub.

– O que eles estão falando? – zangou-se Sparks.

O tradutor abriu a boca para falar, mas Erika pôs a mão no braço dele.

– Tudo bem. Posso assumir a partir de agora... Eu estava perguntando se eles estão bem. – ela se virou para Lenka e, trocando para eslovaco, falou:

– Ele é aquele cuzão de quem te falei.

– Você sabe que estamos na Inglaterra e que todo mundo devia falar inglês – interrompeu Sparks.

– *Kokot* – disse Lenka, concordando.

– Sou inteligente o suficiente para saber que essa palavra não é bacana! – retrucou Sparks. – É óbvio que vocês estão bem, e os policiais já colheram os depoimentos. Então eu vou nessa – ele disse antes de pedir licença. Lenka agradeceu o tradutor, que foi embora pouco depois.

– Quer uma xicrinha de chá, querida? – perguntou Alison.

– Obrigada, quero, sim – aceitou Erika.

– Dá uma empurradinha no Duke se quiser se sentar – acrescentou ela, apontando para o rottweiler. – Ele é inofensivo, passa o dia inteiro dormindo e peidando... Não ouviu o invasor.

– Obrigada por recebê-los aqui hoje de manhã – agradeceu Erika. – Me desculpe por nunca ter vindo aqui me apresentar...

Alison balançou a mão no ar dispensando as desculpas.

– É necessário uma crise para juntar as pessoas. Vou pegar seu chá.

Ela saiu, Erika sentou na mesinha de centro e pegou a mão de Lenka.

– Você conseguiu ver quem foi?

– Vi o rosto, mas foi muito rápido. O filho da mãe era grande e tinha um montão de cabelo – disse Lenka. Ela suspirou e ia falar algo, mas desistiu.

– O que foi? Qualquer coisa que você se lembrar, por menor que seja...

– Lembra que eu falei outro dia que um homem foi lá fazer a leitura do consumo de eletricidade e de gás?

– Lembro.

– Não tenho certeza, e estava *bem* escuro, mas me parece que é o mesmo homem.

CAPÍTULO 62

Depois da invasão, o apartamento de Erika transformou-se em uma cena de crime e elas tiveram que ir para um hotel nos arredores de Bromley.

Erika já havia se hospedado nele, era perto do centro do distrito, mas ficava em uma área isolada com vista para um campo de golfe. Lenka reservou uma suíte para ela e as crianças e um quarto adjacente para Erika, apesar dos protestos.

— Não! É por minha conta. Estou economizando e usando pouco o cartão de crédito do Marek — disse Lenka. — Mas ele pode muito bem bancar algumas noites de luxo para nós. Te contei que liguei para ele do banheiro, na noite em que o maluco invadiu o apartamento, e que ele só me retornou a ligação no outro dia de manhã?!

— Era de madrugada — argumentou Erika.

— Estou dormindo com meu telefone ligado para o caso de ele precisar de mim. Achei que ele faria o mesmo, se não por mim, pelo menos para saber se as crianças estão bem...

— Você contou a ele o que aconteceu?

— Contei. Ele ficou preocupado, mas nem tocou no assunto de pegar um avião e vir para cá. Está muito ocupado com advogados, e tentando se desviar dos tiros, real e metaforicamente.

— A suíte vem com um serviço opcional de mordomo — informou a recepcionista e Erika traduziu.

— Quero, vou querer, sim, e qual é o tratamento de spa mais caro que você tem? — perguntou Lenka.

— Ela falou que é a irrigação de cólon — traduziu Erika.

— Ótimo, agenda uma para mim todo dia durante uma semana!

— Ela vai querer só o mordomo — Erika informou à recepcionista. Elas pegaram as chaves e foram para os quartos, que eram lindos.

Erika conseguiu dormir um pouco, mas não conseguiu compartilhar do entusiasmo de Lenka e das crianças. Ainda estava no *modo solução de caso* e satisfeita por voltar a trabalhar na segunda-feira de manhã.

Quando chegou à sala de investigação, os policias de sua equipe tinham acabado de chegar, estavam tirando os casacos e conversando sobre o que fizeram no fim de semana. Todo mundo parou quando ela passou pela porta.

– Vocês devem ter ouvido falar que tive um fim de semana bem agitado. Ninguém se machucou, a não ser o invasor, que minha irmã soube muito bem dispensar antes do que ele gostaria. Coisa de família...

Ela olhou para os policiais espalhados pela sala, para John, Moss e a Detetive Knight, que acenaram a cabeça e sorriram para ela; em seguida, olhou para Peterson, que simplesmente a encarou de volta.

– Vamos ao trabalho, como sempre. Ainda temos um caso para solucionar, então mãos à obra.

Ela foi para sua sala. Moss foi atrás.

– Chefe, seu iPhone voltou da perícia, junto com o notebook e o distintivo. Não acharam nada neles, nenhuma digital. Ah, e o Sparks mandou um "oi".

Erika levantou o olhar para ela.

– Brincadeira, chefe.

– Muito engraçadinha. Achei que o Superintendente Sparks já estaria trabalhando em algum caso famoso em Lewisham.

– Esse é o problema daquele cara, ele só fica de olho nos casos que podem ficar famosos, é igual aos atores que só querem fazer filme que vai ganhar prêmio...

– Então quer dizer que até hoje ele ainda consegue dar um jeitinho de ficar de fora dos casos que não o interessam?

Moss confirmou com um gesto de cabeça antes de completar:

– Ele devia estar achando que ia pegar um caso escandaloso quando foi atender à chamada de emergência da sua irmã, mas...

– Acabou dando de cara com a minha irmã – riu Erika. – O que me faz lembrar de uma coisa: você pode mandar alguém lá, com um tradutor, para fazer um retrato falado? Tem alguma coisa me cheirando mal nessa invasão.

– Sim, chefe.

Moss saiu e Erika abriu o envelope de evidências que continha seus pertences. Ela pegou o distintivo e o enfiou no bolso. O iPhone estava sem bateria, então ela o conectou ao carregador que deixava na sala e o ligou. Havia um monte de mensagens de voz e chamadas perdidas. Várias eram de Lenka, mas ela ficou surpresa ao escutar a primeira mensagem de voz, que era de Amanda Baker, dizendo ter uma informação importante referente ao caso de Jessica Collins e que era para Erika retornar a ligação com urgência.

Amanda tinha ligado para ela mais cinco vezes e deixado outras mensagens. Erika retornou, mas a ligação caiu direto na caixa postal. Ligou o computador, acessou a lista telefônica e inseriu o endereço de Amanda. Tentou ligar para o telefone fixo, porém ele tocou até cair a linha. Erika abriu a porta da sala e chamou John.

– Continue tentando falar com esses números. Os dois são de Amanda Baker. Quando ela atender, passe a ligação para mim imediatamente.

– Sim, chefe – disse ele, pegando o pedaço de papel em que os números estavam garranchados.

Erika voltou à mesa e tentou recolocar a cabeça no caso de Jessica Collins. Olhou para as anotações feitas nos últimos dias e acrescentou a informação sobre Joel Michaels. Alguém bateu no vidro, e Peterson abriu a porta. Estava trazendo uma bandejinha de papelão com dois cafés da Starbucks que ficava no final da rua comercial. Aproximou-se da mesa dela e colocou um em frente a Erika.

– O que é isso? – perguntou ela.

– Comprei um café para você.

– Não pedi café.

– Achei que um café ia cair bem...

Erika empurrou o copo pela mesa na direção dele.

– Peterson, o que você está fazendo?

– Não posso comprar um café para você?

Erika baixou a voz:

– Você está comprando café para a sua chefe, ou para a sua, sei lá, transa de outra noite?

– Isso não é justo. Só comprei um café para você, interprete do jeito que quiser. E, para constar, a outra noite foi especial.

– Não vamos falar sobre aquilo aqui na porcaria da sala de investigação!

Moss reapareceu à porta depois de bater.

– Vou dar um pulo lá na rua para comprar café, vocês... – a voz dela desvaneceu. – Nossa, perdi a vaquinha do café?

– Acabei de comprar – disse Peterson.

– Você foi lá na Starbucks? – questionou ao ver os copos. Depois olhou para Erika e Peterson e abriu um sorrisão. – Ah... entendi. Vocês dois...?

– Moss, dá para você entrar e fechar a porta? – pediu Erika.

Erika aguardou até a porta estar fechada.

– Não sei o que o Peterson te contou, mas isso aqui não é um programinha de namoro. Não quero ouvir a minha vida privada nem a do Peterson discutidas aqui. Não existe nenhum romance para seguir nem do qual fazer parte...

Silêncio.

– Peterson não tinha me contado nada, mas agora sei que *aconteceu* alguma coisa entre vocês dois.

– Não aconteceu nada – negou Peterson.

– Ah, é mesmo? Olha só esses cafés da Starbucks. Você se deu ao trabalho de trazer açúcar normal e mascavo, um guardanapo. Até equilibrou em cima do copo um daqueles palitinhos de misturar. Ai, que bonitinho.

– Sai fora, Moss – xingou Peterson.

– Seu segredo está seguro comigo... mas, só para constar, pode me fazer um agradinho de vez em quando.

– Voltem ao trabalho, vocês dois – ordenou Erika. Depois que eles saíram, ela ficou um instante olhando para o copo até que, enfim, cedeu e deu um golinho. Outra pessoa bateu na porta. Era John.

– O que foi? Conseguiu falar com Amanda Baker?

– Não, chefe, mas ligaram para a emergência por causa da casa de Amanda Baker. Foi o carteiro. Ele ligou porque acha que viu uma coisa pela janela da frente da casa...

– O quê?

John engoliu em seco de um jeito nervoso.

– Ele acha que dá para ver os pés dela pendurados acima do chão lá dentro.

CAPÍTULO 63

Uma viatura estava aguardando em frente à casa de Amanda Baker quando Erika e John chegaram. Dois policiais, um homem e uma mulher, conversavam com o carteiro que Erika tinha visto quando foi à casa dela anteriormente.

— Olá, sou a Detetive Inspetora Chefe Foster, este é o Detetive McGorry — apresentou Erika quando se aproximaram e mostraram suas identidades. Alguns vizinhos mais ao final da rua observavam do portão de suas casas.

— Sou a Agente Desmond e este é o Agente Hewitt — disse a jovem. — Ninguém entrou na propriedade. Tentamos forçar a porta da frente, mas ela não cede.

— Tem uma pilha gigante de jornais encostada nela do lado de dentro — informou o carteiro, com o rosto pálido.

Erika foi à janela da frente e espiou pela fresta nas cortinas. Conseguiu enxergar apenas dois pés com meia, suspensos próximos à porta do corredor. Sentiu um pavor gelado revirar seu estômago.

— Geralmente uso a janela da frente, ela não tranca. Vivo falando para a Amanda consertar — comentou o carteiro.

— Pode ser um ponto de entrada, mas não quero estragar nenhuma prova pericial — disse Erika a John em voz baixa.

— Mas, chefe... Parece que ela se matou.

Erika espiou pela janela novamente. Havia algo errado. Amanda não aparentava ser suicida. Ela definitivamente passou a impressão de estar cheia de vida e entusiasmada quando Erika lhe deu uma carona depois do funeral.

— Vamos dar a volta por trás — ela disse.

Deram um jeito de abrir o portão lateral e percorreram o caminho estreito quintal adentro. A porta dos fundos estava destruída.

— Puta merda — xingou Erika em voz baixa.

Com Foster na frente, seguida de perto por John e pelos dois agentes, entraram na cozinha. Alguém tinha limpado o cômodo. Estava tudo organizado e arrumado. A porta que dava para o corredor estava fechada e eles se aproximaram dela, lentamente. Um rangido os fez parar. Vinha do outro lado da porta fechada. Os guardas sacaram seus cassetetes.

– É a polícia, saia com as mãos para cima – ordenou Erika.

Houve um momento de silêncio, depois outro rangido, mais alto. Em seguida, ouviram um rasgo, um estalo, e um estrondo poderoso que fez o assoalho tremer. Ele foi seguido pelo som de detritos caindo pela escada.

Permaneceram no lugar um momento mais enquanto o silêncio se restabelecia. Erika olhou para trás e avisou que avançariam com um movimento de cabeça. Abriu a porta de uma vez.

O corpo de Amanda Baker era um amontoado pavoroso no chão do corredor ao pé da escada. Ela vestia uma camisola branca estampada e meias azuis. O braço e o ombro esquerdos estavam presos debaixo das costas e o joelho da perna direita, deslocado. Além da poeira e dos pedaços de reboco que cobriam todo o corpo, havia um quadrado de madeira caído ao lado dele. Era a porta do sótão. Um pó fino descia lentamente do teto e preenchia o ar.

– Ela despencou do teto – comentou John, cobrindo a boca e apontando para um buraco no teto no alto da escada. Erika protegeu os olhos da poeira e de pequenos pedaços de reboco que ainda caíam. Aproximou-se do corpo de Amanda e viu que o rosto estava roxo e inchado. Havia um nó apertado ao redor do pescoço e os olhos ainda estavam abertos.

CAPÍTULO 64

— Você acha que foi suicídio? – perguntou Erika. Algumas horas haviam se passado, e Isaac Strong estava na cena do crime com Nils Åkerman e sua equipe de peritos.

Erika e John estavam em pé no corredor com Isaac.

— Morte por asfixia. O pescoço está estendido, e dá para ver o sulco profundo no local – respondeu Isaac, inclinando com delicadeza a cabeça de Amanda para o lado. — O problema é que há um copo no carpete no alto da escada, com resíduos do que acho que seja Coca-Cola. A parede está respingada com o mesmo líquido. Se a intenção dela era se enforcar, não faria isso segurando um copo ao mesmo tempo. Precisamos examinar aquele copo, algum tipo de droga pode ter sido dissolvido na bebida...

— Ela pode ter sido pega de surpresa no alto da escada? – indagou Erika. — Está de camisola, o que pode significar que acordou à noite. Será que havia alguém aqui, esperando no escuro, e ela caminhou para dentro do laço?

— Isso é você que tem que descobrir – respondeu Isaac. Erika pôs a mão no rosto. — Você não quer que isso tenha sido suicídio? – ele acrescentou.

— Amanda era uma de nós – afirmou Erika delicadamente. — E não parecia que ela...

— Nunca se sabe o que está passando na cabeça das pessoas, Erika.

Isaac aproximou-se da porta do sótão caída no carpete no meio da escada. Ainda estava presa à outra ponta do laço.

— A corda foi amarrada no interior da tampa, em uma pequena barra de metal – comentou.

Erika olhou para a poeira e o reboco esparramados pelo corredor.

— Alguma chance de saber o horário da morte?

— Terei mais informações quando analisar mais dados.

O fotógrafo passou pela porta da sala, se aproximou deles e começou a tirar fotos. Os olhos abertos de Amanda capturaram o brilho do flash. Nils apareceu à porta atrás dele.

– Acho que vocês vão querer dar uma olhada nisso – disse o perito.

Eles o seguiram e viram a sala arrumada, mas a parede atrás do sofá estava repleta de papéis. Havia mapas do Google, fotos de Jessica, Trevor Marksman e algumas impressões de imagens de Marianne e Laura sentadas no parque.

– Isso é do vídeo, são imagens do vídeo do Trevor Marksman – afirmou Erika, olhando para John. – Como ela teve acesso a isso? Cadê o computador dela?

– Estava aqui – respondeu Nils, aproximando-se de uma mesinha de metal em um canto. – Só tem uma capa de notebook e um carregador. E também uma impressora a jato de tinta embaixo – disse, apontando para ela na base da mesa. – Nem sinal de telefone celular, e o telefone fixo no corredor foi retirado. A bolsa dela ainda está na bancada da cozinha ao lado da chaleira. Dentro dela, há duzentos dólares e os cartões de crédito da Amanda.

– Ou seja, não foi roubo.

– Não há sinal de entrada forçada – acrescentou Nils.

– A porta da cozinha estava arreganhada quando chegamos – ressaltou John.

– Mas se a pessoa entrou pela cozinha, teria visto a bolsa lá.

Erika notou algo em cima da mesinha de computador e se aproximou, tirando uma luva de látex do bolso. Pegou a caixinha de Terry's Chocolate Orange e viu que o chocolate lá dentro estava vencido há muito tempo, tinha vazado e solidificado do lado de fora do papel-alumínio alaranjado.

– Ela não abriu – observou Erika. – E, olha, o slogan na caixa está sublinhado com pincel atômico.

– "Não é do Terry, é meu" – disse Nils, juntando-se a eles e lendo por cima do ombro de Erika. – É muito antigo. Eles não usam mais esse slogan... Eu como pelo menos uma caixa desse chocolate por semana, sou viciado.

– Como você continua tão magro? – perguntou John, olhando o corpo esbelto de Nils, que deu de ombros e respondeu:

– Metabolismo acelerado.

Erika os ignorou, virou a caixa e leu:

– "Data de validade: 11 de novembro de 2006". Por que sublinhar o texto na caixa?

John e Nils olharam para ela e deram de ombros.

Quando Erika e John desceram do carro, ficaram parados um momento observando o corpo, que tinha sido removido da casa, chegar dentro de um saco preto numa maca de metal.

– Quero o histórico dela de navegação na internet, acesso aos registros telefônicos. Quero saber o que ela estava investigando e com quem vinha falando antes de morrer – disse Erika. – E quero saber quais foram as pessoas que tiveram acesso aos vídeos de Trevor Marksman, todas elas. Descubra se alguém mandou aquelas imagens a Amanda por e-mail ou até mesmo se passou a porcaria da filmagem inteira.

– Okay, chefe.

Erika olhou para o Terry's Chocolate Orange dentro do envelope de evidências em seu colo.

– "Não é do Terry, é meu..." – repetiu, olhando para a frase sublinhada. – Tem alguma coisa errada aqui. A Amanda me ligou várias vezes. Deixou mensagens dizendo que tinha encontrado alguma coisa e que precisava falar comigo com urgência.

Erika pegou o telefone e ligou para seu correio de voz.

– Você não tem mensagens – informou uma voz automatizada.

– Que merda é essa? – tentou novamente e o resultado foi o mesmo. – Tinha três mensagens da Amanda aqui algumas horas atrás.

– Você não as deletou por engano? – perguntou John.

– Não. Não deletei. Elas foram removidas.

CAPÍTULO 65

Algum tempo depois naquela mesma tarde, Erika estava de volta à sala de investigação. Um mensageiro levou o telefone dela para o Departamento de Crime Cibernético da Polícia Metropolitana em Tower Bridge, além disso solicitaram os registros telefônicos e o histórico de internet de Amanda Baker.

Erika estava diante de um notebook com Moss e Peterson, revendo imagens da câmera de segurança da delegacia.

– Esta é da tarde da última quarta-feira, 9 de novembro – Moss informou. Na tela, uma imagem preta e branca estática mostrava o corredor do lado de fora da sala de audiovisual; ela acelerou o vídeo. – Aí está você, chefe, e o Detetive McGorry entrando para assistir às fitas. Algumas horas depois, Peterson aparece rapidinho – ela prosseguiu, enquanto os minutos avançavam acelerados. – E aí está você saindo da sala pouco antes das 7h e trancando a porta.

– E isso foi um pouco antes de eu liberar todo mundo para ir embora – lembrou Erika.

– Isso mesmo. Agora olha só o que aconteceu depois das 7h da noite, no mesmo dia – disse Moss. Ela colocou o vídeo para rodar em velocidade normal.

O corredor estava vazio, em seguida Crawford apareceu na imagem e continuou a andar, olhando para os lados. Parou para escutar do lado de fora da porta da sala de audiovisual. Em seguida a destrancou e entrou.

– Ele pode ter entrado por um motivo sem importância? – indagou Erika.

Moss prosseguiu:

– Okay, ele está lá dentro, vou passar uns minutos para a frente... Aí está, às 7h12 da noite. Você chega e tenta abrir a porta...

– E ela estava trancada com Crawford lá dentro – completou Erika, observando a si mesma na tela...

– Oh, e aí está o Peterson de novo, ele fez umas compras e está carregando...

– É meu notebook. – Eles ficaram vendo Peterson e Erika conversando, constrangidos. – Passa isso para a frente? – pediu Erika.

– Sem problema – respondeu Moss, olhando de esguelha para ela.

De volta à tela, na imagem acelerada, Peterson saiu primeiro e, alguns minutos depois, Erika foi embora caminhando pelo corredor.

– E olha só, às 7h36 da noite, quase 20 minutos depois, Crawford sai – disse Moss.

Na tela, a porta foi aberta, a princípio só um pouquinho, então Crawford pôs a cabeça para fora, em seguida saiu apressado, trancou a sala e foi caminhando afobado pelo corredor. Eles todos ponderaram um momento. Então John apareceu na parte de trás da sala de investigação.

– Chefe, eu estava verificando os registros telefônicos da Amanda Baker. Não há muitos números, parece que ela não ligava para muita gente, mas o nome do Crawford aparece bastante. Amanda ligou para ele várias vezes por dia nas últimas duas semanas.

– E isso me leva à seguinte questão: cadê o Detetive Crawford? – finalizou Erika, olhando para os policiais de sua equipe espalhados pela sala.

John deu de ombros e respondeu:

– Não sei, chefe.

– Está bem, mas dá para você usar o cérebro e ligar para ele? – ela emendou.

Estava chovendo outra vez e o céu escurecia quando Erika e Moss pegaram o carro e foram de Bromley até o lugar em que Crawford morava, entre Beckenham e Sydenham. Tinham tentado ligar para o celular e o telefone fixo, mas ele não atendeu nenhum dos dois. Ligaram para a mulher dele, mas não conseguiram informação alguma. Ela não o via há vários dias.

– Estou com um mau pressentimento sobre isso – disse Moss em frente ao apartamento dele.

– É aqui? – perguntou Erika, olhando para cima pelo para-brisa do carro.

Estavam na Beckenham Hill Road, uma rua cheia de comércios amontoados uns nos outros, lojas especializadas em produtos de uma libra, revistarias, casas de apostas, algumas lavanderias ordinárias e um supermercado Iceland. O trânsito estava intenso.

– Não dá para estacionar em frente. Tem um ônibus atrás de mim – disse Erika.

Ela avançou um pouco mais e entrou no estacionamento de um McDonald's. Erika e Moss desceram depressa e tiveram que aguardar alguns minutos até conseguirem atravessar a rua movimentada. Crawford morava em um apartamento sobre uma financeira. A porta da frente era branca e dava direto na rua. Encontraram o número do apartamento na longa fileira de interfones e tocaram algumas vezes, mas ninguém atendeu. Um homem saiu pela porta e a manteve aberta para elas entrarem.

Uma escada com um carpete imundo dava acesso aos quatro andares. O apartamento de Crawford ficava no último andar. Quando chegaram ao terceiro, uma porta estava aberta e elas ouviram uma mulher chinesa gritando em um inglês precário. Um homem grisalho foi até a porta, seguido pela senhora, que era baixa e estava furiosa.

– Você encanador, mas não consertar vazamento?

– Eu já falei, está vindo do apartamento lá de cima, e a pessoa não está lá – disse ele, já cansado, à mulher.

– Olá, sou a Detetive Inspetora Chefe Foster e esta é a Detetive Inspetora Moss – Erika as apresentou ao mesmo tempo em que mostraram seus distintivos. – Ninguém está atendendo lá em cima?

– Isso foi o que ele *falar* agora – a mulher respondeu nervosa. – Tem vazamento *no meu* cozinha. Ele *espalhar* desde ontem de noite, teto todo...

Erika e Moss se entreolharam e depois subiram a escada.

Foram necessários só dois chutes para derrubar a porta. Crawford morava num apartamento de um cômodo. A cama ficava debaixo de uma janela que dava vista para a rua principal lá embaixo e estava desarrumada, mosquitos zumbiam acima de potes e panelas sujos na pia. Em uma das paredes, havia uma colagem de fotos de Crawford com duas crianças, um menino e uma menina, ambos no início da adolescência.

Havia uma mancha grande no carpete do lado de fora de uma porta levemente entreaberta no canto. Elas se aproximaram devagar.

Erika a empurrou. Era um banheiro minúsculo e asqueroso. O corpo nu de Crawford boiava na água, que estava rosada. Havia jatos de sangue espirrados na parede atrás da banheira, uma mancha enorme de 1,20 m de altura. E ela escorreu no lado oposto àquele em que o braço mole de Crawford estava caído, misturando-se com as poças de água no chão.

Ele tinha cortado os pulsos.

CAPÍTULO 66

No dia seguinte, Erika e Moss compareceram ao necrotério em Penge. Erika teve a impressão de que o ar estava mais frio do que o normal e as lâmpadas fluorescentes, mais agressivas. A luminosidade lhe feria os olhos. Amanda Baker e Crawford estavam deitados lado a lado nas mesas de aço inox da sala de autópsia, e ver seus colegas, dois policiais, trazia de volta lembranças que Erika preferia esquecer: seu marido, Mark, e os quatro policiais que perderam a vida naquele dia fatídico.

Respirou fundo e percebeu que Isaac estava falando.

– O que me intriga nessas duas mortes é que a pessoa que fez isso foi muito inapta em sua tentativa de fazer com que parecessem suicídios.

– Você não acha que Crawford cometeu suicídio? – perguntou ela.

– Não, não acho.

Ele aproximou-se de Amanda Baker primeiro. Seu corpo jazia de barriga para baixo sob um lençol branco, que Isaac puxou delicadamente. A cabeça estava virada para Erika com a bochecha pressionada no aço frio da mesa e seu comprido cabelo agrisalhado estava penteado por cima do outro ombro para deixar exposto o pescoço, coberto por uma faixa de vergões e hematomas irritados. Ainda era um choque para Erika, que havia conversado com Amanda apenas alguns dias antes.

– O que vocês estão vendo aqui é o tipo de ferimento que eu esperaria encontrar em uma pessoa enforcada – explicou Isaac. – A corda fez arranhões profundos na pele ao redor do pescoço e deixou esse hematoma em linha, bem claro e definido – usando uma luva, ele apontou para a linha roxa que rodeava o pescoço. – Mas vejam aqui, além disso, ela tem essa série de pequenos hematomas circulares na nuca. Isso indica que o laço foi colocado na cabeça, apertado e depois ela começou a lutar e se debater. O nó do laço se mexeu durante a luta, criando esse anel de vergões... Além disso, veja este hematoma no meio das costas dela.

Erika viu uma mancha escura em formato oval.

– Ele pode ter sido causado pelo empurrão que deram nela do degrau de cima da escada. O pescoço está quebrado, o que pode indicar que ela caiu do degrau com muito impulso e o pescoço quebrou quando a folga na corda acabou... Ela pode ter lutado com o agressor. Consegui colher algumas amostras de pele que estavam debaixo das unhas dela. Já as encaminhei para o laboratório.

– Ela era uma lutadora – disse Erika.

Isaac ficou um instante em silêncio e aproximou-se do corpo de Crawford na mesa ao lado. Ele estava de barriga para cima com o cabelo penteado para trás e, a não ser pela pele pálida e amarelada, poderia muito bem estar dormindo.

Isaac puxou o lençol dos dois lados, expondo os braços de Crawford. Olhou para Erika e viu lágrimas escorrendo-lhe pelo rosto.

– Oh... você está bem para prosseguirmos?

– Estou – respondeu Erika, pegando um lenço para enxugar os olhos. – Um dos nossos já é difícil o bastante, dois então...

– Você precisa de um momento?

– Estou bem – disse, engolindo as lágrimas e se recompondo.

– Okay. Se olharmos os braços, dá para ver duas incisões longas, uma em cada antebraço. As duas têm aproximadamente 30 centímetros, as incisões foram feitas na vertical até o meio do braço, e não na horizontal ao longo do pulso. As duas incisões cortaram a artéria radial, a principal artéria que fornece sangue aos braços e às mãos. Elas foram feitas com uma navalha, aquela típica de barbeiro.

Moss fez uma careta ao ver os dois longos cortes nos braços, que tinham sido costurados com capricho.

– A profundidade e a extensão dessas incisões teriam causado uma perda de sangue rápida e catastrófica. Ele também estava com uma concentração alta de álcool no sangue e tinha vestígios de cocaína...

– É, nós achamos uma pequena quantidade de cocaína no apartamento dele... Isaac, eu consigo entender o Crawford ter cometido suicídio, mais do que a Amanda. Ele parecia estar no limite nos últimos dias de trabalho. Não sei, mas ele passava por um divórcio horrível, o mais provável era que a esposa ficasse com a custódia dos dois filhos. Ela também falou que ele tinha depressão.

– Ele não cortou os pulsos – afirmou Isaac.

– Como você sabe?

– A lâmina, a navalha de barbeiro, foi encontrada na ponta da pia. Estava limpa e não tinha digitais.

– É óbvio que ele não tinha como fazer isso, né? – perguntou Erika.

– Ele até poderia, mas o sangue esguichou em torrentes quando ele decepou as artérias radiais de cada braço.

Erika fechou os olhos novamente, relembrando a cena, os jatos de sangue espirrados nos azulejos e escorridos pelo banheiro branco.

– Ele teria que ter usado um pano ou um lenço para limpar a navalha e então colocá-la na beirada da pia. Não acharam nenhum pano, nem lenço na cena do crime e o sangramento ficou confinado à água na banheira e aos azulejos ao redor dela. Com exceção de um pequeno respingo, a pia estava limpa. Quem quer que tenha feito isso quis deixar a impressão de que foi suicídio.

Erika olhou para os dois corpos, lado a lado, e disse:

– Eles estavam investigando o caso da Jessica Collins quando foram assassinados. Amanda Baker descobriu alguma informação nova sobre o caso. Não sei se foi alguma pista reveladora ou uma nova evidência. Ela estava tentando entrar em contato comigo.

– E isso aconteceu na mesma noite em que invadiram o seu apartamento.

– É verdade. Acho que eu também estava na mira – afirmou Erika.

CAPÍTULO 67

Gerry assistia a *Deal or No Deal* sentado só de bermuda no sofá, e a garota de cabelos escuros aninhada ao seu lado estava usando sua camiseta branca. Gerry tinha cedido e permitiu que ela a vestisse. A garota lhe contou que se chamava Trish. Ainda não havia perguntado o nome dele.

Trish tinha batido na porta da casa dele na tarde após a fuga do apartamento de Erika Foster, quando apanhou até ficar inconsciente. Trish se recusou a ir embora enquanto ele não abrisse a porta e a deixasse entrar. Os dois ficaram, cada um de um lado da soleira, se encarando. O hematoma no olho dela era uma mera sombra em comparação ao dele.

– Você está machucado, e muito – comentou a garota esticando a mão delicada em direção ao inchaço e ao sangue incrustado na testa. Ele tinha feito um serviço grosseiro ao fechar o corte de quase 8 cm na lateral da cabeça com cola cirúrgica, e o iodo que havia esfregado na pele cor de cappuccino possuía uma tonalidade esverdeada.

Gerry agarrou a mão dela, puxou Trish para dentro e bateu a porta. Levantou-a no colo, levou-a para o quarto e ali permaneceram o resto da noite.

Na TV, o participante do programa *Deal or No Deal* estava na última caixa. Era um homem magro de rosto fino, igual a uma batata com olhos radiantes.

– Qual é o nome dele? – perguntou Gerry.

– Está escrito no crachá – riu Trish, levantando o rosto deitado no peito dele. Ela foi lhe dar um beijo, mas ele a empurrou.

– Você acha que eu consigo ver direito com essa cara arregaçada? – zangou-se Gerry, apontando para o inchaço no rosto.

– O nome dele é Daniel – informou Trish depressa.

A TV ficou em silêncio quando Daniel, o participante, deu a volta e puxou a fita na frente de sua caixa. A câmera cortou para a esposa dele sentada na plateia do estúdio. Ela não estava bem-vestida. Parecia que não tinha sorte na vida. A câmera cortou novamente para Daniel no momento em que ele colocou com força a tampa de volta na caixa.

– *Não!* – lamentou ele, colocando as mãos na testa e caindo de joelhos. A câmera cortou para a caixa, que valia uma libra.

– Nossa, que mané do caralho – falou Gerry. De volta à tela, a esposa de Daniel foi convidada para descer e se juntar a ele. A mulher fingia cara de corajosa.

– Para o que foi que ele disse não?

– A banca ofereceu a ele 15 mil – revelou Trish, colocando o polegar na boca. Gerry levantou e foi à geladeira. Trish se sentou, deitou a cabeça no encosto do sofá e tirou o polegar da boca.

– Você tem algum suco?

Gerry abriu a geladeira pegou uma lata de cerveja e uma garrafa de suco. Havia uma pequena mesa redonda de madeira entre ele e o sofá em que Trish estava sentada. Em cima dela, uma pistola Glock 17 e 25 mil libras em cédulas não marcadas.

Ele ficou parado um instante com uma garrafa em cada mão, olhando para ela; os olhos de Trish passaram pela arma e pelo dinheiro, mas ela os desviou depressa.

– Boa menina – disse ele –, mantenha os seus olhos em mim.

Ele voltou e jogou o suco na almofada do sofá ao lado dela e abriu a cerveja. Trish sentou-se e deu um longo gole no suco.

– Você quer ver *Hollyoaks* mais tarde? – ela perguntou.

O celular tocou. Ele o pegou na mesinha de centro, foi para a varanda e fechou a porta de vidro.

– Puta que o pariu, onde é que você estava? – interrogou a voz conhecida. Gerry ficou em silêncio. – Você está aí?

– Sim – ele respondeu. Já estava escuro do lado de fora.

– Era para você ter se livrado dos três. Dois suicídios e uma invasão. A tal da Foster ainda está viva.

Gerry ficou em silêncio ao telefone, pensou na cara de Daniel no *Deal or No Deal*.

– Estou fora – afirmou.

– Como assim? Está fora? Você tem que finalizar a porra do serviço. Não vou te pagar mais nem um centavo.

– Fica com o resto do dinheiro. Estou fora.

– Não é só pelo dinheiro, você sabe.

– Quer saber de uma coisa? Você está colocando esse negócio nas minhas costas há tempo demais, cansei. Quer saber o que que vai acontecer? Você não vai mais conseguir abafar isso. Acabou. E se eu cair, você também cai. Acabei de me dar conta de que não tenho nada a perder se eu cair fora.

Com isso, Gerry desligou. Virou o telefone, abriu a parte de trás, tirou o chip e o quebrou em quatro pedaços idênticos. Agora precisava se movimentar rápido. Calculou que tinha um dia, talvez menos. Virou o resto da cerveja e voltou para dentro.

CAPÍTULO 68

Era final de tarde e Erika estava sentada diante do Superintendente Yale na sala dele. Aparentava estar exausto, com o rosto pálido e grandes olheiras escuras. Aguardavam Marsh, que tinha ligado para dizer que se atrasaria um pouco.

— Senhor, não preciso que direcione mais nenhum recurso para mim — ela disse.

Ele levantou a mão e falou:

— Erika, não acho que colocar uma viatura em frente ao seu hotel vá quebrar a gente. Já tivemos um esfaqueamento em plena luz do dia na escada da delegacia e um dos meus policiais foi encontrado morto em circunstâncias suspeitas.

— Foram dois policiais — corrigiu Erika. — Uma ex-policial, a Amanda Baker.

— Isso — reconheceu Yale, um tanto relutante. Ele esfregou os olhos. — Imagino que tenha ouvido falar do Jason Tyler.

— O que foi?

— Como recusaram o direito a fiança, ele foi mandado para Belmarsh, uma prisão de segurança máxima. Ficaram sabendo que ele ia fornecer provas em troca de um acordo judicial e chegaram até ele. Ontem à noite o esfaquearam com uma lâmina durante o banho.

— Como alguém conseguiu uma lâmina?

— Você não vai acreditar nisto. Kit Kats!

— Isso é alguma gíria de rua nova?

— Não — respondeu ele impaciente. — Kit Kats de verdade, ou melhor, aquele papel-alumínio de dois dedinhos em que eles vêm embrulhados. Algum malandro condenado à prisão perpétua estava "colecionando" aquilo há meses e fez uma lâmina mortal com centenas de embrulhos de papel-alumínio. Esfaquearam Tyler na coxa, ele ficou sangrando no chuveiro e o império que tinha morreu com ele.

Alguém bateu na porta, era uma funcionária da delegacia que entrou com uma bandeja de chá e entregou a Yale a caneca em que estava escrito *Quem é o chefe?* e à Erika, uma caneca com a imagem do personagem Come-Come, da Vila Sésamo.

– Prontinho. Achei que o senhor ia gostar de comer um docinho – disse ela, pondo dois Kit Kats na mesa ao lado das canecas fumegantes de chá e saiu.

– Pelo amor de Deus! – berrou ele.

Erika teve uma vontade repentina de dar uma gargalhada e precisou se controlar ao máximo para manter o rosto sério quando Yale passou a mão na mesa, jogando os chocolates no cesto de lixo.

Depois de bater na porta, Marsh entrou.

– Desculpem o atraso.

– Tudo bem, sente-se.

– A situação está feia. Perdemos um policial, um negócio muito ruim para o moral – disse Marsh.

– *Dois* policiais – corrigiu Erika, enfaticamente.

– Isso, claro – concordou Marsh.

Erika começou a contar o que estava acontecendo no caso.

– Recebemos os registros telefônicos das últimas semanas do Detetive Crawford. Conseguimos encontrar o celular da Amanda Baker. Ele tinha caído na lateral da poltrona, então a pessoa que estava atrás dele se deu mal. O pessoal da Unidade de Crimes Cibernéticos deu uma geral no aparelho e descobriu que ele estava hackeado nas últimas semanas com um programa Trojan. Isso também aconteceu com o celular do Crawford e o meu. Alguém estava nos escutando e monitorando as ligações. Inclusive modificaram registros de chamadas. Amanda ligou para o meu celular na noite em que foi morta e deixou uma mensagem, ela também ligou para o Detetive Crawford. Essas mensagens de voz foram deletadas remotamente dos dois celulares.

– Meu Deus, Erika! – Marsh exclamou. – Então a nossa investigação inteira pode estar comprometida?

– Sim, senhor.

– Tenho que dar essa informação à Comissária Assistente...

– E, com todo respeito, tenho que morar num hotel porque alguém invadiu minha casa. Estamos lidando com alguém que está muitos passos à nossa frente, e esteve assim nas últimas semanas.

– Vocês não acham que isso tem a ver com Joel Michael?

– Joel Michaels passou os últimos dias ao lado da cama de Trevor Marksman, que continua na UTI. De acordo com o pessoal da enfermaria, ele só sai de perto da cama para ir ao banheiro. Marianne Collins parece ser maníaca com o episódio da faca e foi enquadrada na Lei de Saúde Mental. Ela continua em uma ala de segurança e não posso chegar perto dela. Não posso interrogá-la... e a única policial que parecia estar à nossa frente, bom, está morta... E, como eu disse, quem quer que tenha feito isso, está muitos passos à nossa frente.

Yale e Marsh permaneceram um momento em silêncio.

– Ah! Mandei alguns policiais da minha equipe revistarem a casa de Amanda Baker. Parece que ela estava fazendo a própria investigação, havia documentos e imagens impressas colados na parede. Estamos analisando tudo. Eles também acharam uma escuta no detector de fumaça dela.

– Quem diabos é essa família Collins? – perguntou Marsh.

– Não vou desistir desse caso – afirmou Erika. – E espero que o senhor e a Comissária Assistente permitam que eu continue e reconcentre meus esforços.

Marsh recostou-se um momento.

– Por enquanto, sim. Mas te falo o que a Comissária Assistente tem a dizer depois que me reunir com ela hoje mais tarde.

Após a reunião, Erika foi ao banheiro feminino e molhou o rosto com água fria. Ela encarou seu rosto cansado no espelho. Alguém deu descarga e uma mulher jovem saiu da cabine e foi na direção da pia. Erika a reconheceu, era uma das policiais que estava recolhendo dinheiro para a Noite de Guy Fawkes. Ela estava pronta para o seu turno e usava um colete à prova de facadas por cima do uniforme.

– Tudo bem, senhora? – cumprimentou, aproximando-se da pia e lavando as mãos.

Erika viu o colete e imediatamente deixou de sentir pena de si mesma.

– Tudo bem. Foi um dia longo e difícil, só isso.

– Na verdade, a semana está longa e difícil, senhora – corrigiu a mulher. Ela secou as mãos e virou-se para sair.

– Tome cuidado lá fora, está bem... – Erika se pegou falando.

– Agente Claremont.

– Agente Claremont... Fique esperta e não dê bobeira.

– É o que eu sempre faço. Obrigada, senhora – ela disse antes de sair.

Erika lavou as mãos e subiu novamente para a sala de investigação.

CAPÍTULO 69

Erika passou rapidamente no hotel no início da noite para tomar um banho e trocar de roupa. Depois bateu no quarto vizinho. Lenka atendeu, com Eva no colo.

– Ainda está tudo bem com vocês? Mal te vi nos últimos dias.

– As crianças estão que nem pinto no lixo: temos serviço de quarto e o hotel está com pouco movimento. Quase esqueci que tenho marido me esperando em casa – respondeu Lenka. – E com você, está tudo bem?

– Tudo bem. Só estou dando uma pausa, daqui a pouco volto para a delegacia. Você está atenta, está de olhos abertos? – perguntou Erika.

– Estou, sim, a gente está se sentindo bem seguro aqui. E só para garantir... – ela apontou para o retrato falado que tinha feito com o desenhista da polícia.

– Por que você o pendurou na parede? – perguntou Erika, aproximando-se da imagem sinistra de um homem com sobrancelhas grossas acima de olhos furiosos e uma cabeleira encaracolada escura.

– Para os meninos saberem exatamente quem ele é e qual é a aparência dele. Deixaram cópias da imagem na recepção e também colaram na sala dos funcionários e nas cozinhas.

– Ele estava atrás de mim – revelou Erika.

– A gente se parece, ainda que eu seja um pouquinho mais bonita – sorriu Lenka.

– Abusada. Bom... não sei quanto tempo ficarei fora. Vou trabalhar até tarde. Ainda tem um agente numa viatura lá no estacionamento.

Ela deu um beijo em Lenka e em Eva, depois pediu que a irmã mandasse um "oi" para Jakub e Karolina quando eles voltassem da piscina.

Erika chegou novamente à delegacia e subiu à sala de investigação, onde Peterson e Moss esvaziavam uma sacola cheia de caixinhas de comida.

– É chinesa? – perguntou ela abrindo a porta.

Moss fez que sim, levantando a grande sacola branca.

– E é só coisa boa. Tirinhas de carne crocante bem picante, *chow mein* de frango, petisco de alga-marinha, chips de camarão.

– Como vocês sabiam que eu não tinha nem lembrado de comida?

Uma hora depois, eles já haviam terminado de comer e estavam sentados em uma das mesas compridas diante dos registros telefônicos e do histórico de internet de Amanda Baker, além da documentação que ela tinha pendurado na parede de casa.

Passaram duas horas averiguando tudo minuciosamente.

– Duas coisas se destacam para mim: ela capturou uma imagem dos vídeos de Trevor Marksman – disse Erika, levantando a imagem impressa de Marianne e Laura sentadas no banco. – E a outra é a caixa de chocolate, em que ela sublinhou a frase "Não é do Terry, é meu".

Eles se entreolharam.

– Meu Deus, só de falar em chocolate já me dá vontade de *matar* um inteiro agora mesmo – disse Moss.

– A escolha da palavra é que não foi muito boa, né, Moss? – comentou Peterson. – Além disso, você acabou de se empanturrar de comida chinesa.

– Vamos lá, gente, mantenham a concentração – exigiu Erika. – Quero assistir à parte do vídeo de onde ela tirou a imagem.

Eles ligaram o notebook de Erika e, depois de uma procura trabalhosa, acharam os arquivos em que elas apareciam. Nos dois vídeos, Laura e Marianne estavam discutindo, mas o volume estava baixo. Erika voltou o vídeo para o mesmo lugar e aumentou o volume. Os alto-falantes explodiram com o barulho das crianças gritando e rindo no parque, o mesmo aconteceu com o rangido dos balanços que iam para a frente e para trás. Eles se esforçaram para entender sobre o que elas estavam discutindo.

– O que a Laura está falando? *Você não vai ficar mandando em mim... não é sua... minha* – disse Erika.

– É, a voz dela está mais alta, a da Marianne está bem inaudível – concordou Peterson.

Eles tocaram de novo.

– *Você não vai ficar mandando em mim... não é sua... minha...* – a voz de Laura saiu pelos alto-falantes.

– De novo – pediu Erika. – E põe o volume no talo.

Moss tocou de novo, os sons do parque e a voz de Laura explodiram nos alto-falantes:

– *Você não vai ficar mandando em mim... Ela não é sua... ela é minha...*

Erika pausou o vídeo e se levantou, com a cabeça a mil.

– O que foi? – perguntou Peterson.

– *Ela não é sua, ela é minha...* Ela não é sua, *ela* é minha... A caixa de Terry's Chocolate Orange ao lado do computador da Amanda.

Erika remexeu nos papéis em busca da foto da cena do crime.

– Ela se deu ao trabalho de sublinhar o slogan que usavam nas propagandas: "Não é do Terry, é meu".

– Você acha que tem alguém chamado Terry envolvido nisso? – perguntou Peterson, observando Erika andar de um lado para o outro com as engrenagens em funcionamento.

Erika parou e ficou imóvel.

– E se a Laura estivesse falando da Jessica quando disse: "Ela não é sua, ela é minha"? – indagou virando-se para Moss e Peterson. – Qual era a diferença de idade entre Laura e Jessica?

– Jessica tinha 7 e a Laura, 20, quando Jessica... – respondeu Peterson. – Espera aí, você não acha...?

Erika vasculhou os papéis na mesa.

– Do que você precisa, chefe?

– Vi uma coisa no documento com o histórico de busca na internet da Amanda Baker. Um endereço com o domínio .ie, da Irlanda.

– Aqui, me dá um pouco – pediu Peterson. Eles dividiram as folhas e passaram alguns minutos procurando em cada uma das páginas com impressões em letras minúsculas.

– Achei – disse Erika. Ela se aproximou do notebook e digitou o endereço

http://www.hse.ie/eng/services/list/1/bdm/Certificates/

– Amanda estava procurando uma certidão de nascimento. Uma certidão de nascimento irlandesa. Ela não tinha acesso aos departamentos de registros como nós, por isso acessou essa página para solicitar a certidão.

Moss deu uma olhada na tela e leu:

"Devido a um significativo aumento nas solicitações de certidões de nascimento em consequência do novo referendo no Reino Unido, o tempo de entrega do documento por intermédio deste serviço será de trinta (30) dias a partir da data de solicitação."

– Amanda teria que esperar 30 dias. Acha que foi nesse momento que ela te ligou?

– Vamos arriscar? – perguntou Erika. – Alguém mais percebeu alguma coisa?

– A primeira investigação foi um desastre, e por que alguém ia querer ver a certidão de nascimento da Jessica? Quando é que a gente procura certidão de nascimento e atestado de óbito? Só quando tem alguma coisa suspeita.

– Vocês acham que é possível? – perguntou Erika, com o rosto corado pelo entusiasmo. – Laura Collins não era irmã da Jessica. Era a mãe?

CAPÍTULO 70

— Okay todo mundo, quero atenção total de vocês – disse Erika à equipe quando estavam todos reunidos na sala de investigação no dia seguinte de manhã. Todos fizeram silêncio e Erika prosseguiu explicando o palpite que tiveram na noite anterior e que tinham motivos para suspeitar que Laura Collins não era irmã de Jessica. Era, na verdade, a mãe dela.

— Solicitamos uma cópia da certidão de nascimento ao cartório irlandês e pedimos que a providenciem assim que o expediente começar.

— Chefe, chegou um fax para a senhora no sistema – disse John, apontando para a tela de seu computador.

— Então não fica parado aí, manda imprimir! – falou Erika.

— Sim, chefe.

Erika foi à impressora no fundo da sala de investigação, sentindo sobre si os olhos de todos. Parecia que a impressora estava demorando uma eternidade para começar a imprimir. Então, muito lentamente, a imagem de uma certidão de nascimento apareceu. Era de 1983 e lá estava: escrito à mão com letras claras, porém legíveis. Erika não conseguia acreditar. Ela se virou e leu com um tom triunfante:

— A mãe é Laura Collins... e, calma aí, o pai está aqui também. É um tal de Gerry O'Reilly. O endereço dele é Dorchester Court, 4, Galway.

Moss já estava escrevendo em um dos quadros-brancos.

— Okay, precisamos descobrir o máximo que conseguirmos sobre esse tal de Gerry O'Reilly. Não sabemos nada a respeito dele, pode ser velho ou novo, mas temos um nome e um endereço.

Os policiais na sala de investigação partiram para a ação. Noventa minutos depois, tinham conseguido localizar dois homens chamados Gerry O'Reilly registrados no endereço Dorchester Court, 4.

— São duas pessoas, pai e filho com o mesmo nome – revelou Moss.

— Okay, como descobrimos qual deles é o pai de Jessica? – perguntou Erika.

– O Gerry O'Reilly pai nasceu no dia 19 de novembro de 1941, portanto ele tinha... – começou Moss.

– Quarenta e dois anos quando Jessica nasceu em abril de 1983 – finalizou John.

– Você é rápido – sorriu Erika.

Moss prosseguiu:

– O Gerry filho nasceu no mesmo ano em que Laura Collins, 1970. Ele tinha 13 anos quando Jessica nasceu.

– Droga! Qualquer um dos dois pode ser o pai.

CAPÍTULO 71

Gerry O'Reilly levou um pouco mais de tempo do que queria nos preparativos. Avaliou os riscos e o que a polícia devia ter a seu respeito e chegou à conclusão de que era mínima a chance de a mulher que ele tinha agredido no apartamento de Erika Foster conseguisse identificá-lo. Ela tinha sido a única a vê-lo, o que aconteceu durante uma rápida luta no escuro.

Os dois policiais que o tinham visto estavam mortos.

Ele refletia sobre matar Trish e passou vários minutos observando-a acomodada no sofá em frente à TV, pesando os prós e contras. Então tomou uma decisão; foi ao armário da cozinha, pegou luvas de borracha e um saco plástico grande.

— O que você está fazendo? — perguntou, amedrontada, quando ele se aproximou.

— Você vai me ajudar a limpar este lugar de cabo a rabo. Vamos esfregar tudo. Não vamos deixar nem um fio de cabelo, nenhuma bagunça.

— Você vai se mudar?

— Vou. É preciso pegar o depósito de volta.

Saíram do apartamento tarde da noite, e ele ficou chateado ao se despedir de Trish na ponte do trem em Morden. Parada no frio, soltando vapor pela boca e pelo nariz, ela o observava ir embora. Se ao menos tivessem se conhecido antes, ela teria sido uma pessoa útil com quem trabalhar.

Embarcou no metrô usando um boné de beisebol abaixado sobre o rosto, pegou a Northern Line e desceu na estação Charing Cross, caminhou até a Goodge Street, onde fez check-in em um albergue. Só queria ter uma cama para passar a noite e um Wi-Fi decente.

Trabalhou em seu computador na pequena cafeteria até tarde da noite. No início da manhã seguinte, tomou banho e fez a barba. Caminhou até o distrito de Soho e comprou um elegante terno escuro de caimento acinturado, uma camisa social bem ajustada e um belo e caro par de sapatos pretos. Sua próxima parada foi em uma barbearia fashion em Neal's Yard, onde cortou a rebelde cabeleira cacheada e fez um topete estiloso. Em seguida, foi à loja Selfridges, comprou uma bolsa de viagem e foi ao banheiro com ela; entrou na cabine para cadeirantes. Saiu alguns minutos depois de terno, com seus pertences na bolsa nova. Tinha enfiado o sapato e as roupas velhas no fundo da lixeira do banheiro.

Gerry desceu até o térreo, passou pelos balcões de maquiagem e encontrou um jovem magro de cabelo vermelho-claro trabalhando no balcão da MAC.

– Olá – cumprimentou, abrindo um sorrisão para o cara.

– Oi – respondeu ele, olhando Gerry de cima a baixo.

Gerry tirou do bolso a foto do cantor americano Adam Lambert.

– Você consegue me deixar parecido com ele? – perguntou, olhando dentro dos olhos do jovem num flerte descarado.

O cara baixou os olhos para a foto e os suspendeu novamente. Ele tinha um pequeno avental de couro pendurado na cintura delgada, com vários pincéis de maquiagem despontando dele.

– Claro que consigo – respondeu, abrindo um sorriso largo, retribuindo o flerte e selecionando um pincel delineador – Gostei do seu sotaque irlandês. O que anda fazendo tão longe de casa?

– Uma coisinha aqui, outra ali. Você acha que consegue cobrir meus hematomas? Vou fazer uma entrevista de emprego. Numa empresa de cinema.

– Está querendo impressionar, né?

– Tipo isso. Faz um bom trabalho que vou te recompensar bem – disse Gerry sorrindo.

Era quinta-feira e faltava pouco para as 11 horas. Gerry estava sentado em uma Starbucks na estação King's Cross St. Pancras com seu notebook. Bebeu de uma vez o resto do café e terminou o e-mail que estava escrevendo. Anexou um arquivo e então ligou a câmera, sorriu, levantou o dedo do meio, fez uma selfie e anexou-a ao e-mail. Em seguida, agendou o envio dele para um horário mais tarde, ainda naquela noite.

Jogou o copo descartável na lixeira e foi embora. Atravessou o saguão e pegou a escada rolante a caminho do portão de embarque do Eurostar, subindo dois degraus de cada vez. Seu trem saía em sete minutos, era agora ou nunca. Com a adrenalina correndo pelas veias, pôs a bolsa na bandeja da área de checagem. As 25 mil libras que estavam na mesa em seu apartamento tinham sido trocadas por uma mescla de notas de 100 e 500 euros, que ele dividiu entre a bolsa, a carteira e o bolso do blazer.

Entregou o passaporte para uma vadia arrogante, que o pegou e olhou para a foto, tirada alguns anos antes. Gerry estava com uma aparência mais grosseira, porém ela nem titubeou: inseriu os dados do passaporte dele no sistema, dando início a um longo e horrível momento em que ficou olhando para a tela com o passaporte aberto em sua mão pequena. A tela bipou e ela o devolveu com um sorriso fingido, desejando-lhe boa viagem. Em seguida, Gerry tinha que passar pelo portão de segurança. Entrou no final da pequena fila, composta em sua maioria por executivos em viagem, e olhou para ver quem estava sendo revistado próximo ao detector de metais.

Resultado: o cara parado na segurança era a típica bichinha, ele pensou à medida que chegava sua vez de passar pelo detector de metais. Estava certo de que não havia colocado na mala nada que levantasse suspeita e tinha tirado o cinto e tudo de metal. Os 35 mil euros que tinha, tecnicamente, eram legais, pois estava viajando de um país da União Europeia para outro, mas não queria perder tempo.

Quando chegou sua vez, passou como uma brisa pelos scanners e ficou aguardando um minuto mais até sua bolsa sair na outra ponta.

– Faça uma boa viagem – disse o cara da segurança, sorrindo. Gerry piscou para ele, pegou a bolsa e entrou no vagão com três minutos de antecedência. Localizou seu assento assim que a viagem começou. Trinta minutos depois, o trem saiu do Reino Unido e começou sua jornada sob o mar em direção à Europa continental.

CAPÍTULO 72

No momento em que o Eurostar saiu do Reino Unido e Gerry começou sua viagem de 41 quilômetros sob o Canal da Mancha, Erika, Moss, Peterson e John aguardavam impacientes ao lado da bancada de impressoras no fundo da sala de investigação em Bromley. Eles descobriram que Gerry O'Reilly pai tinha morrido um pouco antes do Natal de 1982, pouco mais de um ano antes de Jessica nascer. Depois de um zumbido e um apito, uma luz vermelha começou a piscar.

– Quem sabe repor a merda do papel na bandeja dessa coisa? – berrou Erika.

John se apressou e enfiou um bloco de folhas na gaveta. A máquina ganhou vida, começou a fazer barulho e a imprimir a imagem do passaporte de Gerry O'Reilly.

Erika pegou a folha e viu os olhos furiosos sob as grossas sobrancelhas e a cabeleira escura encaracolada. Olhou para Moss e Peterson.

– Cadê aquele retrato falado do cara que invadiu o meu apartamento outro dia?

A Detetive Knight o levou para Erika. Ela os colocou lado a lado em uma das mesas.

– Caramba! É ele. É o mesmo cara! – espantou-se Peterson.

– Okay, prestem atenção todo mundo – disse Erika, indo para a frente da sala de investigação, segurando no alto as impressões do retrato falado e da foto do passaporte. Ela os prendeu no centro do quadro-branco. – Este é o nosso principal suspeito: Gerry O'Reilly, de 46 anos. Quero que emitam um mandado de prisão para ele, que entrem em contato com o departamento responsável pelo policiamento dos transportes, das fronteiras, dos aeroportos, que verifiquem e monitorem a movimentação de cartões de débito e crédito e por aí vai. Também acreditamos que ele é o verdadeiro pai de Jessica Collins... Quero saber: o que ele tem feito nos últimos 26 anos? Ele sabe que é pai de uma criança? Laura Collins deu à luz na

Irlanda no início dos anos 1980, em um ambiente católico rigoroso. Não estou falando que Gerry O'Reilly tinha motivação para matar a própria filha, mas esta é a melhor pista que tivemos até agora. Se ele não matou a filha, está tentando de todo jeito impedir que descubramos quem fez isso. Se encontrarmos este sujeito, desvendamos o mistério. Ao trabalho!

A sala de investigação ganhou um ritmo frenético quando os policiais começaram a trabalhar nos telefones e computadores. Pouco depois, Moss foi à sala de Erika com uma pasta.

— A ficha criminal do Gerry acabou de ser enviada por fax. É comprida — informou.

— Manda ver — disse Erika.

— Okay. O primeiro conflito dele com a lei foi em 1980, aos 10 anos — Moss começou a ler. — Ele fazia parte de uma gangue de seis crianças que agrediram uma idosa e roubaram a bolsa dela, foi preso e recebeu uma advertência... Foi preso de novo aos 11 e aos 12, por roubo em loja, incêndio e por esfaquear a perna de outro garoto na escola. Aos 17, foi condenado por agressão corporal depois de quebrar um copo numa garçonete durante uma briga de bar, ela perdeu um olho. Ele foi mandado para a St. Patrick's Institution em Dublin e ficou 18 meses lá... Depois, parece que ele deu um jeito na vida e entrou para o exército irlandês em 1991. Foi enviado para o Kuwait logo depois da Guerra do Golfo, onde ficou durante dois anos, depois ficou mais um ano na Eritreia, em seguida fez parte da força de paz na Bósnia durante um tempo... Aí, em 1997, ele entrou em uma briga com outro oficial, quase o matou e sofreu um processo de baixa desonrosa. Trabalhou como segurança em vários lugares e, a não ser por uma advertência por causa de maconha, andou na linha e deu uma desaparecida.

— Jesus...

— Falei a mesma coisa.

— Okay, mas a pergunta mais importante é: onde ele estava no verão de 1990 quando Jessica desapareceu?

— John está aguardando os registros do passaporte dele. O que quer fazer com tudo isso, chefe? Quer trazer Laura Collins para interrogatório?

— Não. Quero confrontá-la com isso, pegá-la desprevenida — disse Erika.

CAPÍTULO 73

Erika, Moss e Peterson saíram da delegacia Bromley e foram de carro até Hayes, que ficava perto. As revelações das últimas horas não lhes saíam da cabeça.

Viraram na esquina da Avondale Road e a rua estava silenciosa, não havia carros nem pessoas, só o vento, que lentamente empurrava uma pilha de folhas na direção deles. Erika tinha falado com o marido de Laura. Ele contou que na noite anterior a esposa tinha decidido ficar na Avondale Road para resolver algumas coisas para a mãe.

Pelo tom de voz dele, aquilo parecia uma decisão estranha por parte da esposa, mas Erika não o pressionou. Quando estavam saindo da delegacia, também tinham descoberto que nas últimas semanas Gerry O'Reilly estava morando num apartamento alugado em Morden, mas que dois dias antes tinha dito ao dono do imóvel que iria se mudar.

Erika reduziu a velocidade aos poucos e parou no meio-fio, um pouco distante da entrada do número 7. Moss estava ao lado dela no banco do carona e Peterson veio atrás.

– Okay, precisamos ter cuidado agora – alertou Erika, virando-se para os dois. – Laura não é suspeita, mas precisamos conversar com ela. Não podemos excluir a possibilidade de Gerry O'Reilly estar com ela... Temos que agir com cautela.

Nesse momento, uma grande Range Rover preta com vidros escuros saiu da garagem do número 7 e virou à esquerda. Cantando pneu, saiu acelerando para longe deles pela Avondale Road. Segundos depois, já tinha desaparecido no topo da subida.

– Nossa, quem era aquela pessoa? – perguntou Erika.

– Eu não vi. As janelas eram pretas, mas peguei a placa – disse Moss, anotando-a no caderno.

Momentos depois, uma Range Rover prata saiu do número 7 e virou para a direita. Quando passou por eles, os detetives viram que era Laura na direção. Erika acendeu o farol, abriu a porta e começou a descer sinalizando para que parasse. Laura reduziu por um segundo, mas em seguida acelerou e saiu cantando pneu até o final da rua.

– Que merda é essa? – xingou Erika. Ela entrou de novo no carro, deu partida e deu meia volta em velocidade.

A Range Rover ainda aguardava no cruzamento no final da rua, mas quando os policiais estavam se aproximando ela arrancou de repente e por um triz não bateu num carro, que teve que dar uma guinada para desviar.

– Que merda é essa que ela está fazendo? – perguntou Moss. Ela e Peterson se seguraram quando Erika arrancou, saiu atrás da Range Rover prata e continuou a perseguição.

A rua tinha somente uma pista e eles passaram em alta velocidade por casas, um pub pequeno e uma revistaria. A Range Rover ainda estava ganhando velocidade em uma subida íngreme que se estendia adiante por uns 400 metros. Erika enfiou o pé no acelerador e reduziu a distância entre eles. A pista do lado contrário estava cheia de carros descendo em velocidade, então Erika usou a sirene. O carro em frente encostou depressa e ela conseguiu ultrapassá-lo. A Range Rover de Laura chegou ao alto da subida e desapareceu.

– Por que ela fugiu desse jeito? – disse Peterson sem acreditar no que estava acontecendo.

Eles aceleraram morro acima e chegaram a 130 quilômetros por hora. Quando a subida acabou, o carro deu um breve salto no asfalto, deixando à vista a rua que se estendia adiante, com árvores dos dois lados, e o carro de Laura ao longe. Pelo rádio, Erika informou à central que estava perseguindo uma Range Rover prata na West Common Road.

– Ela não está diminuindo – falou Moss.

Vislumbres do parque apareciam dos dois lados da rua entre as árvores.

– Aonde essa rua vai dar? – perguntou Erika, pisando fundo no acelerador.

Peterson verificou em seu telefone no banco de trás.

– Ela atravessa o parque e vai até a delegacia. – informou.

Lá na frente, a Range Rover diminuiu a velocidade, as luzes do freio acenderam algumas vezes, depois a seta.

– Ela foi para a esquerda – disse Erika.

– É o cruzamento com a Croydon Road – disse Peterson.

O carro virou para a esquerda e novamente sumiu de vista. A sirene continuava berrando quando Erika chegou ao cruzamento, onde reduziu só um pouco. Moss e Peterson se seguraram com firmeza quando viraram em velocidade à esquerda, cantando pneu.

– Estou vendo o carro dela, olha lá na frente – exclamou Erika começando a acelerar de novo.

– Se a gente a perder... – Moss começou a falar.

– A gente não vai perder ninguém – interrompeu Erika entredentes. Lá na frente, a Range Rover reduziu a velocidade, deu seta e desapareceu por trás de uma fileira de árvores.

– O que ela está fazendo agora?

– Está parando no estacionamento do parque – respondeu Moss.

Eles se aproximaram do estacionamento de cascalho e reduziram a velocidade. A Range Rover prata de Laura era o único carro ali. Os detetives viram que ela tinha parado e estava descendo do carro. Erika freou e os pneus urraram no cascalho.

– Ela saiu correndo – Peterson constatou incrédulo, quando Laura saiu em disparada pela grama, atravessando os arbustos na direção da pedreira. Estava com um casaco preto grosso, legging e bota preta de cadarço na altura do joelho.

O carro parou derrapando e espalhando cascalho, Erika desceu.

– Laura! Para! – gritou, mas sua voz se perdeu no vento.

– Para onde ela está correndo? – perguntou Moss, descendo depressa do carro, seguida por Peterson.

Começaram a correr atrás dela. Peterson logo estava na dianteira com seus passos largos, pulando por cima de arbustos densos, galhos e pedras para se aproximar de Laura. Erika vinha logo atrás.

– Jesus Cristo! – gritou Moss lá de trás, sem ar, com as mãos segurando os peitos – eu devia ter usado a droga do sutiã esportivo!

– Laura! – gritava Peterson. – Laura, para! Que merda é essa que você está fazendo?

Laura se virou e o vento jogou seu cabelo escuro sobre o rosto. Ela o jogou de lado e continuou a correr morro acima. Peterson e Erika estavam a apenas alguns metros dela. Chegaram ao alto da subida e a pedreira ficou à vista. A água estava um pouco agitada por causa do vento.

– Laura! Para! – gritou Peterson ao alcançá-la e agarrar seu braço. Ela se debateu para se livrar, perdeu o equilíbrio e caiu no cascalho. Com um baque surdo, Peterson também caiu e Erika quase se juntou a eles. Ela parou, seus pulmões queimavam devido ao ar gelado que respirava sem fôlego.

Laura batia as pernas e os braços loucamente, a calça acima de um dos joelhos estava rasgada e ela sangrava.

– Laura! Laura! – gritou Erika depois de conseguir dominá-la e segurar as mãos dela nas costas. – Por Deus, Laura, por que está fazendo isso...? Você não me deixa outra alternativa a não ser prendê-la por fugir de um policial.

– De três policiais – corrigiu Moss, parando totalmente sem ar ao lado deles. Ela pegou uma algema e Peterson prendeu as mãos de Laura às costas.

– Laura, você está presa pela suspeita de ajudar um criminoso – começou ele sem ar. – Você tem o direito de permanecer calada, tudo o que disser poderá ser usado contra você num tribunal.

Laura relaxou o corpo, ficou olhando para o cascalho e começou a chorar.

CAPÍTULO 74

Laura foi levada para a delegacia Bromley, onde limparam a perna dela e a conduziram a uma sala de interrogatório.

Erika, Moss e Peterson olhavam-na da sala de observação. Ela tinha uma aparência acanhada e vulnerável sentada sozinha à mesa vazia. John bateu na porta e entrou.

– O que Laura Collins falou? – ele perguntou.

– Nada – respondeu Erika, olhando para os vários monitores na parede. – Ela não falou nada no carro. Recusou advogado.

– Você acha que precisamos fazer uma avaliação psicológica? – perguntou Peterson.

– Chamar um médico só vai atrasar a possibilidade de eu conseguir interrogá-la – discordou Erika. – Nunca chegamos tão perto de...

– De quê? É óbvio que ela estava perturbada. E levar a mãe para atacar Trevor Marksman em plena luz do dia com uma faca não foi uma das melhores demonstrações de sensatez que eu já vi.

– Peterson, quando conversei com Laura no sábado passado, ela falou que não sabia que a mãe estava com uma faca... ela parecia lúcida e capaz de conversar normalmente, até o momento em que saí e Oscar Browne chegou... – a detetive interrompeu a frase no meio. – Ela recusou advogado mesmo conhecendo Oscar?

Bateram na porta novamente, era a Detetive Knight, que entrou segurando um papel. Chefe, chegaram os dados da Range Rover preta que vocês viram na Avondale Road. Está no nome de Oscar Browne, QC.[6]

Erika, Moss e Peterson se entreolharam.

– Okay, obrigada – disse Erika.

---

[6] QC é abreviação de *Queen's Counsel*, uma espécie de título britânico atribuído a advogados que supostamente pertencem à nata dessa categoria de profissionais no Reino Unido. (N.T.)

– Quando você falou que viu Oscar Browne na casa, chefe? – perguntou Peterson.

– Sábado. Perguntei para Laura se ele estava ajudando na defesa da Marianne, e ela disse que não, mas aí, bem na hora em que eu estava saindo, Oscar chegou e nesse momento ele a contradisse. Quero falar com ele. Knight, você descobre onde ele está?

– Sim, chefe – respondeu, saindo da sala.

Erika voltou a olhar para Laura.

– Certo, vamos ver se Laura vai começar a falar.

Erika e Moss foram à sala de interrogatório enquanto Peterson e John permaneceram na sala de observação. Laura não reagiu quando as detetives entraram e se sentaram de frente para ela, permanecendo curvada à mesa com os braços cruzados e olhando para a frente.

Erika anunciou em voz alta quem estava na sala, a data e o horário. Terminou afirmando que Laura tinha recusado um advogado.

A expressão no rosto de Laura permaneceu inalterável e ela continuava olhando para a frente.

– Laura, por que você acabou vindo parar aqui? – perguntou Erika. – Você não nos deixou outra opção a não ser prendê-la. Por que estava correndo?

Silêncio.

– No dia em que sua mãe agrediu Trevor Marksman, você me contou que um jornalista tinha ligado para a casa dela e passado a informação. Demos uma olhada nos registros do telefone fixo. Houve três ligações naquele dia. Duas de manhã do celular do seu marido, e outra pouco antes da 1h da tarde, de Oscar Browne.

Laura permaneceu em silêncio, olhando para a frente. Erika abriu uma pasta na mesa, pegou uma cópia da certidão de nascimento de Jessica e empurrou para Laura. Ela arregalou os olhos.

– Sabemos que Jessica era sua filha. Por que a sua família escondeu isso? Silêncio.

Erika pegou a foto de Gerry O'Reilly e o retrato falado.

– Sabemos que este homem, Gerry O'Reilly, é o pai da Jessica. Também suspeitamos que ele é o assassino de dois policiais. O que pode nos dizer sobre ele?

Uma lágrima escorreu do olho de Laura, que a enxugou com a parte de trás da manga. Silêncio.

– Você o viu nas últimas semanas...? Por que recusou advogado?

Laura mordeu o lábio, quase desafiadoramente, e levantou o olhar para Erika:

– Nada a declarar.

– Quer saber de uma coisa, Laura? Estou cansada. Estamos todos cansados. Durante anos, policiais trabalharam 24 horas por dia para tentar levar o assassino da sua filha à justiça. Mesmo assim, vocês deixaram que todos eles acreditassem que Jessica era sua irmã. Policiais trabalharam duro e fizeram sacrifícios, eles queriam muito achar o assassino dela. Dois deles perderam a vida nessa busca... e você fica sentada aqui segurando informações importantes e ainda fala "nada a declarar"! – Erika esmurrou a mesa.

– Nada. A. Declarar – ela repetiu.

– Okay, Laura. É assim que você quer jogar, não é? Leve essa mulher para a cela.

CAPÍTULO 75

Peterson estava aguardando do lado de fora no corredor quando Erika saiu da sala de interrogatório. Moss saiu pouco depois com Laura, que passou por eles algemada, com a cara fechada e um olhar soturno. Ele esperou até que ela fosse conduzida a uma distância em que não conseguiria ouvi-lo.

— Chefe, Gerry O'Reilly embarcou no Eurostar que saiu de Londres um pouco antes do horário do almoço.

— Puta merda! – xingou Erika, dando um murro na parede.

— E Oscar Browne sumiu. Ele tinha um compromisso no tribunal hoje à tarde, mas não apareceu. A secretária falou que ele nunca fez isso. E a audiência era para tratar do caso de um cliente muito importante envolvido com fraude. Nem ela, nem a esposa sabem onde ele está...

Erika olhou para o relógio.

— Descubra se Gerry desceu do trem em Paris ou se continuou só Deus sabe para onde, pra bosta da Disneylândia. Entre em contato com a Interpol. Quero que um mandado internacional de prisão seja expedido contra ele.

— Sim, chefe.

— E manda um alerta aos aeroportos do Reino Unido e às estações de trem para o caso de Oscar Browne tentar ir para outro país.

— Você acha que ele vai tentar ir para outro país?

— Só Deus sabe. Não sabemos de nada, mas, obviamente, não diga isso por aí. Laura Collins, entretanto, sabe de alguma coisa, e não vai sair daqui até eu descobrir o que é. Mesmo que eu tenha que solicitar autorização para deixá-la presa mais de quatro dias. Ela vai ter que ficar sentadinha na porcaria de uma cela até o final.

— Mais uma coisa, chefe... O marido dela e as crianças acabaram de chegar. Ele está na recepção exigindo falar com a pessoa responsável.

Erika e Peterson desceram a escada depressa e foram à recepção. Estava tranquila. A policial de serviço trabalhava à mesa, e a comprida fileira de cadeiras de plástico, com exceção dos assentos ocupados pelo marido de Laura, Todd, e de seus dois filhos, estava vazia. Rodeados de sacolas de compras da loja TK Maxx, os meninos brincavam com carrinhos ajoelhados no chão.

Todd se levantou quando os viu se aproximar.

– O que está acontecendo? – perguntou, com seu sotaque americano cheio de indignação nasal. – Um vizinho da Avondale Road me ligou. Teve perseguição de carro? Envolvendo a Laura? Eu estava fazendo compras, tentei ligar para o celular dela e quem atendeu foi uma policial, que me contou que vocês tinham prendido minha esposa!

– Correto.

– E o telefonema dela? É melhor vocês não falarem com ela até que esteja com um advogado bom pra cacete...

Os meninos brincando no chão olharam para cima.

– A mamãe foi presa? – perguntou um deles. Todd os ignorou.

– Dissemos à Laura que ela tinha o direito de fazer uma ligação e de ser representada legalmente, mas ela recusou os dois – explicou Peterson.

– Você só pode estar de brincadeira – disse Todd passando a mão no cabelo. – Por que ela foi presa?

– Hoje, mais cedo, fomos à Avondale Road com a intenção de conversar com Laura, só que ela saiu no carro em alta velocidade. Não tivemos outra escolha a não ser prendê-la por fugir da polícia – explicou Erika.

– Por que vocês queriam falar com ela? Têm certeza de que ela sabia que queriam falar com ela?

– Nós a perseguimos por vários quilômetros com a sirene ligada – disse Peterson.

Todd balançou a cabeça. Tinha ficado muito pálido.

– Mas a ficha dela é limpinha. Laura nunca foi multada nem por estacionamento proibido.

– Papai, estou com medo – disse um dos meninos. Todd se abaixou e pegou os dois no colo, um em cada braço. Erika e Peterson estavam diante de três pares de confusos olhos castanhos.

– O que Laura te contou sobre Jessica? – perguntou Erika.

– Que a irmã dela desapareceu. Sei a história toda e já conversamos sobre ela um milhão de vezes.

Erika e Peterson trocaram um significativo olhar significativo. *Ele não sabe.*

– Peço que aguarde aqui, senhor – disse ela, e saiu da recepção junto com Peterson.

– Ei, não pode mantê-la presa por nada! Precisa de uma acusação contra ela – Todd gritou atrás deles, ainda segurando os meninos.

– O que fazemos agora? – perguntou Peterson enquanto passavam suas identidades para abrir a porta de segurança que dava acesso ao interior da delegacia.

– Quero ver se ela está disposta a falar – respondeu Erika. Eles seguiram para as celas, que ficavam no porão da delegacia atrás de uma grossa porta de aço. Quando estavam chegando, assustaram-se com um alarme que disparou. Entreolharam-se e correram para as celas.

No comprido corredor com iluminação fluorescente e portas de metal verdes, arranhadas, encardidas e fechadas, a do final estava aberta. Havia dois policiais ajoelhados. Quando Peterson e Erika se aproximaram, viram Laura caída no chão e um dos policiais tentava desesperadamente tirar o fino cadarço preto do pescoço dela. Ele estendia-se até a escotilha na porta, onde havia sido amarrado na pequena alça de metal.

De repente, Laura puxou o ar com dificuldade, e a cor voltava-lhe ao rosto enquanto tossia e balbuciava. Erika correu até ela, se agachou e pegou sua mão.

– Está tudo bem, Laura. Você vai ficar bem – disse. Laura engoliu em seco, tossiu e sussurrou com a voz rouca:

– Okay. Vou te contar. Vou te contar o que está acontecendo...

CAPÍTULO 76

Algum tempo depois, Erika, Moss e Peterson encontravam-se novamente na sala de observação, vendo Laura sentada com uma advogada pública.

– Você acha mesmo que ela vai falar? – perguntou Moss.

– Contei que o marido e os filhos estavam procurando por ela e que eles ainda não sabiam. Parece que nesse momento ela mudou de ideia. Acho que quer lhes contar pessoalmente.

– Contar o quê? – perguntou Peterson.

– Espero que a gente esteja perto de descobrir – respondeu Erika.

Erika e Moss voltaram à sala de interrogatório, onde Laura estava sentada ao lado de uma mulher jovem, a advogada. As duas com canecas fumegantes de chá. Laura tinha tirado o casaco, mas deixou o cachecol no pescoço. Erika anunciou o horário e a data para que ficassem registrados nas gravações de áudio e vídeo, em seguida estendeu o braço até o outro lado da mesa e segurou a mão de Laura.

– Está tudo bem, nós estamos aqui, e vai ficar tudo bem – disse ela.

Moss conseguiu esconder seu ceticismo e sorriu.

– Não vai, não! – discordou Laura com lágrimas escorrendo pelas bochechas. – Não vai.

– Comece pelo início – pediu Erika.

Moss ofereceu um lenço, Laura o pegou e enxugou o rosto. Depois de engolir em seco, a calma pareceu se apoderar dela e Laura começou a falar.

– Eu adorava morar na Irlanda. A gente tinha uma casinha em Galway, perto do mar. É verdade que não tínhamos muita coisa. Papai trabalhava em várias obras, e mamãe ficava em casa comigo, mas a gente era feliz. Conheci Gerry O'Reilly quando tinha 13 anos.

– Onde você o conheceu? – perguntou Erika.

– No grupo de jovens da igreja católica. Uma cabaninha no alto de um morro perto da praia. Aquela cabana era tipo uma igreja pequena, cheia de imagens de Nossa Senhora, e lá aconteciam as brincadeiras, às vezes levavam uma televisão velha para lá e punham desenhos. Então as crianças mais velhas davam uma escapulida para a praia, em casais, e se escondiam entre as dunas. Eu fui a menina azarada que ficou grávida.

— E isso foi com Gerry?

Laura confirmou com um gesto de cabeça, tomou um golinho de chá e estremeceu ao engolir.

— E aí... o que aconteceu?

Laura prosseguiu:

— Meu Deus, isso foi há tanto tempo, e a Irlanda no início dos anos 1980 devia ser igual à Inglaterra nos anos 1960. Minha mãe ficou *louca*. Consegui esconder dela durante um bom tempo, mas um dia, quando estava de pé em frente à televisão, ela viu a minha silhueta e foi ali que a minha infância acabou...

— Sua mãe era ainda mais religiosa do que é agora? – perguntou Moss.

Laura confirmou com um gesto de cabeça.

— É um fervor na Irlanda, é um catolicismo fanático, tipo uma competição entre vizinhos que querem mostrar quem é o mais rico, só que não envolve investimentos em máquinas de lavar nem em reformas na casa. É o acúmulo de divindades, é o tempo dedicado à missa. Meus pais me mandaram para uma tia... Tia Mary. Uma velha escrota, terrível e cruel. Vocês já devem ter ouvido falar desse tipo de gente. Achava tudo que o Concílio Vaticano II fez uma aberração. Ela já morreu, então nem precisam conferir, vocês já sabem que tive o bebê. Dei a luz à Jessica... – ela disparou a chorar novamente e Erika e Moss aguardaram, deram um tempo a Laura para se recompor. A advogada olhava com tanto interesse quanto as detetives.

— A gente se mudou para a Inglaterra alguns meses depois que voltei das minhas supostas férias com Tia Mary.

— O que aconteceu com o pai da Jessica? Gerry O'Reilly? – perguntou Moss.

— Nada. Ele era um menino descolado. Não sabia que eu tinha ficado grávida. O que não quer dizer que ele ia querer o bebê. Não contei para ele. Aí a gente foi embora da Irlanda, meio que às escondidas. Não falamos nada para ninguém. Era 1983, não existia e-mail nem Facebook, não existia telefone celular, meu pai e minha mãe tinham perdido os pais havia pouco tempo. Eles se isolaram completamente. Forçaram-se a esquecer. Viemos para Londres com muito pouco, moramos em um albergue perto da London Bridge durante duas semanas. E a gente ficou com esta história: alguns meses antes, minha mãe deu a luz à Jessica, ou seja, era filha dela e minha irmã. O albergue era um lixo, ninguém rezava antes de dormir, todo mundo usava o nome do Senhor em vão, algumas mulheres ficavam transando geral... E você sabe o que era mais foda? Meus pais nunca foram tão felizes! Ninguém estava nem aí se eu era mãe solteira com 13 anos! Eles podiam ter me deixado ficar com ela. Podia ter sido um recomeço para mim também.

— Como foi que vocês deram o salto de um albergue em London Bridge para uma casa em Hayes? – perguntou Erika.

— Algumas semanas depois de chegarmos a Londres, meu pai conseguiu trabalho numa construção, em um prédio comercial. O projeto estava atrasado e estavam enfiando dinheiro no negócio para terminá-lo. Ele recebia hora extra, quatro ou cinco vezes o que ganhava na Irlanda. E depois que começou a fazer contatos, não parou de aparecer trabalho. Ele nunca tinha ganhado tanto dinheiro. Depois de algumas semanas, a gente estava morando em East London.

— E esse tempo todo vocês sustentaram a história de que Jessica era sua irmã?

— Eu briguei com eles – disse Laura, olhando no fundo dos olhos de Erika com uma expressão furiosa. – Briguei muito com eles, e achei que ia ganhar...

— Mas não ganhou.

Laura fez que não e as lágrimas lhe vieram novamente.

— E me lembro nitidamente do dia. Eu tinha quase 14 anos e o papai me levou para trabalhar com ele aquele dia. Deixamos Jessica com a mamãe. Ele estava trabalhando em um projeto imobiliário grande, apartamentos para *yuppies*. Uma porrada de prédios velhos tinha sido demolida e eles cavaram um buraco enorme para fazer a fundação. A lama estava seca e dava para descer uma escada e andar pelos lugares onde ainda não tinham começado a construir. Papai me deixou lá de bobeira e fiquei conversando com um moço bonito, que era cigano. Ele estava procurando metal na lama, eu tinha começado a fumar escondido, então ofereci um cigarro a ele e ficamos conversando. Era inteligente. Ele me explicou o que a palavra "yuppie" significava: jovem profissional urbano. Eu não sabia. Falei para ele que tinha uma filha e que ia criá-la bem.

O moço me desejou sorte e disse que eu seria uma ótima mãe. Aí meu pai começou a gritar para que eu voltasse. Ele me contou que tinha fechado a compra de um terreno para a gente construir uma casa. Fomos embora contar à mamãe, ele estava muito empolgado. Quando chegamos, minha mãe tinha matriculado Jessica na educação infantil e marcado consultas com médico e dentista. Em todos os documentos, ela informou que era a mãe: ela oficializou aquilo e depois dessa ocasião nunca mais falei para ninguém que eu era a mãe da Jessica.

Erika e Moss observavam pacientemente Laura dar uma pausa e tomar um golinho de chá.

– O terreno que meu pai comprou é a casa na Avondale Road. Depois disso, tudo aconteceu muito rápido. A vida mudou, e eu lutei para acompanhar aquilo tudo. A gente se mudou para a casa grande, depois mamãe teve o Toby. Eu costumava olhar para o papai, a mamãe, a Jessica e o Toby e enxergá-los como a família perfeita, e me sentia a esquisita, o peixe fora d'água. Minha mãe nunca me deixou esquecer que eu era uma pecadora, uma mulher desgraçada. Mas só quando fui para a faculdade, para a Universidade Swansea, percebi que ela era uma maníaca religiosa. Quando voltei depois do primeiro ano em 1990, descobri que minha mãe tinha colocado a Jessica e o Toby para fazer primeira comunhão. Ela era a *minha* filhinha e eu não queria que ela tivesse que passar por todas aquelas bobagens, ter que confessar na infância, aprender tudo sobre pecado original... Foi mais ou menos na mesma época em que conheci Oscar, no meu primeiro ano de faculdade na Swansea. Ele era tão bonito, tão inteligente e me amava... era um pouco parecido com meu pai, tinha crescido por méritos próprios. Ele era bolsista, tinha trabalhado duro para conseguir aquilo.

– Foi com ele que você acampou quando Jessica desapareceu? – perguntou Erika.

Laura baixou os olhos para a mesa e ficou assim durante muito tempo. Passou um minuto, passaram-se dois. Ela finalmente levantou o rosto e falou:

– A Jessica não desapareceu. *Eu* a peguei.

CAPÍTULO 77

Terça-feira, 7 de agosto de 1990

O ar estava quente e a brisa vinda do mar refrescava Laura e Oscar Browne, que estavam sentados na areia ao lado de uma fogueira bruxuleante. Na noite fresca, o céu parecia um enorme dossel de estrelas. Eles eram as únicas pessoas em um raio de quilômetros, sentados na praia da pequena e isolada baía da Península de Gower, perto de Swansea.

– A sua irmã é uma gracinha – elogiou Oscar, cutucando as brasas da fogueira com um graveto.

– Ela sempre foi uma gracinha. Mesmo quando era bebê, e maioria é feia.

– Protesto, Meritíssima! – brincou ele. – Eu era um bebê muito bonitinho.

– Tenho certeza de que era, e agora você é um homem lindo, forte, sexy...

Oscar puxou Laura e eles se beijaram.

– Você quer ter filhos? – ela perguntou, levantando os olhos para ele.

– Claro. Algum dia – respondeu. Depois de um breve silêncio, ele se inclinou e pegou a garrafa de vinho sobre uma pequena pedra. – Quer mais um pouco? – ofereceu, levantando a garrafa. Laura se inclinou para frente e o deixou encher sua caneca. Admirou a beleza dele banhada pela luz da fogueira. Oscar se levantou, se alongou e foi até o monte de madeira seca que havia recolhido mais cedo, com a ajuda de Jessica.

– Você não me perguntou.

– Perguntei o quê? – disse ele mexendo no montinho e escolhendo um pedaço liso e plano que tinha ficado esbranquiçado.

– Se eu quero filhos.

– Sei que quer – ele sorriu, jogando a madeira no fogo.

– É claro que quero.

– Vamos combinar assim. Quando eu passar no exame da Ordem, aí a gente começa a pensar em bebês – disse, dando uma gargalhada.

Laura olhou para o mar. Oscar tinha dito aquilo de brincadeira, mas estava falando sério.

Quando chegaram à pequena e isolada baía, Jessica ficou confusa, mas empolgada ao ver o trailer com vista para o mar cintilando à luz do sol. A Península de Gower tinha uma beleza de tirar o fôlego, e aquela pequena baía era o próprio paraíso: a grama, os arbustos em meio às rochas que levavam a uma grande praia de areia fina salpicada de piscinas de pedra com o sol resplandecendo ao longe.

– A gente pode procurar caranguejos e estrelas-do-mar? – pediu Jessica, transparecendo sua felicidade no sorrisão sem um dente de leite que tinha caído havia pouco tempo.

– É claro! Você vai lá com o Oscar que eu vou deixar o trailer arrumadinho e aconchegante para nós – autorizou Laura.

Ela queria que tudo ficasse perfeito e, quando Jessica e Oscar desceram para a praia com uma redezinha verde em uma vareta, Laura começou a ajeitar o trailer depressa para deixá-lo com cara de casa. Arrumou a cama pequena para Jessica na parte da frente do trailer, debaixo da janela, de onde ela podia ver o mar e, à noite, as estrelas. Ela poderia enfiar seu ursinho de pelúcia favorito debaixo das cobertas.

Oscar tinha visto o anúncio de aluguel do trailer em um guia de viagem e, sendo uma mulher que gostava dos confortos modernos, Laura ficou satisfeita ao saber que o trailer gerava sua própria eletricidade. No entanto, quando chegaram com o sorvete e hambúrguer congelado que haviam comprado no caminho, descobriram que a eletricidade era produzida por um barulhento gerador a gasolina, o que tirava um pouco do romantismo do lugar quando ligado, pois ele rugia. Porém, do lado de fora do trailer, o barulho dele ficava surpreendentemente abafado.

Quando Laura terminou, o trailer estava confortável, e secretamente ela estava ansiosa para dormir de conchinha com Jessica naquela noite. Endireitou o corpo, tirou o cabelo dos olhos e olhou pela janela. Descalços, Oscar e Jessica estavam distantes na areia, cutucando dentro de uma das piscinas naturais de pedra.

Ela deu um pulo para trás, gritou e soltou uma gargalhadinha, suspendendo a rede com um caranguejo grande. Laura sorriu. Nesse momento, percebeu que Jessica ainda estava com o vestido de festa e sentiu uma pontada de culpa.

Ela ia precisar de roupas, Laura queria ter levado algumas coisas de Jessica, mas preferiu evitar a possibilidade de ser surpreendida pela mãe, que estragaria o plano todo.

Tinha mentido para os pais quando disse que estava indo acampar com Oscar no dia 6 de agosto. E tinha mentido para Oscar quando lhe disse que os pais sabiam que estavam levando Jessica. Essas mentiras não a preocupavam, a maneira que arquitetou para pegar Jessica era o que a deixava desconfortável.

Será que *pegar* era a palavra correta? *Buscar* era melhor. Eles foram de carro até a casa da festa na tarde do dia 7 e esperaram em frente a ela para *buscar* Jessica.

Laura sabia que a festa de aniversário da amiga era às 2h da tarde. Jessica era uma fofurinha bem independente e ia querer ir sozinha, como uma menina grande. Quando Jessica apareceu na entrada da casa, Laura estava aguardando sentada no capô do carro fingindo indiferença. Oscar estava dentro dele, analisando o mapa.

– Oi! Surpresa! – gritou Laura.

– Achei que você tinha ido viajar – disse Jessica, apertando os olhinhos ao levantar o rosto para olhar Laura, com o presente debaixo do braço.

– Tenho uma surpresa para você. A gente vai para a praia!

– Mas tenho a festa...

– Ah, mas isso vai ser muito mais legal. A gente pode nadar no mar, tomar sorvete, fazer castelo de areia. E vamos ficar em um trailer bem do lado da praia. Podemos ver o pôr do sol e, assim que a gente acordar de manhã, podemos ir à praia e ver o sol nascer...

Laura estava tentando não deixar o desespero impregnar sua voz.

– A mamãe sabe? – perguntou Jessica, trocando o presente de um braço para o outro.

– Claro que sabe! Falei que ia fazer uma surpresa para você. Te fazer um agrado. Você pode guardar esse presente e dar para a sua amiga quando voltar. Falei para ela que você não ia à festa, e ela disse que tudo bem. Essa viagem é especial... A gente vai fazer uma fogueirona na praia hoje à noite e tostar marshmallow.

Jessica finalmente cedeu e foi tomada pela empolgação. Quando entrou no carro, Oscar se virou, riu para ela, e eles foram embora.

Ninguém os viu.

Eu não peguei a Jessica, sou a mãe dela, Laura repetia várias e várias vezes na cabeça. Eles iriam a Swansea no dia seguinte e comprariam outras roupas para Jessica vestir. Isso não era problema. O mais importante era que ela ficaria com a filha o fim de semana inteiro e poderia ser a mãe dela, um papel que lhe haviam negado e pelo qual lhe fizeram se sentir culpada durante muitos anos.

Quando Laura voltou da universidade um mês mais cedo, o poderoso sentimento maternal que tinha por Jessica retornou. Ela queria muito ficar mais tempo com a filha durante o verão. Laura tocou no assunto certa tarde com Marianne quando todo mundo estava fora. Ela abordou a mãe na lavanderia nos fundos da casa e perguntou se podia levar Jessica para passear no dia seguinte, em Londres.

– Não! Você tem que superar isso – repreendeu Marianne, tirando a roupa limpa da secadora. – Ela está feliz, se alguém for levá-la a algum lugar, esse alguém vai ser a mãe dela, e, caso você tenha esquecido, *eu* sou a mãe dela!

– Não é, não.

– Sou, sim – rosnou Marianne. – Você fica choramingando e resmungando por não vê-la, mas estava feliz da vida aproveitando a liberdade esses anos todos, saindo até tarde da noite, fazendo putaria com os moleques...

– Eu não...

– Jessica é só alguns anos mais nova do que você quando se desgraçou, mas ela não vai cometer os mesmos erros idiotas. Você não passa de uma puta ordinária. Eu tinha esperança de que tivesse sido um erro, um caso isolado, mas o seu comportamento ao longo dos anos me mostrou que você tem o mal dentro do corpo.

– Com isso você quer dizer que a Jessica foi em erro! Se cometi um erro, então a Jessica é um erro!

Marianne se virou com uma fúria real nos olhos e deu uma tapa no rosto dela. Laura cambaleou para trás, caiu e bateu a cabeça na beirada da porta da lavanderia. Ficou um momento caída ali em choque e pôs a mão na cabeça. Os dedos ficaram cobertos de sangue. Ela olhou para a mãe. Marianne estava indiferente, tinha voltado a tirar as roupas da secadora e cantarolava uma melodia. Isso mesmo, cantarolava, enquanto tirava o resto das roupas.

Foi nesse momento que Laura bolou o plano de levar Jessica quando fosse acampar com Oscar. Ela mentiu para Marianne ao falar que sairiam no dia 6 de agosto, quando na verdade estavam planejando ir um dia depois.

Ela também não tinha contado a Oscar a história toda. E ele presumiu que os pais dela sabiam que Jessica iria com eles, por isso não tinha sido difícil convencê-lo. Ele adorava crianças.

Na praia, ao lado da fogueira no escuro, Oscar e Laura estavam deitados na areia macia e seca. A fogueira estalava a seus pés, o ar fresco tinha o cheiro do mar e, de fundo, ouviam os distantes sons da maré.

O braço de Oscar estava largado ao redor do pescoço de Laura, que sentiu a mão dele começar a se mover por cima do ombro e por baixo da gola da camisa.

– O que é isso? – ela perguntou, desvencilhando-se dele e sentando.

– O quê? Não estou ouvindo nada – ele disse, puxando-a de volta. – Vem cá, eu quero muito te comer nessa praia... Não tem ninguém aqui.

– A Jessica, ela está no trailer, as luzes estão apagadas – alegou Laura apontando para ele ao longe.

Oscar viu que o trailer estava escuro.

– Está tudo bem. O gerador parou de funcionar. Provavelmente acabou a gasolina.

– Mas ela tem medo de escuro, e está lá sozinha! – disse Laura, se levantando e procurando o sapato.

– Tudo bem, ela já deve estar dormindo pesado. Estava exausta depois do dia inteiro na praia...

– A gente não devia ter deixado Jessica sozinha lá! – berrou Laura.

Oscar levantou as mãos.

– Ei! A culpa não é minha, e está tudo bem. Se ela estivesse com medo, teria vindo nos procurar. E foi você que mandou ela ficar com a porta trancada – disse Oscar, tirando a chave do bolso.

– Para de dar uma de sabe-tudo. Quero voltar – falou Laura. Ela já tinha calçado os sapatos e caminhava a passos largos pela trilhazinha que levava ao trailer.

Oscar correu para alcançá-la. Quando chegaram à porta, ele enfiou a chave na tranca.

– Esse gerador fede mesmo – comentou Laura.

– São os vapores da gasolina – disse Oscar. Quando ele abriu a porta, o cheiro ficou ainda mais forte e uma nuvem de fumaça começou a sair do trailer.

CAPÍTULO 78

QUINTA-FEIRA, 17 DE NOVEMBRO DE 2016

Sentadas, Erika e Moss estavam horrorizadas com a história que Laura contava.

— O interior do trailer estava todo enfumaçado... Um de nós tinha mexido no gerador porque ele estava em uma superfície irregular do lado de fora e não queríamos que o vento o arrastasse nem que tombasse. Só que a gente não percebeu que o tínhamos colocado bem em um respiradouro perto da frente do trailer. Era do lado oposto ao lugar em que Jessica dormia. Ela tinha ficado trancada lá dentro com as janelas fechadas, e o trailer ficou cheio de fumaça. Oscar abriu tudo e tentou fazer o ar circular de novo, mas quando me aproximei de Jessica... Ela não se mexia. Estava imóvel debaixo das cobertas. A pele dela tinha uma cor roxa-acinzentada horrível, ela estava morta.

Houve um longo silêncio. A advogada tirou os óculos e enxugou as lágrimas nos olhos.

— Então foi um acidente? — disse Erika, sem acreditar.

— Foi. A gente devia ter conferido. Tinha que ter conferido coisas tipo respiradouros e janelas.

— O que aconteceu depois? — perguntou Moss.

— Nós dois piramos. Não conseguíamos lembrar quem tinha mudado o gerador de lugar. Eu achava que tinha sido o Oscar, ele achava que tinha sido eu... Aí contei para ele que Jessica era minha filha. Ele começou a falar de acusações de sequestro e homicídio culposo, que ele tinha assinado os documentos para alugar o trailer, que tinha assinado um documento sobre o uso do gerador. Disse que era um jovem negro no início de uma carreira brilhante... "Você sabe como eles tratam jovens negros no sistema judicial?", ele continuou gritando. Depois peguei Jessica, corri para a praia e fiquei sentada a noite inteira com ela no colo. Simplesmente segurando-a nos braços. Ela era tão bonita... Oscar não me acompanhou. Depois só me lembro que amanheceu e eu ouvi o motor do carro. O Oscar saiu e voltou um pouco depois. Ele me disse que tinha ido a uma das lojinhas do camping a uns quilômetros dali e que todos os jornais estavam dando a notícia de que Jessica tinha sido sequestrada. Ele pirou ainda mais por eu ter mentido para ele.

– E aí o que vocês fizeram? – perguntou Erika, quase não suportando aquilo que lhe estava sendo dito.

– A gente enterrou Jessica... a gente enterrou minha filhinha... cavamos um buraco e a colocamos nele. Foi debaixo de uma árvore de onde ela conseguia ver o mar. A gente estava com tanto medo. O Oscar estava me ameaçando. Eu não tinha dormido.

Foi nesse momento que Laura desabou. Erika deu a volta na mesa e a abraçou. Olhou para Moss e viu que a colega também tinha lágrimas nos olhos. Laura conseguiu se recompor e afastou Erika.

– O Oscar simplesmente conseguiu se desligar do que aconteceu. A gente voltou para Bromley, e ele deixou aquilo para trás, mas eu carreguei esse segredo terrível. Fiquei oprimida por aquilo, pela lembrança de que deixei a minha menininha... A minha Jessica. E sabem o que é mais terrível? Eu gostei de esconder isso da minha mãe. Aquela filha da puta tinha tirado a minha filhinha de mim e naquela hora ficou sabendo como eu me sentia! Ela que vá para o inferno! – Laura berrou, dando um murro na mesa. – Eu odeio aquela mulher!

– Como a Jessica, que estava enterrada a centenas de quilômetros, foi parar no fundo da pedreira Hayes? – perguntou Moss.

– Eu estava enlouquecendo, a polícia estava fazendo buscas, aí eles prenderam o Trevor Marksman, o que foi uma providência divina. Ele era pedófilo, fiquei satisfeita por ele ter levado a culpa pela morte de Jessica... Mas eu não conseguia tolerar a ideia dela sozinha, enterrada a tantos quilômetros de distância. Aí fiz algo que nunca devia ter feito: escrevi para Gerry. Achei que ele tinha o direito de saber... escrevi uma carta para Gerry.

– Gerry O'Reilly? O pai da Jessica?

Laura confirmou com um aceno de cabeça.

– Pedi que ele me ligasse. A gente começou a conversar, e ele falou que viria a Londres antes de ser enviado para o Iraque. Fui ao seu hotel, passei a noite lá e contei tudo. Achei que ele fosse ficar louco, mas eu tinha que contar, ele era o pai da Jessica.

– O que aconteceu?

– Descobri que ele era um doente desgraçado. Sabe o que o deixou mais interessado? O envolvimento de um advogado em início de carreira, o fato de na época Oscar estar a caminho de se tornar um advogado bem-sucedido... Ele me fez lhe dar o número do telefone do Oscar. Falou que ia dar um jeito naquilo.

– E ele deu?

– Ele me disse depois que estava tudo resolvido. Que ela estava na pedreira.

– E Bob Jennings, o homem que estava morando ilegalmente na cabana?

– Gerry me contou que eles tinham sido vistos, mas que resolveram aquilo também. Ele me falou para ficar tranquila, que, se eu ficasse na minha, teria uma vida, um futuro.

– Bob Jennings não merecia morrer. Fizeram parecer que ele tinha se enforcado – Moss ponderou.

O tique-taque do relógio atravessava o silêncio.

– Eu costumava ir lá de vez em quando – Laura prosseguiu. – Era reconfortante para mim saber que ela estava ali. Nunca contei à minha família, ao meu marido, a nenhum amigo... Bloqueei aquilo. Quando se vive uma mentira, ela fica tão enraizada que você quase acredita mesmo que ela é verdade. Na minha cabeça ela tinha desaparecido naquela tarde a caminho de uma festa de aniversário, até vocês a encontrarem de novo.

– Então por que Gerry apareceu de novo, Laura? – perguntou Erika.

– Oscar. Foi o Oscar. Vocês viram no que ele se transformou, num advogado de ponta. Dizem que ele pode assumir o cargo de juiz.

– Por que ele continuou com isso tudo?

– Alguns anos depois que Jessica morreu, Gerry arrumou confusão e foi acusado de tentativa de homicídio. Ele obrigou Oscar a assumir o caso. Não sei como ele conseguiu, mas Oscar livrou a cara do Gerry. Depois disso, deram início a essa terrível... parceria. O Oscar foi ficando cada vez mais corrompido pelo poder. Gerry acabou se tornando uma espécie de capanga dele, o cara que fazia o serviço sujo. Então, quando encontraram Jessica, Oscar mandou Gerry fazer mais esse serviço: ficar de olho no que estava acontecendo no caso...

– E quando Amanda Baker chegou perto da verdade, ele forjou o suicídio, só que ela já tinha contado para o detetive Crawford, então ele também teve que ser eliminado. Ela estava prestes a me contar, não estava? – perguntou Erika.

Laura levantou o rosto e olhou para a detetive, seus olhos carregavam muitíssima tristeza e ódio de si mesma.

– Era para parecer que tinha sido uma invasão, que um ladrão tinha entrado na sua casa, batido em você e te matado.

– Minha irmã estava lá com duas crianças pequenas e um bebê. Vocês iriam mesmo até as últimas consequências para evitar que o segredo de vocês...? Acharam mesmo que iam se safar disso tudo?

– A gente se safou durante 26 anos – foi o que Laura respondeu.

Erika e Moss recostaram-se nas cadeiras. A pena que sentiam por Laura tinha evaporado.

– Você sabe para onde Gerry O'Reilly está indo? – perguntou Moss.

– Ele pegou um trem para Paris hoje mais cedo.

– Ele sempre dizia que um dia ia sumir... juntar tudo que tinha, que era o suficiente para ele, e sumir numa nuvem de fumaça.

– Seja mais específica – disse Erika.

– Ele falava do Marrocos.

– Por que Marrocos? – questionou Moss, dando uma rápida olhada para Erika.

– Não tem tradado de extradição com o Reino Unido – respondeu Laura.

CAPÍTULO 79

Gerry já estava no Eurostar há mais de seis horas e sua ansiedade não parava de aumentar. Ele conferia o relógio à medida que os campos verdes iam ficando para trás, e as primeiras construções começavam a aparecer na paisagem.

Sete minutos. Em sete minutos, chegariam à Estação Marseille Saint-Charles. Ele sentiu uma perna pressionar a sua, e olhou para o cara de olhos castanhos sentado à sua frente. Era magro, tinha traços finos e piercing no lábio. Seu nome era Pierre. Ele quase riu da francesice genérica dele. "Pierre de Paris", mas a lembrança do encontro deles no banheiro apertado acabava com qualquer vontade de rir. Ele já havia flertado com homens no passado, tinha até beijado alguns em momentos de bebedeira ou porque tinha sido desafiado. Mas chegar a fazer sexo o deixou nauseado e com raiva. Pierre gostou, inclinado sobre a pia nojenta... um pé em cima da privada, quanto mais forte e nervoso Gerry socava, mais ele gostava.

– O meu hotel é perto da estação – disse Pierre, pressionando a perna na dele com mais força debaixo da mesa.

– Legal – sorriu Gerry. Concluiu que sair do trem de mão dada com Pierre seria um bom disfarce. E eles pareciam se encaixar no papel. Gerry esperava conseguir dispensar o garoto sem fazer muita cena. Um barco de pesca o aguardava em Marselha. Um amigo de um amigo que estava devendo um favor o conduziria do Grand Port Maritime de Marseille, cruzando o Mediterrâneo, até Rabat, no Marrocos; provavelmente seria uma travessia difícil, mas pelo menos a chegada seria discreta, na surdina.

Conferiu o relógio novamente. Quatro minutos. Devia ter pegado um avião, pensou, porém, se o estivessem procurando, seria nos aeroportos que as autoridades ficariam mais vigilantes.

A quantidade de construções aumentava à medida que se aproximavam do centro de Marselha, a escuridão baixava e, de repente, o gigantesco telhado de vidro da estação apareceu, cheio de luzes. Pierre sorriu, levantou-se do assento e esticou o braço para pegar a bagagem no maleiro acima da cabeça. Sorriu e entregou a bolsa de Gerry.

– Eu gosto – ele disse baixinho.

Gerry sorriu. Parecia ser uma das frases prontas em inglês que Pierre sabia usar, e ele tinha usado em abundância ao longo da viagem: para descrever seu sanduíche, uma nuvem com formato de coelho, a cor do estofado do assento, e muitas vezes enquanto Gerry metia dentro dele, curvado sobre a pia com a cabeça batendo no secador de mão automático.

Gerry se levantou e eles foram para o final do trem, que estava cada vez mais devagar e adentrava a plataforma debaixo da grande cobertura de vidro. Gerry olhou pela janela, havia apenas um punhado de passageiros, nenhum policial.

Desceram do trem e sentiram a brisa quente que soprava do Mediterrâneo.

– *Vive la France* – sorriu Pierre, com os olhos castanhos brilhando. Ele pegou a mão de Gerry, os dois caminharam pela plataforma e entraram no enorme hall de chegada. O telhado de vidro curvado era muito alto e transparecia o céu cada vez mais escuro, com sua tonalidade profundamente azul pontilhada pelas primeiras estrelas.

Passaram pelo enorme quadro eletrônico que mostrava as chegadas, por uma mulher elegantemente vestida carregando um poodle, por dois rapazes jovens absortos em seus iPhones... A impressão era de que estavam demorando séculos para atravessar o gigantesco saguão de mármore.

– Quer pegar um táxi lá para o meu hotel? – convidou Pierre.

– Quero – respondeu Gerry, com os olhos atentos de um lado para o outro ao se aproximarem da saída.

– Você não gosta? – perguntou Pierre.

– Gosto, sim...

Chegaram à rua e Gerry finalmente relaxou. Não havia ninguém, só o trânsito e pessoas tomando conta das suas vidas. Foram ao ponto de táxi, Gerry parou e se virou para Pierre. Estava prestes a falar "foi muito legal, mas eu tenho que ir", quando alguém gritou e policiais saíram aos montes de duas vans estacionadas dos dois lados dos táxis. Os oficiais dispararam na direção deles com as armas em punho. Não houve tempo de lutar, de se mexer, e Gerry foi rendido e jogado no chão junto de Pierre, que começou a gritar um monte de coisas em francês que ele não conseguia entender.

Gerry sentiu o cano de uma metralhadora na bochecha e ficou prensado na calçada pela bota de um policial de aparência impecável e bigodinho aparado.

– Gerry O'Reilly? GERRY O'REILLY! – chamou uma voz, pressionando com mais força.

– Sim – expeliu Gerry.

– Há um mandado de prisão em seu nome. Parece que você é o que eles chamam de inglês filho da puta. Inglês assassino filho da puta.

– Sou irlandês, seu francês filho da puta! – respondeu, com a boca cheia de poeira.

– Não interessa. Mesmo assim você está preso.

Quando o arrastaram e o jogaram na traseira de uma van da polícia, a última coisa que ele viu antes das portas se fecharem foi Pierre, conversando com um dos policiais e segurando a bolsa com boa parte dos 35 mil euros.

CAPÍTULO 80

Ao mesmo tempo em que Gerry comia poeira em frente à estação de trem em Marselha, Oscar Browne estava sentado à sua mesa no Escritório de Advocacia Fortitudo, olhando para o horizonte de Londres. Escurecia e a chuva martelava a grande janela que ia do chão ao teto.

Ele pegou o telefone e tentou ligar para Laura. A ligação caiu direto na caixa postal. Oscar socou a mesa e começou a andar de um lado para o outro no escritório, sentindo o suor e o pavor ferroarem suas costas. Quando saiu da Avondale Road e viu a polícia, entrou em pânico. Ele se martirizou pelo erro fatal. Por fim, teve um ataque de nervos. Ficou andando de carro durante horas e, para seu horror, tinha perdido uma audiência.

Chegou à conclusão de que seu escritório era seguro, e ele precisava de um lugar para pensar. Mandou a secretária ir para casa e informou à recepção no primeiro andar que não queria ser incomodado em nenhuma circunstância... Isso tinha acontecido há uma hora e meia.

O silêncio o perturbava... Não, ele dirigiu em velocidade, não foi perseguido, e era a primeira vez que perdia uma audiência.

Mas onde estava Laura? Onde estava Gerry?

Um toque anunciou a chegada de um e-mail, e ele deu a volta na mesa. Não reconheceu o remetente, mas o assunto era *"Um Cidadão Preocupado"*.

Abriu a mensagem e leu horrorizado.

> "OSCAR,
> UM DOSSIÊ COM TODOS OS SEUS NEGÓCIOS SUJOS FOI ENVIADO POR E-MAIL PARA OS FIGURÕES DA POLÍCIA METROPOLITANA HOJE À TARDE. E TUDO O QUE SEI SOBRE JESSICA COLLINS.
> SE OS TIRAS ESTIVEREM FAZENDO O TRABALHO DIREITO, VOCÊ DEVE RECEBER A VISITA DELES A QUALQUER MOMENTO.

EU ME DESPEÇO DIZENDO ATÉ LOGUINHO.
SEMPRE FALEI QUE IA SUMIR NUMA NUVEM DE FUMAÇA.
GERRY"

Oscar começou a suar de verdade. Em seguida, seu telefone tocou. Ele o agarrou com raiva.

– O que foi? Falei para não me interromper...

– Sei que o senhor falou para não ser interrompido, mas há um grupo de policiais subindo, e eles não aceitaram "não" como resposta... conferi os distintivos...

Seus braços enfraqueceram e ele colocou o telefone de volta no gancho. Olhou para a foto da mulher e dos dois filhos, depois para o escritório ao seu redor, a carreira que havia construído.

A porta dupla foi aberta de supetão, eram a Detetive Inspetora Chefe Foster, o Detetive Inspetor Peterson e três agentes. Antes que pudessem falar qualquer coisa, Oscar pegou a carteira, as chaves e o telefone, saiu correndo pela porta à direita e a trancou. Erika se aproximou da porta e a esmurrou.

– Abra a porta, Oscar. Acabou. Já sabemos de tudo. Falamos com Laura. Ela está presa na delegacia... Gerry O'Reilly foi preso pelos assassinatos de Bob Jennings, Amanda Baker e do Detetive Crawford – ela esmurrou a porta novamente. – Oscar, cada minuto que você nos deixa trancados aqui fora complica ainda mais o seu futuro.

A secretária entrou depressa atrás deles, sem fôlego.

– Aonde essa porta dá? – Erika exigiu saber.

– Hum, eu...

– Aonde?

– É um banheirinho, um banheiro com um gabinete para trocar de roupa... e tem uma varandinha – ela respondeu.

Erika olhou para um dos guardas e autorizou com um gesto de cabeça. Ele se aproximou e arremeteu contra a porta, que rachou com facilidade e abriu. Os policiais entraram no elegante banheiro. Havia uma porta que dava para um cômodo pequeno com pia, uma geladeira, um sofá pequeno e uma porta-balcão. Ela dava em uma varanda e estava aberta balançando ao vento e à chuva.

Eles foram até a varanda e Erika olhou para baixo pela beirada. Não dava para arriscar um pulo dali. A chuva fortíssima caía 13 andares lá embaixo na rua iluminada pelo trânsito da hora do rush. Olharam para cima e viram uma escada de ferro com proteção lateral, na parede de trás da varanda, que se estendia pelos dois andares acima. Oscar estava na metade dela, subindo na direção do telhado.

— Meu Deus, odeio altura — Erika soltou.

A inspetora olhou para Peterson e eles começaram a subir a escada, ela na frente e ele a seguiu. Um dos guardas foi atrás de Peterson e o segundo ficou com a secretária.

— Ele está quase lá no alto — gritou Erika, tentando acelerar o passo, mas a sola de seu sapato não tinha muita aderência e ela teve que subir com cuidado. O trânsito da hora do rush lá embaixo estava muito intenso e parecia um tapete de luzes. Depois de um estalo, um trovão ribombou e um relâmpago iluminou o céu.

— Era só o que faltava, trovão e relâmpago enquanto a gente está subindo uma escada de metal no alto de um arranha-céu! — Peterson reclamou.

— Não é um arranha-céu, é um predinho comercial — Erika gritou para ele.

— Tanto faz, só sei que é alto pra cacete!

Ela virou o rosto, encarou Peterson por um segundo e viu a rua lá embaixo. Piscou para tirar a água dos olhos e virou o rosto para cima de novo, tentando fazer as mãos e as pernas pararem de tremer.

Oscar chegou ao alto da escada, subiu no telhado e desapareceu. Isso estimulou Erika. Pouco depois, ela chegou ao topo da escada e deu um impulso para passar por cima da beirada de concreto e também subir no telhado.

Oscar estava agachado, apoiado em uma saída de emergência no centro. Quando viu Erika, levantou.

— Oscar! Acabou — disse ela. Peterson se juntou a Erika e, por fim, o agente.

— Anda, cara — falou Peterson. — Para onde você vai? A gente sabe tudo sobre a morte de Jessica no trailer, sobre você e Gerry, desista e venha com a gente.

— Está fazendo o papel do *brother* comigo? — rosnou Oscar. — Você acha que porque nós dois somos negros vou desistir, por solidariedade?

— Claro, porque nós dois somos burros a esse ponto — ironizou Peterson.

De repente, Oscar saiu correndo pelo chão escorregadio na direção do outro lado do telhado. Ele colocou um pé na mureta da beirada.

– Pare! – falou Erika enquanto ela e Peterson se aproximavam.

– Minha vida acabou! – ele gritou. – O que mais posso almejar?

– Você tem filhos e esposa! – argumentou Peterson e, nesse momento, Oscar vacilou.

– Meus filhos, minha mulher – disse ele abaixando a cabeça por um momento e limpando os olhos. – Meus filhos...

– Por favor, venha conosco – pediu Erika, chegando bem perto e estendendo a mão.

– Nunca quis que nada disso acontecesse – berrou Oscar para superar o barulho da chuva e do trovão. – Sei que todo mundo diz isso, mas eu não... não sou assassino. Só que as coisas saíram do controle.

Ele olhou lá para baixo e tirou o pé da mureta na beirada do prédio. Virou-se para os detetives.

– Okay – disse ele. – Okay.

– Isso... é só vir na nossa direção – comentou Erika. O agente que os acompanhava levou a mão às costas e pegou uma algema.

De repente, Oscar subiu de uma vez na mureta. Ficou de pé com os braços esticados.

– Minha mulher e meus filhos... Digam a eles que sinto muito. Digam a eles que eu os amo.

Em seguida deixou o corpo tombar para trás e se jogou.

– Meu Deus! Não! – berrou Erika. Eles correram na direção da beirada do telhado e olharam para a rua.

O trânsito tinha parado, carros buzinavam e um grito fraco ressoou. Lá embaixo, viram o pequeno corpo destroçado de Oscar Browne caído na rua.

EPÍLOGO

Duas semanas depois

O sol brilhava forte quando Erika, Moss e Peterson saíram da igreja Honor Oak Park. Era um belo dia no início de dezembro. O ar estava fresco e o céu, azul.

Era o segundo funeral a que compareciam naquele dia. O primeiro tinha sido de Crawford, em Bromley. Ficaram sabendo que seu primeiro nome era Desmond e que antes da separação ele tinha tartarugas. Havia poucas pessoas e ele foi enterrado de maneira respeitosa, ainda que a congregação fosse escassa. O Superintendente Yale fez o discurso e teve dificuldade em alguns momentos para descrever quem era Crawford. Em seguida, a filha de Crawford, que não tinha mais de 10 anos, foi ao púlpito e leu um poema. A mãe e o irmão mais novo a observavam, no silêncio de seu luto.

> *If I should go tomorrow*
> *It would never be goodbye,*
> *For I have left my heart with you,*
> *So don't you ever cry.*
> *The love that's deep within me,*
> *Shall reach you from the stars,*
> *You'll feel it from the heavens,*
> *And it will heal the scars.*[7]

A pungência do poema pegou Erika desprevenida e ela ficou comovida pela garotinha ter sido capaz de expressar tantos sentimentos em tão poucos versos.

---

[7] *Se eu partisse amanhã/ Não seria um adeus,/ Porque deixei meu coração com você,/ Portanto não chore./ O amor que habita minhas profundezas/ Ultrapassará as estrelas,/ Lá no céu você o sentirá/ E as feridas ele cicatrizará.* (N.T.)

O segundo funeral foi mais leve e iluminado. A igreja em Honor Oak Park era bonita e a missa mais vibrante. Eles cantaram "All Things Bright and Beautiful" acompanhados pelo órgão, o que nunca deixava de aquecer o coração de Erika.

Amanda Baker tinha sido mais benquista do que eles imaginavam e o funeral dela estava lotado de velhos amigos e colegas. Erika ficou comovida ao ver o ex-Comissário Assistente Oakley presente, impecável e elegante como sempre, assim como sua sucessora, Camilla Brace-Cosworthy, que fez um discurso alegre e sincero. Ela terminou dizendo:

– Amanda Baker teve uma história irregular na Polícia Metropolitana e, infelizmente, seu momento mais importante aconteceu um pouco antes de sua morte prematura. Amanda jamais desistiu do caso de Jessica Collins, mesmo quando as outras pessoas achavam que estava tudo perdido. Ela seguiu em frente, continuou questionando e acabou fazendo a descoberta que solucionou o caso. Quero homenageá-la publicamente pelos serviços prestados à Polícia Metropolitana.

O discurso foi muito aplaudido e quando Erika olhou para o caixão na parte da frente da igreja, imaginou que Amanda se sentiria muito orgulhosa.

Depois da missa, Erika, Moss e Peterson foram caminhando pelo cemitério ao redor da igreja em direção à rua.

– Que caso – disse Moss. – Três mortos e um suicídio, tudo para encobrir a morte de Jessica Collins. Por que simplesmente não abriram o jogo?

– Eles estavam com medo – disse Peterson. – Depois esse medo se virou contra eles e os impulsionou a fazer coisas que jamais sonharam que fariam.

– Que desperdício – concordou Erika.

Quando chegaram ao portão e saíram na rua ficaram surpresos ao encontrar Toby Collins aguardando por eles junto de Tanvir. Os dois estavam de terno preto e Toby segurava um buquê de cravos. Estava com uma aparência muito jovem e vulnerável.

– Oi – ele cumprimentou com um sorriso débil.

– Oi, Toby – disse Erika. – Você está um pouco atrasado. A cerimônia já acabou.

– Não, não achei que seria apropriado estar presente. A gente trouxe flores, embora... – sua voz falhou e ficou pairando no ar. – Eu não sabia mesmo – acrescentou, com lágrimas nos olhos. – Como fui tão idiota? O que vai acontecer com a minha irmã?

Erika, Moss e Peterson se entreolharam.

– Não sei – respondeu Erika. – Isso vai ser decidido no tribunal. Nós gravamos o depoimento e é obvio que, no começo, a morte de Jessica foi um acidente. O que Laura fez depois com Gerry é que o tribunal vai decidir quando eles forem a julgamento.

– Perdi toda minha família. Tan é tudo o que tenho – disse ele. Tanvir estendeu o braço e segurou a mão de Toby. – Minha mãe ainda está na unidade psiquiátrica... O cenário não é bom. Papai simplesmente virou as costas e foi embora para a Espanha com a família nova... E Laura está em Holloway, aguardando julgamento. Só vou poder vê-la em algumas semanas, e não sei se quero.

– Seu pai vai ter que voltar. Vamos querer falar com ele também.

– O que eu faço agora? – perguntou Toby. Ele encarou Erika com tanta intensidade que ela ficou sem palavras.

– Não escolhemos nossa família. Deem apoio uns aos outros e permaneçam juntos – disse Moss, pondo a mão no ombro dele.

– Okay, faremos isso. Obrigado.

Eles ficaram observando Tanvir e Toby caminharem na direção da estação de trem.

De repente, ouviram uma buzinação enlouquecida e o carro de Erika atravessou um cruzamento do lado errado da rua.

– Aquela ali é sua irmã? – perguntou Moss, observando. – Ela sabe que está dirigindo do lado errado da rua?

– Agora sabe – respondeu Erika.

Lenka parou ao lado do meio-fio e baixou o vidro. Eles olharam lá dentro e viram Jakub e Karolina sentados no banco de trás com Eva em uma cadeirinha no meio deles.

– Oi, pessoal! – cumprimentou Lenka, exagerando na pronúncia do inglês.

Moss e Peterson cumprimentaram e deram um tchauzinho para as crianças.

– Para onde você está indo, chefe? – Moss perguntou.

– Winter Wonderland, em Blackheath. Lenka vai voltar para casa daqui a alguns dias, parece que as coisas voltaram ao normal – disse Erika revirando os olhos.

– Você vai ficar triste quando eles forem embora – afirmou Moss, olhando para Peterson, que estava fazendo careta pela janela para Jakub e Karolina, fazendo os dois rir.

– Vou mesmo – ela sorriu. Lenka buzinou e Erika entrou. – A gente se vê, vamos tomar umas antes do Natal.

– Dá uma ligada para nós... – disse Peterson.

O carro disparou pela rua, desviando perigosamente para o outro lado antes de voltar para a pista da esquerda. Moss olhou para Peterson, que observava o carro desaparecer na esquina e comentou:

– Você sabe que ela provavelmente não vai ligar.

– Talvez ligue.

– Você se apaixonou por ela, não é, Peterson?

Ele deu um suspiro e confirmou com um gesto de cabeça.

– Você é um coitadinho iludido. Anda, vou pagar uma cerveja para você.

Moss deu o braço a ele e os dois saíram na direção do pub mais próximo em busca de calor e uma cerveja barata.

NOTA DO AUTOR

Em primeiro lugar, quero agradecer muito a você por ter escolhido ler *Sob águas escuras*. Se gostou dele, eu ficaria muito grato se escrevesse uma pequena resenha. Ela não precisa ser longa, apenas algumas palavras, porque isso faz muita diferença e ajuda leitores novos a ter contato com um dos meus livros pela primeira vez.

Escrevi nas notas no final dos romances anteriores da Erika Foster, *A garota no gelo* e *Uma sombra na escuridão,* que eu adoraria saber a sua opinião e vocês me deixaram muito orgulhoso. Uau! Muito obrigado por todas as mensagens que mandaram para meu site, minha página no Facebook e meu Twitter – recebi mensagens do mundo inteiro. Adoro saber tudo o que acham dos meus romances e também amo todas as fotos de cachorro que os meus leitores mandam. Tenho dois malteses e eles adoram fazer novos amigos!

Você pode entrar em contato comigo pelo Facebook, Instagram, Twitter, Goodreads ou pelo meu site: www.robertbryndza.com. Leio todas as mensagens e sempre as respondo. Há muitos outros livros por vir, espero que você continue neste percurso comigo!

Robert Bryndza

P.S.: Se quiser receber um e-mail quando o meu próximo livro for lançado no Brasil, assine o mailing na minha página no site da Gutenberg: www.grupoautentica.com.br/robert-bryndza. O seu endereço de e-mail nunca será compartilhado e você pode cancelar o recebimento a qualquer momento.

- www.bookouture.com/robert-bryndza
- @RobertBryndza
- bryndzarobert
- www.robertbryndza.com

AGRADECIMENTOS

Agradeço a Oliver Rhodes, Natasha Hodgson, Natalie Butlin, Kate Barker e à maravilhosa equipe do Bookouture. Obrigado a Kim Nash, relações públicas da Bookouture, publicitária e especialista em gim, que faz um trabalho magnífico na promoção dos nossos livros. Um agradecimento especial também a Claire Bord, minha brilhante editora/parceira no crime, que está sempre presente com sua orientação especializada durante o processo de escrita.

Obrigado a Henry Steadman por mais uma capa maravilhosa e à Sargenta Lorna Dennison-Wilkins, que pacientemente respondeu a todas as minhas perguntas sobre o trabalho de mergulho na polícia e por compartilhar suas histórias e experiências no comando da Unidade de Busca Especializada da Polícia de Sussex.

Um agradecimento especial para o ex-Superintendente Chefe Graham Bartlett do www.policeadvisor.co.uk, pela inestimável assistência técnica sobre os procedimentos policiais e por garantir que eu consiga permanecer no estreito caminho entre o fato e a ficção. Quaisquer liberdades em relação aos fatos são minhas.

Obrigado a Lorella Belli da LBLA, que usa sua magia para encontrar lares ao redor do mundo para os livros de Erika Foster, que hoje já foram traduzidos para mais de 20 idiomas, por enquanto.

Obrigado à minha sogra, Vierka, que sempre aparece com seu frango frito quando estou esgotado nos últimos capítulos. Um obrigado gigantesco ao meu marido, Ján, e para Rick e Lola. Eu não conseguiria fazer nada disso sem o amor e o apoio de vocês. O Time Bryndza arrebenta!

E, finalmente, obrigado a todos os meus maravilhosos leitores, grupos de leitura, blogueiros e resenhistas de livros. Sempre digo isso, mas é verdade, o boca a boca é muito poderoso, e sem todo o seu trabalho pesado elogiando os meus livros e escrevendo em seus blogs, eu teria muito menos leitores.

LEIA TAMBÉM

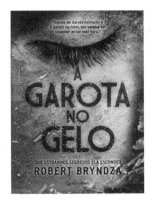

A GAROTA NO GELO
ROBERT BRYNDZA

Seus olhos estão arregalados... Seus lábios estão entreabertos... Seu corpo está congelado... Mas ela não é a única.

Quando um jovem rapaz encontra o corpo de uma mulher debaixo de uma grossa placa de gelo em um parque ao sul de Londres, a Detetive Erika Foster é chamada para liderar a investigação de assassinato.

A vítima, uma jovem e bela socialite, parecia ter a vida perfeita. Mas quando Erika começa a cavar mais fundo, vai ligando os pontos entre esse crime e a morte de três prostitutas, todas encontradas estranguladas, com as mãos amarradas, em águas geladas nos arredores de Londres.

Que segredos obscuros a garota no gelo esconde? Quanto mais perto Erika está de descobrir a verdade, mais o assassino se aproxima dela.

Com a carreira pendurada por um fio depois da morte de seu marido em sua última investigação, Erika deve agora confrontar seus próprios demônios, bem como um assassino mais letal do que qualquer outro que já enfrentou antes.

UMA SOMBRA NA ESCURIDÃO
ROBERT BRYNDZA

"A sombra respirou fundo, saiu da escuridão e subiu as escadas silenciosamente. Para observar. Para aguardar. Para colocar em prática a vingança que há tanto tempo planejava."

Em uma noite de verão, a Detetive Erika Foster é convocada para trabalhar em uma cena de homicídio. A vítima: um médico encontrado sufocado na cama. Seus pulsos estão presos e através de um saco plástico transparente amarrado firmemente sobre sua cabeça é possível ver seus olhos arregalados.

Poucos dias depois, outro cadáver é encontrado, assassinado exatamente nas mesmas circunstâncias. As vítimas são sempre homens solteiros, bem-sucedidos e, pelo que tudo indica, há algo misterioso em suas vidas. Mas, afinal, qual é o segredo desses homens? Qual é a ligação entre as vítimas e o assassino?

Erika e sua equipe se aprofundam na investigação e descobrem um serial killer calculista que persegue seus alvos até achar o momento certo para atacá-los.

Agora, Erika Foster fará de tudo para deter aquela sombra e evitar mais vítimas, mesmo que isso signifique arriscar sua carreira ou até sua própria vida.

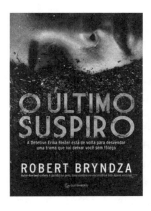

O ÚLTIMO SUSPIRO
ROBERT BRYNDZA

Ele é seu par perfeito.
Ela é sua próxima vítima.

Quando o corpo torturado de uma jovem é encontrado em uma lixeira, com os olhos inchados e as roupas encharcadas de sangue, a Detetive Erika Foster é uma das primeiras na cena do crime. O problema é que, desta vez, ela está fora do caso.

Enquanto luta para garantir seu lugar na equipe de investigação, Erika rapidamente encontra algo que conecta este crime ao assassinato não solucionado de uma jovem ocorrido quatro meses antes. Jogadas em um local semelhante, as duas mulheres têm feridas idênticas e uma incisão fatal na artéria femoral.

O assassino ataca jovens bonitas, escolhidas aleatoriame te, que ele encontra e atrai usando um perfil falso nas redes sociais.

Então, outra garota é sequestrada... Erika e sua equipe precisam resolver o caso antes que ela se torne a próxima vítima. Mas como a Detetive Foster vai capturar um assassino que parece não existir?

Eletrizante, tenso e impossível de largar, *O último suspiro* fará você correr para a última página.

SANGUE FRIO
ROBERT BRYNDZA

**Dois corpos encontrados.
Muitas mortes ainda estão por vir**

Quando uma mala contendo o corpo desmembrado de um homem aparece às margens do rio Tâmisa, a Detetive Erika Foster fica chocada. Mas não é a primeira vez que ela se depara com um assassinato tão brutal: duas semanas antes, o corpo de uma jovem foi encontrado em uma mala idêntica àquela.

Quando Erika e sua equipe começam a trabalhar, rapidamente percebem que estão seguindo o rastro de um serial killer. À medida que a contagem de corpos aumenta, o caso se torna ainda mais delicado quando as filhas de um policial são subitamente sequestradas. Será que Erika conseguirá salvar a vida de duas crianças inocentes antes que seja tarde demais?

Brilhante e emocionante, *Sangue frio* irá prender você desde a primeira página e fazê-lo segurar a respiração até o fim.

Este livro foi composto com tipografia Electra Std e impresso
em papel Off-White 70 g/m² na gráfica Rede.